KB163722

피츠제럴드 단편선 1

F. Scott Fitzgerald

세계문학전집 123

피츠제럴드 단편선 1

F. Scott Fitzgerald

F. 스콧 피츠제럴드

김욱동 옮김

민음사

차례

다시 찾아온 바빌론

1

"그리고 캠벨 씨는 어디 계신가?" 찰리가 물었다.

"스위스로 가셨습니다. 캠벨 씨는 건강이 아주 좋지 않으시거든요, 웨일스 씨."

"그거 안됐군. 그럼 조지 하트는?" 찰리가 물었다.

"미국으로 다시 돌아가 사업을 하고 계십니다."

"그럼 그 '스노우 버드'란 사람은 지금 어디에 있나?"

"지난주에 들르셨지요. 참 그분의 친구인 셰퍼 씨는 아직 파리에 계시고요."

일 년 반 전에 적어놓은 긴 목록 중에서 낯익은 사람이라고는 겨우 두 사람뿐이었다. 찰리는 수첩에 주소 하나를 휘갈겨 쓰고 그 쪽지를 찢어내었다.

"혹 셰퍼 씨가 들르거든 이걸 전해 주게나." 찰리가 말했다. "처형 집 주소라네. 나는 아직 호텔을 정하지 않았거든."

　찰리는 파리가 이렇게 텅 비어 있다는 사실을 알고도 그다지 실망하지 않았다. 그러나 '리츠' 바[1]가 이렇게 조용하다는 사실은 이상야릇하고도 불길한 느낌을 주었다. 그곳은 이제 더 이상 미국 분위기의 바가 아니었다. 내 집 같은 느낌이 아니라 정중한 느낌이 들었다. 프랑스 분위기로 다시 돌아가 있었던 것이다. 그는 택시에서 내려 호텔 도어맨을 보는 순간 이런 조용한 분위기를 느낄 수 있었다. 보통 때 이 시각이라면 바쁘게 뛰어다녀야 할 텐데도 도어맨은 종업원 전용 입구에서 제복을 입은 보이와 잡담을 나누고 있었다.

　복도를 지나오면서도 한때 떠들썩하던 여성 화장실에서 단 한 사람의 따분한 말소리가 들려왔을 뿐이다. 바 안에 들어섰을 때 그는 옛날 습관대로 곧장 앞을 응시하면서 20피트의 녹색 양탄자 위를 걸어갔다. 그러고 나서 카운터 아래에 있는 발걸이 난간에 한쪽 발을 굳게 올려놓고 몸을 돌려 방 안을 돌아보았지만 보이는 것이라고는 한쪽 구석에 앉아 읽고 있던 신문 위로 힐끗 올려다보는 두 눈동자뿐이었다. 찰리는 바텐더 장(長)인 폴을 불렀다. 폴은 주가(株價)가 한창 오르던 주식 시장 말기에는 특별히 주문해 만든 자가용을 타고 출근했었다. 그렇지만 호텔에서 가장 가까운 모퉁이에 차를 세우고 내리는 배려를 잊지 않았다. 그러나 오

---

1) 리츠 호텔에 딸린 바를 가리킨다. 리츠 호텔은 20세기 초엽의 유명한 호텔 중 하나로 뒷날 리츠칼튼 호텔이 되었다.

늘 폴은 시골 별장에 가고 없고, 대신 앨릭스가 그에게 그 동안의 소식을 전해 주었다.

"아니, 이제 그만 하겠네." 찰리가 말했다. "요즈음엔 술을 삼가고 있다네."

앨릭스는 그에게 축하를 보냈다. "몇 년 전에는 참으로 많이 드셨지요."

"앞으론 술을 절제해 나갈 생각이야." 찰리가 그에게 확신에 차서 대답했다. "벌써 일 년 반 이상 절제하고 있거든."

"미국은 사정이 어떻습니까?"

"난 지난 몇 달 동안 미국을 떠나 있었네. 지금 프라하에서 일을 하고 있지. 회사 두세 개를 대신 맡아 운영하고 있어. 그곳 사람들은 나에 대해 잘 모르지."

앨릭스는 미소를 지었다.

"이곳에서 조지 하트가 독신자 파티를 열던 날 밤을 아직 기억하고 있나?" 찰리가 물었다. "한데, 참 클로드 피센든은 어떻게 되었지?"

앨릭스는 은밀한 얘기라도 나누듯 목소리를 낮추었다. "아직 파리에 계십니다만, 이제 이곳에 오시지 않습니다. 폴이 거절했지요. 일 년 이상이나 술과 점심 식사는 물론이고 저녁 식사까지 모두 외상으로 달아놓아 외상값이 3만 프랑이나 되었지요. 마침내 폴이 외상값을 갚아달라고 했는데, 그때 지불해 준 수표가 부도가 났지 뭡니까."

앨릭스는 안됐다는 듯이 고개를 내저었다.

"참으로 납득이 가지 않습니다. 그렇게 멋쟁이 양반께

서. 지금은 아주 뚱뚱해져서⋯⋯." 앨릭스는 두 손으로 통통한 사과 모양을 만들어 보였다.

찰리는 요란한 남성 동성애자 일행이 방 한구석에 진을 치고 앉아 있는 모습을 지켜보았다.

'저 무리는 어떤 일이 일어나도 끄떡도 하지 않겠지.' 찰리는 혼자 생각에 잠겼다. '주가가 올라가든 떨어지든, 남이 일자리를 잃고 빈둥거리든 일하든, 놈들은 언제나 그 타령이지.' 이곳의 분위기가 답답하게 느껴졌다. 그래서 그는 주사위를 가져오라고 하여 앨릭스와 술 내기 게임을 했다.

"웨일스 씨, 이곳에 오래 머무르실 예정입니까?"

"딸을 만나려고 사오 일 일정으로 왔다네."

"아아! 따님이 있으시군요?"

밖에는 조용히 비가 내리는 가운데 불꽃의 붉은색과 가스 불 같은 푸른색, 유령과도 같은 초록색 등 형형색색의 네온이 반짝이고 있었다. 늦은 오후가 되자 거리는 술렁대기 시작했고, 술집들이 불을 밝히고 있었다. 찰리는 카퓌신 가(街) 모퉁이에서 택시를 잡았다. 분홍빛으로 물든 위풍당당한 콩코르드 광장을 지나 그들은 자연히 센 강을 건넜다. 다리를 건널 때 찰리는 갑자기 센 강 좌안(左岸)[2]이 촌스러워 보인다는 생각이 들었다.[3]

길을 돌아서 가는 셈이었지만 찰리는 택시를 오페라 좌(座)

---

2) 센 강 남쪽 언덕 지역으로 주로 예술가와 학생들이 많이 살고 있다.

3) F. 스콧 피츠제럴드는 이 단락을 이 작품에서 삭제했다가 뒷날 『밤은 부드러워』(1934)에 삽입하였다.

거리로 향하게 했다. 장엄한 건물 정면이 초저녁 시간의 푸르스름한 어스름에 휩싸인 모습이 보고 싶었고, 계속해서 「렌토보다 더 느리게」[4]의 처음 몇 음절을 울려대는 택시의 경적 소리가 제2제정 시대[5]의 나팔 소리라고 상상해 보고도 싶었다. 브렌타노 서점에는 철제 셔터가 굳게 닫혀 있었고, 레스토랑 '뒤발'의 아담하게 손질한 산울타리 뒤편에는 벌써 사람들이 저녁 식사 테이블에 둘러앉아 있었다. 그는 파리에 와서는 싸구려 레스토랑에서 식사를 한 적이 한번도 없었다. 다섯 코스로 나오는 저녁 식사 값이 포도주까지 포함하여 4프랑 50상팀, 그러니까 미국 돈으로 겨우 18센트밖에 되지 않았다. 왠지 자신도 그곳의 음식을 한번 먹어봤으면 하는 생각이 들었다.

택시는 계속 좌안 쪽으로 달려갔고, 그는 갑자기 촌스러운 분위기가 느껴지는 듯했다. '난 이 도시를 내 스스로 망쳐놓았지. 미처 그것을 깨닫지 못한 채 하루하루 세월이 지나갔고, 마침내 이 년이라는 세월이 흘러 모든 것이 사라져버렸으며 나 자신마저도 사라져버렸어.'

그는 서른다섯 살의 나이로 미남이었다. 아일랜드계 사람답게 표정이 다양하게 바뀌었지만, 미간에 새겨진 깊은 주름살 때문에 가볍다는 인상을 주지 않았다. 팔라틴 가(街)에 있는 처형 집의 현관 벨을 누를 때 그 주름살은 양

---

4) 프랑스 작곡가 클로드 드뷔시(1862~1918)의 피아노 곡으로 1910년에 처음 발표되었다.
5) 제2공화정과 제3공화정 사이에 나폴레옹 3세가 집권한 기간. (1852~1870)

눈썹 끝에 닿을 만큼 깊게 파여 있었다. 복부에 경련이 일어나는 것을 느꼈다. 가정부가 문을 열자 그 뒤에서 아홉 살 난 귀여운 여자 아이가 "아빠!" 하고 소리 지르며 달려 나오더니 물고기처럼 몸을 비틀면서 그의 가슴에 뛰어올랐다. 그리고 아빠의 한쪽 귀를 잡고 얼굴을 옆으로 돌리고는 그 뺨에 자신의 뺨을 비벼댔다.

"내 귀여운 딸."

"오, 아빠, 아빠, 아빠, 아빠, 아빠, 아빠, 아빠!"

여자 아이는 아빠를 끌고 거실로 들어갔고, 그곳에는 남자 아이 하나와 그의 딸과 같은 또래인 여자 아이 하나, 그리고 처형과 그 남편 등 온 가족이 기다리고 있었다. 그는 처형인 매리언에게 감격하는 듯한 기색도, 싫어하는 기색도 보이지 않도록 조심스러운 말투로 인사를 했지만, 그에 답하는 그녀의 인사는 좀 더 솔직하게 열의가 없었다. 그래도 그녀는 그의 딸에게 시선을 보냄으로써 그에 대한 뿌리 깊은 불신감을 최소화하려고 했다. 두 남자는 반갑게 인사를 나누었고, 링컨 피터스는 잠시 찰리의 어깨에 손을 얹었다.

방 안은 따뜻했고 안락한 미국적 분위기였다. 세 아이들도 사이좋게 들락거리며 다른 방으로 통하는 노란 장방형 공간에서 놀고 있었다. 난롯불에서 탁탁 튀는 소리와 부엌에서 들려오는 프랑스 요리를 만드는 소리가 6시경의 즐거운 분위기를 한껏 말해 주었다. 그러나 찰리는 마음을 편하게 가질 수 없었다. 몸속에서 심장이 딱딱하게 굳어지는 느낌이 들었고, 그가 전에 선물로 사다 준 인형을 두 팔로 꼭 껴안고 가끔씩 곁에 다가오는 딸에게서 겨우 자신감을 얻을 뿐이었다.

"정말로 굉장히 만족스럽습니다." 링컨의 물음에 찰리가 대답했다. "그곳에서는 전혀 돌아가지 않는 회사가 많지만 우리 회사는 오히려 전보다도 더 잘 돌아가고 있지요. 사실 아주 엄청나게 전망이 좋습니다. 저는 다음 달에 미국에 있는 여동생을 불러들여 집안일을 맡길 생각입니다. 작년 수입은 돈을 만지던 시절보다도 더 많았으니까요. 한데 이 체코 사람들이라는 게……."

특별한 목적이 있어서 자랑을 늘어놓기는 했지만, 그는 문득 링컨의 눈에 어렴풋하게나마 불안해하는 기색이 감도는 것을 알아차리고는 화제를 바꾸었다.

"아이들을 참 훌륭히 키우셨습니다. 점잖고 예의도 바르고요."

"우리는 오노리어도 훌륭한 애라고 생각하지."

매리언이 부엌에서 돌아왔다. 키가 크고 눈매에 근심 어린 표정을 띠고 있는 그녀는 한때는 미국 여자다운 신선한 아름다움을 지니고 있었다. 그러나 찰리는 한번도 그런 아름다움에 반응을 보인 적이 없었고, 사람들이 옛날에 그녀가 예뻤다고 말하는 것을 들을 때마다 언제나 의아하게 생각하곤 했다. 처음부터 두 사람은 본능적으로 반감을 느끼고 있었던 것이다.

"한데 오래간만에 오노리어를 보니 어때요?" 그녀가 물었다.

"놀라워요. 열 달 사이에 저렇게 많이 자랄 수 있다니

참으로 놀랍습니다. 아이들이 모두 튼튼해 보이는군요."

"올 한 해에는 병원에 가본 적이 없어요. 그래, 파리에 다시 돌아온 기분이 어떠세요?"

"주위에 미국 사람이 별로 없는 것이 아주 이상한 기분이 듭니다."

"난 오히려 기쁜데요." 매리언이 격한 말투로 말했다. "적어도 이제는 상점에 들어가도 백만장자 대접을 받지 않아도 되니까 말이에요. 우리도 다른 사람들과 마찬가지로 어려움을 겪었지만, 지금은 전반적으로 전보다 훨씬 살기가 좋아졌어요."

"하지만 그런 상태가 계속되던 시절이 좋았지요." 찰리가 말했다. "우리는 뭐랄까 거의 절대 권력을 지닌 왕과 같았으니까요. 마치 마력이라도 지니고 다니는 것처럼 말이지요. 오늘 오후에 잠깐 바에 들렀는데," 그는 아차 실수한 것을 깨닫고 머뭇거렸다. "아는 얼굴이 하나도 없었어요."

그녀는 날카롭게 그를 바라보았다. "술집이라고 하면 이젠 신물이 날 거라고 생각했는데요."

"아주 잠깐 들렀었습니다. 오후마다 한 잔씩 마시고 있으니까요. 그 이상은 절대 입에 대지 않지요."

"저녁 식사 전에 칵테일 한잔할 텐가?" 링컨이 물었다.

"오후에 한 잔씩만 마시고 있는데, 오늘분은 벌써 마셨습니다."

"그 결심을 계속 지켰으면 좋겠어요." 매리언이 말했다.

그 냉랭한 말투에는 분명 혐오감이 배어 있었지만 찰리

는 오직 미소를 지을 뿐이었다. 그에게는 더 큰 목적이 있었기 때문이다. 그녀의 공격적인 태도는 오히려 자신에게 유리하며, 기다리는 것이 상책이라는 것을 잘 알고 있었다. 그가 파리에 온 목적을 그들도 짐작하고 있을 테니까 그들 쪽에서 먼저 그 얘기를 꺼내기를 바랐다.

저녁을 먹으면서 찰리는 오노리어가 자신들을 닮았는지 아니면 엄마를 닮았는지 결정을 내릴 수가 없었다. 자신들을 파멸로 이끈 두 사람의 특징 모두를 가지고 있지 않다면 천만다행일 텐데 말이다. 그녀를 지켜주어야겠다는 사명감이 큰 파도처럼 엄습해 왔다. 그녀를 위해 무엇을 해야 할지 그는 잘 알고 있었다. 인간의 품성이라는 것을 믿고 있었다. 할 수만 있다면 한 세대 이전으로 훌쩍 거슬러 올라가 다시 한 번 인간의 품성이야말로 영원한 가치가 있는 것이라 믿고 싶었다. 그 밖에 다른 것들은 모두 닳아 없어져 버렸다.

저녁 식사를 한 뒤 그는 곧바로 처형의 집을 나왔지만 숙소로 돌아가지 않았다. 옛날과는 달리 좀 더 선명하고 좀 더 사리분별 있는 시선으로 파리의 밤 풍경을 보고 싶었다. 그는 '카지노'[6]의 보조석 표 한 장을 사서 조세핀 베이커[7]가 초콜릿처럼 감미롭게 아라비아 풍의 춤을 추는 것을 구경했다.

한 시간 뒤에 극장에서 나온 그는 몽마르트르를 향해 피

---

6) 카지노 드 파리. 누드 쇼를 하는 유흥업소.
7) 미국 출신의 혼혈 댄서로 아라비아 풍의 춤을 잘 추었다.

갈 가를 거쳐 블랑슈 광장으로 어슬렁거리며 올라갔다. 어느새 비는 그치고 카바레 앞에서 야회복 차림을 한 몇 사람이 택시에서 내리고 있었다. 창녀들도 혼자 또는 둘씩 짝을 지어 손님을 찾아 헤매고 있었고, 흑인들이 많이 눈에 띄었다. 음악이 새어 나오는, 불을 밝게 밝힌 입구를 지나가다 그는 문득 친근한 느낌이 들어 발길을 멈추었다. 그 옛날 그가 많은 시간과 돈을 날려버렸던 '브릭톱'이었다. 서너 집 더 앞으로 걸어가다가 한때 자주 들르던 장소를 찾아낸 그는 경솔하게 그만 고개를 들이밀고 말았다. 순간 오케스트라가 기다리고 있었다는 듯이 갑자기 연주를 시작했고, 직업 댄서 두 사람이 춤을 추기 위해 자리에서 벌떡 일어났으며, 호텔 매니저가 그에게 달려와 "사장님, 손님들이 지금 막 도착하고 있는뎁쇼!" 하고 소리쳤다. 그러나 그는 재빨리 되돌아 나왔다.

'곤드레만드레 취한 상태가 아니고서야 누가 이런 데를 들어가겠나.' 그는 속으로 생각했다.

카바레 '젤리'는 문이 닫혀 있었고, 그 주변의 을씨년스럽고 불결한 싸구려 호텔들도 모두 어두컴컴했다. 블랑슈 가에 이르자 불빛이 더욱 찬란했고, 방언을 사용하는 이곳 토박이들이 무리를 지어 모여 있었다. '시인의 동굴'은 이미 없어졌지만, '카페 천국'과 '카페 지옥'은 둘 다 여전히 입을 크게 딱 벌리고 있었다. 그가 바라보고 있는 동안 관광버스가 싣고 온 빈약한 먹이를 단숨에 집어삼켜 버렸다. 독일인 한 사람, 일본인 한 사람, 그리고 미국인 부부 한 쌍으로 그들은 겁에 질린 듯한 시선으로 그를 힐끔 쳐다보았다.

몽마르트르에서 손님을 끄는 노력이나 기발한 아이디어라는 것이 고작 이 정도 수준밖에는 되지 않았다. 악을 부추기고 낭비를 조장하는 취향이 꼭 어린애들 장난 같았다. 갑자기 그는 '방탕'이라는 말의 의미를 알 것 같은 기분이 들었다. 희박한 공기 속으로 사라져버리는 것, 무엇인가 유(有)를 무(無)로 만들어버리는 것 말이다. 늦은 밤 시각에 이 술집에서 저 술집으로 옮겨 다닌다는 것은 하나같이 아주 힘이 드는 일이며, 따라서 동작이 점점 느려지는 특권에 대해 더 많은 돈을 지불해야 했다.

그는 악단에게 곡 하나를 연주해 달라고 1,000프랑짜리 지폐를 몇 장 집어주거나, 택시를 불러달라며 도어맨에게 100프랑짜리 지폐를 몇 장 쥐여주던 일을 떠올렸다.

그러나 그것은 헛되이 써버린 돈은 아니었다.

심지어 아무리 헛되게 뿌린 돈이라도 그것은 가장 기억할 만한 가치가 있는 것들, 언제나 기억하게 될 것들을 기억하지 않도록 운명의 신에게 바친 제물이었다. 자신의 통제에서 벗어난 딸아이와 버몬트[8] 주의 묘지 속으로 도망쳐버린 아내 말이다.

한 레스토랑의 눈부신 조명 속에서 한 여자가 그에게 말을 걸어왔다. 그는 그 여자에게 달걀과 커피를 사주고 나서 유혹하는 그녀의 시선을 외면한 채 20프랑짜리 지폐를 한 장 쥐여주고는 택시를 타고 호텔로 돌아왔다.

---

8) 미국 동북부에 있는 주(州)로 산간 지방이다. 이곳에 찰리 웨일스의 아내가 묻혀 있다.

2

잠에서 깨어보니 미식축구를 하기에 안성맞춤인 화창한 가을 날씨였다. 어제의 우울한 기분은 사라지고, 길거리에 있는 사람들에게도 왠지 호감이 갔다. 정오에는 '르 그랑 바텔'에서 오노리어와 마주 보며 앉아 있었다. 2시에 시작되어 어스름한 일몰에 끝나는 샴페인을 곁들인 긴 점심과 저녁 식사의 추억이 떠오르지 않는 레스토랑이라고는 이곳밖에는 생각해 낼 수 없었던 것이다.

"그럼 야채는 어때? 야채도 좀 먹어야 되지 않겠니?"

"네, 그럴게요."

"시금치와 꽃양배추, 당근, 그리고 강낭콩이 있는데."

"전 꽃양배추가 좋아요."

"야채 두 가지 먹어보지 않을래?"

"점심 땐 늘 한 가지만 먹어요."

웨이터가 아이들을 무척이나 좋아하는 척했다. "무척 귀여운 따님이군요. 프랑스 말도 꼭 프랑스 소녀처럼 잘하고요."

"디저트는 어떻게 할까? 기다렸다가 정할까?"

웨이터가 자리를 떴다. 오노리어는 뭔가 기대하는 표정으로 아버지를 바라보았다.

"오후에 우리 뭐 할 거예요?"

"우선 생토노레 가에 있는 그 장난감 상점에 들러 네가 좋아하는 거라면 뭐든지 다 사주지. 그러고 나서 앙피르 극장에 가서 보드빌[9]을 구경하자꾸나."

그러자 오노리어가 망설였다. "보드빌은 좋지만요, 장난
감 상점은 싫어요."

"왜 싫다는 거야?"

"아빠가 이 인형을 사주셨잖아요." 그녀는 그가 사준 인
형을 갖고 있었다. "그리고 다른 물건도 많이 갖고 있어
요. 게다가 이제 우린 부자가 아니잖아요?"

"부자인 적은 한번도 없었단다. 하지만 오늘은 네가 원
하는 거라면 뭐든지 사주고 싶구나."

"그럼 좋아요." 오노리어는 어쩔 수 없다는 듯이 승낙
했다.

그녀의 엄마와 프랑스 유모가 있던 시절에 그는 상당히
엄격한 아버지였다. 그러나 지금은 마음의 여유를 갖고 새
로이 관용을 베풀었다. 그는 딸에게 아버지와 어머니의 두
역할을 해야 했고 딸과 의사소통이 단절돼서는 안 되었던
것이다.

"전 아가씨와 친해지고 싶은데요." 그는 짐짓 근엄하게
말했다. "먼저 제 소개를 하지요. 프라하에 사는 찰스 J. 웨
일스라고 합니다."

"어머, 아빠!" 그녀는 까르르 웃으면서 말했다.

"그런데 아가씨는 누구신가요?" 그가 계속해서 그런 식
으로 말하자 그녀도 곧 장단을 맞추었다. "오노리어 웨일
스라고 합니다. 파리의 팔라틴 가에 살고 있어요."

"결혼은 하셨나요, 아니면 아직 미혼이십니까?"

---

9) 노래와 춤을 곁들인 통속 코미디.

"아뇨. 아직 결혼을 하지 않았어요. 독신입니다."

찰리는 인형을 가리켰다. "하지만 아이가 있으시군요, 부인."

그 말을 듣고 오노리어는 차마 자기 아이가 아니라고 말하기 싫어 가슴에 꼭 안으면서 생각하다 재빨리 이렇게 대답했다. "네. 결혼했었어요. 하지만 지금은 혼자인걸요. 남편과 사별했답니다."

그는 재빨리 계속 말을 이어나갔다. "그런데 아이의 이름은 뭐죠?"

"시몬이랍니다. 제일 친한 학교 친구의 이름을 따다 붙였지요."

"학교생활을 잘하고 있다니 전 아주 기쁘답니다."

"전 이번 달에 3등을 했어요." 그녀는 자랑스러운 듯이 말했다. "엘지는(그녀의 사촌 말이다.) 겨우 18등 정도이고, 리처드는 거의 바닥을 기고 있지요."

"물론 리처드와 엘지를 좋아하겠지요?"

"물론 좋아하지요. 리처드는 아주 좋아하는 편이고, 엘지도 싫지는 않아요."

찰리는 지나가는 말처럼 조심스럽게 오노리어의 속마음을 떠보았다. "그럼 매리언 이모와 링컨 이모부…… 둘 중에서 누가 더 좋은가요?"

"글쎄요. 링컨 이모부인 것 같네요."

그는 점점 오노리어의 존재가 실감났다. 둘이서 레스토랑으로 들어설 때도 등 뒤에서 "……귀엽기도 해라." 하며 속삭이는 말이 들렸는데, 지금은 옆 테이블에 앉은 사람들이 하던 얘기를 멈추고 마치 오노리어가 한 떨기 꽃처럼 의식 없는 무엇이라도 되는 양 바라보고 있었다.

"난 어째서 아빠하고 같이 살 수 없는 거예요?" 그녀가 갑자기 물었다. "엄마가 돌아가셔서 그런 건가요?"

"넌 이곳에 살면서 프랑스어 공부를 좀 더 해야 해. 아빠가 지금처럼 너를 잘 보살펴 주기는 힘들단다."

"전 이제 누가 보살펴 주지 않아도 돼요. 뭐든지 혼자서 할 수 있으니까요."

그들이 레스토랑을 나오려고 하는데 한 남자와 한 여자가 예기치 않게 그에게 인사를 했다.

"어머, 웨일스 아니에요!"

"잘 있었어요, 로레인. ……덩크도 같이 있군."

뜻밖에 마주친 과거의 망령들이었다. 덩컨 셰퍼는 대학 시절부터 알고 지내던 친구였고, 옅은 금발의 로레인 쿼리스는 삼십 대의 미인이었다. 흥청망청하던 삼 년 전, 한 달을 하루처럼 허비하는 데 일조한 많은 무리 중 하나였다.

"남편은 올해 올 수 없었어요." 그녀는 찰리의 물음에 대답했다. "우린 빈털터리 무일푼이니까요. 그래서 남편은 저한테 매달 200달러씩 보내주면서 그걸 가지고 멋대로 하라고……. 이 애는 당신 딸인가요?"

"다시 들어가 자리에 앉는 게 어때?" 덩컨이 물었다.

"그럴 수 없어." 그는 거절할 핑계가 있는 것이 고마웠다. 언제나 그랬듯이 로레인의 정열적이고 도발적인 매력에 끌리지 않는 것은 아니었지만 지금은 그럴 때가 아니었다.

"그럼 저녁 식사는 어때요?" 그녀가 물었다.

"일이 있어. 주소를 가르쳐주면, 내가 연락을 취하기로 하지."

"찰리, 설마 당신 술에 취한 건 아니겠죠." 그녀가 재판관 같은 태도로 말했다. "덩크, 찰리가 정말 취한 것 같지는 않은데. 취했는지 저 사람을 한번 꼬집어봐요."

찰리는 머리를 끄덕여 오노리어를 가리켰다. 두 사람은 모두 웃어댔다.

"자네 어디에 묵고 있나?" 덩컨이 의아한 표정으로 물었다.

그는 호텔 이름을 가르쳐주기 싫어 머뭇거렸다.

"아직 숙소를 정하지 못했어. 아무래도 내가 전화하는 편이 좋겠군. 우리는 지금 앙피르 극장으로 보드빌을 보러 가는 길이라네."

"바로 그거야! 나도 그걸 보고 싶어요." 로레인이 말했다. "어릿광대며 곡예사며 마술사며, 나도 보고 싶어요. 덩크, 우리도 그러는 게 좋겠어요."

"그전에 먼저 우린 심부름 갈 데가 있어서." 찰리가 말했다. "어쩌면 그곳에서 만날지도 모르겠군."

"좋아요, 자 그럼, 도도하신 신사 양반…… 미인 아가씨, 안녕."

"안녕히 가세요."

오노리어가 깍듯하게 머리를 숙여 인사를 했다.

어쩐지 반갑지 않은 만남이었다. 그들이 그를 좋아하는 것은, 그가 필요하기 때문이며 그가 진지하기 때문이었다. 두 사람이 그를 만나고 싶어 하는 이유도 찰리가 지금의 자신들보다도 강하기 때문이고, 그의 힘에서 뭔가 자신들을 지탱해 줄 것을 끌어내고 싶었기 때문이었다.

앙피르 극장에서 오노리어는 아버지가 접어놓은 코트 위에 한사코 앉으려 하지 않았다. 어느덧 딸아이는 자기만의 행동 규범을 가진 인격체로 성장했던 것이다. 그래서 찰리는 그 아이가 완전히 성인으로 굳어버리기 전에 약간이라도 자신을 그녀에게 주입해 두고 싶은 욕망에 점점 사로잡혔다. 이렇게 짧은 시간 안에 딸아이를 이해한다는 것은 기대하기 어려운 일이었다.

막간(幕間)에 두 부녀는 밴드 음악을 연주하고 있는 로비에서 덩컨과 로레인과 다시 마주쳤다.

"한잔 마시지 않겠나?"

"좋아. 하지만 카운터에서는 마시지 마세. 테이블을 잡기로 하지."

"완벽한 아버지로군."

로레인의 말을 멍하니 귓전으로 흘리면서 찰리는 오노리어가 자신들의 테이블에서 시선을 떼는 것을 보았다. 그녀가 무엇을 바라보았을까 궁금해하면서 생각에 잠겨 그녀의 시선을 좇아 방 여기저기를 둘러보았다. 아버지의 시선과 마주치자 그녀는 미소를 지었다.

"레모네이드 맛있었어요." 그녀가 말했다.

딸은 무엇을 말한 것일까? 그리고 찰리는 무엇을 기대하고 있었던 것일까? 그 뒤 택시를 타고 집으로 돌아오면서 그는 딸의 머리가 자신의 가슴에 파묻히도록 꼭 껴안아 주었다.

"오노리어, 넌 엄마 생각을 하는 때가 있니?"

"네, 가끔씩요." 오노리어가 모호하게 대답했다.

"아빠는 네가 엄마를 잊지 않았으면 좋겠다. 엄마 사진 가지고 있지?"

"네, 가지고 있을 거예요. 하여튼 매리언 이모는 갖고 있어요. 하지만 엄마를 잊으면 왜 안 되나요?"

"엄마는 너를 무척 사랑했으니까."

"나도 엄마를 사랑했어요."

두 사람은 잠시 입을 다물었다.

"아빠, 난 아빠와 같이 살고 싶어요." 그녀가 갑자기 말했다.

찰리는 가슴이 뛰었다. 이런 식으로 일이 되어가기를 진작부터 그는 바라고 있었다.

"지금 넌 행복하지 않니?"

"아뇨, 행복해요. 하지만 전 누구보다도 아빠가 좋아요. 그리고 아빠도 누구보다도 저를 좋아하시죠? 엄마는 이미 돌아가셨으니까 말이에요."

"그야 물론이지. 하지만 넌 언제까지나 아빠를 제일 좋아하지는 않을 거다. 네가 커서 네 또래의 누군가를 만나고 그 사람과 결혼하겠지. 그렇게 되면 그땐 아빠가 있었다는 사실조차 잊어버릴 거야."

"네, 그건 그렇겠죠." 딸은 침착하게 그 말에 동의했다.

그는 집 안에는 들어가지 않았다. 9시에 다시 돌아오기로 되어 있었기 때문에 그때 말해야 할 내용을 미리 말하고 싶지 않았던 것이다.

"집 안에 안전하게 들어가면, 저 창문으로 네 모습을 보여주렴."

"네, 그럴게요. 그럼 안녕, 아빠, 아빠, 아빠, 아빠."

그가 어두운 길거리에 서서 기다리고 있자, 그녀는 밝은 모습으로 2층 창가에 나타나 손가락으로 밤을 향해 키스를 보냈다.

3

그들은 기다리고 있었다. 매리언은 상복을 떠올리게 하는 검은 예복을 정중히 차려입고 커피 세트 뒤에 앉아 있었다. 링컨은 이미 얘기를 하고 있던 사람처럼 활기 있게 방 안을 왔다 갔다 서성거리고 있었다. 그들도 그 못지않게 빨리 그 문제를 내놓고 얘기하고 싶어 했다. 그래서 그는 거의 곧바로 그 얘기를 꺼냈다.

"제가 두 분을 만나자고 한 이유를 잘 아실 거라고 생각합니다만…… 그러니까 제가 왜 파리에 왔는지 말입니다."

매리언은 목걸이에 달려 있는 검은 별 장식을 만지작거리면서 미간을 찌푸렸다.

"전 몹시 가정을 갖고 싶습니다." 그는 말을 계속했다. "그리고 반드시 오노리어를 데리고 있고 싶습니다. 그 아이의 엄마를 대신해 오노리어를 맡아주신 것에 대해 무척 감사하게 생각하고 있어요. 하지만 이젠 사정이 달라졌습니다." 그는 잠시 머뭇거리고 나서 좀 더 힘 있게 말을 이어나갔다. "저 자신이 근본적으로 달라졌습니다. 그러니까

두 분이 이 문제를 다시 생각해 주셨으면 합니다. 삼 년여 전 제가 엉망으로 처신했다는 걸 부정한다면 그건 아마도 바보 같은 짓이겠지요……."

매리언이 쏘아보듯이 그를 쳐다보았다.

"……하지만 이제 그런 일은 모두 끝났습니다. 방금 말씀드렸듯이 일 년 넘게 술을 하루에 한 잔 이상 입에 대지 않고 있습니다. 그 한 잔도 일부러 하고 있습니다. 머릿속에 알코올에 대한 생각이 너무 부풀지 않도록 말이지요. 무슨 말인지 아시겠습니까?"

"아뇨, 모르겠는데요." 매리언이 짧게 대꾸했다.

"말하자면 제 스스로 부리는 묘기지요. 그런 식으로 해서 문제를 조절하려는 겁니다."

"알겠네." 링컨이 말을 받았다. "술에 특별히 끌리고 있지 않다는 걸 인정하고 싶은 게로군."

"뭐, 그런 셈이지요. 가끔 잊어버리고 전혀 마시지 않는 날도 있습니다. 하지만 일부러 마시려 하고 있습니다. 어쨌든, 지금의 저는 술을 마실 처지가 아니지요. 제가 맡아 운영해 주고 있는 회사 사람들은 그동안의 제 업적에 아주 만족하고 있습니다. 그래서 저는 벌링턴[10]에 있는 여동생을 불러다가 집안일을 맡길 생각입니다. 오노리어도 꼭 데려가고 싶습니다. 아시겠지만, 그 아이의 엄마와 사이가 좋지 않을 때에도 우린 무슨 일이 있어도 오노리어에게만은 영향을 끼치지 않으려고 노력했어요. 오노리어가 저를 좋

---

10) 미국 버몬트 주 북서부에 있는 도시.

아한다는 걸 알고 있고, 저 아이를 보살필 자신이 있다는 것도 알고 있습니다. 그리고…… 뭐, 그런 얘기지요. 두 분의 의향은 어떠십니까?"

이제는 매를 맞아야 한다는 것을 그는 잘 알고 있었다. 한두 시간은 계속될 것이고 쉽지는 않겠지만, 만약 어쩔 수 없는 반감을 어떻게든 억눌러서 회개한 죄인이 벌을 받는 태도를 취한다면, 결국에는 자신의 말이 먹혀들게 될 것이다.

화를 내지 말자, 그는 자신에게 다짐했다. 자신의 행위를 정당화할 필요가 없지 않은가. 네가 원하는 것은 오노리어를 데려가는 것이다.

링컨이 먼저 말을 꺼냈다. "지난달 자네 편지를 받아본 뒤 우리는 내내 그 일에 대해 얘기를 나눠왔다네. 우린 오노리어를 데리고 있는 게 행복하다네. 그 앤 아주 사랑스러워서 우린 기꺼이 그 애를 돌봐줄 수 있지. 하지만 물론 문제는 그게 아니지만……."

그때 갑자기 매리언이 말을 가로막았다. "제부(弟夫)는 언제까지 술을 절제할 수 있겠어요?" 그녀가 물었다.

"영원히 그래야 한다고 생각합니다만."

"어떻게 그걸 장담할 수 있지요?"

"처형도 아시겠지만, 일을 그만두고 하는 일도 없이 파리에 올 때까지만 해도 전 알코올에 깊이 빠지지 않았습니다. 그리고 나서 헬런과 전 여기저기 흥청거리며 쏘다니기 시작했고……."

"제발 거기서 헬런 얘긴 빼주세요. 제부 입에서 그런 식으로 제 동생 얘기가 나오는 건 참을 수 없어요."

그는 험상궂은 표정으로 매리언을 빤히 쳐다보았다. 아내가 살아 있을 때 처형과 사이좋은 자매였다고 한번도 확신을 가져본 적이 없었다.

"제가 술에 빠져 있던 건 겨우 일 년 반 정도였지요. 이곳에 온 뒤부터 제가…… 쓰러질 때까지 말입니다."

"그 정도로도 충분했죠."

"맞는 말씀입니다." 그는 그 말에 동의했다.

"제가 책임을 느끼는 건 전적으로 헬런에 대해서뿐이에요." 매리언이 말했다. "헬런이 내가 어떻게 하기를 바랄까 하고 난 생각하고 있어요. 솔직히 말해서, 제부가 그런 모진 짓을 한 그날 밤부터 제부는 내게 존재하지 않았어요. 그건 어쩔 수가 없지요. 헬런은 내 혈육이니까요."

"맞습니다."

"죽어가면서 헬런은 내게 오노리어를 잘 돌봐달라고 부탁했어요. 만약 그때 제부가 요양소에 있지만 않았다면, 문제가 좀 더 잘 풀렸을지도 몰라요."

그는 이 말에 아무런 대답도 하지 않았다.

"흠뻑 비에 젖은 채 몸을 덜덜 떨면서 헬런이 우리 집 문을 두드리던 그날 아침을 난 평생 잊을 수 없을 거예요. 제부가 헬런을 밖에 두고 문을 잠갔다고 하더군요."

찰리는 의자 팔걸이를 꽉 움켜잡았다. 예상했던 것보다 더 심했다. 장황하게 설득하고 해명하려다가 꾹 참고 다만 이렇게 말했다. "헬런이 밖에 있는데 문을 잠근 그날 밤은……." 그러자 그녀가 그의 말을 가로막았다. "그 얘기는 두 번 다시 듣고 싶지 않아요."

잠시 동안 침묵이 흐른 뒤 링컨이 말했다. "얘기가 잠깐 옆으로 빠진 것 같군. 지금 자네는 매리언에게 법률상의 후견인 자격을 포기하고 오노리어를 자네에게 보내달라고 부탁하고 있는 거지. 그런데 이 사람 입장에서 문제는, 자네를 신용할 수 있느냐 없느냐 하는 거란 말일세."

"전 처형을 탓하지 않습니다." 찰리가 천천히 말했다. "하지만 이제는 저를 완전히 믿어도 괜찮습니다. 삼 년 전까지만 해도 전 남한테 손가락질 받는 일이 없었습니다. 물론 인간이니까 언제든 잘못을 저지를 때가 있을지도 모르지요. 하지만 너무 오래 기다리다 보면 오노리어의 어린 시절을 그냥 놓쳐버리게 되고, 저도 가정을 가질 기회를 잃어버리게 됩니다." 그는 고개를 흔들었다. "오노리어를 완전히 잃게 된다는 거지요. 아시겠습니까?"

"그래, 무슨 얘기인지 알겠네." 링컨이 대답했다.

"왜 진작 그런 생각을 하지 않았죠?" 매리언이 물었다.

"가끔씩 그런 생각을 하지 않은 건 아니지만, 헬런과 제 사이가 나빠지고 있었습니다. 처형을 후견인으로 승낙할 때, 전 요양소에 누워 있었고, 주식이 폭락하는 바람에 빈털터리가 되었지요.[11] 잘못 처신했다는 걸 잘 알고 있었습니다. 그래서 만약 헬런에게 어떤 마음의 평화라도 가져다

---

11) 여기에서 찰리 웨일스는 미국의 경제 대공황을 가져온 1929년 10월 뉴욕 증권 시장의 몰락을 언급하고 있다. 경제 대공황은 십여 년 동안 미국 사람들에게 경제적으로 아주 심한 고통을 안겨다 주었다.

줄 수만 있다면, 무슨 일이든지 동의할 생각이었지요. 하지만 이제는 사정이 다릅니다. 사람 구실도 하고 있고, 처신도 이제는, 제기랄 제법 잘하고 있다고요…….”

“제 앞에서 욕지거리를 늘어놓지 마세요.” 매리언이 쏘아붙였다.

찰리는 놀란 표정으로 그녀를 쳐다보았다. 이야기를 해나가면 나갈수록 그녀의 혐오감은 점점 뚜렷해졌다. 그녀는 인생에 대한 모든 공포를 하나의 벽으로 쌓아 그것을 찰리 쪽으로 향하게 하고 있었다. 이런 터무니없는 책망은 어쩌면 몇 시간 전 요리사와 뭔가 옥신각신했기 때문인지도 모른다. 찰리는 이렇게 자신에 대한 적대감으로 가득 차 있는 분위기 속에 오노리어를 맡겨두는 것이 점점 더 불안해졌다. 그런 적대감은 어떤 때는 말로, 어떤 때는 고개를 젓는 모습으로 조만간 나타나게 될 것이다. 또한 그런 불신감의 일부는 어쩔 수 없이 오노리어에게도 심어지게 될 것이다. 그러나 그는 노여움을 얼굴에서 지워버리고 가슴속에 가두어두었고, 그래서 좀 더 유리한 입장에 서 있게 되었다. 왜냐하면 링컨이 아내의 말이 얼토당토않다는 것을 깨닫고, 언제부터 ‘제기랄’이라는 말에 반대했는지 농담 섞어 가볍게 물었기 때문이다.

“그리고 또 한 가지 말씀드릴 게 있습니다.” 찰리가 말했다. “이젠 저도 그 아이를 위해 뭔가 해줄 수 있게 되었지요. 전 프랑스인 가정교사를 프라하로 데리고 갈 계획입니다. 새 아파트도 얻어놨고…….”

그만 실수를 한 것을 깨닫고 그는 입을 다물었다. 자신의 수입이 또다시 그들의 수입보다 두 배가 되었다는 사실을 그들이 곱게 받아들일 리가 없었기 때문이다.

"물론 우리보다는 제부가 저 아이를 호강시켜 줄 수 있겠지요." 매리언이 말했다. "제부가 물 쓰듯 돈을 뿌리던 시절에 우리는 10프랑에도 벌벌 떨면서 살았으니까요……. 또다시 그렇게 살기 시작할 모양이군요."

"아니, 천만에요." 그가 대답했다. "그동안 배운 게 많습니다. 아시다시피, 저도 십 년 동안 열심히 일했습니다. 다른 많은 사람들과 마찬가지로 주식 시장에서 요행을 잡을 때까지는 말이지요. 그땐 엄청나게 재수가 좋았지요. 이제 다시 그런 행운은 오지 않을 겁니다. 그래서 전 그만뒀지요. 다시는 그런 일이 일어나지 않을 겁니다."

잠시 긴 침묵이 흘렀다. 세 사람 모두 신경이 곤두서고 있음을 느꼈고, 찰리는 일 년 만에 처음으로 술을 마시고 싶어졌다. 이제 링컨 피터스가 오노리어를 자기에게 넘겨줄 의향이 있다는 확신이 들었던 것이다.

갑자기 매리언이 부르르 몸을 떨었다. 찰리의 두 발이 이제 땅에 박혀 있다는 것은 그녀도 어느 정도 인정하고 있었고, 자신의 모성에 비추어볼 때도 그의 희망이 당연하다고 인정하고 있었다. 그러나 그녀는 오랫동안 한 가지 편견을 갖고 살아왔다. 여동생이 행복할 리가 없다는 이상야릇한 불신에 근거를 둔 것으로, 그 끔찍한 밤의 충격 때문에 그에 대한 증오심으로 변한 편견 말이다. 그 일이 일어난 것도 바로 그녀가 건강이 좋지 않았고 여러 역경 탓에 구체적인 악행이나 구체적인 악한의 존재를 믿게 되었던 바로 그 시기였다.

"난 그렇게 생각할 수밖에 없어요!" 그녀가 갑자기 소리를 질렀다. "제부가 헬런의 죽음에 얼마만큼의 책임이 있는지 난 잘 모르겠어요. 그건 제부가 제부 자신의 양심과 해결해야 할 문제이지요."

고통이 전류처럼 그의 온몸을 타고 흘렀다. 잠깐 동안 자신도 모르게 하고 싶은 말이 목구멍까지 치밀어 오르면서 거의 자리에서 일어날 뻔했다. 그러나 한 순간, 또 한 순간 자신을 억제했다.

"자네가 참게나." 링컨이 불안한 듯 말했다. "난 그 일에 자네가 책임 있다고 생각해 본 적이 한번도 없네."

"헬런은 심장병으로 사망한 겁니다." 찰리가 목이 잠긴 목소리로 말했다.

"맞아요. 심장병이었지요." 매리언이 마치 그 말이 자신에게는 다른 의미를 지니고 있기라도 한 듯 말했다.

그러고 나서 감정을 분출하고 난 뒤에 오는 덤덤한 기분으로 그녀는 찰리를 똑바로 쳐다보았고 결국 그가 상황을 장악하게 되었다는 사실을 알고 있었다. 그녀는 남편을 바라보았지만 그로부터도 아무런 지원이 없으리라는 것을 깨달았고, 그러자 마치 그것이 그렇게 중요한 것이 아니라는 듯이 갑자기 패배를 인정하고 말았다.

"제부가 하고 싶은 대로 하세요!" 그녀는 의자에서 벌떡 일어나면서 소리를 질렀다. "오노리어는 제부 아이니까요. 난 제부를 방해하는 사람이 아니에요. 만약 저 애가 내 자식이라면 차라리 저 아이에게……" 그녀는 가까스로 자신을 억제했다. "두 분이 결정하세요. 난 도저히 못 참겠어요. 몸이 좋지 않아서 좀 쉬어야겠어요."

그렇게 말하고 그녀는 황급히 방을 나가버렸다. 잠시 뒤 링컨이 말했다.

"오늘은 아내에게 힘든 하루였다네. 자네도 알다시피, 여자란 얼마나 단호한지……." 그의 말투는 거의 변명에 가까웠다. "일단 어떤 생각을 머리에 간직하면 말일세."

"무리도 아니지요."

"잘 풀리게 될 걸세. 아내도 이젠 이해할 거라고 생각하네. 자네가…… 저 아이를 돌볼 수 있다는 걸 말일세. 그러니 우린 자네나 오노리어의 길을 방해할 수가 없지 않은가."

"형님, 고맙습니다."

"아내가 어떤지 살피러 가야겠네."

"그럼 이만 돌아가겠습니다."

길거리로 나와서도 그의 몸은 한동안 여전히 떨렸지만 보나파르트 가를 따라 강변으로 내려가자 마음이 가라앉았고, 강변의 불빛을 받아 산뜻하고 새롭게 보이는 센 강변을 가로질러 갈 때에는 제법 승리감마저 느꼈다. 그러나 숙소에 돌아온 그는 잠을 이룰 수 없었다. 헬런의 모습이 자주 떠올랐던 것이다. 그렇게도 사랑하던 헬런이었지만 결국 두 사람은 어리석게도 서로의 사랑을 모욕하기 시작했고, 마침내 그것을 산산조각으로 부숴버리고 말았다. 매리언이 그렇게 생생하게 기억하고 있는 그 끔찍한 2월의 밤에도 따분한 말다툼이 몇 시간이나 계속되었다. '플로리다' 카페에서 한 차례 소동이 벌어진 뒤 그는 그녀를 집으로 데리고 가려 했다. 그러자 그녀가 테이블에 앉아 있는 웹이라는 청년에게 키스를 했다. 그러고 나서 그녀는 히스테리가 되어 떠들어댔다. 혼자서 집으로 돌아간 그는 분노를 참지 못하고 문에 자물쇠를 걸어버렸다. 한 시간 뒤 그녀가 혼자서 돌아올 줄을, 눈보라가 몰아쳐서 당황한 나머지 택시도 잡지 못하고 슬리퍼를 신은 채 헤매고 다닐 줄을 그가 어떻게 예상할 수 있었겠는가? 그러고 나서 그 여파라고 해야 할 그녀의 폐렴 소동, 기적적으로 살아남기는 했지만 그 뒤에 끔찍한 일들이 몇 가지 더 일어났다. 두 사람은 '화해'했지만 그것은 파국의 시작에 지나지 않았다. 그리고 그 사건을 직접 자기 눈으로 확인하고 그것을 동생이 겪은 수많은 수난 중 하나에 불과하다고 상상한 매리언은 결코 그날을 잊을 수 없게 된 것이다.

그때의 일을 다시 떠올리자 헬런이 점점 가깝게 느껴졌고, 동이 틀 무렵 반쯤 잠이 든 사이 조용히 다가온 희고 부드러운 빛 속에서 그는 어느새 또다시 헬런과 대화를 나누고 있었다. 그녀는 오노리어에 대해서 그의 생각이 전적으로 옳으며 오노리어가 그와 함께 살았으면 좋겠다고 말했다. 그리고 그가 성실한 사람이 되고 일이 잘 풀려가고 있어 기쁘다고도 말했다. 그 밖에도 그녀는 이것저것 많은 얘기를 했다. 아주 친밀감을 느끼게 하는 얘기들 말이다. 그러나 그녀는 새하얀 드레스를 입고 그네를 타고 있었는데, 그네가 점차 빨리 흔들리는 바람에 끝에 가서는 그녀가 하는 말을 모두 똑똑히 알아들을 수가 없었다.

4

찰리 웨일스는 행복한 기분으로 눈을 떴다. 이 세상의 문이 다시 열린 것이다. 여러 계획과 전망을 세우고 오노리어와 자기 자신의 미래를 그려보았다. 그러나 헬런과 함께 세웠던 모든 계획이 떠오르자 그는 갑자기 슬퍼졌다. 그녀에게 죽음 따위는 계획에도 없었는데 말이다. 중요한 것은 지금 현재이다. 해야 할 일, 그리고 사랑해야 할 누군가 말이다. 그러나 지나치게 너무 사랑해서는 안 된다. 너무 지나치게 애착을 느끼다 보면 아버지가 딸에게, 엄마가 아들에게 해를 끼치기 쉽다는 것을 그는 잘 알고 있다. 뒷날 나이가 들어 아이는 결혼 상대에게 같은 식으로 맹목적인 사랑을 요구할 것이고, 아마 그것을 얻지 못하면 사랑에도 인생에도 등을 돌리게 될 것이 아닌가.

그날도 화창하게 갠 산뜻한 날씨였다. 그는 링컨 피터스의 근무처인 은행으로 전화를 걸어 프라하로 돌아갈 때 오노리어를 데리고 가는 것으로 생각해도 좋겠냐고 물어보았다. 링컨은 더 이상 미룰 이유가 없다고 말했다. 다만 한 가지, 법정 후견인 문제가 남아 있다는 것이다. 매리언은 좀 더 그 권한을 갖고 있기를 원했다. 모든 문제로 그녀는 아직도 당황한 상태에 있었고, 그래서 앞으로 일 년 정도 더 자신이 이 문제를 통제하고 있다는 느낌을 갖는다면 아마 일이 원활하게 진행되리라는 것이다. 찰리로서는 눈으로 볼 수 있고 손으로 만져볼 수 있는 그 아이를 원할 뿐이기 때문에 그의 말에 동의했다.

그다음 문제는 가정교사였다. 찰리는 을씨년스러운 소개소에 앉아서 무뚝뚝한 베아른[12] 출신 여자와 뚱뚱보 브르타뉴[13] 시골 처녀를 면접했지만 둘 다 참기 어려운 상대였다. 다른 지원자들도 있었지만 이튿날 만나기로 했다.

찰리는 '그리퐁'에서 링컨 피터스와 함께 점심을 먹으면서 들뜬 기분을 애써 억제하려고 노력했다.

"자기 자식만 한 것도 이 세상에 없지." 링컨이 말했다. "하지만 자네는 매리언의 기분도 이해해 줘야 하네."

"처형은 제가 고국에서 칠 년 동안 얼마나 열심히 일했는지 잊고 있습니다." 찰리가 말했다. "단지 그날 밤의 일을 기억하고 있을 뿐이지요."

"꼭 그 일 때문만은 아니라네." 링컨이 머뭇거리며 말했다. "자네가 헬런과 돈을 뿌리면서 유럽 구석구석을 쏘다니던 시절, 우리는 가까스로 살고 있었지. 난 그 호경기에도 아무런 행운을 잡을 수가 없었어. 보험금을 붓는 것도 빠듯할 만큼 여유가 없었기 때문이지. 매리언은 그게 뭔가 부당하다고 느꼈던 것 같아…… 막판에 가서 자네는 아무 일도 하지 않는데도 점점 더 부자가 되어갔으니까 말일세."

"빨리 들어온 만큼이나 빨리 사라져버렸지요."

"그랬지. 많은 돈이 웨이터나 색소폰 연주자나 호텔 지배인의 주머니로 들어갔지…… 어쨌든, 그런 성대한 파티도 이제는 끝장이 났네. 내가 이런 말을 꺼내는 이유는,

---

12) 프랑스의 남서부 지방.
13) 프랑스 북서부의 반도를 중심으로 한 지역.

제정신이라곤 말할 수 없었던 지난 몇 년 동안의 상황에 대해 매리언이 어떻게 생각하고 있는지 설명하려는 걸세. 오늘 밤 매리언이 너무 피곤하기 전에 6시쯤 와준다면, 그 자리에서 구체적인 일을 결정하기로 하세."

찰리가 호텔에 돌아와 보니 기송(氣送)[14]으로 부쳐 온 속달 편지 한 통이 기다리고 있었다. 누군가 찾고 싶은 사람이 있어 주소를 남겨놓은 '리츠' 바에서 이쪽으로 다시 보내준 것이었다.

찰리 보세요.

지난번 만났을 때 당신이 워낙 낯설게 대해 내가 뭔가 기분을 상하게 한 일이라도 있나 하고 생각했어요. 비록 그렇게 했다 해도 나는 전혀 의식을 못하고 있어요. 사실, 작년 한 해 동안 당신에 대해 무척 많이 생각했어요. 이곳에 오면 어쩌면 당신을 만날 수 있지 않을까 하고 언제나 마음속으로 기대했지요. 정말 미치광이 같았던 그해 봄, 우린 아주 즐거운 시간을 보냈지요. 당신과 둘이서 정육점 주인의 삼륜차를 잠시 슬쩍했던 그날 밤이라든가, 대통령한테 가자며 당신이 낡은 중산모자의 테두리만 쓰고 철사 지팡이를 짚고 다니던 때도 있었잖아요. 요즈음은 다 늙어버린 것 같아 보이지만, 난 전혀 나이 든 기분이 들지 않아요. 옛날을 생각하여 오늘 만날 수 없을까요? 지금은 지독한 숙취

---

14) 편지나 소포 따위를 압축 공기 관(管)으로 발송하는 우편.

때문에 맥도 못 추고 있지만, 오후에는 기분이 나아질 것 같아요. 5시경에 '리츠' 바에서 당신을 찾아보겠어요.

언제나 헌신적인
로레인 올림

이 편지를 받고 맨 처음 느낀 것은 두려움이었다. 성인이 되어 실제로 남의 삼륜차를 훔쳐 페달을 밟으며 로레인과 함께 늦은 시각에서 새벽 사이에 에투왈 광장을 돌아다녔으니까 말이다. 돌이켜 보면 그야말로 악몽 같은 시간이었다. 문을 잠가 헬런을 못 들어오게 한 사건은 그의 평소 행동과는 들어맞지 않았지만 삼륜차 사건은 잘 들어맞았다. 그것은 그가 평소에 저질렀던 많은 행동 중의 하나였다. 그토록 완전히 무책임한 상태에 이르기까지 과연 몇 주일 또는 몇 개월이나 방탕한 생활에 빠져 있었던가.

그는 그 무렵 자신에게 로레인이 어떻게 보였는지 마음속으로 상상해 보려고 했다. 아주 매력적인 여자였다. 비록 아무 말도 하지 않았지만 헬런은 그 일 때문에 불행했었다. 어제 레스토랑에서 만났을 때 로레인은 평범하고 진부하고 지쳐 있는 것처럼 보였다. 그는 절대로 그녀를 만나고 싶지 않았고, 앨릭스가 그녀에게 호텔 주소를 알려주지 않은 것을 천만다행으로 생각했다. 그 대신 오노리어를 생각하자 안심이 되었다. 일요일이 되면 그녀와 함께 지내고, 아침에는 그녀에게 아침 인사를 하며, 밤에도 그녀가 숨을 쉬며 자신의 집에 살고 있을 것을 생각하니 말이다.

5시에 찰리는 택시를 타고 나가 처형 식구들에게 줄 선물을 샀다. 예쁜 봉제 인형이며, 상자에 든 로마 병정이며, 매리언에게 줄 꽃다발이며, 링컨에게 줄 큼직한 린넨 손수건을 샀다.

아파트에 도착한 찰리는 매리언이 이미 피할 수 없는 사실을 받아들이고 있다는 것을 알았다. 지금까지와는 달리 위협적인 국외자라기보다는 다루기 힘든 가족의 일원인 듯 그에게 인사를 했다. 오노리어는 아버지와 함께 간다는 얘기를 이미 들어 알고 있었다. 그런데도 눈치 있게 너무 좋아하는 내색을 보이지 않으려는 것을 보며 찰리는 기분이 좋았다. 그의 무릎에 올라앉을 때에만 그녀는 기뻐하며 나지막한 목소리로 "언제 가요?" 하고 속삭이고는 곧 다른 아이들이 있는 곳으로 가버렸다.

그는 잠시 동안 매리언과 둘이서만 방 안에 있었고, 충동에 이끌려 불쑥 말을 꺼냈다.

"집안 다툼이란 여간 괴로운 게 아니더군요. 어떤 원칙에 따라 싸우지 않으니까요. 통증이나 상처와는 다르지요. 오히려 달라붙을 살이 없어서 아물지 않는, 피부가 째진 곳과 같다고나 할까요. 앞으로 처형과 좀 더 원만하게 지내고 싶습니다."

"어떤 일은 아무래도 잊을 수 없는 법이니까요." 매리언이 대답했다. "문제는 상대방을 믿을 수 있느냐 하는 거지요." 찰리가 그 말에 대답을 하지 못하자 곧 그녀가 물었다. "언제 오노리어를 데리고 갈 생각인가요?"

"가정교사를 구하는 대로 그럴 생각입니다. 생각 같아서는 모레쯤이면 좋겠습니다만."

"그건 도저히 불가능해요. 저 애의 물건들을 정리해 줘야 하니까요. 빨라도 토요일 전에는 안 돼요."

그는 그 말을 받아들였다. 링컨이 방에 다시 돌아오며 그에게 술을 권했다.

"그럼 오늘분 위스키를 한 잔 마시겠습니다." 그가 말했다.

이곳의 공기는 포근했다. 식구들이 난롯가에 모여 있는 모습에 정말로 가정이라는 느낌이 들었다. 아이들은 자신들이 안전하고 소중하게 취급받고 있다는 것을 느끼고 있었다. 엄마와 아빠는 진지하게 주의를 기울이고 있었다. 그들에게는 그의 방문보다도 아이들에게 해주어야 할 일들이 더 중요했다. 결국 매리언과 자신 사이의 불화보다도 아이에게 약 한 숟가락 먹이는 것이 더 중요한 것이다. 그들은 무미건조한 사람들은 아니었지만 생활과 살림 형편에 찌들어 있었다. 판에 박은 듯한 은행원 생활에서 링컨을 벗어나도록 해줄 수 있는 일이 없을까 하고 그는 생각했다.

그때 현관문의 벨이 길게 울렸다. 프랑스인 가정부가 앞을 지나 복도로 나갔다. 다시 한 번 벨이 길게 울리자 문이 열리면서 누군가의 목소리가 들려왔다. 거실에 있던 세 사람은 누구일까 하고 고개를 들었다. 링컨은 복도를 보기 위해 몸을 움직였고, 매리언은 자리에서 일어났다. 그러고 나서 가정부가 복도를 따라 되돌아왔고, 그 바로 뒤에 누군가의 목소리가 계속 들려왔으며, 그 목소리는 밝은 불빛 아래 다름 아닌 덩컨 셰퍼와 로레인 퀴리스의 모습으로 바뀌었다.

두 사람은 기분이 좋았고 법석대며 큰 소리로 웃고 떠들어댔다. 순간 찰리는 당황해서 어찌할 바를 몰랐다. 이들이 어떻게 피터스의 집 주소를 찾아냈는지 도무지 알 수 없는 노릇이었다.

"아-아-하!" 덩컨은 짓궂게 찰리에게 손가락을 흔들어댔다. "아-아-하!"

두 사람은 또다시 한바탕 요란하게 웃어댔다. 불안과 당혹스러움에 빠진 찰리는 재빨리 그들과 악수를 한 뒤 링컨과 매리언에게 소개했다. 매리언은 가볍게 고개만 숙였을 뿐 거의 입을 열지 않았다. 그녀는 난로 쪽으로 한 발짝 물러섰다. 어린 딸이 옆에 서 있었고, 매리언은 한 팔로 그 애의 어깨를 감쌌다.

찰리는 이 무례한 침입에 대해 차츰 분노를 느끼면서 그들이 사정을 해명하기를 기다렸다. 골똘히 생각한 뒤 먼저 덩컨이 입을 열었다.

"자네를 저녁 식사에 초대하러 왔네. 로레인과 난 자네가 쉬쉬하며 주소를 숨기는 일을 그만두었으면 하네."

찰리는 마치 두 사람을 복도 아래로 밀어낼 듯이 바싹 다가갔다.

"미안하지만 그럴 수 없네. 어디 있을지 행선지를 알려주면 삼십 분 뒤에 전화하겠네."

그렇게 말했지만 두 사람은 들은 척도 하지 않았다. 로레인은 갑자기 의자 팔걸이에 앉으며 리처드를 쳐다보면서 큰 소리로 말했다. "어머, 무척 귀여운 도련님이네! 이쪽

으로 와보렴, 꼬마 신사.” 리처드는 엄마의 얼굴을 올려다
볼 뿐 조금도 움직이지 않았다. 눈에 띄게 어깨를 들썩거
리며 로레인은 다시 찰리 쪽으로 몸을 돌렸다.

“우리 저녁 먹으러 나가요. 당신 친척들은 상관하지 않
을 거예요. 좀처럼 얼굴 보기가 힘들어요. 아니, 너무 목
에 힘을 주셔.”

“지금은 안 돼.” 찰리가 무뚝뚝한 말투로 말했다. “둘이
서 저녁을 하게나. 내가 나중에 연락을 취할 테니.”

갑자기 로레인의 목소리가 불쾌해졌다. “알았어요. 가겠
어요. 하지만 난 아직 잊지 않고 있어요. 당신이 새벽 4시
에 우리 집 문을 마구 두드렸던 일 말이에요. 그때 난 당
신에게 술을 낼 만큼 잘해 주었다고요. 자, 가요, 덩컨.”

몽롱하고 화가 난 얼굴을 하고 두 사람은 어정쩡한 발걸
음으로 느릿느릿 복도를 따라 걸어 나갔다.

“잘 가요.” 찰리가 말했다.

“잘 있어요!” 로레인이 힘주어 대답했다.

찰리가 응접실로 돌아오자 매리언은 조금도 움직이지 않
고 같은 자리에 서 있었고, 이제는 그녀의 아들이 그녀의
다른 팔 범위 안에 서 있었다. 링컨은 여전히 오노리어를
안고 시계추처럼 좌우로 흔들어대고 있었다.

“어떻게 이런 무례한 일이 다 있는지!” 찰리가 발끈 화
를 내며 말했다. “도대체 예의라곤 모르는 인간들이야!”

부부는 아무런 대답도 하지 않았다. 찰리는 팔걸이의자
에 털썩 앉은 뒤 아까 마시던 술잔을 집어 들었지만 다시
내려놓으며 말했다.

"이 년이나 만나지 않은 사람들인데 그렇게 뻔뻔스럽게……."

그는 갑자기 입을 다물었다. 매리언이 화가 난 듯 빠르게 "오오!" 하고 한마디 내뱉고는 그에게서 휙 몸을 돌려 방에서 나가버렸기 때문이었다.

링컨은 오노리어를 살짝 내려놓았다.

"너희들 안으로 들어가서 수프를 먹기 시작해라." 그가 말했다. 아이들이 시키는 대로 하자 그는 찰리에게 말했다.

"매리언은 건강이 좋지 않아서 충격을 견디지 못하네. 저런 부류의 사람들을 보면 그야말로 몸이 아플 정도지."

"제가 부른 게 아닙니다. 저자들이 어디선가 형님의 이름을 알아낸 겁니다. 저자들은 일부러……."

"하여튼 일이 참으로 곤란하게 되었어. 문제에 도움이 되지 않는단 말씀이야. 잠깐 실례하겠네."

혼자 남게 된 찰리는 긴장한 채 의자에 앉아 있었다. 옆방에서는 어른들 사이의 소동 따위는 벌써 잊어버린 듯 짤막한 말을 서로 주고받으며 저녁을 먹고 있는 아이들의 목소리가 들려왔다. 그 안쪽 방에서는 작은 목소리로 이야기하는 소리가 들려왔고, 이어서 찰칵하고 수화기를 들어올리는 소리가 들려왔다. 겁에 질린 찰리는 목소리가 들리지 않는 방의 반대편으로 자리를 옮겼다.

잠시 뒤 링컨이 돌아왔다. "여보게, 찰리. 오늘 저녁 식사는 다음으로 미루는 게 좋을 것 같네. 아무래도 매리언의 상태가 엉망이라서."

"저한테 화가 난 겁니까?"

"그런 셈이지." 그가 거칠다 싶을 정도로 대꾸했다. "그녀의 건강이 좋지 않은 데다가……."

"그러니까 오노리어의 일에 대해 마음이 변했다는 건가요?"

"지금은 몹시 화가 나 있네. 난 잘 모르겠어. 내일 은행으로 전화해 주게나."

"형님이 잘 설명해 주십시오. 그 사람들이 여기까지 쳐들어올 줄은 꿈에도 생각지 못했다고요. 두 분 못지않게 저도 화가 납니다."

"지금은 매리언에게 뭐라고 변명할 수가 없다네."

찰리는 자리에서 일어났다. 그리고 코트와 모자를 집어들고 복도를 따라 걸어갔다. 그런 뒤 식당 문을 열고 이상한 목소리로 "모두들 잘 있어라." 하고 인사를 했다. 평소와 다른 기묘한 목소리였다.

오노리어가 자리에서 일어나 식탁을 돌아 달려 나와 그에게 안겼다.

"잘 있어라. 아가야." 그가 모호하게 말했다. 그러고 나서 목소리를 좀 더 부드럽게 가다듬어 어떤 불신을 달래려고 하면서 이렇게 덧붙였다. "잘 있어라, 얘들아."

5

찰리는 로레인과 덩컨을 가만두지 않겠다고 다짐하며 그 길로 곧장 '리츠' 바로 갔지만 막상 두 사람은 그곳에 없었다. 그리고 설령 그들을 찾아낸다 해도 그가 할 수 있는 일이란 아무것도 없다는 사실을 깨달았다. 피터스의 집에서는 술을 입에도 대지 않았지만 그는 위스키 소다를 주문했다. 폴이 그에게 다가와 인사를 했다.

"완전히 달라졌어요." 폴이 아쉬운 듯이 말했다. "지금은 그때의 반 정도밖에는 장사가 되지 않아요. 듣자 하니 미국에 돌아가서 모든 것을 잃어버린 분들도 상당히 많다지요. 아마 맨 처음 증권 폭락에서 살아남았던 사람들도 두 번째 때 당한 모양입니다. 친구 분이신 조지 하트 씨도 한 푼도 안 남기고 깨끗하게 털렸다고 들었습니다. 사장님도 미국으로 돌아가셨나요?"

"아니, 난 지금 프라하에서 사업을 하고 있네."

"사장님도 주식 폭락으로 상당히 손해를 보았다고 들었습니다만."

"그랬지." 하고 말한 뒤 그는 엄숙한 표정으로 이렇게 덧붙였다. "하지만 내가 소중한 것을 모두 잃어버린 건 경기가 좋을 때였다네."

"공매(公賣) 때문이었군요."

"뭐, 그와 비슷한 것 때문이었지."

또다시 그 시절의 기억이 악몽처럼 그를 엄습해 왔다. 그들이 여행하며 만났던 사람들이며, 그다음에는 숫자의 덧셈도 제대로 할 수 없고 조리 있게 말도 할 줄 모르던 사람들. 또한 선상(船上) 파티에서 헬런이 댄스 상대로 허락했는데도 테이블에서 10피트 떨어진 곳에서 그녀에게 모욕을 주던 키 작은 사나이며, 술이나 마약에 취해 비명을 지르면서 강제로 공공장소에서 끌려 나가던 중년 여성과 아가씨들.

그리고 1929년의 눈은 진짜 눈이 아니라며 아내를 눈 내리는 바깥으로 내쫓은 남자들. 눈이 아니기를 바라면 약간의 돈을 집어주기만 하면 되었던 것이다.

찰리는 피터스의 아파트에 전화를 걸었다. 링컨이 받았다.

"그 일이 아무래도 마음에 걸려 전화를 걸었습니다. 처형은 뭐라고 분명히 하시던가요?"

"매리언은 지금 몸 상태가 좋지 않다네." 링컨이 짤막하게 대답했다. "이번 일은 전적으로 자네 잘못만은 아니라는 걸 잘 알고 있네만, 그렇다고 아내를 엉망으로 만들 순 없네. 여섯 달 동안 그냥 미루어두는 수밖에 없을 것 같아. 아무래도 아내를 또다시 지금 같은 상태가 되도록 만들 순 없어."

"잘 알겠습니다."

"미안하네, 찰리."

그는 다시 테이블로 돌아왔다. 술잔은 비어 있었지만 앨릭스가 그의 의향을 묻듯이 그 잔을 쳐다보았을 때 그는 고개를 내저었다. 이제는 오노리어에게 뭔가 물건을 보내주는 것 말고는 그가 달리 할 수 있는 일이 없었다. 내일 여러 가지 물건을 사서 보내주기로 하자. 그 모든 것이 결국 돈 때문이 아닌가 생각하자 조금 화가 치밀어 올랐다. 그는 지금까지 너무 많은 사람들에게 돈을 주었던 것이 아닌가.

"아니, 이제 그만 하겠네." 그는 다른 웨이터에게도 말했다. "술값이 얼마인가?"

언젠가 그는 또다시 이 도시에 돌아올 것이다. 언제까지나 그에게 돈을 지불하게 할 수 없는 노릇이었다. 그래도 그는 아이를 원했고, 그 사실을 제외하고는 이제 중요한 일이라고는 아무것도 없었다. 이제 혼자서 그렇게 많은 멋진 생각과 꿈을 가질 수 있는 젊은이가 아니었다. 헬런도 그가 이렇게 외로움을 겪는 것을 원하지 않을 것이라고 찰리는 조금도 믿어 의심치 않았다.

겨울 꿈

1

캐디 중 몇 명은 몹시 가난하여 앞마당에 있는 신경 쇠약에 걸린 암소와 함께 단칸방 집에서 살았다. 그러나 덱스터 그린의 아버지는 블랙베어[1]에서 둘째가는 식료품 가게를 갖고 있었다. (가장 좋은 가게는 '더 헙'이라는 가게로 셰리아일랜드에 사는 부유한 사람들이 즐겨 찾는 곳이었다.) 게다가 덱스터는 다만 용돈을 벌기 위해 캐디 노릇을 하고 있을 뿐이었다.

날씨가 상쾌해지고 하늘이 잿빛으로 변하는 가을과 미네소타 주의 기나긴 겨울이 하얀 상자 뚜껑처럼 닫히게 되

---

1) F. 스콧 피츠제럴드의 고향 미네소타 주 세인트폴 근처에 있는 화이트 베어 호수를 모델로 한 호수.

면, 덱스터의 스키는 골프장의 페어웨이를 덮고 있는 눈 위를 달렸다. 이런 때가 되면 이 지방은 그에게 깊은 우수 (憂愁)를 안겨다 주었다. 기나긴 겨울 동안에는 골프장을 털이 덥수룩한 참새들의 서식지로 어쩔 수 없이 묵혀두어야 한다는 데 화가 났던 것이다. 여름철에 울긋불긋한 깃발이 나부끼던 골프 티에 겨울이 오면, 딱딱하게 굳어버린 얼음 속에 무릎 높이의 모래 상자만이 버려져 있는 것이 황량하기 그지없었다. 그가 언덕을 가로질러 갈 때면 찬바람이 뼛속까지 스며들었다. 비록 해가 뜬다 해도 한없이 번쩍이는 가혹한 빛 때문에 두 눈을 가늘게 뜬 채 뚜벅뚜벅 걸어가야 했다.

4월이 되면 갑자기 겨울이 끝났다. 눈은 때 이른 골퍼들이 붉고 검은 공으로 겨울을 몰아내기를 채 기다리지도 않고 녹아서 블랙베어 호수로 흘러 들어갔다. 우쭐대지도 않고 그사이에 비가 내리는 영광도 없이 추위는 이렇게 사라져버리는 것이었다.

덱스터는 이 북부 지방의 가을에 아름다운 그 무엇이 있듯이 봄에는 뭔가 황량한 데가 있음을 잘 알고 있었다. 가을이 되면 그는 두 손을 불끈 쥐고 몸을 떨면서 혼잣말로 바보 같은 몇 문장을 되풀이했고, 갑작스럽게 머릿속으로 그려낸 관객과 군인들에게 기운차게 명령을 내리는 동작을 지어 보였다. 10월은 그에게 희망을 불어넣어 주었고, 11월이 되자 그 희망은 희열의 승리감으로 바뀌었다. 그리고 이런 분위기에서 속절없이 지나가는 셰리아일랜드의 인상 깊은 찬란한 여름은 그에게 손쉬운 돈벌이가 되었다. 그는 골프 챔피언이 되어 페어웨이 위 멋진 시합에서 수백 번이나 T. A. 헤드릭 씨를 이기곤 하는 장면을 머릿속에 그려 보았다. 그런데 그럴 때마다 그는 이 시합의 세부 내용을 끊임없이 바꾸곤 했다. 어떤 때에는 거의 어처구니없이 쉽게 이겼고, 또 어떤 때에는 그의 뒤를 쫓다가 가까스로 멋지게 이겼다. 또는 모티머 존스 씨처럼 피어스 애로[2] 자동차에서 내려 셰리아일랜드 골프 클럽의 라운지로 무뚝뚝하게 어슬렁거리며 걸어 들어가기도 했다. 아니면 찬사를 보내는 군중에 둘러싸여 클럽의 부대(浮臺) 도약판에서 멋진 다이빙 솜씨를 보이기도 했다…… . 놀라 입을 벌리고 그를 바라보는 사람 중에는 모티머 존스 씨도 끼어 있었다.

그러던 어느 날 존스 씨가(유령이 아닌 실제 인물 말이다.) 두 눈에 눈물을 글썽거리며 덱스터에게 다가와 이렇게 말했다. 덱스터야말로 클럽에서 가장 뛰어난 캐디로, 만약 존스 씨가 그에 맞는 배려를 해준다면 캐디를 그만두지 않을 수도 있지 않은가. 왜냐하면 클럽의 다른 캐디들은 하나같이 홀에 공을 하나 넣을 때마다 골프 공 하나씩을 잃어버렸기 때문이다. 그것도 자주 말이다.

"안 됩니다, 어르신." 덱스터가 단호하게 말했다. "전 이제 더 이상 캐디 노릇을 하고 싶지 않습니다." 그러고 나서 잠시 쉬었다가 이렇게 덧붙였다. "캐디 노릇을 하기에는 너무 나이가 많아요."

"자넨 아직 열네 살도 되지 않았잖은가. 하필이면 왜 오

2) 1910년에서 1938년까지 뉴욕 주의 버팔로에서 제조한 고급 승용차.

늘 아침에 그만두기로 결정했단 말인가? 다음 주에 나랑 주(州) 토너먼트에 나가기로 약속하지 않았는가 말이야."

"아무래도 나이가 너무 많다는 생각이 들었습니다."

덱스터는 'A 클래스' 배지를 돌려주고 캐디 장(長)으로부터 받아야 할 돈을 받은 뒤 블랙베어 마을에 있는 집으로 걸어갔다.

"내가 만난 캐디 중에서…… 가장 뛰어난 캐디였는데." 모티머 존스 씨는 그날 오후 술잔을 기울이며 큰 소리로 말했다. "공 하나 잃어버린 적이 없었지! 똑똑하고! 조용하고! 정직하고! 늘 고마워할 줄 알고!"

이렇게 덱스터가 캐디 노릇을 그만두게 된 것은 열한 살 짜리 작은 소녀 때문이었다. 나이 어린 소녀들이란 흔히 지금은 예쁘장하면서도 못생겼지만 몇 해만 지나면 이루 말할 수 없을 만큼 얼굴이 예뻐져서 수많은 남성들에게 적잖이 슬픔을 안겨다 주게 될 것이다. 그러나 그녀에게서는 벌써 미모가 엿보였다. 웃을 때 입술을 입 가장자리 아래쪽으로 비트는 모습이라든지 ―그리고, 맙소사! ―거의 정열적이라고 할 두 눈동자에는 어렴풋하게나마 사악함마저 깃들어 있었다. 그런 여자들에게 활력이란 타고나는 법이다. 벌써 가냘픈 몸매에 광채 같은 빛을 내뿜고 있었다.

아침 9시에 여자애는 하얀 캔버스 가방에 작은 새 골프채 다섯 개를 든 흰 무명옷 차림의 유모와 함께 진지한 표정으로 골프장에 나왔다. 덱스터가 처음 보았을 때 그녀는 조금 안절부절못하고 캐디 하우스 옆에 서 있었다. 그녀는 놀란 표정으로 어울리지 않게 얼굴을 우아하게 찡그리며 누가 봐도 부자연스럽게 유모에게 말을 걸어 불안한 마음을 감추려 하고 있었다.

"힐더 아줌마, 오늘 날씨가 참 좋아요." 그녀가 말하는 소리가 덱스터의 귀에 들려왔다. 그녀는 입술 가장자리를 아래쪽으로 당겨 미소를 짓고는 슬쩍 주위를 돌아보다가 잠시 덱스터에게 눈길을 떨어뜨렸다.

그러고는 유모에게 이렇게 말하는 것이었다.

"한데, 오늘 아침은 별로 사람들이 없는 것 같아. 안 그래?"

그녀는 또다시 미소를 지었다. 빛을 내뿜었지만 뻔뻔스러울 만큼 인위적인, 그러면서도 확신을 주는 미소였다.

"이제 어떻게 해야 될지 모르겠네." 특별히 바라보는 곳 없이 유모가 말했다.

"아, 괜찮아요. 내가 어떻게 해볼게요."

덱스터는 약간 입을 벌린 채 그야말로 돌처럼 움직이지 않고 서 있었다. 만약 앞쪽으로 한 발이라도 옮겨놓는다면 그가 바라보고 있는 모습이 그녀의 시야에 들어올 것이다. 한편 뒤로 물러선다면 그녀의 얼굴을 완전히 바라보지 못할 것이다. 순간 그는 그녀가 몇 살이나 되는지 통 알아낼 수 없었다. 그러다가 문득 작년에 여러 번 그녀를 본 것이 기억났다. 블루머 바지를 입고 있는 모습 말이다.

그는 자신도 모르게 갑자기 짧은 웃음이 나왔다. 그리고 나서 자신의 행동에 흠칫 놀라며 돌아서서 재빨리 걸어가기 시작했다.

"보이!"

덱스터는 걸음을 멈췄다.

"보이……."

자신을 부르고 있음에 틀림없었다. 그뿐만 아니라 그에게 그 우스꽝스러운 미소, 종잡을 수 없는 그런 미소까지 짓는 것이 아닌가. 적어도 여남은 명의 남자들은 중년까지 기억할 그런 미소였던 것이다.

"보이, 골프 강사가 어디 있는지 아세요?"

"지금 레슨 중인데요."

"그럼 캐디 장은 어디 있는지 아세요?"

"아직 출근하지 않았는데요."

"오." 잠시 그녀는 당황하는 듯했다. 번갈아가며 오른쪽 발로 서 있다가 왼쪽 발로 서 있기를 반복했다.

"우린 캐디가 필요해요." 유모가 말했다. "모티머 존스 씨 부인이 골프를 치라고 우리를 내보내셨지요. 그런데 캐디 없이 어떻게 골프를 칠지 모르겠군요."

존스 씨의 딸이 불길한 눈길로 쳐다본 뒤 곧이어 미소를 짓자 유모는 말을 멈췄다.

"나 말고는 캐디가 없어요." 덱스터가 유모에게 말했다. "그리고 캐디 장이 올 때까진 여기를 책임지고 있어야 해요."

"오."

존스 씨의 딸과 유모는 이제 물러갔고, 덱스터로부터 멀리 떨어지자 서로 열심히 이야기를 나눴다. 그런데 존스 씨의 딸이 골프채 하나를 뽑아 쾅 하고 땅에 치면서 이야기를 끝냈다. 좀 더 강조하려는 듯이 골프채를 다시 들어 올려 유모의 가슴팍을 세차게 내리치려는 것을 유모가 잡아 그녀의 손에서 빼앗았다.

"이 빌어먹을 늙은 할망구 같으니라고!" 존스 씨의 딸이 사납게 소리쳤다.

또다시 말싸움이 벌어졌다. 이 장면에는 코미디 같은 데가 있다는 것을 깨닫고 덱스터는 여러 번 웃음이 나왔지만 그럴 때마다 웃음소리가 들리지 않도록 꾹 참았다. 계집애가 유모를 때리려고 하는 것도 무리가 아니라는 짓궂은 생각을 떨쳐버릴 수 없었다.

때마침 캐디 장이 나타나는 바람에 문제가 해결되었다. 유모는 즉시 그에게 호소했다.

"존스 아가씨가 캐디 소년을 원해요. 그런데 여기 있는 저 애는 가지 않겠다고 하는군요."

"맥케너 씨가 아저씨가 올 때까지 여기서 기다리고 있으라고 했어요." 덱스터가 재빨리 말했다.

"한데 지금 그 사람이 여기 왔잖아요." 존스 씨의 딸은 캐디 장을 향해 밝은 미소를 지었다. 그러고 나서 가방을 땅에 떨어뜨리더니 작은 걸음걸이로 거만하게 첫 번째 티를 향해 걸어갔다.

"뭐야?" 캐디 장은 덱스터를 향해 말했다. "왜 장승처럼 거기 서 있는 거야? 어서 빨리 달려 가서 아가씨의 골프채를 집어 들지 않고."

"오늘은 그린에 나가지 않을래요." 덱스터가 말했다.

"나가지 않겠다고……?"

"캐디를 그만둘 거란 말이에요."

너무나 엄청난 결정이라 그 자신도 놀랐다. 그는 귀여움 받는 캐디였고, 한 달에 30달러로 여름철 동안 버는 돈 치고는 호수 근처 어디에서도 쉽게 벌 수 없는 돈이었다. 그러나 그는 크나큰 정신적 충격을 받았고, 이 충격에는 즉각적이고도 격렬한 반응이 필요했던 것이다.

물론 문제는 그렇게 단순하지 않다. 미래에 흔히 그러하듯이 덱스터는 잠재적으로 겨울 꿈의 지배를 받고 있었던 것이다.

2

물론 이 겨울 꿈은 그 질과 시의성(時宜性)은 달라졌지만 그 재료는 여전히 그대로 남아 있었다. 몇 년 뒤 이 꿈 때문에 덱스터는 주립 대학에서 경영 강좌를 포기하고(이제 그의 아버지는 제법 성공하여 그의 학비를 부담할 수 있었다.) 돈이 부족하여 고통을 받기는 했지만 동부에 있는 좀 더 오래되고 유명한 대학을 다니는 혜택을 누렸다. 그러나 그의 겨울 꿈이 처음에 우연히 돈 많은 사람들에 대한 생각과 관련이 있다고 하여 이 소년에게 단순히 속물적인 어떤 것이 있다고 속단하지는 말기 바란다. 그는 번쩍거리는 물건과 번쩍거리는 사람들과 어울리기를 원하지 않았다. 그가 원하는 것은 바로 휘황찬란한 물건 그 자체였던 것이다. 이따금 그는 그 이유도 모른 채 이 세상에서 가장 좋은 것을 원했으며, 때로는 삶에서 쉽게 만나게 되는 신비스러운 거절과 금지에 부딪히곤 했다. 이 이야기는 그의 전반적인 생애가 아니라 그런 거절 중 하나를 다루고 있다.

덱스터는 돈을 벌었다. 그것은 좀 놀라운 일이었다. 대학을 졸업한 뒤 그는 블랙베어 호수에 찾아오는 돈 많은 손님들이 사는 그 도시로 갔다. 나이가 겨우 스물세 살밖에 되지 않았고 그곳에 간 지 이 년도 채 되지 않았는데도 사람들은 벌써 "저기 그 청년이 지나가는군……." 하고 말할 정도가 되었다. 주위에 있는 부잣집 자식들은 위험천만하게 채권을 판다느니, 부모한테 물려받은 재산을 투자한다느니, '조지 워싱턴 상업 코스'[3]를 스물네 권 독파한다느니 하고 있었지만, 덱스터는 대학 학위와 믿음직스러운 구변을 밑천으로 1,000달러를 빌려 공동 명의로 세탁소를 사들였다.

처음에는 작은 세탁소로 시작했지만 덱스터는 가는 모직 골프 스타킹을 줄어들게 하지 않는 영국 사람들의 세탁 방법을 특별히 배웠고, 일 년 안에 니커보커 바지[4]를 입는 사람들을 상대로 사업을 하고 있었다. 사람들은 마치 골프 공을 잘 찾을 줄 아는 캐디를 고집하듯이 셰틀랜드[5] 양말과 스웨터를 그의 세탁소에 맡길 것을 고집하였다. 얼마 뒤

---

3) 학교에 다니지 않고 통신을 통해 공부하는 통신 강좌의 과목.

4) 무릎 밑에서 매는 헐렁한 반바지. 20세기 초엽 골프를 칠 때에는 이 바지를 입고 긴 모직 양말을 신었다.

5) 영국 스코틀랜드의 한 자치구로 모직과 모직으로 만든 의복으로 유명하다.

그는 그들 아내의 속옷까지 맡게 되었다. 같은 도시의 여러 곳에 지점을 다섯 개나 운영하고 있었다. 스물일곱 살이 되기 전에 그는 이 지역에서 가장 큰 세탁소 체인점을 소유하게 되었다. 그가 사업체를 팔고 뉴욕으로 간 것은 바로 이 무렵이었다. 그러나 우리가 관심 있는 그의 이야기는 그가 처음 사업을 크게 벌이던 시절로 돌아간다.

그의 나이 스물세 살 때 하트 씨가("저기 그 청년이 가는군." 하고 말하기 좋아하는 머리카락이 희끗희끗한 사람 중 하나였다.) 그에게 셰리아일랜드 골프 클럽의 주말용 이용권 한 장을 주었다. 그래서 그는 어느 날 장부에 이름을 적고 그날 오후 하트 씨, 샌드우드 씨, T. A. 헤드릭 씨와 함께 4인조가 되어 골프를 쳤다. 언젠가 이 똑같은 골프장에서 하트 씨의 골프 가방을 걸머메고 다녔었노라고, 이 골프장 어디에 함정이 있고 어디에 도랑이 있는지 두 눈을 감고서도 알 수 있노라고 굳이 말할 필요성을 느끼지 않았다. 그러나 그는 뒤를 따라다니는 네 명의 캐디를 흘끗 쳐다보면서 옛날의 자신을 떠올리고는 현재의 자신과 과거의 자신 사이에 놓여 있는 거리를 좁힐 희미한 빛이나 몸짓이 있는지 살펴보았다.

그날은 갑작스럽게 불쑥불쑥 낯익은 인상이 스쳐 지나가는 이상야릇한 날이었다. 한순간 그는 자신이 침입자라는 생각이 들었다. 그러다가 다음 순간 T. A. 헤드릭 씨에 대해 말할 수 없는 우월감을 느끼는 것이었다. 이제 헤드릭 씨는 지루하기 짝이 없는 존재였으며 심지어 옛날처럼 골프를 잘 치지도 못했다.

그러고 나서 열다섯 번째 그린 근처에서 하트 씨가 잃어버린 공 하나 때문에 엄청난 사건이 일어났다. 러프의 뻣뻣한 잔디밭을 뒤지는 동안 뒤쪽 언덕 너머에서 "공이 날아가니 조심하세요!" 하는 소리가 낭랑하게 들려왔다. 공을 찾다가 갑자기 몸을 돌리는 순간 밝은 색 공 하나가 갑자기 언덕 너머로 날아와서는 T. A. 헤드릭 씨의 배를 맞혔다.

"아이고!" T. A. 헤드릭 씨가 소리를 질렀다. "이 미친 여자들을 골프장에서 쫓아내야 한다니까. 점점 더 미쳐 날뛴단 말씀이야."

언덕 너머로 목소리와 함께 머리 하나가 나타났다.

"공을 찾아봐도 괜찮을까요?"

"당신의 공이 내 배를 맞혔단 말이야!" T. A. 헤드릭 씨가 화가 난 목소리로 항의했다.

"그랬어요?" 하고 말하며 그 아가씨는 남자들에게 다가왔다. "죄송합니다. '공이 날아가니 조심하세요!' 하고 소리쳤는데요."

그녀는 관심 없다는 표정으로 남자들을 한 사람 한 사람 힐끗 쳐다보았다. 그러더니 페어웨이를 뒤져 공을 찾았다.

"제가 공을 러프에 쳤나요?"

이 질문이 재치 있는 것인지 아니면 악의에 찬 것인지 도저히 판단할 수 없었다. 그러나 잠시 뒤 파트너가 언덕을 넘어오자 유쾌하게 이렇게 소리친 것을 보면 그녀의 질문에는 조금도 의심의 여지가 없었다.

"저 여기 있어요! 무엇인가 맞히지 않았더라면 전 벌써 그린에 가 있었을 거예요."

그녀가 매시[6] 샷을 치려고 자세를 취하는 동안 덱스터는 그녀를 찬찬히 살펴보았다. 푸른색 깅엄 골프복을 입고 있었는데, 목과 어깨에 하얀 가두리를 달아 햇볕에 그을린 부분이 유난히 돋보였다. 정열적인 눈과 아래쪽으로 오므리는 입이 우스꽝스럽게 보였던 열한 살 때의 과장하는 듯한 태도와 여윈 모습은 이제는 찾아볼 수 없었다. 그녀는 매혹적으로 예뻤다. 두 뺨의 색깔은 마치 그림의 색깔처럼 중앙에 집중되어 있었다──'짙은' 색깔이 아니라 말하자면 수시로 변하는 열띤 색깔로서, 너무 옅어서 금방이라도 사라져버릴 것만 같았다. 이런 색깔과 입놀림 때문에 끊임없이 변화무쌍하고 강렬한 삶을 살고 있으며 정열적인 활력을 지니고 있다는 인상을 풍겼다──슬픈 듯하면서도 관능적인 두 눈 때문에 가까스로 부분적인 균형을 이루고 있을 뿐이었다.

　　그녀는 별로 흥미가 없고 조바심이 나듯 매시를 쳐서 공을 반대편 그린의 모래밭으로 보냈다. 재빨리 거짓 미소를 짓고 건성으로 "고맙습니다!" 하고 말을 던진 뒤 그녀는 공을 집으러 갔다.

　　"저, 주디 존스!" 그들이 그녀가 앞서서 계속 공을 치기를 기다리는 동안(얼마 동안 말이다.) 헤드릭 씨가 그다음 티에서 말했다. "그녀를 엎어놓고 여섯 달 볼기를 친 뒤 고리타분한 기병대 대위에게 시집을 보내야만 해."

　　"맙소사, 그 여자는 예뻐 보이는데요!" 서른이 갓 넘은

---

6) 블레이드가 넓은 골프채로 흔히 '파이브 아이언'이라고 부른다.

샌드우드 씨가 말했다.

"예쁘다고!" 경멸하듯이 헤드릭 씨가 대꾸했다. "언제나 누가 키스해 주기를 기다리고 있는 모습이야! 읍내에 있는 사내들에게 저 암소 같은 커다란 눈을 돌리면서 말이야!"

헤드릭 씨가 모성 본능에 대해 언급하려고 했는지는 의심스러웠다.

"그 여자는 노력만 하면 골프를 꽤 잘 칠 겁니다." 샌드우드 씨가 말했다.

"폼이 없어." 헤드릭 씨가 엄숙한 말투로 대꾸했다.

"몸매는 날씬한데요." 샌드우드 씨가 말했다.

"더 빨리 나가는 공을 치지 않은 게 천만다행이지." 하트 씨가 덱스터에게 윙크하며 말했다.

그날 오후 늦게 해는 황금색이며 온갖 푸른색, 주홍색 등이 요란스럽게 서로 뒤섞인 채 서쪽으로 기울며 메마르고 살랑살랑거리는 서부 지방 특유의 여름밤을 불러왔다. 골프 클럽의 베란다에서 덱스터는 중추(中秋)의 만월 아래 은빛 당밀(唐蜜)처럼 미풍에 나부끼는 물결이 규칙적으로 겹치고 있는 모습을 바라보고 있었다. 그러고 나서 달이 입술에 손가락 하나를 갖다 대자 호수는 창백하고 조용한 맑은 풀장으로 바뀌었다. 덱스터는 수영복을 입고 가장 멀리 있는 부대(浮臺)까지 헤엄쳐 나가 도약판의 축축한 캔버스 위에 물을 뚝뚝 떨어뜨리며 두 팔을 뻗었다.

호수에 물고기 한 마리가 뛰어올랐고, 하늘에는 별 하나가 반짝거렸으며, 호수 주위의 불빛이 희미하게 빛나고 있었다. 컴컴한 반도 너머에서는 누군가가 지난여름과 지지

난 여름에 유행하던 노래를(「친친」[7]과 「룩셈부르크의 백작」[8] 그리고 「초콜릿 병사」[9]에 나오는 노래였다.) 피아노로 연주하는 소리가 들려왔다. 물 위로 들리는 피아노 소리는 언제나 아름답게 들렸기 때문에 덱스터는 몸을 꼼짝하지 않고 조용히 누워 음악 소리에 귀를 기울였다.

지금 이 순간 피아노가 연주하는 선율은 덱스터가 대학 2학년이던 오 년 전만 하더라도 경쾌하고 새로웠었다. 언젠가 한번은 돈이 없어 참석하지 못한 대학 무도회에서 이 음악을 연주했고, 그는 체육관 밖에 서서 이 음악을 듣고 있었다. 그 선율은 그에게 일종의 환희를 가져다주었고, 지금 그는 바로 이런 환희를 맛보며 자신에게 일어난 일들을 음미하고 있었다. 몹시 고맙다는 기분, 단 한 번 자신이 더할 나위 없이 삶과 조화를 이루고 있으며, 주위의 모든 것이 다시는 그가 알지 못할 광채와 매력을 내뿜고 있다는 느낌이 들었다.

나지막하고 창백한 장방형의 물체가 갑자기 섬의 어둠 속에서 떨어져 나오더니 경기용 모터보트의 울려 퍼지는 소리를 내었다. 그 뒤를 따라 흰 리본 장식 같은 두 갈래 물줄기가 펼쳐진 동시에 보트가 그의 옆에 서 있었고, 피아노 소리는 그만 물보라를 내뿜는 소리 속에 잠겨버렸다.

---

7) 1914년에 앤 콜드웰과 R. H. 번사이드가 만든 뮤지컬 코미디. 콜드웰이 가사를 쓰고 이반 캐릴이 곡을 붙였다.
8) 1909년에 프란츠 레하르가 곡을 붙이고 A. M. 빌너와 R. 보단스키가 각본을 쓴 오페레타.
9) 1908년에 오스카 스트라우스가 작곡한 오페레타.

두 팔을 기대고 몸을 일으키면서 덱스터는 키를 잡고 서 있는 누군가의 검은 두 눈이 길게 퍼진 물 위로 자신을 쳐다보고 있다는 것을 의식했다. 그러고 나서 보트는 그를 지나쳐 달리더니 호수 한 중간에서 아무 목표도 없이 커다랗게 빙글빙글 물보라의 원을 그리는 것이었다. 마찬가지로 갑자기 그 원 중의 하나가 뭉개지면서 보트가 부대를 향해 돌아왔다.

"누구예요?" 그녀가 보트의 엔진을 끄며 물었다. 그녀는 이제 덱스터와 너무 가까이 있었기 때문에 핑크 빛 내리닫이식인 듯한 수영복이 보였다.

보트의 코가 부대에 부딪쳤고, 부대가 세게 기울자 그는 그녀를 향해 곤두박질쳤다. 두 사람은 서로 다른 흥미를 갖고 상대방을 알아보았다.

"오늘 오후 골프장에서 지나쳤던 사람 중 한 사람이 아닌가요?" 그녀가 물었다.

그는 그렇다고 대답했다.

"한데, 모터보트를 운전할 줄 아시나요? 만약 아신다면 제가 뒤에서 서핑보드[10]를 탈 수 있도록 이 모터보트를 운전해 주셨으면 해서요. 제 이름은 주디 존스라고 해요." 그녀는 그에게 우스꽝스럽게 선웃음을 지어 보였다. 아니, 선웃음과 비슷한 것이라고 해야 할지 모른다. 왜냐하면 비록 입을 비틀 망정 그것은 그로테스크하기보다는 아름다웠기 때문이다. "그리고 전 저기 저 섬에 있는 집에 살아요.

---

10) 모터보트 뒤에 끄는 보드.

저 집에는 저를 기다리는 남자가 한 사람 있지요. 그 사람이 문 앞으로 자동차를 몰고 왔을 때, 전 부두에서 이 보트를 몰고 나왔어요. 왜냐하면 저보고 자기의 이상형이라고 말해 대니까요."

호수에 물고기 한 마리가 뛰어올랐고, 하늘에는 별 하나가 반짝거렸으며, 호수 주위의 불빛이 희미하게 빛나고 있었다. 덱스터는 주디 존스의 옆에 앉아 있었고, 그녀는 보트를 어떻게 운전하는지 설명해 주었다. 그리고 나서 그녀는 물에 들어가 물 위에 떠 있는 서핑보드에까지 꼬불꼬불 크롤로 헤엄쳐 갔다. 그녀의 모습을 쳐다보는 것은 마치 나뭇가지가 흔들거리는 것이나 바다 갈매기가 날아가는 것처럼 전혀 눈에 부담이 되지 않았다. 버터넛처럼 햇볕에 탄 두 팔이 백금같이 흐릿한 잔물결 사이로 꼬불꼬불 움직였다. 팔꿈치가 먼저 나타나더니 떨어지는 물의 리듬에 맞춰 팔뚝을 뒤로 구부리고 나서 몸을 앞쪽과 아래쪽으로 뻗어서 길을 내었다.

그들은 호수 안으로 나아갔다. 덱스터가 뒤를 돌아보니 그녀는 위로 기울인 서핑보드의 낮은 뒷부분에 무릎을 꿇고 있었다.

"좀 더 빨리 달려요." 그녀가 소리쳤다. "전속력으로 말이에요."

시키는 대로 그는 레버를 앞으로 당겼고, 이물에 하얀 물보라가 일었다. 다시 뒤를 돌아보았을 때 그녀는 두 팔을 크게 벌리고 달을 향해 두 눈을 들어 올린 채 달리는 서핑보드 위에 서 있었다.

"너무 추워요." 그녀가 소리쳤다. "이름이 뭐예요?"

그가 그녀에게 이름을 말해 주었다.

"있잖아요, 내일 저녁 드시러 오시지 않을래요?"

그의 심장이 마치 보트의 관성 바퀴처럼 뒤집혔다. 그리고 두 번째로 그녀의 우연한 변덕이 그의 삶을 새로운 방향으로 바꾸어놓았다.

3

이튿날 저녁 그녀가 1층에 내려오기를 기다리는 동안 덱스터는 부드럽고 그윽한 여름 방과 그곳에서 통하는 선포치[11]를 벌써부터 주디 존스를 사랑해 온 사내들의 유령으로 가득 채웠다. 그는 그들이 어떤 종류의 사내들인지 잘 알고 있었다. 그가 처음 대학에 갔을 때 그들은 건강하게 여름을 보낸 갈색 피부에 우아한 옷을 입은, 대학 예비 학교에서 입학한 학생들이었다. 어떤 의미에서 그는 이들보다 자신이 더 우월하다고 생각했다. 자신이 좀 더 새롭고 좀 더 힘이 셌던 것이다. 그러나 자신의 자식들은 그들과 같이 되었으면 하고 바라는 것을 보면, 영원히 자신은 자식들을 빚어내는 투박하고 질긴 재료에 지나지 않는다는 사실을 인정하고 있었다.

좋은 옷을 입는 때가 오자 덱스터는 미국에서 가장 유명

---

11) 햇빛을 많이 들이기 위해 유리로 둘러싼 현관.

한 양복점 주인이 누구인지를 알고 있었고, 오늘 저녁 입고 있는 양복을 미국에서 가장 훌륭한 양복점에서 주문했다. 그는 다른 대학에서는 좀처럼 볼 수 없는 그가 다닌 대학 특유의 냉담함을 배웠다. 그러한 태도가 자신에게 도움이 된다는 것을 잘 알고 있었으며, 그래서 그는 그 태도를 취했던 것이다. 그는 옷이나 태도에 무관심하기 위해서는 관심을 기울이는 것보다 더 큰 확신이 필요하다는 것을 알고 있었다. 그러나 이런 무관심은 자신의 자식들의 몫이었다. 그의 어머니의 이름은 크림스리히였다. 보헤미아의 농부 출신으로 그녀는 죽을 때까지 문법에 맞지 않는 엉터리 영어를 구사했다. 그녀의 아들은 정해진 패턴에 따르지 않으면 안 되었다.

7시가 조금 지나자 주디 존스가 아래층으로 내려왔다. 푸른색 실크로 된 평상복을 입고 있었고, 그는 처음에 그녀가 좀 더 멋진 옷을 입고 있지 않은 것에 실망을 느꼈다. 짧게 인사를 주고받은 뒤 그녀가 식기실로 다가가 문을 열면서 "마서, 저녁을 내와요." 하고 소리치자 이런 실망은 더욱 커졌다. 그는 집사가 저녁 식사가 준비되었다고 알리고 칵테일이 있을 것으로 예상했었다. 라운지에 앉아 상대방의 얼굴을 쳐다보자 이런 생각은 뒷전으로 물러갔다.

"아버지와 어머니는 지금 집에 안 계세요." 그녀가 생각에 잠긴 듯 말했다.

덱스터는 그녀의 아버지를 마지막으로 보았던 때를 기억했고, 그녀의 부모가 오늘 밤 집에 계시지 않은 것이 기뻤다. 그는 이곳에서 북쪽으로 50마일 떨어진 키블이라는 미네소타 주의 작은 마을에서 태어났고, 언제나 자신의 고향이 블랙베어 빌리지가 아니라 키블이라고 말했다. 불편하게 가까운 거리에 있거나 유명한 호수 때문에 발판처럼 이용되지만 않는다면, 시골 읍도 그다지 나쁠 것이 없었다.

그들은 그가 다닌 대학에 대해 이야기를 나누었는데, 그녀는 지난 이 년 동안 자주 그곳을 방문했다고 했다. 또한 셰리아일랜드에 손님을 공급해 주는 근처 도시에 대해 이야기를 나누었고, 이튿날 덱스터가 장사가 잘되는 세탁소로 돌아갈지에 대해서도 이야기를 나누었다.

저녁을 먹으며 그녀가 우울한 표정을 짓는 탓에 덱스터는 불안했다. 쉰 목소리로 그녀가 무슨 불평을 늘어놓건 그는 마음이 불편했다. 그에게나 닭 간이나 또는 아무것도 아닌 것에 대해서나, 그 무엇에 미소를 짓던 그녀의 미소는 기쁘거나 즐거워서 짓는 것이 아니라는 사실이 그를 불안하게 했던 것이다. 자줏빛 입 가장자리를 아래쪽으로 구부렸을 때 그것은 미소라기보다는 키스해 달라는 신호와 다름없었다.

저녁 식사를 마치고 나서 그녀는 어두운 선포치로 그를 데리고 나가 의도적으로 분위기를 바꾸었다.

"제가 조금 훌쩍거려도 괜찮겠지요?" 그녀가 물었다.

"제가 따분한가 보지요." 말이 떨어지기가 무섭게 그가 대꾸했다.

"아니에요. 전 당신이 좋아요. 하지만 오늘 오후엔 정말 끔찍했어요. 제가 사랑하던 남자가 있었지요. 그런데 오늘 오후에 아닌 밤중에 홍두깨처럼 자신이 무척 가난하다고 말하는 게 아니겠어요. 전에는 전혀 그런 암시를 주지 않았거든요. 이 이야기가 몹시 세속적으로 들리나요?"

"어쩌면 당신에게 그 얘기를 고백하기 두려웠던 모양이지요."

"어쩌면 그런지도 모르지요." 그녀가 대답했다. "그 사람은 시작을 잘못 했던 거예요. 설령 그가 가난한 사람이라고 생각했어도…… 전 꽤 많은 가난한 남자들을 좋아해 왔고, 그들 모두하고 결혼할 생각이 있었지요. 하지만 이번 경우에는 그를 그렇게 생각할 수 없어요. 그에 관한 관심이 그 충격을 이겨낼 만큼 크지 않았던 거예요. 마치 약혼녀가 결혼할 남자에게 자신이 과부라고 말하는 격이지요. 아마 그 사람은 과부라도 반대하지 않을 테지만……."

"우리 처음부터 출발을 잘하기로 해요." 그녀가 불쑥 말을 끊었다가 다시 이었다. "어쨌든 당신은 어떤 사람인가요?"

덱스터는 잠시 망설였다. 그러고 나서 이렇게 말했다.

"전 별 볼일 없는 사람입니다." 그는 선언하듯 말했다. "제 경력은 주로 미래에 달려 있지요."

"가난한가요?"

"아뇨." 그는 솔직하게 대답했다. "북서부 지방[12]에서 내 또래 어느 누구보다도 돈을 많이 벌고 있습니다. 입에 올

---

12) 여기에서 덱스터 그린은 이 표현을 미네소타 주를 가리키는 말로 사용한다. 그러나 다른 장면에서 작가는 그가 '중서부' 출신이라고 언급한다.

리기 싫은 말이지만, 당신이 출발을 잘하자고 충고를 했으니까요."

잠시 침묵이 흘렀다. 그러고 나서 그녀가 미소를 짓자 입 가장자리가 아래쪽으로 처졌다. 거의 눈에 띄지 않게 그녀는 그에게로 몸을 숙이고 그의 두 눈을 쳐다보았다. 덱스터는 목이 메는 것을 느꼈고, 숨을 멈춘 채 실험을 기다렸다. 그들의 입술이라는 요소에서 신비스럽게 생겨날 예측할 수 없는 합성물에 직면하여 말이다. 그러고 나서 그는 알아차렸다. 그녀는 약속이 아니라 충만이라고 할 키스로 아낌없이 그리고 깊숙이 그에게 흥분을 전달해 주었다. 그 키스는 그에게 새로운 반복을 요구하는 갈증이 아니라 더 많은 포만(飽滿)을 요구하는 포만을 불러일으켰다. 아무것도 아끼지 않음으로써 오히려 부족함을 만들어내는 자선 같은 키스라고나 할까.

자신만만하고 야망을 품은 소년 시절부터 그가 주디 존스를 원해 왔다고 판단을 내리는 데에는 그렇게 많은 시간이 걸리지 않았다.

4

두 사람의 관계는 이렇게 시작되었다. 그리고 강도는 조금씩 달랐지만 그런 음조로 대단원까지 계속되었다. 덱스터는 일찍이 접촉해 본 사람 중에서 가장 직접적이고 가장 파렴치한 여성에게 자신의 일부를 바쳤다. 주디는 자신이 원하는 것이 무엇이든 간에 자신의 매력을 아낌없이 활용하여 좇았다. 다른 방법으로 돌리거나, 솜씨 있게 조작하여 유리한 입장에 서려고 하거나, 미리 결과를 생각해 보거나 하는 일이란 도무지 없었다. 그녀가 하는 어떤 일에서도 정신적인 측면은 아주 조금밖에 없었던 것이다. 그녀는 단순히 남자들로 하여금 자신의 육체적 아름다움을 고도의 단계까지 의식하도록 만들었다. 덱스터는 그녀를 변화시킬 욕망이 전혀 없었다. 그녀의 부족한 점은 그 결점을 초월하고 정당화하는 정열적인 에너지와 깊이 연관되어 있었다.

첫날 밤 주디가 그의 어깨 위에 머리를 올려놓고 "내가 왜 이러는지 모르겠어요. 어젯밤에는 어떤 한 사람을 사랑한다고 생각했는데 오늘 밤에는 당신을 사랑한다고 생각하고 있으니……." 하고 속삭일 때, 그녀의 말은 아름답고도 낭만적으로 들렸다. 그것은 그가 잠시 통제하고 소유하고 있는 아름다운 흥분이었다. 그러나 일주일이 지난 뒤 그는 이 똑같은 기분을 다른 각도에서 바라보지 않을 수 없었다. 그녀는 자신의 로드스터[13]에 태워 그를 피크닉 저녁 파티에 데리고 갔고, 저녁을 먹은 뒤에는 마찬가지로 똑같은 로드스터를 타고 다른 남자와 함께 어디론가 사라져버렸다. 덱스터는 무척 당황한 나머지 피크닉에 참석한 다른 사람들에게 좀처럼 예의 바르게 대할 수 없을 정도였다. 그녀가 정말로 그 사람과는 키스를 하지 않았다고 말할

---

13) 1920~1930년대 미국에서 만든 두세 명이 타는 지붕 없는 자동차.

때, 그는 그녀가 지금 거짓말을 하고 있다는 것을 잘 알고 있었다. 그러면서도 그녀가 애써 자신에게 거짓말을 하는 것이 기뻤다.

여름이 미처 끝나기 전에 알았지만 덱스터는 그녀 주위를 맴도는 열두세 명 중에 하나였다. 그들 중 각자는 한 번씩 나머지 다른 사람들보다 총애를 받았다. 그중 반 정도는 감상적으로 다시 사랑을 받게 될는지 모른다는 위안에 젖어 있었다. 그녀가 오랫동안 신경을 쓰지 않은 탓에 누군가가 그 경쟁에서 빠져나올 조짐을 보이면, 그녀는 그에게 짧게나마 다시 꿀같이 달콤한 시간을 선사해 주었고, 그러면 그는 다시 일 년이나 그 이상을 버텨나가는 것이다. 주디는 아무런 악의 없이, 자신의 행동에 잘못이 있다고 별로 의식을 하지 않은 채 이렇게 절망적이고 패배한 남자들을 약탈했다.

새로운 남자가 읍내에 나타날 때면 모든 사람은 물러섰다. 데이트는 자동적으로 취소되었다.

그 일에 대해 어떻게 손을 쓸 수 없다는 절망감은 그녀가 모든 일을 알아서 한다는 데 있었다. 그녀는 동역학적(動力學的) 의미에서 '이길' 수 있는 여자가 아니었다. 그녀는 영리함에 대해서도, 매력에 대해서도 잘 견뎌냈다. 만약 이런 것 중 어느 하나가 너무 강하게 그녀를 공격한다면, 그녀는 즉시 그 일을 신체적 기반으로 환원시켰고, 그녀의 신체적 아름다움의 마술에 걸려 똑똑한 사람들은 물론이고 강한 사람들마저 자신의 규칙이 아니라 그녀의 규칙에 따라 게임을 했다. 그녀는 오직 자신의 욕망을 충족시키고 자신의 매력을 직접 행사함으로써만 만족을 느꼈다. 어쩌면 정당방위로 그녀는 너무 많은 젊은 사랑으로부터, 너무 많은 젊은 연인들한테서 완전히 내적으로 자양분을 섭취했는지 모른다.

처음의 희열이 지나가자 덱스터에게 불안감과 불만이 찾아왔다. 그녀에게 정신을 빼앗긴다는 절망적인 희열은 힘을 돋우는 강장제라기보다는 차라리 아편처럼 마취제에 가까웠다. 그런 순간이 자주 오지 않은 것이 겨울 동안 그에게는 천만다행이었다. 처음 사귀었을 무렵 얼마 동안은 자연스럽게 서로에게 깊은 매력을 느꼈다. (가령 8월 초순처럼.) 그녀의 어둑어둑한 베란다에서 보낸 사흘 동안의 긴 저녁이며, 늦은 오후 내내 그늘진 정자 속이나 정원의 사람들 눈에 잘 띄지 않는 등나무의 격자 시렁 뒤에서 주고받은 이상야릇하면서도 나른한 키스며, 밝게 하루가 시작할 때 그녀가 꿈처럼 신선하고 그를 만나면 거의 수줍어하다시피 하던 아침 말이다. 여기에는 아직 약혼을 하지 않았다는 깨달음 때문에 더욱 빛을 내뿜는 약혼에 대한 환희가 깃들어 있었다. 처음으로 그가 그녀에게 청혼한 것은 바로 그 사흘 동안이었다. 그녀는 "어쩌면 언젠가는 할 수 있겠지요.", "키스해 주세요.", "당신과 결혼하고 싶어요.", "당신을 사랑해요." 등의 말을 했다. 말하자면 그녀는 아무것도 말하지 않은 셈이다.

그런데 이 사흘은 이곳에 도착한 뉴욕의 한 청년이 9월 절반 동안 그녀의 집에 머물면서 중단되었다. 덱스터에게 고통스럽게도 그들과 관련하여 온갖 루머가 나돌았다. 그 사나이는 어떤 큰 신탁회사 사장의 아들이었다. 어느 날 밤 그녀는 댄스파티에서 밤새도록 그 지방의 멋쟁이 남자와 함께 모터보트를 탔고, 뉴욕에서 온 사나이는 미친 듯이 그녀를 찾으려고 클럽을 샅샅이 뒤지고 다녔다. 그녀는 지방의 멋쟁이에게 자기 집에 온 손님이 지긋지긋하다고 말했고, 그로부터 이틀 뒤 그는 뉴욕으로 떠나갔다. 그녀가 정거장까지 그를 배웅하러 나간 것이 목격되었고, 그가 참으로 슬픈 표정을 하고 있었다는 소문이 나돌았다.

이런 분위기에서 그해 여름이 끝났다. 이제 스물네 살이 된 덱스터는 점차 자기가 하고 싶은 대로 할 수 있는 처지가 되었다. 도시에 있는 두 클럽에 가입하여 그중 한 곳에서 살았다. 이 클럽에서 그는 여자 동반자를 데리고 오지 않고 남자들끼리만 모이는 축에는 끼지 않았지만, 주디 존스가 나타날 것 같은 댄스파티에는 언제나 참석하려고 했다. 자신이 원한다면 얼마든지 사교계에 나갈 수 있었다. 그는 이제 시내의 딸을 둔 아버지들로부터 신랑 후보감으로 인기가 있었던 것이다. 주디 존스에 대한 사랑을 고백한 것이 오히려 그의 입지를 강화해 주었다. 그러나 사회적 야망이 없는 그는 오히려 목요일이나 토요일 파티를 위해 언제나 시간을 비워두거나 젊은 부부를 만찬에 초대하는 댄스 족(族)을 경멸하는 편이었다. 벌써 그는 동부, 그중에서 뉴욕으로 갈 생각을 품고 있었다. 주디 존스를 데리고 가고 싶었다. 그녀가 성장한 세계에 대한 어떠한 환멸도 그녀를 차지하고 싶다는 환상을 치유할 수는 없었던 것이다.

이 점을 기억하기 바란다. 오직 이런 관점에서만 그가 그녀를 위해 한 일을 이해할 수 있을 것이라고.

그가 주디 존스를 만난 지 십팔 개월이 되었을 때 그는 다른 여성과 약혼했다. 그녀의 이름은 아이린 쉬러로 그녀의 아버지는 언제나 덱스터를 믿어온 그런 사람 중 하나였다. 머리카락이 연한 아이린은 마음씨가 상냥하고 착하고 조금 살이 찐 편이었다. 자신을 쫓아다니는 남자가 둘이나 있었지만 덱스터가 청혼하자 그들을 흔쾌히 포기해 버렸다.

여름이 가고 가을이 가고 겨울이 가고 또 다른 여름이 오고 가을이 왔다. 그는 자신의 정력적인 삶 중에서 너무나 많은 부분을 주디 존스의 다루기 힘든 입술에 바쳤다. 그녀는 흥미로, 격려로, 악의로, 무관심으로, 경멸로 그를 대했다. 그런 경우에 일어날 수 있는 수많은 상처와 모멸감을 그에게 안겨주었다. 마치 그를 사랑한 것에 대해 복수라도 하듯 말이다. 그녀는 손짓으로 그를 부른 뒤 그에게 하품을 해 보이고, 다시 손짓을 하고는 반감을 품고 눈을 가늘게 뜨며 반응을 보이기 일쑤였다. 그에게 말할 수 없는 행복감과 참을 수 없는 마음의 고뇌를 안겨다 주었다. 이루 말할 수 없는 불편함과 적지 않은 고통을 준 것이 한두 번이 아니었다. 모욕을 주었는가 하면, 그를 밟고 지나가다시피 하기도 했으며, 일에 대한 그의 관심과 자신에 대한 그의 관심을 서로 견주기도 했다. 그것도 그저 재미로 그렇게 했을 뿐이다. 그를 비판하는 것을 빼놓고는 무슨 일이든지 다 했다. 비판하는 일만은 하지 않았다. 그녀가 노골적으로 그에 대해 느끼는 철저한 무관심에 먹칠을 하기 때문인 듯했다.

가을이 오고 다시 지나가자 덱스터는 주디 존스를 받아들일 수 없다는 생각이 문득 떠올랐다. 그는 마음속으로 여러 번 다짐했지만 마침내 확신을 갖게 되었다. 한밤중에 잠이 깨어 얼마 동안 이 문제를 두고 생각했다. 그녀가 자신에게 가져다준 고민과 고통을 되새겨 보았고, 누가 봐도 알 수 있는 아내로서 부족한 점을 하나하나 헤아려보았다. 그러고 나서 그는 그래도 역시 그녀를 사랑한다고 중얼거리고 얼마 뒤 곧 잠이 들곤 했다. 일주일 동안 그는 전화선을 타고 들려오는 그녀의 목쉰 소리나 점심을 먹으며 앞에 앉아 있는 그녀의 두 눈을 상상하지 않으려고 일부러 열심히 늦게까지 일했고, 밤에는 사무실에 들러 앞으로의 일을 계획했다.

그는 댄스파티에 늦게까지 남아 있었다. 아이린 쉬러와 함께 한 시간 동안이나 앉아서 책과 음악에 대한 이야기를 나누었다. 그는 이 두 가지에 대해서는 거의 아는 것이 없었다. 그러나 이제 자신의 시간을 마음대로 쓸 수 있기 시작했으며, 따라서 이제는 자신도 (젊고 벌써 놀랄 만큼 성공을 거둔 덱스터 그린이 아닌가.) 그런 것들에 대해 좀 더 알아야 되겠다고 좀 젠체하는 생각을 갖게 되었다.

그것은 그가 스물다섯 살 되던 10월의 일이었다. 1월에 덱스터와 아이린은 약혼을 했다. 약혼을 6월에 발표하고 그로부터 세 달 뒤에 결혼할 예정이었다.

미네소타 주의 겨울은 끝나지 않을 것처럼 계속되었다. 바람이 부드러워지고 눈이 녹아 블랙베어 호수로 흘러 들어가는 것은 5월이 다 되어서이다. 지난 일 년 중 처음으로 덱스터는 얼마간 마음의 평정을 되찾을 수 있었다. 주디 존스는 플로리다 주에 내려가 있다가 그 뒤 핫스프링스[14]에 머물러 있었고, 어디에선가 약혼을 했다가 어디에선가 파혼을 했다는 소식이 들렸다. 처음 덱스터가 그녀를 완전히 포기했을 때 사람들이 두 사람을 함께 연관시키고 그녀의 소식을 묻는 것이 서글펐지만 만찬 자리에서 아이린 쉬러의 옆자리에 앉기 시작하자 사람들은 이제 더 그녀에 대해 묻지 않았다. 오히려 그들이 그에게 그녀 소식을 전해 주었던 것이다. 이제 더 이상 그는 그녀에 대한 권위자가 아니었다.

마침내 5월이 되었다. 덱스터는 어둠이 비처럼 축축한 밤거리를 걸으며 별로 한 것도 없는데 너무 빨리 너무나 많은 회열이 자신에게서 사라져버렸음을 깨달았다. 일 년 전 5월은 용서할 수 없지만 그러나 용서해 준 주디의 사무치는 동요로 기록되어 있었다. 그녀가 자신을 사랑하게 되었다고 생각한 보기 드문 시절 중 하나였다. 이 엄청난 만족을 위해 그는 옛날의 작은 행복을 써버렸던 것이다. 그는 아이린이 기껏 자신 뒤에 펼쳐져 있는 커튼이며, 반짝거리는 찻잔 사이에서 움직이는 손길이며, 아이들을 부르는 목소리에 지나지 않는다는 사실을 잘 알고 있었다. ……열정과 사랑스러움은 이제 사라져버렸고, 마술 같은 밤과 기적같이 바뀌는 시간과 계절도…… 아래쪽으로 기울

---

14) 미국 아칸소 주에 있는 휴양지.

면서 자신의 입술에 떨어지고 눈의 천국으로 자신을 끌어올리는 가냘픈 입술도…… 그런 것들은 이제 그의 마음속 깊이 파묻혀 있었다. 그러나 그것들을 가볍게 떠나보내기에는 그는 너무 힘이 세고 생명력이 있었다.

날씨가 깊은 여름으로 접어드는 길목에서 며칠 동안 머뭇거리는 5월 중순 어느 날 밤 그는 아이린의 집에 들렀다. 앞으로 일주일만 있으면 그들의 약혼을 발표하게 될 것이다. 어느 누구도 그들의 약혼 소식에 놀랄 사람은 없을 것이다. 그리고 오늘 밤 그들은 함께 '유니버시티 클럽'의 라운지에 앉아 춤을 추는 사람들을 한 시간 정도 바라보기로 되어 있었다. 그녀와 함께 가면 그는 안정감을 느꼈다. 그녀는 그렇게 믿음직스럽게 인기가 있었고 그렇게도 몹시 '멋졌던' 것이다.

그는 적갈색 사암(砂巖)으로 지은 집의 계단을 올라가 집 안으로 들어갔다.

"아이린." 그가 불렀다.

쉬러 부인이 거실에서 나와 그를 맞이했다.

"덱스터." 그녀가 말했다. "아이린은 머리가 몹시 아파 2층으로 올라갔어. 그 애는 자네하고 같이 나가고 싶어 했지만 내가 잠을 자도록 했지."

"그렇게 중요한 일이 아닙니다. 전……."

"아, 아냐, 내일 아침이면 자네와 골프를 칠 수 있을 거야. 덱스터, 오늘 하룻밤만 혼자 있게 해줄 수 있겠나?"

그녀의 미소는 부드러웠다. 그녀와 덱스터는 서로를 좋아했다. 덱스터가 작별 인사를 하기 전에 그녀는 거실에서 잠시 이야기를 나누었다.

그가 머물고 있는 '유니버시티 클럽'으로 돌아와 그는 잠시 문가에 서서 춤추는 사람들을 지켜보았다. 문기둥에 기댄 채 한두 사람에게 고개를 끄덕였다. 그러고는 하품을 했다.

"어머, 안녕하세요."

그는 팔꿈치 쪽에서 들리는 낯익은 목소리에 놀랐다. 주디 존스가 어떤 사람의 곁을 떠나 방을 가로질러 그에게로 왔다. 주디 존스, 황금 천을 입혀 놓은 가냘픈 에나멜 인형 같았다. 머리의 밴드도 황금이었고, 드레스의 단에 있는 슬리퍼 끝도 황금이었다. 그를 향해 미소 짓는 동안 가냘픈 얼굴은 환하게 꽃이 피어나는 듯했다. 따뜻하고 밝은 미풍이 방 안 전체에 불었다. 턱시도의 호주머니에 들어 있는 두 손이 경련을 일으키듯 굳어졌다. 갑작스러운 흥분으로 그의 몸이 달아올랐다.

"언제 돌아왔어요?" 그가 무관심한 듯 물었다.

"이쪽으로 오세요. 그러면 이야기해 줄게요."

그녀는 돌아섰고 그는 그녀의 뒤를 따라갔다. 그녀는 그동안 이곳에서 떠나 있었다. 그리고 그는 그녀가 놀랍게도 다시 돌아온 것에 눈물을 흘릴 수도 있었을 것이다. 그녀는 마치 도전적인 음악처럼 행동하면서 마법에 걸린 길거리를 누비고 다녔다. 모든 신비스러운 일, 새롭고 신바람 나는 모든 희망이 그녀와 함께 사라졌다가 이제 그녀와 함께 다시 돌아온 것이다.

그녀는 문가에서 돌아섰다.

"자동차 갖고 왔나요? 갖고 오지 않았으면 나한테 자동차가 있어요."

"쿠페[15]를 갖고 왔지."

그러고 나서 그녀는 황금 천을 바스락거리며 차 안에 들어왔다. 그는 문을 쾅 하고 닫았다. 지금까지 그녀는 그렇게도 많은 자동차에 몸을 실었다. 이런 식으로, 저런 식으로, 가죽 시트에 등을 대고, 팔꿈치를 차 문에 기댄 채, 그러고는 기다리고 있었다. 만약 그녀를 더럽힐 만한 어떤 것이 있었다면(그녀 자신을 제외하고 말이다.) 그녀는 이미 오래전에 더럽혀졌을 것이다. 그러나 지금 그녀는 스스로 감정을 토로하고 있었던 것이다.

덱스터는 간신히 힘을 내어 자동차에 시동을 건 뒤 길거리로 나아갔다. 돌이켜 보면 이것은 아무 일도 아니라는 생각이 들었다. 그녀는 전에도 이런 일을 했으며, 그는 장부에서 잘못된 계산을 지워버리듯 그녀를 크게 생각하지 않았다.

그는 천천히 시내 쪽으로 차를 몰았고, 짐짓 어떤 생각에 몰두한 체하면서 여기저기 사람들이 보이는 상가 지역의 텅 빈 거리를 가로질러 갔다. 영화관에서 사람들이 떼를 지어 나오거나, 쏨쏨이가 헤퍼 보이는 권투 선수 같은 젊은이들이 당구장 앞에서 빈둥거리고 있는 모습이 보였다. 판유리를 끼우고 지저분한 노란 불빛이 새어 나오는 수도원 같은 술집에서는 술잔을 쨍하고 부딪치고 카운터

---

15) 문이 두 개 달리고 지붕이 있는 자동차.

위에 손을 찰싹 치는 소리가 들려왔다.

그녀는 그를 빤히 쳐다보고 있었고 침묵이 당혹스러웠지만 그는 이런 위기에서 이 순간을 욕되게 할 만한 우연한 말 한마디 찾아내지 못했다. 편리하게 차를 돌릴 수 있는 지점에서 그는 '유니버시티 클럽'을 향해 다시 지그재그로 차를 몰기 시작했다.

"제가 보고 싶었나요?" 그녀가 갑자기 물었다.

"모든 사람이 당신을 보고 싶어 했지."

그는 그녀가 아이린 쉬러를 알고 있는지 궁금했다. 그녀는 바로 하루 전에 고향에 돌아왔던 것이다. 그녀가 고향에 없었던 시기와 그가 약혼한 시기는 거의 맞먹었다.

"참으로 멋진 대답이에요!" 주디가 슬픈 듯 웃었다. 물론 슬픔은 느끼지 않은 채 말이다. 그녀는 그를 뚫어지게 쳐다보았다. 그는 자동차의 계기판에 신경을 쏟고 있었다.

"전보다도 더 멋져 보여요." 그녀는 생각에 잠긴 듯 말했다. "덱스터, 당신은 가장 기억에 남을 만한 눈을 갖고 있어요."

이 말을 듣자 웃음이 나오려고 했지만 그는 웃지는 않았다. 그런 말은 대학 2학년생들에게나 할 법한 말이었다. 그러나 이 말에는 비수처럼 그의 마음을 찌르는 데가 있었다.

"달링, 이제 모든 게 지긋지긋해졌어요." 그녀는 사랑의 감정에 무책임하고 사사로운 동료 의식을 불어넣으며 누구에게나 '달링'이라고 불렀다. "당신이 나와 결혼해 줬으면 좋겠어요."

이렇게 직접 드러내 놓고 말하는 것을 듣자 덱스터는 당황했다. 지금 그녀에게 다른 여자와 결혼하기로 되어 있다는 말을 해야 했지만 차마 그 말을 할 수 없었다. 그것은 그녀를 사랑한 적이 없었노라고 단언하는 것과 다르지 않을 것이다.

"우린 아마 계속 사이좋게 지내고 있었을 거예요." 그녀는 똑같은 어조로 말을 이었다. "만약 당신이 나를 잊지 않고 다른 여자와 사랑에 빠지지만 않았어도 말이에요."

그녀의 확신은 참으로 대단했다. 실제로 그녀는 그의 행동이 도저히 믿어지지 않으며, 만약 그것이 사실이라면 그는 어린애처럼 분별없는 짓을 했을 뿐이라고 말한 것과 같았다. 그리고 아마 자신을 과시하기 위해 그런 짓을 했을 것이라고. 그러나 그 일이 그렇게 중요한 일이 아니라 오히려 가볍게 일축해 버릴 만한 것이기 때문에 그녀는 그를 용서해 줄 수 있었다.

"물론 당신은 나 말고는 어느 누구도 사랑할 수 없었을 거예요." 그녀가 말을 이었다. "당신이 나를 사랑하는 방식이 마음에 들어요. 아, 덱스터, 작년의 일을 벌써 잊어 버렸나요?"

"아니, 잊지 않았어."

"나도 잊지 않았어요!"

그녀가 정말로 감동을 받은 것일까, 아니면 자신의 연기에 도취된 것일까?

"우리 다시 그렇게 되었으면 좋겠어요." 그녀가 말했고, 그는 마지못해 이렇게 대답했다.

"그렇게 할 수 없어."

"저도 그렇게 생각해요. ……듣자 하니 아이린 쉬러를 열렬히 사랑하고 있다고 하더군요."

'아이린'이라는 이름을 강조하는 기색이 조금도 없었지만 덱스터는 갑자기 부끄러움을 느꼈다.

"아, 나를 집으로 데려다 주세요." 주디가 갑자기 큰 소리로 말했다. "그 바보 같은 댄스파티엔 다시 돌아가고 싶지 않아요. ……그 어린애 같은 사람들한테 말이에요."

그리고 나서 그가 주택가로 향하는 거리로 접어들자 주디는 혼자서 조용히 흐느껴 울기 시작했다. 그는 지금껏 그녀가 우는 모습을 한번도 본 적이 없었다.

어두운 거리에 불이 들어오면서 부자들의 주택들이 나타나자, 그는 희고 커다란 모티머 존스 저택 앞에 쿠페를 세웠다. 그 집은 축축한 달빛의 광채에 젖어 아름답게 졸고 있는 듯했다. 그는 그 집이 견고하다는 데 놀랐다. 튼튼한 벽이며 대들보의 강철이며 웅장함과 화려함이 자기 옆에 있는 이 미모의 젊은 여성과 뚜렷한 대조를 이루고 있었다. 그녀의 가냘픔을 돋보이게 하기 위해 견고한 듯했다. 마치 나비 한 마리의 날개도 큰 바람을 일으킬 수 있음을 보여주기 위해서 말이다.

움직이기라도 하면 그녀가 꼭 자신의 팔에 안길 것같이 생각되어 신경이 곤두선 채 그는 꼼짝하지 않고 가만히 앉아 있었다. 눈물 두 방울이 그녀의 젖은 얼굴에 떨어져 내려 윗입술에 맺혀 떨고 있었다.

"난 누구보다도 예뻐요." 그녀가 슬픔에 잠겨 말했다. "그런데 왜 행복할 수 없나요?" 그녀의 축축한 두 눈이 그의 굳은 마음을 쥐어뜯었다. 그녀의 입이 아름다우면서도 슬픈 표정을 지으며 천천히 아래쪽으로 처졌다. "덱스터, 당신이 나를 받아준다면 당신과 결혼하고 싶어요. 나를 아내로 맞이할 만한 가치가 없다고 생각할는지 모르지만, 난 당신에게 아주 아름다운 여자가 될 거예요, 덱스터."

수백만 마디의 분노와 자부심과 열정과 증오와 애정의 말이 그의 입술에서 맴돌았다. 그러고 나서 완벽한 감정의 파도가 그에게 엄습해 와 지혜와 인습과 의구심과 명예의 앙금을 그것과 함께 휩쓸어 가버렸다. 지금 말하고 있는 그녀야말로 자신의 여자로, 미(美)의 이상이요 자부심이었던 것이다.

"잠깐 들어가지 않을래요?" 그녀가 갑자기 숨을 들이마시는 소리가 들렸다.

그는 망설이고 있었다.

"좋아." 그의 목소리는 떨리고 있었다. "들어가지."

5

그녀와의 관계가 모두 끝난 뒤에도, 오랜 시간이 지난 뒤에도 그는 그날 밤을 후회하지 않는 것이 이상했다. 십 년의 시간을 두고 바라보면 자신에 대한 주디의 호감은 오직 한 달밖에 지속되지 않았다는 사실은 그다지 중요한 것 같지 않았다. 또한 그녀에 굴복함으로써 그가 마침내 좀 더 큰 고뇌를 겪었으며, 아이린과 그를 친구처럼 대해 준 아이린의 부모에게 깊은 상처를 안겨주었다는 사실도 중요하지 않았다. 아이린의 슬픔에 대해서는 그의 마음에 깊이 새겨질 만한 그림처럼 생생한 것이라고는 아무것도 없었다.

텍스터는 마음 깊이 강인한 데가 있었다. 자신의 행동에 대한 도시 사람들의 태도는 그에게 별로 중요하지 않았다. 그 도시를 곧 떠나갈 예정이기 때문도 아니었고, 이 문제에 대한 외부의 어떤 태도도 피상적일 수밖에 없기 때문도 아니었다. 그는 일반 사람들의 의견에는 완전히 무관심했다. 마찬가지로 이제 더 아무런 소용이 없으며 주디 존스를 근본적으로 움직이거나 붙잡아 둘 힘이 자신에게 없다는 사실을 깨달았을 때 그는 그녀에게 아무런 악의도 품지 않았다. 그는 그녀를 사랑했으며, 사랑하기엔 너무 나이가 많게 될 날까지도 그녀를 사랑할 것이다. 그러나 그는 그녀를 아내로 삼을 수는 없었다. 잠시 크나큰 행복감을 맛본 것과 꼭 마찬가지로 그는 오직 강한 사람들이나 겪게 마련인 엄청난 고통을 맛보았던 것이다.

아이린으로부터 '그를 빼앗아 가고' 싶지 않다고 주디가 약혼을 파기한 근거로 내세운 궁극적 이유가 거짓이라는 사실에도(그 밖에는 다른 이유가 없던 주디였다.) 그는 감정이 상하지 않았다. 어떤 반감도 어떤 즐거움도 초월해 있었다.

세탁소를 팔아 뉴욕에 거주할 목적으로 텍스터는 2월에 동부로 갔다. 그러나 3월에 미국이 전쟁[16]에 참가하는 바람

---

16) 제1차 세계 대전(1914~1918)을 가리킨다. 미국은 1918년 3월에 뒤늦게 연합군에 참가하였다.

에 계획을 바꾸지 않을 수 없었다. 그는 서부로 돌아와 사업 경영권을 동업자에게 넘겨주고 4월 말에 첫 번째 장교 훈련소로 향했다. 어느 정도의 안도감으로 전쟁을 반기며 거미줄처럼 복잡하게 얽힌 감정으로부터 기꺼이 벗어나려고 한 수많은 젊은이 중 한 사람이었던 것이다.

6

비록 덱스터가 어렸을 때 간직한 꿈과는 아무런 상관이 없는 것이 끼어들었지만, 이 이야기는 덱스터의 전기(傳記)가 아니라는 점을 기억해 주기 바란다. 이제 우리는 그 꿈과 그에 대해서는 할 이야기를 거의 다 한 셈이다. 여기에서 오직 한 가지 사건만을 이야기하려고 하는데, 그 이야기는 그로부터 칠 년 뒤에 일어나게 된다.

그 일은 그가 성공한 뉴욕에서 일어났다. 너무나 큰 성공을 거두어 이제 그가 넘어서지 못할 장벽이란 없었다. 서른두 살이 된 그는 전쟁 직후 한 번 비행기로 여행을 한 것을 제외하고는 지난 칠 년 동안 서부 지방을 한번도 간 적이 없다. 디트로이트에서 온 데블린이라는 사나이가 사업 관계로 사무실로 그를 찾아왔고, 바로 그때 거기에서 이 사건이 일어나 말하자면 그의 삶에서 특별한 한 장면을 종결지었던 것이다.

"그래, 선생님은 중서부 충신이라고요." 데블린은 무관심한 척하면서도 호기심을 갖고 물었다. "참 이상하군요.

선생님 같은 사람들은 월스트리트[17]에서 태어나 자란 것으로 생각되니 말입니다. 한데 말이지요……. 디트로이트에 사는 제 가장 친한 친구 중 한 사람의 아내가 바로 선생님의 고향 출신이거든요. 그 친구의 결혼식에서 제가 안내를 맡았어요."

덱스터는 앞으로 어떤 말을 듣게 될지 아무 두려움도 없이 기다렸다.

"주디 심스라고요." 데블린은 이렇다 할 관심을 보이지 않은 채 말했다. "결혼하기 전에는 주디 존스였지요."

"그래요, 그 여자를 알고 있었어요." 그에게 단조롭고 지루한 조바심이 엄습해 왔다. 물론 그는 그녀가 결혼했다는 소식을 들었다. 어쩌면 의도적으로 그녀의 소식을 들으려고 하지 않았는지도 모른다.

"엄청나게 멋진 여자지요." 데블린은 생각에 잠긴 듯 별다른 의미 없이 말했다. "그녀가 안됐다는 생각이 들어요."

"그건 왜요?" 즉시 덱스터 안의 무엇인가가 긴장하고 관심을 보였다.

"아, 러드 심스는 좀 엉망이 되다시피 했지요. 그렇다고 그녀를 학대한다는 건 아니고요. 하지만 그 친구는 술을 퍼마시고 싸다니며……."

"그녀는 싸다니지 않나요?"

---

17) 미국 뉴욕 시의 증권 거래소가 있는 곳으로 흔히 미국의 금융 시장이나 금융계를 가리킨다.

"아뇨. 애들 데리고 집에만 있지요."

"오."

"그 여자는 그 친구에게는 너무 나이가 많다고나 할까요." 데블린이 말했다.

"너무 나이가 많다고요!" 덱스터가 소리쳤다. "아니, 이보십시오, 그 여자는 이제 겨우 스물일곱밖에는 되지 않았단 말입니다."

덱스터는 길거리로 박차고 나가 디트로이트행 기차를 잡아탈까 하는 걷잡을 수 없는 생각에 사로잡혀 있었다. 경련을 일으키듯 자리에서 벌떡 일어났다.

"바쁘신 모양이군요." 데블린이 재빨리 사과하듯 말했다. "그렇게 바쁘신 줄 몰랐습니다……."

"아니에요. 바쁘지 않습니다." 덱스터가 침착한 목소리로 대답했다. "바쁘지 않아요. 전혀 바쁘지 않다고요. 선생님 말은, 그 여자가…… 스물일곱이라고 하셨나요? 아니지요, 제가 스물일곱이라고 했지요."

"맞습니다. 선생님이 그렇게 말했어요." 데블린이 냉담하게 맞장구를 쳤다.

"자, 하던 말을 계속해 보시지요. 계속하십시오."

"무슨 이야기 말인가요?"

"주디 존스에 관해서 말이에요."

데블린은 어찌 해볼 수 없다는 듯이 그를 쳐다보았다.

"한데, 그게…… 그 이야긴 모두 말했는데요. 그 친구는 그 여자를 몹시 고약하게 대하지요. 아, 그렇다고 이혼이니 뭐 그런 것은 안 할 겁니다. 그 친구가 특히 못되게 굴어도 그 여자는 용서해 주지요. 사실, 그 여자는 그를 사랑하고 있다는 생각이 듭니다. 디트로이트에 처음 왔을 때 그녀는 얼굴이 예뻤어요."

얼굴이 예뻤다고! 그 말이 덱스터에게는 우스꽝스럽게 들렸다.

"그 여자는…… 이제는 예쁘지가 않은가요?"

"아, 괜찮아요."

"이보십시오." 덱스터가 갑자기 자리에 앉으며 말했다. "이해가 가지 않는군요. '얼굴이 예뻤다.'고 말했다가 지금은 '괜찮다.'고 말하고 있습니다. 그게 무슨 뜻인지 이해가 가지 않아요……. 주디 존스는 예쁜 정도가 아니었어요. 대단한 미인이었지요. 글쎄, 저는 그 여자를 잘 알고 있지요. 알고 있고말고요. 그녀는……."

데블린이 유쾌하게 웃었다.

"소동을 벌이려는 게 아닙니다." 그가 말했다. "주디는 멋진 여자라고 생각하고, 나도 그 여자를 좋아해요. 어떻게 러드 심스 같은 사람이 그 여자와 미친 듯 사랑에 빠질 수 있었는지 이해가 가지 않아서요. 하지만 그 친구는 그랬거든요." 그러고 나서 그는 이렇게 덧붙였다. "대부분의 여자들도 그 여자를 좋아하지요."

덱스터는 이 사나이가 무감각하거나 개인적으로 어떤 악의를 품고 있거나 어떤 이유가 있을 것이라고 생각하며 데블린을 빤히 쳐다보았다.

"많은 여자들이 그런 식으로 시들어가지요." 데블린이 손가락을 탁 하고 퉁기며 말했다. "선생님도 그런 일이 일어나는 걸 보았을 겁니다. 결혼식 때 그 여자가 얼마나 예뻤는지 어쩌면 제가 잊어버린지도 모르지요. 그 이후로 난 그 여자를 아주 많이 보아왔으니까요. 눈매가 예뻐요."

말하자면 둔감함 같은 느낌이 덱스터에게 엄습해 왔다. 생전 처음 그는 아주 술에 취한 듯한 느낌이 들었다. 데블린이 한 말을 듣고 크게 소리 내어 웃고 있다는 것을 알고 있었지만, 그 말이 무슨 말이었는지 왜 그 말이 우스운지 알 수 없었다. 몇 분이 지난 뒤 데블린이 자리를 뜨자 그는 침대 의자에 주저앉아 창문을 통해 태양이 분홍빛과 황금빛의 어스름 속에 가라앉고 있는 뉴욕의 스카이라인을 바라보았다.

덱스터는 이제 더 잃어버릴 것이 없기 때문에 마침내 상처를 받을 수 없다고 생각했었다. 그러나 마치 주디 존스와 결혼해 자기 눈앞에서 그녀가 시들어가는 모습을 바라보기라도 하듯이, 그는 그 이상의 다른 어떤 것을 잃어버렸음을 잘 알고 있었다.

이제 꿈은 사라졌다. 그에게서 무엇인가가 없어져 버렸다. 공포 비슷한 감정을 느끼며 그는 두 손바닥을 두 눈에 갖다 대고 셰리아일랜드를 찰싹찰싹 때리는 물결이며, 달빛에 비친 베란다며, 골프장에서 입은 깅엄 골프복이며, 그녀의 목덜미에 난 부드러운 황금빛 솜털의 모습을 불러오려고 애썼다. 그리고 또한 키스할 때 축축하게 느껴지던 그녀의 입술이며, 우수(憂愁)에 젖은 서글픈 두 눈이며, 아침이면 느낄 수 있던 새로 짠 좋은 린넨 같은 그녀의 신선함도 말이다. 아, 이런 것들은 이제 더 이 세상에는 없구나! 그것들은 과거에 존재했을 뿐 지금은 더 이상 존재하지 않았다.

몇 년 만에 처음으로 눈물이 그의 뺨을 타고 흘러내렸다. 그러나 지금 그 눈물은 자신을 위해 흘리는 눈물이었다. 그는 입이며 눈이며 움직이고 있는 손에 대해서는 아랑곳하지 않았다. 그러고 싶었지만 그럴 수가 없었다. 그는 멀리 사라졌으며 이제는 다시 돌아올 수 없었던 것이다. 문들은 굳게 닫혀 있었고, 해가 졌으며, 모든 시간을 견뎌내는 강철의 잿빛 아름다움 말고는 이제 아름다움은 없었다. 심지어 그가 참을 수 있었던 슬픔조차 그의 겨울 꿈이 활짝 날개를 펼치던 환상의 나라, 청춘의 나라, 풍요로운 삶의 나라 뒤쪽으로 멀리 사라져버렸던 것이다.

"오래전에," 그는 말했다. "오래전에 나에게는 무엇인가가 있었지만 이제는 사라지고 없어. 이제 그건 사라져버렸어. 없어져 버렸단 말이지. 그런데도 나는 울 수가 없구나. 그것에 대해 마음 쓸 수도 없어. 이제 그것은 다시는 돌아오지 않을 테지."

비행기를 갈아타기 전 세 시간

엉뚱한 일이었지만 도널드는 지루한 임무를 끝낸 듯 피곤하지만 건강한 느낌으로 꼭 그러고 싶은 기분이 들었다. 말하자면 지금 그는 자신에게 무엇인가를 보상해 주고 있는 셈이었다. 아마 그럴 것임에 틀림없었다.

비행기가 착륙하자 그는 중서부의 한여름 밤 속으로 걸어 나와 낡고 붉은 '철도역'처럼 판에 박은 듯한 푸에블로 인디언 집 같은 공항 건물로 향했다. 그녀가 살아 있는지, 아직도 이 읍에 살고 있는지, 또는 그녀의 이름이 어떻게 달라져 있는지 도무지 알 수 없었다. 점점 흥분이 달아오르는 것을 느끼며 그는 전화번호부에서 지난 이십 년 동안 역시 사망한 상태에 있는지도 모르는 그녀의 아버지 이름을 찾아보았다.

그러나 그는 사망한 것이 아니었다. 허먼 홈스 판사는 여전히 살아 있었다. 힐사이드 3194번지에 말이다.

한 여자가 미스 낸시 홈스를 찾는 그에게 호감이 가는 목소리로 대답했다.

"낸시는 이제 월터 기포드 씨 부인이 되었답니다. 한데 누구시죠?"

그러나 도널드는 대답을 하지 않고 수화기를 내려놓았다. 자신이 알고 싶은 것을 알아냈으며, 그에게는 오직 세 시간밖에는 없었던 것이다. 월터 기포드라는 사람을 기억해 낼 수 없었고, 전화번호부를 찾는 동안 긴장 속에서 다시 몇 분이 흘렀다. 어쩌면 그녀는 결혼하여 이 읍내를 떠났는지도 모른다.

그러나 그것도 사실이 아니었다. 전화번호부에는 월터 기포드라는 이름이 있었다. 주소는 힐사이드 1191번지. 손가락 끄트머리에 피가 솟구쳐 올랐다.

"여보세요?"

"여보세요, 기포드 부인 계십니까……? 옛날 친구인데요."

"제가 바로 기포드 부인인데요."

그 목소리에서 그는 장난기 섞인 매력을 기억해 냈거나 기억해 냈다는 생각이 들었다.

"난 도널드 플랜트야. 열두 살 때 만나고는 지금껏 너를 한번도 만난 적이 없지."

"어, 어, 어머나!" 몹시 놀란 어조로 아주 정중하게 말했지만 그는 그녀의 목소리에서 기쁘다거나 알고 있다는 듯한 기색을 느낄 수 없었다.

"……도널드라고!" 목소리의 주인공이 덧붙였다. 이번에는 기억을 더듬는 이상의 그 무엇이 감돌았다.

"……이 읍내엔 언제 돌아온 거야?" 그러고 나서 정중하게 말을 이었다. "지금 어디에 있는데?"

"지금 공항에 있어……. 몇 시간밖에는 시간이 없어."

"그럼, 이곳으로 날 찾아오지 않겠어?"

"설마 지금 잠을 자려는 건 아니겠지."

"천만의 말씀!" 그녀가 큰 소리로 말했다. "아까부터 앉아서…… 혼자서 하이볼을 마시고 있는 중이었어. 택시 기사에게 말만 하면……."

택시를 타고 가면서 도널드는 그녀와 주고받은 대화 내용을 자세히 분석해 보았다. "공항에 있어."라는 그의 말은 그가 상류층에 속해 있음을 말해 주었다. 낸시가 혼자 있다는 사실은 친구도 없는 매력 없는 여자로 성장해 있다는 증거인지도 모른다. 그녀의 남편은 지금 밖에 나가 있거나 잠을 자고 있을 것이다. 게다가(그녀는 언제나 그의 꿈속에 열 살의 소녀로 남아 있었기 때문에) 하이볼을 마시고 있다는 것은 그에게 충격이었다. 그러나 그는 미소를 지으며 생각을 바꾸었다. 그녀는 이제 서른 줄에 들어서고 있는 것이 아닌가.

굽은 차도 끝에 검은 머리에 몸집이 작은 미녀 한 사람이 손에 술잔을 들고 서 있었다. 마침내 그녀의 모습이 나타나자 놀란 도널드는 택시에서 내리며 말을 걸었다.

"기포드 부인인가요?"

그녀는 현관의 불을 켜고 눈을 크게 뜨며 주저하듯 그를 쳐다보았다. 의아스러운 표정을 짓던 얼굴에 갑자기 미소가 떠올랐다.

"도널드…… 바로 너로군……. 우린 너무 변했어. 아, 정말 믿어지지가 않아!"

집 안으로 걸어 들어가면서 그들은 "그동안 지나가 버린 세월." 하며 유쾌한 목소리로 말했고, 도널드는 가슴이 가라앉는 것을 느꼈다. 한편으로는 그들이 마지막으로 만났을 때의 기억——그녀는 자전거를 타고 그를 모른 체하고 그냥 지나쳐 버렸던 것이다——이 되살아났기 때문이었고, 다른 한편으로는 그들이 아무런 할 말이 없지 않을까 하는 두려움이 들었기 때문이었다. 그것은 마치 대학 동창회와 같았다. 그러나 그런 자리라면 설령 과거를 찾아내지 못한다고 해도 서두르고 떠들썩한 분위기로 얼버무릴 수 있을 것이다. 당황해하며 그는 공허하고 긴 한 시간이 될는지도 모른다는 사실을 깨달았다. 절망 가운데 갑자기 말을 꺼냈다.

"넌 언제나 귀여웠지. 하지만 지금도 여전히 예쁜 것을 보고 조금 놀랐어."

그 말이 잘 먹혀들어 갔다. 서로 달라진 상태를 깨달은 데다 대담한 인사말 덕분에 서먹서먹한 어린 시절의 친구 대신에 흥미 있는 낯선 사람이 되었던 것이다.

"하이볼 한잔할래?" 그녀가 물었다. "싫다고? 내가 혼자서 홀짝거리는 술꾼이 되었다고 생각하지는 마. 하지만 오늘 밤은 우울한 밤이야. 남편이 돌아오기를 기대했는데, 이틀 더 있다 온다고 전보가 온 거야. 도널드, 그인 아주 멋지고 매력적인 사람이야. 너 같은 타입이라고나 할까." 그녀는 머뭇거리다가 다시 입을 열었다. "……아무래도 그인 뉴욕에 있는 누구에게 관심이 있나 봐……. 잘 알 수는 없지만."

"네 모습을 보니 그건 불가능한 일 같은데." 그가 그녀를 안심시켰다. "나는 결혼한 지 육 년이나 되었는데, 그런 식으로 나 스스로를 고문한 때가 있었지. 그러던 어느 날 난 내 인생에서 질투심을 영원히 쫓아버렸어. 아내가 사망하고 난 뒤 그렇게 한 게 무척 기쁘더군. 아주 소중한 기억이 남지 뭐야……. 무엇 하나 손상되거나 더럽혀지지 않고, 또 얼굴 붉힐 생각도 없이 말이야."

그가 말하는 동안 그녀는 처음에는 주의 깊게, 그리고 나서는 동정 어린 표정으로 그의 얼굴을 빤히 쳐다보았다.

"안됐군." 그녀가 말했다. 적당히 쉬고 난 뒤 이렇게 말했다. "넌 아주 많이 변했어. 어디 고개를 돌려봐. 아빠가 '저 앤 머리가 좋아.' 하고 말씀하시던 게 생각나."

"아마 넌 그 말에 반대했을 테지."

"난 감탄했어. 그때만 해도 난 누구나 다 머리가 좋은 줄 알았거든. 그래서 지금까지도 그걸 기억하고 있나 봐."

"그 밖에 다른 것 기억하고 있는 것 없니?" 그가 미소를 지으며 물었다.

그러자 갑자기 낸시가 자리에서 일어나더니 서둘러 조금 떨어진 곳으로 걸어갔다.

"아, 저런." 그를 비난하듯 그녀가 말했다. "그건 공평하지 않아! 나를 못된 계집애라고 생각한 모양이지."

"그렇지 않아." 그가 단호하게 말했다. "이젠 나도 한 잔하고 싶군."

그녀는 술을 따르면서도 그로부터 여전히 얼굴을 돌렸다. 그가 계속 말을 이었다.

"그때 너밖에는 키스를 받아본 애가 없었다고 생각하는 거야?"

"그 주제로 말하고 싶은 거야?" 그녀가 물었다. 순간적으로 짜증을 내는 듯했지만 곧 노여움을 풀고 금방 말을 이었다. "도대체 그게 무엇이었지! 참말로 재미있었는데 말이야. 마치 노래 가사처럼."

"썰매 타는 거였지."

"그래, 맞아……. 그리고 누군가네 집에서 연 피크닉하고…… 트러디 제임스네였지. 그리고 프런티낵에서 여름에…… 아니 여름만 되면 말이야."

그의 기억에 가장 남는 것은 썰매 타기였고, 그녀가 차가운 흰 별을 쳐다보는 동안 한쪽 구석 짚이 쌓여 있는 곳에서 그녀의 시원한 뺨에 키스를 한 일이었다. 그들 옆에 있던 커플은 등을 돌리고 있었고, 그는 그녀의 작은 목과 두 귀에 키스를 했지만 입술에는 키스를 하지 않았다.

"그리고 우체국 놀이를 하던 매크네 집 파티도 있었지. 난 볼거리를 앓고 있어서 갈 수 없었지만." 그가 말했다.

"그 일은 생각이 나지 않는데."

"암, 너도 거기 있었어. 그리고 넌 누군가한테 키스 당했잖아. 질투가 나서 정말 미칠 것 같았다고. 그런 질투를 느낀 건 그때가 처음이야."

"이상하게도 기억이 나지 않는데. 어쩌면 잊어버리고 싶었나 봐."

"하지만 왜 잊고 싶었다는 거야?" 그가 즐거운 듯 물었다. "우린 더할 나위 없이 순진한 어린애였잖아. 낸시, 난 아내에게 과거 이야기를 할 때마다 이렇게 말했지. 당신을 사랑하는 것과 거의 마찬가지로 낸시를 사랑했다고 말이야. 하지만 아내를 사랑한 것과 아주 똑같이 너를 사랑했다는 생각이 드는군. 우리가 이 읍내에서 이사 갈 때 난 내 가슴에 탄환을 숨기고 가듯 너를 간직하고 갔지."

"아니, 그렇게까지나 나에게 열을 올리고 있었다고?"

"정말로 그랬다니까! 난 말이야……." 그는 갑자기 그들이 서로 겨우 2피트 사이를 두고 서 있다는 사실을 깨달았다. 또한 자신이 마치 지금도 그녀를 사랑하고 있는 것처럼 말하고 있으며, 그녀가 입술을 반쯤 벌린 채 두 눈에는 아련한 표정을 짓고 자신을 올려다보고 있다는 사실을 깨달았다.

"어디 계속 해보시지." 그녀가 말했다. "말하기 부끄럽지만…… 싫지는 않은데. 그때 난 네가 그렇게 내게 열중해 있었는지 몰랐지 뭐야. 열을 올린 건 오히려 내 쪽이라고 생각했거든."

"네가!" 그가 감탄하며 소리를 질렀다. "드럭스토어에서 나에게 퇴짜를 놓은 거 기억나지 않니?" 그가 웃었다. "나에게 혀를 내밀었잖아."

"전혀 기억이 나지 않는데. 나에게 퇴짜를 놓은 건 너 같은데." 그녀는 거의 위로를 하듯 한 손으로 그의 팔을 가볍게 잡았다. "2층에 몇 년 동안 펼쳐 보지 않은 사진첩이 있어. 찾아올게."

오 분쯤 앉아 있는 동안 도널드는 두 가지 생각을 했다. 첫 번째 생각은, 똑같은 사건을 두고 서로 다른 사람이 기억해 내는 것을 절충하기란 불가능하다는 것이었고 두 번째 생각은, 놀랍게도 낸시가 어렸을 때 자신의 마음을 움직였던 것처럼 지금도 여자로서 자신을 움직이고 있다는 사실이었다. 그 삼십 분 동안 그는 아내와 사별한 뒤 느끼지 못했던 감정을, 두 번 다시 느끼고 싶지 않았던 바로 그런 감정을 느꼈던 것이다.

소파에 나란히 앉아서 그들은 사진첩을 펼쳤다. 낸시는 행복하게 미소를 지으며 그를 쳐다보았다.

"어머나, 이거 정말 기분이 좋군." 그녀가 말했다. "네가 그렇게 멋지고, 또 나를 그렇게…… 예쁘게 기억해 주다니 너무 기분이 좋아. 고백하자면 말이야……. 그때 그 사실을 알았더라면 얼마나 좋았을까! 네가 떠나가 버린 뒤 너를 무척 원망했었지."

"그거 참 안됐군." 그가 부드럽게 말했다.

"하지만 지금은 아냐." 그녀는 그를 안심시키고 나서 충동에 사로잡힌 듯 이렇게 말했다. "키스를 해서 보상을…… 이래선 착한 아내라고 할 수 없는데." 잠시 뒤 그녀가 말했다. "결혼한 뒤로는 한번도 다른 남자와 키스를 해본 적이 없었거든."

그는 흥분해 있었다. 그러나 무엇보다도 혼란스러웠다. 그가 키스한 것이 과연 낸시였던가? 아니면 아련한 기억이었을까? 그것도 아니라면 얼른 시선을 딴 곳으로 돌리고 사진첩을 넘기는 이 귀여운 낯선 여자였던가?

"잠깐만 기다려봐!" 그가 말했다. "잠시 동안은 사진이 눈에 들어올 것 같지 않아."

"다시는 하지 않을 거야. 나도 갈피를 잡지 못하겠는 걸."

도널드는 너무나 효과가 큰 그 진부한 말 한마디를 내뱉고 말았다.

"우리 다시 사랑에 빠진다 해도 그리 나쁘진 않으련만."

"그만두시지!" 웃었지만 몹시 숨을 몰아쉬며 그녀가 말했다. "모두 끝난 얘기야. 그건 한순간의 일이었어. 또 다른 순간이면 잊어버려야 해."

"남편에게 말하면 안 돼."

"어째서 안 된다는 거야? 평소에 난 그에게 무슨 얘기든 다 하는데."

"마음 아파할 거야. 남자에게 그런 얘기는 절대 말하지 마."

"좋아, 안 할게."

"한 번만 더 키스해 줘." 그는 모순되는 부탁을 했다. 낸시는 사진첩을 한 장 넘기고는 손가락으로 사진 한 장을 열심히 가리키고 있었다.

"네 사진이야." 그녀가 소리를 질렀다. "어서 봐!"

그는 사진을 쳐다보았다. 요트를 배경으로 반바지를 입은 작은 사내아이 하나가 부두에 서 있었다.

"기억이 나는군……." 그녀가 의기양양하게 웃어댔다. "……그 사진을 찍은 바로 그날 말이야. 키티가 찍은 걸 내가 훔쳤지."

잠시 동안 도널드는 사진 속의 자신을 알아볼 수 없었다. 몸을 좀 더 앞으로 구부리고 쳐다보았지만, 도무지 자신이라는 느낌이 들지 않았다.

"내가 아닌데." 그가 말했다.

"맞다니까 그러네. 프런티낵에서였어⋯⋯. 그해 여름 우리는⋯⋯ 우리는 동굴에 가곤 했잖아."

"무슨 동굴 말이야? 난 프런티낵엔 사흘밖에는 있지 않았어." 그는 눈을 가늘게 뜨고 약간 노랗게 바랜 사진을 다시 한번 쳐다보았다. "그건 내가 아냐. 도널드 바워스란 말이야. 우린 서로 좀 닮은 데가 있었지."

그러자 그녀는 그를 뚫어지게 쳐다보았다. 허리를 뒤로 젖히고 그로부터 멀어지는 듯했다.

"하지만 넌 도널드 바워스잖아!" 그녀가 놀라서 말했다. 그녀의 목소리가 조금 높아졌다. "아니지, 그게 아니지. 넌 도널드 플랜트지."

"내가 전화로 말했잖아."

그녀는 자리에서 일어났다. 얼굴에는 약간 두려움의 빛을 띤 채 말이다.

"플랜트! 바워스! 내가 정신이 나간 모양이군. 아니면 술을 마셨기 때문일까? 처음 너를 보았을 때도 조금 헷갈렸지. 이봐! 도대체 내가 너에게 무슨 말을 했지?"

사진첩을 넘기면서 그는 수도승처럼 침착해지려고 애썼다.

"아무 말도 하지 않았어." 그가 대답했다. 그가 빠져버린 여러 장면이 그의 눈앞에 잇달아 펼쳐졌다. 프런티낵이며,

동굴이며, 도널드 바워스며, "네가 나를 퇴짜 맞혔잖니!"

낸시는 방의 다른 쪽에서 말했다.

"제발 이 얘기 누구한테도 하지 말아줘." 그녀가 말했다. "소문이란 돌고 도는 법이니까."

"뭐 얘기할 게 있어야지." 그가 머뭇거렸다. 그러나 그는 생각했다. 그녀야말로 못된 계집애가 아닌가.

그러자 갑자기 어린 도널드 바워스에 대해 질투심이 걷잡을 수 없이 솟구쳐 올라왔다. 삶에서 영원히 질투심을 쫓아버린 자신인데 말이다. 그는 다섯 발짝을 걸어 방을 가로질러 갔고, 그 발길로 이십 년의 세월과 월터 기포드의 존재를 짓밟아 버렸다.

"낸시, 다시 한 번 키스해 줘." 그는 그녀의 의자 옆에 한쪽 무릎을 꿇고 그녀의 어깨에 한 손을 얹어놓으며 말했다. 그러나 낸시는 몸을 뺐다.

"비행기를 타야 한다고 했잖아."

"괜찮아. 놓쳐도 상관없다고. 그렇게 중요하지 않아."

"제발, 그만 가줘." 그녀는 냉정한 목소리로 말했다. "그리고 내 기분이 어떤지도 헤아려줘."

"하지만 넌 마치 나를 기억하지 못하는 것처럼 행동하고 있잖니." 그가 큰 소리로 말했다. "······마치 도널드 플랜트를 기억하지 못하는 것처럼 말이야!"

"기억해. 너도 기억한다고······. 하지만 그건 아주 오래 전의 일이잖아." 그녀의 목소리가 다시 한 번 굳어졌다. "택시 전화번호는 크레스우드 8484번이야."

공항으로 돌아오는 길에 도널드는 고개를 이리저리 흔들

었다. 이제는 완전히 원래의 자신으로 돌아와 있었지만, 그 경험의 의미를 되씹어 볼 수 없었다. 비행기가 굉음을 내며 어두운 밤하늘로 높이 올라가고 승객들이 비행기 아래에 살고 있는 법인(法人) 사회의 인간과는 다른 실체가 되었을 때에서야 비로소 그는 비행기의 비상과 비슷한 사실을 깨달았다. 앞이 깜깜한 오 분 동안 그는 광인(狂人)처럼 동시에 두 개의 세계에서 살고 있었다. 열두 살 난 소년인 동시에 서른두 살의 장년으로 이 둘은 따로 분리할 수 없을 만큼 서로 뒤엉켜 있었던 것이다.

도널드는 비행기를 갈아타는 시간 동안 많은 것을 잃어버렸다. 그러나 인생의 후반부란 여러 가지를 잃어가는 기나긴 과정인 탓에 이번의 경험도 어쩌면 그렇게 중요한 것이 아닌지도 모른다.

광란의 일요일

1

일요일이었다. 그저 일주일 중 하루라기보다는 오히려 서로 다른 날 사이의 공백 기간 같은 날이었다. 모든 사람들에게 세트와 시퀀스며, 마이크를 매달고 있는 크레인 밑에서의 긴 기다림이며, 한 군(郡)을 가로질러 하루에도 수백만 마일씩 달리는 자동차 주행이며, 회의실에서 경쟁 상대와의 머리싸움이며, 끝없는 타협이며, 생존을 위해 싸우는 수많은 명사들의 갈등과 긴장도 이제 모두 뒷전으로 물러나 있었다. 그런데 오늘은 전날 오후만 하더라도 단조로움으로 흐릿해진 두 눈이 반짝반짝 빛나는, 개인의 삶이 다시 시작하는 일요일이었다. 시간이 천천히 지나면서 그들은 마치 장난감 가게의 '퍼펜핀'[1]처럼 깨어났다. 길모퉁이에서 서로 주고받는 열띤 대화며, 홀에서 목을 껴안고 사라지는 연인들 말이다. 그리고 "늦지 않도록 서둘러. 제발 축복받은 마흔 시간의 여유가 끝나기 전에 어서 서둘러." 하는 느낌이 감돌았던 것이다.

　조얼 콜스는 영화 대본을 쓰는 사람이었다. 스물여섯 살로 아직 할리우드가 타락시키지 않은 상태에 있었다. 그는 여섯 달 전 이곳에 도착한 이후로 좋은 작업을 맡았고, 영화의 장면과 시퀀스를 열성을 가지고 집필해 제출했다. 자신을 두고 돈을 위해 글 품팔이를 하는 사람이라고 겸손하게 말했지만 실제로는 자신의 일을 그런 식으로 생각하지 않았다. 그의 어머니는 성공한 배우였다. 조얼은 환상과 현실을 구분하거나 적어도 그중에서 한 가지를 먼저 추측하면서 런던과 뉴욕 사이를 오가며 어린 시절을 보냈다. 미남인 그는 암소 털 같은 갈색 눈을 지니고 있었다. 그런데 이 눈은 1913년 그의 어머니가 브로드웨이 청중을 바라보고 있던 바로 그 눈이었다.

　초청장을 받고 나서 그는 일이 잘 풀리고 있다는 확신이 들었다. 보통 일요일에는 외출하지 않고 말짱한 정신으로 일감을 가지고 집에 가서 일하곤 했다. 최근 회사에서는 그에게 아주 중요한 여배우를 위해 유진 오닐[2]의 희곡을 맡겼다. 지금까지 그가 해온 일이 마일스 캘먼의 마음에 들었던 것이다. 마일스 캘먼은 할리우드에서 일하는 감독으로 돈을 대는 제작자들에게만 책임을 지고 있었을 뿐 어

---

1) 장난감 인형.
2) 미국의 극작가로 1936년 노벨 문학상을 수상했다.

느 누구한테서도 지시를 받지 않고 있었다. 조얼의 경력에서 모든 일이 순조롭게 착착 잘 풀리고 있었다. "캘먼 감독의 비서인데요. 오는 일요일 4시부터 6시까지 차를 마시러 오시겠습니까? 주소는 베벌리힐스[3] ○○○번지입니다."

조얼은 우쭐한 기분이 들었다. 상류 계층 사람들이 모이는 파티일 것이다. 장래가 유망한 젊은이로서 그 자신에 대한 일종의 찬사와 다름없었다. 매리언 데이비스 패거리들이며, 거만하게 구는 사람들이며, 엄청난 돈을 자랑하는 거물급들이며, 어쩌면 심지어 디트리히[4]와 가르보[5]와 '후작 부인', 다른 곳에서는 좀처럼 보기 드문 거물들이 캘먼의 집에 올는지 모른다.

"술은 입에도 대지 말아야지." 그는 스스로에게 다짐했다. 캘먼은 술주정뱅이를 드러내 놓고 싫어했고, 영화 산업이 그런 술주정뱅이 없이 꾸려나가지지 못하는 것을 안타깝게 생각하고 있었다.

조얼은 작가들이 지나치게 술을 많이 마신다는 데 동의하고 있었다. 자신도 술을 많이 마시는 편이었지만 오늘 오후에는 그렇게 하지 않을 것이다. 칵테일을 돌릴 때 마일스가 근처에 있어 그가 "마시지 않겠습니다." 하고 짧으면서도 겸손하게 사양하는 말을 들었으면 좋겠다는 생각이 들었다.

---

3) 미국 로스앤젤레스 시의 할리우드 서쪽에 있는 도시로 영화인들의 고급 주택이 많이 있는 곳이다.
4) 마를렌 디트리히. 1920년대에 활약한 미국의 영화배우.
5) 그레타 가르보(1905~1990). 스웨덴 태생의 미국 영화배우.

마일스 캘먼의 집은 장엄한 감동적인 순간을 위해 지어
졌다. 마치 저 멀리 조용한 전망이 청중을 숨기고 있는 것
처럼 누군가가 귀를 기울이고 듣고 있는 듯한 느낌이 들었
다. 그러나 오늘 오후는 손님을 초청했다기보다는 오히려
참석하라고 명령한 것처럼 사람들로 붐볐다. 조얼은 스튜
디오에서 온 다른 작가 두 사람만이 손님 속에 끼여 있다
는 사실에 가슴 뿌듯함을 느꼈다. 한 사람은 유명한 영국
사람이었고, 또 다른 사람은 조금 놀랍게도 캘먼에게 술주
정뱅이에 대해 짜증스럽게 언급을 하게 만들었던 냇 커프
였다.

스텔라 캘먼(물론 스텔라 워커였다.)은 조얼에게 말을 건
뒤로는 다른 손님한테 가지 않았다. 그녀는 그냥 머물러
있었다. 말하자면 찬사를 자아낼 정도의 아름다운 표정으
로 그를 바라보았고, 조얼은 재빨리 자신의 어머니한테서
물려받은 극적 행동으로 적절히 대처했다.

"어머, 열여섯 살 정도밖에는 되어 보이지 않습니다! 세
발자전거는 어디다 두셨나요?"

그녀는 좋아하는 표정이 역력했다. 그녀는 잠시 머뭇거
렸다. 그는 자신 있고 부드러운 어떤 말을 좀 더 해야 하
지 않을까 하고 생각했다. 그녀를 처음 만난 것은 그녀가
뉴욕에서 푼돈을 벌려고 애쓰고 있을 무렵이었다. 바로 그
때 누군가가 술 쟁반을 들어 올리자 스텔라는 칵테일 잔을
들어 그의 손에 쥐여주었다.

"모두 겁을 먹고 있어요, 안 그런가요?" 칵테일 잔을 멍
하니 바라보며 그가 말했다. "모두 다른 사람의 실수를 찾

아내려고 하거나, 아니면 자신에게 명예가 될 만한 사람들과 함께 있다고 확신하고 있어요. 물론 당신의 집에서는 그렇지 않지만요." 그는 성급히 자신이 한 말을 덮어버렸다. "다만 할리우드의 일반적 경향을 말한 겁니다."

스텔라는 그의 말에 맞장구를 쳤다. 그녀는 마치 그가 중요한 인사나 되듯 몇 사람을 조얼에게 소개시켰다. 마일스가 방의 다른 쪽에 있다고 생각하고 조얼은 칵테일을 마셨다.

"그래, 아이를 낳으셨다고요?" 그가 말했다. "조심해야 할 때입니다. 미인이 첫애를 낳은 뒤에는 아주 불리한 입장에 놓이게 되지요. 자신의 매력에 대해 확인하고 싶으니까요. 자신이 아무것도 잃지 않았다고 증명하기 위해선 어떤 새로운 남자의 헌신적인 사랑을 얻어야 하지요."

"난 지금껏 누구한테서도 헌신적인 사랑을 받아본 적이 없어요." 스텔라가 좀 화가 난 듯이 대답했다.

"당신의 남편을 두려워하기 때문이지요."

"그렇게 생각해요?" 그 문제를 생각하며 그녀는 이마를 찌푸렸다. 조얼이 그러고 싶은 바로 그 순간에 대화가 중단되었다.

그녀가 보여준 관심 덕분에 그는 자신감을 얻었다. 굳이 안전한 그룹에 끼거나, 방 주위에 있는 그런 사람들의 날개 밑에서 피난처를 찾을 필요가 없었던 것이다. 그는 창가로 걸어가 해가 느릿느릿 떨어지는 석양 아래 아무 색깔 없는 태평양을 바라보았다. 이곳은 멋진 곳이었다. 만약 즐길 시간만 있다면 바로 미국의 리비에라[6]니 뭐니 하는 곳과 조금도 다름없는 곳이었다. 방 안에는 옷을 잘 차려입은 미남자들, 예쁜 아가씨들, 그리고——어쨌든 사랑스러운 아가씨들 말이다. 모든 것을 다 가질 수는 없지 않은가.

피로한 눈꺼풀이 언제나 한쪽으로 약간 처져 있고 풋풋한 사내아이 같은 얼굴을 한 채 손님 사이를 돌아다니는 스텔라의 모습을 조얼은 바라보았다. 그녀와 함께 앉아서 그녀가 한낱 이름이 아닌 젊은 여성인 것처럼 오랫동안 이야기를 나누고 싶었다. 그는 그녀가 자신에게 보인 관심을 다른 누구에게도 보이나 보려고 그녀 뒤를 좇았다. 그는 칵테일을 또 한 잔 마셨는데, 자신감이 필요해서가 아니라 그녀가 자신감을 너무 많이 주었기 때문이었다. 그러고 나서 그는 감독의 어머니 옆에 앉았다.

"캘먼 부인, 당신의 아들은 이제 전설적인 존재가 되었답니다. 신탁과 운명의 인간이니 뭐 그런 거 말이지요. 개인적으론 아드님에 대해 반대하는 편이지만 저 같은 사람은 몇 사람에 불과합니다. 아드님에 대해 어떻게 생각하시나요? 감동을 받으셨나요? 지금까지 성공해 온 것에 대해 놀라십니까?"

"아니, 별로 놀라지 않는다네." 그녀는 차분하게 대답했다. "우린 늘 마일스에게 많은 걸 기대했거든."

"한데, 그건 보기 드문 일인데요." 조얼이 대꾸했다. "전 늘 모든 어머니들이란 나폴레옹의 어머니 같다고 생각

---

6) 프랑스의 니스에서 이탈리아의 라 스페지아에 이르는 경치 좋은 해안 지방으로 피한지로 유명하다.

했거든요. 제 어머니는 제가 연예계에 발을 들여놓는 걸 원하지 않으셨지요. 웨스트포인트[7]에 들어가 안정된 삶을 살기를 바라셨어요."

"우린 언제나 마일스를 완전히 믿고 있었지."

유머 감각이 있고 술고래이며 돈 많이 받는 냇 커프와 함께 그는 식당에 붙박이로 만들어놓은 바에 서 있었다.

"······지난 일 년에 난 10만 달러를 벌었는데 노름에서 4만 달러를 날려버렸어. 그래서 매니저를 고용했지 뭐야."

"에이전트 말입니까?" 조얼이 물었다.

"아냐. 에이전트도 갖고 있고. 매니저라니까. 내가 버는 돈을 모두 집사람에게 넘겨주면 그와 집사람이 상의하여 나에게 돈을 다시 돌려준다네. 내 돈을 돌려받기 위해 난 매니저에게 일 년에 5,000달러를 지불하고 있지."

"에이전트겠지요."

"아니라니까 그러네. 매니저란 말일세. 그런 건 나만이 아니지······. 다른 많은 무책임한 사람들도 매니저를 두고 있어."

"한데, 만약 선생님이 무책임하다면 무엇 때문에 매니저를 고용할 만큼 책임을 느끼십니까?"

"노름에 대해서 무책임한 것뿐이지. 자, 이보라고······."

가수 한 사람이 공연을 했다. 조얼과 냇은 노래를 들으려고 다른 사람들과 함께 앞쪽으로 나아갔다.

---

7) 미국 육군 사관학교. 뉴욕 주 남동부 웨스트포인트에 위치해 있다.

2

노랫소리가 나지막하게 조얼의 귓가에 들려왔다. 그는 그곳에 모인 모든 사람들, 용기 있고 근면한 사람들에 대해 다정하고 친근한 마음을 느꼈다. 그곳에 모인 사람들은 무지와 방탕한 생활에서 그들을 능가하는 부르주아 계층보다 더 나았으며, 지난 십 년 동안 오직 오락을 즐기려고 해온 나라에서 가장 높은 위치에 올라와 있었다. 그는 그들이 좋았다. 그들을 사랑했다. 그들에 대한 호의가 파도처럼 그에게 엄습해 왔다.

가수가 노래를 마치고 손님들이 안주인에게 다가가 작별 인사를 하자 조얼에게 문득 한 가지 생각이 떠올랐다. 그들에게 자신이 만든 「좀 더 보충하기」라는 작품을 보여주고 싶었다. 거실에서 하는 여흥에 지나지 않았지만 몇몇 파티에서 사람들을 즐겁게 해주었고, 어쩌면 스텔라 워커를 즐겁게 해줄는지도 모른다. 이런 예감에 사로잡혀 피가 달아오르자 그는 그녀를 찾아냈다.

"물론이지요!" 그녀가 소리쳤다. "제발 보여주세요! 뭐 필요한 건 없나요?"

"제가 받아쓰기를 시킬 비서가 한 사람 필요합니다."

"제가 할게요."

이 말이 퍼지자 자리를 뜨려고 벌써 코트를 입고 홀에 있던 손님들이 자리로 다시 돌아왔고, 조얼은 많은 낯선 손님들의 눈동자와 마주쳤다. 방금 공연한 사람이 유명한 라디오 연예인이라는 사실을 깨닫고 그는 조금 불길한 예감이 들었다. 그러자 누군가가 "쉿!" 하고 소리를 보냈고, 인디언처럼 반원(半圓)을 이루고 있는 사람들의 중심에 그는 스텔라와 단둘이 서 있었다. 스텔라가 기대에 차서 그를 올려다보며 미소를 지었고, 그는 연기를 시작했다.

그의 익살 연극은 독립 제작자인 데이브 실버스타인 씨의 문화적 한계에 바탕을 두고 있었다. 실버스타인은 지금 비서에게 그가 각색권을 구입한 한 이야기를 어떻게 다루는지에 대해 대략 설명하는 편지를 받아쓰도록 하고 있었다.

"……이혼, 젊은 세태[8]와 외인 부대의 이야기인데." 그는 실버스타인의 억양을 흉내 내어 말하고 있었다. "하지만 우린 그 이야기를 좀 더 보충해야 하지, 알겠어?"

의구심의 날카로운 고통이 갑자기 그의 몸에 스쳐갔다. 부드러운 불빛 아래 주위에 있는 얼굴들은 호기심을 갖고 열심히 바라보고 있었지만 어느 곳에서도 미소를 찾아볼 수 없었다. 바로 앞에서는 영화계의 '총아'가 감자의 눈처럼 날카로운 눈으로 그를 쏘아보고 있었다. 오직 스텔라 워커만이 반짝이는 미소를 잊지 않은 채 그를 올려다보고 있을 뿐이었다.

"만약 우리가 그를 멘주[9] 타입으로 만들 수만 있다면, 호놀룰루 분위기를 한 마이클 알렌[10] 같은 사람을 연출할 수 있을 텐데."

---

8) 조얼은 실버스타인이 '세대'라고 하여야 할 것을 '세태'로 잘못 말하였음을 풍자하고 있다. 원문에는 '제너레이션'(세대) 대신에 '제너레이터'(발전기)로 되어 있다.
9) 무성 영화 시대의 유명한 영화배우 아돌프 멘주.

여전히 앞쪽에서는 아무런 반응이 없었지만 뒤쪽에서는 부스럭거리는 소리가 들렸고 왼쪽 앞문을 향해 움직이는 모습이 보였다.

"……그런데 그녀는 그에게 섹스 오필[11]을 느낀다고 말하고, 그는 기력이 소진되어 '오, 가서 죽어버려라.' 하고 말하는데……."

어느 시점에서인가 그는 냇 커프가 낄낄거리며 웃어대는 소리를 들었고 여기저기에서 힘을 북돋우어 주는 몇몇 얼굴이 있었지만, 소극(笑劇)을 끝내면서 그는 메스껍게도 영화계의 중요한 인사들 앞에서 자신을 바보로 만들었다는 사실을 깨달았다. 자신의 출세는 바로 그들의 호의에 달려 있는데 말이다.

조얼은 사람들이 문 쪽을 향해 나아가는 바람에 잠시 동안 혼란스러운 침묵의 한가운데 있었다. 나지막하게 수군거리며 조롱을 보내는 것을 느꼈다. 그러고 나서 (이 모든 일이 십 초 동안에 일어났다.) 그 영화계의 '총아'가 마치 바늘 눈처럼 모질고 텅 빈 눈빛을 하고 손님의 기분을 반영한 듯한 목소리로 "우우" 소리를 내며 야유를 보내는 것이 아닌가. 그것은 프로가 아마추어에게, 마을 사람들이 이 낯선 이방인에게 보내는 분노의 목소리요, 이를테면 문중(門中)의 비난이었다.

---

10) 불가리아 태생의 영국 소설가로 『녹색 모자』(1924), 『날으는 화란인』(1939) 등의 작품을 썼다.

11) '섹스 어필'이라고 말하여야 할 것을 '섹스 오필'이라고 잘못 말한 것이다.

오직 스텔라만이 여전히 그의 옆에 서서 마치 그가 일찍이 볼 수 없는 큰 성공을 거둔 것처럼, 어느 누구도 그 공연을 좋아하지 않았다는 생각이 미처 들지 않은 듯 그에게 고맙다는 말을 할 뿐이었다. 냇 커프가 코트를 입는 것을 도와주자 자기 모멸감이 파도처럼 엄습해 왔고, 그는 이제 더 그것을 느끼지 않을 때까지 열등한 감정을 결코 드러내지 않는다는 자신의 규칙에 절망적으로 매달렸다.

"완전한 실패였어요." 그가 스텔라에게 조용히 말했다. "하지만 괜찮아요. 감상할 줄 아는 사람들에게는 훌륭한 작품이지요. 도와줘서 고마워요."

그녀의 얼굴에서 미소가 떠날 줄을 몰랐다. 그는 조금 술에 취한 듯 허리를 굽혔고, 냇이 문 쪽을 향해 그를 끌고 갔다.

아침 식사가 도착하는 바람에 그는 잠에서 깨어났지만 기분이 죽을 맛이었다. 어제까지만 해도 그는 영화 산업에 맞서 불꽃처럼 자신만만했지만 오늘은 개별적인 멸시와 집단적인 냉소에 맞서 아주 불리한 입장에 놓여 있었다. 설상가상으로 마일스 캘먼에게 그는 위엄을 잃어버린 술주정꾼 중 한 사람이 되고 말았고, 캘먼은 어쩔 수 없이 그를 고용한 것을 후회할 것이다. 그녀 집의 체면을 지키도록 그가 고통을 떠맡긴 스텔라 워커도 마찬가지였다. 그녀가 어떻게 생각하고 있는지 그로서는 짐작할 도리가 없었다. 위액이 제대로 분비되지 않았고, 그래서 그는 삶은 달걀을 전화 테이블 위에 밀어놓았다. 그러고 나서 그는 편지를 썼다.

마일스 선생님께

　제가 지금 얼마나 자기 모멸감을 느끼고 있는지 잘 아실 겁니다. 과시하고 싶은 충동에 빠져 있었다는 사실을 고백하지 않을 수 없습니다. 그것도 오후 6시, 밝은 대낮에 말이에요! 정말 부끄럽습니다! 사모님께 사과를 드립니다.

이만 총총
조얼 콜스 올림

　조얼은 스튜디오 사무실에서 나와 마치 범인처럼 담배 가게를 향해 살금살금 걸어갔다. 그의 태도가 너무 의심스러웠는지 스튜디오의 경찰 하나가 통행권을 보자고 했다. 밖에 나가서 점심을 먹으려고 마음먹고 있었는데 냇 커프가 자신만만하고 유쾌한 태도로 뒤따라왔다.

　"아주 은퇴라도 할 작정인가? '스리피스 양복을 입은' 그 사람이 야유를 했다 한들 그게 무슨 대수란 말인가?"

　"자, 내 말 좀 들어보게." 그는 계속 말을 이으며 조얼을 스튜디오 식당으로 끌고 갔다. "그로먼스 극장에서 특별 개봉을 하던 날 밤에 조얼 스콰이스가 청중들에게 허리를 굽혀 인사를 하다가 그만 그의 엉덩이를 발길로 찼지. 그랬더니 그 작자가 조얼에게 나중에 할 말이 있다고 말하는 거야. 그래서 조얼이 그다음 날 8시에 전화를 걸었더니 '난 자네가 나에게 할 말이 있는 줄로 생각했지.' 하고 말하는 거야. 그래서 전화를 끊어버렸다지 뭐야."

　그 터무니없는 이야기를 듣고 나니 조얼은 기분이 좋아졌고, 옆 식탁에 앉아 있는 사람들을 바라보면서 조금이나

마 위안을 찾았다. 옆 식탁에는 사랑스러우면서 슬픈 표정을 짓고 있는 샴쌍둥이며 비열한 난쟁이들이며 서커스 영화에서 온 거만한 거인이 앉아 있었다. 그러나 그들 건너 노랗게 화장을 한 예쁜 여자들의 얼굴과 마스카라로 반짝이는 우수에 찬 눈동자와 무척 화려한 무도회 가운을 바라보다가 그는 캘먼의 집에 왔던 사람들을 발견하고는 눈살을 찌푸렸다.

"다시는 참석하지 않을 거야." 그는 큰 소리로 말했다. "그게 할리우드에서 내가 마지막으로 참석한 사교 모임이야!"

그 이튿날 사무실에 전보 한 장이 그를 기다리고 있었다.

당신은 우리 집 파티에 참석한 사람 가운데 가장 마음에 드는 사람 중 하나였어요. 오는 일요일 제 동생 준의 뷔페 저녁 식사에서 만났으면 해요.

스텔라 워커 캘먼

잠깐 동안 온몸에 피가 솟구쳐 올랐다. 믿어지지 않아서 그는 전보를 다시 한 번 읽어보았다.

"어허, 지금까지 살면서 들어본 말 중에서 가장 기분 좋은 말이로군!"

3

또다시 광란의 일요일이 왔다. 조얼은 11시까지 잠을 자고 일어나 지난 주일의 사건을 따라가기 위해 신문을 읽었다. 자기 방에서 연어와 아보카도 샐러드와 캘리포니아 산(産) 포도주로 점심을 먹었다. 차를 마시러 나갈 옷차림으로 가는 줄로 된 체크 양복과 푸른색 와이셔츠 그리고 옅은 오렌지색 넥타이를 골랐다. 눈 밑에는 피로한 듯 검은 원이 잡혀 있었다. 중고차를 타고 그는 리비에라 아파트로 향했다. 스텔라의 누이동생에게 자신을 소개하고 있을 때 마일스와 스텔라가 승마복 차림으로 도착했다. 그들은 베벌리힐스 뒤쪽 흙 길을 따라 오는 동안 거의 오후 내내 심하게 다투었다.

키가 크고 신경질적이며 필사적으로 해학적이려고 애쓰고 조얼이 본 중에서 가장 불행한 눈을 지니고 있는 마일스 캘먼은 기묘하게 생긴 머리끝에서 흑인 같은 발끝에 이르기까지 철저한 예술가였다. 이런 발을 딛고 그는 굳건히 서 있었다. 비록 때로는 사치스럽게 실험적인 실패작을 만드는 데 값비싼 대가를 치르기는 하지만 결코 싸구려 영화를 만드는 법이 없었다. 사귀면 꽤 재미있는 사람이면서도 그와 함께 있으면 곧 그가 건강한 사람이 아니라는 사실을 깨닫게 되었다.

그들이 집 안에 들어온 순간부터 조얼의 하루는 어쩔 수 없이 그들의 하루와 묶일 수밖에 없었다. 그가 주위 사람들에게 다가가자 스텔라가 안달하듯 혀를 끌면서 물러섰다. 그러자 마일스 캘먼은 우연히 그 옆에 있던 사람에게 말을 걸었다.

"에버 거벨을 그냥 내버려두시지. 그녀 때문에 집에서 아주 죽을 맛이야." 마일스는 조얼을 향해 고개를 돌렸다. "어제 사무실에서 만나지 못해 미안하이. 오후에 정신 분석 전문의한테 갔었거든."

"정신 분석 치료를 받고 계십니까?"

"몇 달 되었다네. 처음에는 폐쇄 공포증 때문에 치료를 받았지만 지금은 내 인생을 깨끗이 하려고 치료받고 있는 중이야. 일 년 이상이 걸린다더군."

"선생님의 인생은 아무런 문제가 없습니다." 조얼이 그를 안심시켰다.

"글쎄, 아무런 문제가 없다고? 한데, 스텔라는 그렇게 생각하는 것 같지가 않아. 아무한테나 물어보게나……. 모두들 자네에게 말해 줄 걸세." 그가 비통한 듯 말했다.

아가씨 하나가 마일스의 의자 팔걸이에 걸터앉았다. 조얼은 스텔라에게 걸어갔고, 그녀는 불만스러운 표정으로 난로 옆에 서 있었다.

"전보를 보내주셔서 고맙습니다." 조얼이 말했다. "정말로 기뻤어요. 전 사모님처럼 그렇게 미인이면서 마음씨가 자상한 사람을 상상할 수가 없거든요."

그녀는 지금껏 본 것보다 약간 더 예뻤고, 어쩌면 그의 눈빛에 나타난 아낌없는 찬사 때문에 그에게 마음을 털어놓는 듯했다. 누가 봐도 그녀는 감정이 폭발할 지경이었기 때문에 그러는 데 많은 시간이 걸리지 않았다.

"……그런데 마일스가 이 년이 되도록 이 일을 계속해 왔는데도 나는 그만 까맣게 모르고 있었지 뭐야. 글쎄, 그 녀는 늘 같은 집에 있다시피 하던 내 가장 친한 친구 중 하나였지. 마침내 사람들이 나에게 찾아와 말하기 시작해서야 비로소 마일스가 인정하더군."

그녀는 조얼의 의자 팔걸이에 거센 자세로 걸터앉았다. 그녀의 승마 바지 색깔은 의자 색깔과 같았고, 조얼은 그 녀의 머리카락 다발이 붉은 황금빛 가닥과 옅은 황금빛 가닥으로 되어 있어 염색할 수 없었고 아무런 화장도 하지 않았다는 사실을 알았다. 그녀는 너무 아름다워 보였던 것 이다.

남편의 외도를 알아낸 충격으로 아직도 몸을 떨고 있는 스텔라는 마일스 근처에 새 여자가 맴돌고 있는 광경을 참 을 수 없었다. 조얼을 데리고 침실로 가서 큼직한 침대 양 쪽 끝에 앉아 이야기를 계속했다. 사람들이 화장실에 가다 가 힐끗 방 안을 들여다보고는 빈정대며 몇 마디 내뱉었지 만 스텔라는 조금도 상관하지 않고 이야기를 털어놓았다. 얼마 뒤 마일스가 문 안으로 고개를 내밀고 말했다. "나 자신도 이해하지 못하고 또 정신 분석가도 이해하려면 일 년 이나 걸릴 것을 조얼한테 설명한들 무슨 소용이 있겠어."

그녀는 마치 마일스가 그 자리에 없는 듯 이야기를 계속 했다. 마일스를 좋아한다고 했다. 그녀는 아주 어려운 상 황에서도 그에게 언제나 정절을 지켜왔다는 것이다.

"정신 분석가 말로는 마일스에게는 어머니 콤플렉스가 있다는 거야. 첫 번째 결혼에서 그는 어머니 콤플렉스를 자기 아내에게 전이(轉移)한 거지……. 그러고 나서 나한테서는 섹스를 얻고 말이야. 하지만 우리가 결혼하자 그 일이 되풀이되었던 거야……. 어머니 콤플렉스를 나한테 전이하고 그의 모든 리비도[12]를 다른 여자한테 쏟은 거지."

조얼은 이 말이 허튼소리가 아니라는 사실을 알고 있었다. 그런데도 여전히 허튼소리처럼 들렸다. 그는 에버 거벨을 잘 알고 있었다. 그녀는 모성적인 여자로 인기 있는 스텔라보다도 나이가 더 많고 어쩌면 더 똑똑한 것 같았다.

마일스는 조얼더러 스텔라가 할 말이 너무 많기 때문에 함께 집으로 가자고 조급하게 제안했고, 그래서 그들은 베벌리힐스에 있는 저택으로 차를 몰았다. 높은 천장을 한 집 안에서 상황은 훨씬 더 품위 있고 비극적인 것처럼 보였다. 창밖은 어둡지만 아주 맑고 으스스한 밝은 밤이었고, 온통 장밋빛이 된 스텔라는 화를 내고 울면서 방 안을 돌아다녔다. 조얼은 여배우들의 슬픔을 믿을 수 없었다. 그들은 작가들과 감독들이 창조해 낸 생기발랄한 아름다운 장밋빛 인물들이다. 몇 시간 뒤에는 둘러앉아서 작은 소리로 속삭이고 무엇인가 넌지시 내비치며 킬킬거린다. 그러면 온갖 모험의 종말이 그들에게 흘러넘치게 마련이다.

때때로 그는 귀를 기울이는 척했지만 실제로는 그녀가 얼마나 멋지게 옷을 차려입고 있는가 생각했다. 바짓가랑이가 짝을 이룬 윤기 나는 승마 바지며 목 부분이 작고 높은 이탈리아 스웨터며, 샤무아 가죽으로 만든 짧은 갈색

---

12) 원시적 충동에서 유발되는 모든 본능적 에너지와 욕망.

웃옷을 입고 있었다. 그녀가 영국 귀부인을 흉내 내고 있는 것인지, 아니면 영국 귀부인이 그녀를 흉내 내고 있는 것인지 그로서는 판단을 내릴 수 없었다. 그녀는 가장 현실적인 모습과 가장 뻔뻔스러운 흉내 사이 어디에서 맴돌고 있었던 것이다.

"마일스는 나를 너무나 질투한 나머지 내 행동 하나하나에 대해 물어본다고." 그녀가 경멸하듯 큰 소리로 말했다. "내가 뉴욕에 있을 땐 에디 베이커와 함께 연극 구경을 갔었다고 그에게 편지를 썼지. 그랬더니 마일스는 너무 질투심이 많아 하루에도 열 번씩 내게 전화를 걸어대지 뭐야."

"그때 난 제정신이 아니었다고." 마일스가 날카롭게 코를 킁킁거리며 말했는데 긴장을 하면 늘 하는 버릇이었다. "정신 분석가는 일주일 가지고서는 아무 결과도 얻을 수 없었지."

스텔라는 절망적으로 고개를 흔들었다. "그럼 당신은 내가 삼 주일 내내 호텔 방에 처박혀 있기를 기대했나요?"

"아무것도 기대하지 않았지. 내가 질투심이 많다는 건 나도 인정해. 그렇게 되지 않으려 노력하고 있어. 그 문제에 대해 브리지베인 의사하고 상담했지만 아무런 효과가 없더군. 당신이 조얼의 의자 팔걸이에 앉았을 때 난 조얼에게 질투를 느꼈다고."

"그랬어요?" 그녀가 놀라 자리에서 벌떡 일어났다. "당신이 질투를 느꼈다고요! 당신 의자 팔걸이에는 누군가가 앉아 있지 않았던가요? 그리고 두 시간 동안 당신은 내게 말을 걸기라도 했나요?"

"당신은 침실에서 조얼에게 당신 불만을 이야기하고 있었잖아."

"그 여자 생각만 하면." (그녀는 에버 거벨의 이름을 생략해 버리면 그녀의 실재를 줄어들게 할 것이라고 믿고 있는 듯했다.) "우리 집에 자주 드나들곤 하던……."

"좋아…… 좋다고." 마일스가 지친 듯이 말했다. "모든 걸 인정했잖아. 그 일에 대해서는 나도 당신만큼이나 가슴이 아파." 조얼 쪽으로 고개를 돌리며 그가 영화에 대해 이야기하기 시작하는 동안 스텔라는 승마 바지 호주머니 속에 두 손을 집어넣고 멀리 있는 벽을 따라 초조하게 움직였다.

"마일스가 부당한 취급을 받아왔어." 지금까지 자신의 개인 문제에 대해 전혀 말하지 않은 듯이 그녀는 갑자기 다시 대화로 돌아오면서 말했다. "여보, 벨처 영감이 당신 영화를 바꾸려고 했던 이야기를 그에게 들려줘요."

그녀가 마일스를 대신하여 두 눈에 분노를 번뜩이며 그를 보호하듯 그 위에 서 있는 동안, 조얼은 자신이 그녀를 사랑하고 있다는 사실을 깨달았다. 흥분으로 숨이 막혀 그는 자리에서 벌떡 일어나 작별 인사를 했다.

월요일이 되자 일요일의 이론적인 토론이며 가십이며 스캔들과는 아주 대조적으로 다시 한 주간의 일상적인 리듬을 되찾았다. 영화 대본을 수정하는 세부 문제에 대해 끊임없이 이야기를 나누었다. "디졸브[13] 대신에 사운드 트랙

---

13) 화면이 점점 사라지면서 동시에 다음 장면이 겹쳐서 차차 나타나는 장면 전환법.

에 그녀의 목소리를 남겨놓고 벨의 앵글에서 택시를 중간 샷으로 컷하거나,[14] 아니면 단순히 카메라를 뒤로 끌어내어 기차역을 포함시킨 채 잠깐 들고 있다가 일렬로 늘어선 택시 쪽으로 팬할 수 있습니다.[15]" 월요일 오후가 되자 조얼은 남을 즐겁게 해주는 일을 맡은 사람들이 즐거워할 특권을 갖고 있다는 사실을 다시 한 번 잊어버렸다. 저녁에 그는 마일스의 집으로 전화를 걸었다. 마일스하고 통화하고 싶었지만 스텔라가 전화를 받았다.

"일이 좀 나아졌나요?"

"특별히 나아진 게 없어. 다음 토요일 저녁에 뭘 할 거야?"

"아무 일도 없어요."

"페리 부부가 저녁 식사를 겸한 연극 파티를 여는데 마일스는 이곳에 없고…… 비행기를 타고 노트르댐 캘리포니아 경기를 구경하려고 사우스 벤드[16]에 가거든. 그 사람 대신에 당신이 나하고 같이 갔으면 하는데."

한참 뒤 조얼이 대답했다. "좋아요……. 꼭 갈게요. 만약 회의가 있다면 저녁 식사에는 참석할 수 없지만 극장에는 갈 수 있어요."

"그럼 우리가 간다고 하겠어."

조얼은 사무실 안을 걸어 다녔다. 캘먼 부부의 긴장된

---

14) 중간 정도의 장면으로 촬영 장면을 갑자기 바꾸는 것을 말한다.
15) 카메라를 움직여 촬영하다.
16) 미국 인디애나 주 북부의 도시. 이곳에 가톨릭계의 노트르댐 대학과 세인트 메리 대학이 있다.

관계를 고려할 때 마일스가 그 일을 좋아할까, 아니면 그녀가 마일스 모르게 이 일을 처리할까? 그것은 불가능한 일이었다. 만약 마일스가 그 일을 언급하지 않는다고 해도 조얼이 먼저 말할 것이다. 그러나 그가 다시 일을 시작하기 전까지는 한 시간 이상이 걸렸다.

수요일에는 사람들이 빽빽이 모이고 담배 연기가 뭉게구름처럼 떠 있는 회의실에서 무려 네 시간에 걸쳐 입씨름이 벌어졌다. 남자 세 사람과 여자 한 사람이 번갈아가면서 양탄자를 왔다 갔다 하며 무엇인가 제안하거나 비난하는가 하면, 날카롭게 내뱉거나 설득하려고 애쓰기도 하고, 확신에 차서 말하거나 절망에 잠겨 말하기도 했다. 마지막까지 남아 있다가 조얼은 마일스에게 말을 걸었다.

그 사람은 지쳐 있었다. 피로가 쌓여 지친 것이 아니라 삶에 지쳐 있었다. 눈꺼풀이 축 늘어지고 입 근처 검은 그림자 위에 턱수염이 유난히 드러나 보였다.

"노트르댐에서 열리는 경기에 가신다더군요?"

마일스는 조얼의 뒤쪽을 바라보며 고개를 내저었다.

"안 가기로 했어."

"왜요?"

"물론 당신 때문이지." 아직도 그는 조얼을 쳐다보지 않고 있었다.

"도대체 무슨 말씀을…… 선생님?"

"바로 그래서 포기한 거야." 그는 갑자기 건성으로 자신을 비웃었다. "스텔라가 악의에 차서 무슨 짓을 할는지 알 수 없거든……. 당신을 페리 부부의 파티에 초대했잖아?

난 그 경기를 즐길 수 없을 거야."

무대 세트에서는 그렇게도 민첩하고 자신만만하게 돌아가는 본능이 개인 생활에서는 이렇게 뒤죽박죽이 되고 무력하기 짝이 없었다.

"이보세요, 선생님." 조얼은 이마를 찡그리며 말했다. "전 사모님에게 조금이라도 추파를 던진 적이 없어요. 저 때문에 여행을 취소하려고 한다면 사모님과 함께 페리 부부 파티에 가지 않겠어요. 사모님을 만나지 않겠습니다. 저를 완전히 믿어도 좋습니다."

이제야 마일스는 그를 주의 깊게 살펴보았다.

"그럴 수도 있겠군." 그는 어깨를 들썩거렸다. "어쨌든 다른 누가 또 있겠지. 난 아무런 재미도 느끼지 못할 거야."

"선생님은 사모님을 별로 믿지 못하시는 것 같군요. 사모님 말로는 언제나 선생님에게 정절을 지켰다고 하던데요."

"지금까지는 그래왔는지도 모르지." 지난 몇 분 동안 마일스 입가의 근육이 좀 더 축 늘어졌다. "하지만 그 일이 있은 뒤 내가 그녀에게 어떻게 부탁할 수 있겠어? 내가 어떻게 기대할 수 있겠냔 말이야……." 갑자기 그가 말을 중단했고, 그의 얼굴이 전보다 더 굳어졌다. "내가 무슨 짓을 했건 잘잘못을 떠나 한 가지만은 말할 수 있지. 만약 그녀에게 무슨 문제라도 생긴다면 난 그녀와 이혼할 거야. 내 자존심을 상하게 할 수는 없거든……. 자존심이야말로 내 마지막 보루니까."

그의 어조에 조얼은 불안했지만 이렇게 말했다.

"에버 거벨 건에 대해 사모님은 마음을 가라앉히지 않았나요?"

"아냐." 마일스가 비관적인 태도로 코를 훌쩍거렸다. "나 역시 그 일을 극복할 수 없거든."

"전 그 일이 모두 끝난 줄 알았지요."

"에버를 다시 만나지 않으려고 노력하고 있어. 하지만 자네도 알다시피 그런 일을 그만두는 게 그렇게 쉽지 않잖아……. 간밤에 택시 안에서 키스한 아가씨도 아니고! 정신 분석가 양반이 하는 말이……."

"저도 잘 알고 있어요." 조얼이 그의 말을 가로막았다. "사모님이 말씀해 주셨어요." 기분이 울적한 일이었다. "한데 저로 말씀드리자면, 만약 선생님께서 경기를 보러가시면 전 사모님을 만나지 않을 겁니다. 사모님은 어느 누구에 대해서도 양심에 아무 거리낌이 없다고 저는 확신합니다."

"그럴는지도 모르지." 마일스는 맥없이 같은 말을 되풀이했다. "어쨌든 난 여기 남아 그녀를 데리고 파티에 갈 생각이야. 그런데 말이야." 그가 갑자기 말했다. "자네도 같이 갔으면 해. 누군가 나를 이해하는 사람이 필요하거든. 바로 그게 문제야……. 난 지금껏 모든 일에서 스텔라에게 영향을 끼쳐왔던 거야. 그건 아주 힘든 일인데도 말이지."

"그렇겠지요." 조얼이 그의 말에 맞장구를 쳤다.

4

조얼은 저녁 식사에 참석할 수 없었다. 실업자가 많은데도 불구하고 실크해트를 쓰고 있는 것에 자의식을 느끼며 할리우드 극장 앞에서 다른 사람들을 기다리면서 저녁 퍼레이드를 지켜보았다. 화려한 특정 영화배우들을 어렴풋하게 흉내 낸 모습이며, 폴로 코트를 입은 절름발이들이며, 사도(使徒)의 수염과 막대기를 들고 스톰프 춤[17]을 추고 있는 이슬람교 탁발승이며, 공화국의 이 작은 귀퉁이가 세계 7대양에 모두 열려 있다는 것을 보여주는 듯한 대학생 차림의 맵시 있는 필리핀인 두 명이며, 남자 대학생 우애회의 입회 의식으로 밝혀진 젊은이들이 길게 늘어서 외쳐대는 환상적인 카니발 등 말이다. 늘어선 사람들이 갈리면서 멋진 리무진 두 대가 통과하여 길가에 멈춰 섰다.

수천 개의 옅은 푸른색 조각으로 만든 얼음물 같은 옷을 입고 목에 고드름을 늘어뜨린 채 그녀가 나타났다. 그는 앞으로 다가갔다.

"내 의상이 마음에 드는 거야?"

"마일스는 어디에 있습니까?"

"결국 경기를 보러 갔지 뭐야. 어제 아침에 비행기를 타고 갔어……. 적어도 내 생각엔 그래……." 그녀는 갑자기 말을 멈췄다. "사우스 벤드에서 전보를 받았는데, 지금 돌아오고 있는 중이래. 그러고 보니 잠시 잊어버리고 있었

---

17) 빠르고 강한 리듬의 춤.

네……. 이 사람들 모두 알고 있는 거야?"

여덟 명이 무리를 지어 극장 안으로 들어갔다.

마일스는 결국 떠나갔고, 조얼은 그가 돌아올 것인가 하고 생각했다. 그러나 연극이 공연되는 동안 가벼운 머릿결 아래 스텔라의 옆모습을 바라보며 그는 마일스에 대해 더 이상 생각하지 않았다. 한번은 고개를 돌려 그녀를 쳐다보았고, 그녀도 미소를 지으며 그를 뒤돌아보고 그가 원하는 한 오랫동안 그와 눈을 마주쳤다. 막간에 그들은 로비에서 담배를 피웠고 그녀가 이렇게 속삭였다.

"그들은 모두 잭 존슨의 나이트클럽 개업식에 갈 거야……. 난 가고 싶지 않은데, 조얼은 어때?"

"꼭 가야만 하나요?"

"그렇지는 않아." 그녀가 머뭇거리며 말했다. "조얼과 이야기를 나누고 싶어. 우리 집에 가서…… 만약 확신할 수만 있다면……."

또다시 그녀가 머뭇거리자 조얼이 물었다.

"무엇을 확신한단 말입니까?"

"그게……. 아, 얼빠진 생각이라는 걸 나도 잘 알고 있어. 하지만 마일스가 정말로 경기를 보러 갔는지 어떻게 확신할 수 있겠어?"

"사모님 말씀은 그가 지금 에버 거벨과 함께 있다는 건가요?"

"아냐, 꼭 그런 건 아니지만……. 하지만 그 사람이 내 일거수일투족을 지켜보고 있다고 생각해 봐. 조얼도 알잖아, 마일스가 때론 엉뚱한 짓을 한다는 걸. 언젠가 수염을

길게 기른 사내와 차를 마시고 싶어 했고, 그래서 캐스팅
에이전시에 가서 그런 사람 하나를 불러다가 오후 내내 그
와 함께 차를 마셨잖아."

"그것과는 사정이 다르지요. 사우스 벤드에서 사모님께
전보를 보냈으니까요……. 그걸 보면 경기장에 가 계신 게
틀림없어요."

연극이 끝난 뒤 그들은 길가에서 다른 사람들에게 작별
인사를 했고 즐거운 표정으로 답례를 받았다. 그들은 스텔
라 주위에 모여든 군중을 헤치고 황금빛으로 화려한 대로
를 따라 빠져나갔다.

"그 사람은 전보를 조작할 수 있거든." 스텔라가 말했
다. "그것도 아주 쉽게 말이야."

그것은 사실이었다. 그리고 그녀가 불안해하는 것도 어
쩌면 당연하다는 생각이 들자 조얼은 화가 치밀었다. 만약
마일스가 그들을 향해 카메라를 들이댄다 한들 마일스에
대해 그는 아무런 책임감도 느끼지 않았다. 그래서 그는
큰 소리로 이렇게 말했다.

"그건 말도 안 되는 소리예요."

상점 유리창에는 벌써 크리스마스트리가 놓여 있었고,
큰길 너머에 떠 있는 보름달은 길모퉁이에 있는 여자용 내
실의 거대한 등불처럼 무대 장치의 소도구일 따름이었다.
한낮에는 유칼립투스 나무처럼 활활 불타는 베벌리힐스의
어두컴컴한 나무 그늘 속에서 조얼은 자신의 얼굴 아래 번
쩍이는 하얀 얼굴과 그녀의 굽은 어깨를 볼 수 있을 뿐이
었다. 그녀는 갑자기 뒤로 물러서서 그를 올려다보았다.

"조얼의 눈은 조얼 어머니의 눈을 닮았어." 그녀가 말했다. "조얼 어머니의 사진을 가득 붙인 스크랩북을 갖고 있었지."

"사모님의 눈은 사모님 자신의 눈입니다. 다른 어느 누구의 눈과도 조금도 같지 않아요." 그가 대꾸했다.

마치 마일스가 관목에 숨어 있기라도 하듯 조얼은 집 안으로 들어가면서 무엇 때문인지 땅바닥을 들여다보았다. 홀 테이블에는 전보 한 장이 기다리고 있었다. 그녀는 큰 소리로 전보를 읽었다.

시카고
내일 밤 귀가 예정. 당신을 생각하며. 사랑하는
마일스.

"그것 보라고." 그녀가 전보 쪽지를 테이블에 던지며 말했다. "그 사람은 그걸 쉽게 조작할 수 있다니까 그래." 그녀는 집사에게 술과 샌드위치를 갖다 달라고 부탁하고 2층으로 올라갔고, 조얼은 텅 빈 응접실로 걸어 들어갔다. 주위를 어슬렁어슬렁 걸어 다니다가 그는 두 주일 전 일요일에 창피를 당하며 서 있던 피아노 쪽으로 다가갔다.

"그리고 나서 우린 멋지게 만들 수 있을 거야." 그가 큰 소리로 말했다. "이혼과, 젊은 세태와 외인 부대의 이야기 말이야."

그는 갑자기 또 다른 전보 생각이 났다.

'당신은 우리 집 파티에 참석한 사람 가운데 가장 마음

에 드는 사람 중 하나였어요…….'

갑자기 그에게 생각 한 가지가 떠올랐다. 만약 스텔라의 전보가 순전히 의례적인 것이었다 해도 마일스가 그것을 보내도록 시사했음에 틀림없었다. 왜냐하면 그를 초대한 것은 바로 마일스였기 때문이다. 아마 마일스가 이렇게 말했을 법하다.

"그에게 전보를 보내지그래……. 지금쯤 죽을 맛일 텐데……. 스스로 바보로 만들었다고 생각하고 있을 거야."

그것은 "난 지금껏 모든 일에서 스텔라에게 영향을 끼쳐왔던 거야. 특히 내가 좋아하는 사람을 그녀가 좋아하도록 만들어버렸어."라는 말과 잘 맞아떨어졌다. 여자란 동정을 느끼게 되면 그런 일을 하게 마련이다. 오직 남자만이 책임감에서 그렇게 한다.

스텔라가 방에 다시 들어오자 조얼은 그녀의 두 손을 잡았다.

"전 사모님께서 마일스를 상대로 벌이고 있는 악의에 찬 게임에서 이용당하고 있는 듯한 이상한 느낌이 듭니다."

"자, 마셔."

"그리고 이상한 건, 그런데도 제가 사모님을 사랑하고 있다는 사실입니다."

전화벨 소리가 울리자 그녀는 그에게서 떨어져 전화를 받았다.

"마일스가 또 전보를 보냈지 뭐야." 그녀가 일러주었다. "캔자스시티[18]에 있는 비행기에서 보냈다는 거야. 적어도 전화에서는 그렇다고 말하는군."

"저에게도 안부를 전해 달라고 했겠지요."

"아닌데. 그저 나를 사랑한다고만 했어. 그건 정말인 것 같아. 그는 그렇게 너무도 약하거든."

"제 옆에 앉아보세요." 조얼이 그녀에게 재촉했다.

아직 이른 시각이었다. 그로부터 삼십 분 뒤, 자정이 되려면 아직도 몇 분이 남아 있을 때 조얼은 차디차게 식은 난롯가로 걸어가 짤막하게 말했다.

"저에 대해서 아무런 호기심도 없다는 말씀인가요?"

"전혀 그런 뜻이 아냐. 조얼은 너무 매력적이야. 조얼도 잘 알고 있으면서. 문제는 내가 마일스를 정말로 사랑한다고 생각하고 있다는 거야."

"물론이지요."

그는 화가 나지 않았다. 염문에 연루되는 것을 피할 수 있다는 사실에 조금이나마 안도감을 느낄 정도였다. 따뜻하고 부드러운 몸이 차가운 푸른색 의상을 녹이고 있는 그녀의 모습을 바라보면서 그녀가 자신이 늘 후회하게 될 것 중 하나라는 사실을 깨달았다.

"이제 그만 가봐야겠어요." 그가 말했다. "택시를 부르겠어요."

"지금 무슨 소리 하고 있는 거야……. 자가용 운전기사가 늘 대기하고 있는데."

그는 그녀가 자신을 그냥 가도록 내버려둔다는 사실에

---

18) 미국의 미주리 주 서부 미주리 강과 캔자스 강의 합류 지점에 있는 도시. 캔자스 주 북동부에도 같은 이름의 도시가 있다.

움찔했다. 그것을 알아차리고 그녀는 그에게 가볍게 키스를 하면서 이렇게 말했다. "너무 멋있어, 조얼." 그러고 나서 갑자기 세 가지 일이 일어났다. 그는 한숨에 술을 들이켰고, 집 안 전체에 전화벨이 크게 울렸으며, 홀의 시계가 트럼펫 소리로 아홉—열—열하나—열두 시를 쳤다.

5

또다시 일요일이 되었다. 조얼은 한 주간의 일이 자기 몸에 시멘트처럼 여전히 달라붙어 있는 것을 느끼며 그날 저녁 극장에 갔다는 사실을 깨달았다. 하루가 끝나기 전에 해결해야 할 어떤 문제를 서둘러 처리하듯 스텔라에게 구애를 했다. 그러나 오늘은 일요일이다. 멋지고 느긋한 스물네 시간이 그의 앞에 펼쳐져 있다. 일 분 일 분은 졸린 듯이 뚜렷한 목적 없이 접근해야 할 그 무엇이었으며, 한순간 한순간은 무한한 가능성의 씨앗을 품고 있었다. 불가능한 것이라고는 아무것도 없었다. 모든 것이 새로운 시작이었다. 그는 술 한 잔을 더 따랐다.

날카롭게 신음 소리를 내며 스텔라가 힘없이 전화기 옆에서 앞으로 미끄러졌다. 조얼은 그녀를 안아서 소파에 앉혔다. 손수건에 소다수를 뿜어 그것으로 그녀의 얼굴을 찰싹 때렸다. 전화 수화기는 여전히 날카로운 소리를 내고 있었고, 그는 수화기를 귀에 갖다 대었다.

"……비행기가 캔자스시티 이쪽에서 추락했어요. 마일

스 캘먼의 시체는 확인되었고……."

그는 수화기를 내려놓았다.

"가만히 누워 계세요." 스텔라가 눈을 뜨자 교묘히 시간을 끌며 그가 말했다.

"아, 무슨 일이 일어났어?" 그녀가 속삭이듯 물었다. "전화를 다시 걸어봐. 아이고, 도대체 무슨 일이 일어난 거야?"

"즉시 걸게요. 사모님의 주치의 전화번호가 어떻게 되지요?"

"마일스가 사망했다고 하던가?"

"가만히 누워 계세요……. 아직 잠을 자지 않고 있는 하인이 있나요?"

"나 좀 부축해 줘……. 무서워서 그래."

그는 한 팔로 그녀를 껴안았다.

"사모님 주치의 이름을 알고 싶어요." 그가 엄한 어조로 말했다. "그건 착오일 수도 있어요. 하지만 이 자리에 누군가가 있어야 해요."

"의사 선생님은…… 오, 맙소사, 마일스가 사망한 거야?"

조얼은 2층으로 달려가 암모니아수가 있나 하고 낯선 약장 서랍을 뒤졌다. 아래층으로 내려오자 스텔라가 소리쳤다.

"그 사람은 죽지 않았어……. 난 알아, 죽지 않았다는 걸. 이건 그가 꾸며낸 계략의 일부야. 지금 그 사람은 나를 괴롭히고 있다고. 난 그가 살아 있다는 걸 잘 알고 있어. 살아 있는 게 피부로 느껴지는걸."

"사모님의 친한 친구 분 중 몇 명을 부르고 싶습니다. 오늘 밤 혼자서 여기에 계실 순 없어요."

"아, 그럴 순 없지." 그녀가 큰 소리로 말했다. "하지만 어느 누구도 만날 수 없어. 조얼이 있어줘. 나한테는 친구가 없거든. 그 사람은 죽지 않았어……. 죽을 수가 없지. 즉시 내가 달려가 확인해 보겠어. 기차표를 구해 봐. 나하고 같이 가자고."

"사모님은 지금 갈 수 없어요. 오늘 밤은 아무 일도 할 게 없으니까요. 전화를 걸어서 오라고 할 친구의 이름을 말해 주세요. 로이스인가요? 조운인가요? 카멜인가요? 누군가 부를 만한 사람이 없어요?"

스텔라는 멍하니 그를 쳐다보았다.

조얼은 이틀 전 사무실에서 만났을 때의 마일스의 절망적이고 슬픔에 찬 얼굴을 생각했다. 죽음이라는 무서운 침묵 속에서 그에 관한 모든 것이 분명해졌다. 그는 미국에서 태어난 유일한 감독으로 흥미로운 성격에다 예술적인 양심을 갖춘 사람이었다. 영화 산업에 휩쓸린 그는 어떤 탄력이나 어떤 건강한 냉소주의나 어떤 피난처를 갖지 못한 데 대해 신경 쇠약이라는 대가를 치렀다. 그것만이 비참하고도 미덥지 않은 도피처였던 것이다.

바깥문에서 소리가 들렸다. 갑자기 문이 열리더니 홀에 발자국 소리가 들렸다.

"마일스!" 스텔라가 소리를 질렀다. "당신이에요, 마일스? 오, 그래, 마일스야."

전보를 배달하는 소년이 문가에 나타났다.

"초인종을 찾을 수 없었어요. 집 안에서 사람이 있는 소리가 들렸지요."

전보는 전화로 전해 준 내용을 복사한 것이었다. 스텔라가 그것이 마치 새빨간 거짓말인 듯 읽고 또 읽는 동안 조얼은 전화를 걸었다. 아직도 새벽이었고, 그는 어느 누구와 통화하는 데 어려움을 겪었다. 마침내 친구 몇 사람을 찾아내는 데 성공하자 그는 스텔라에게 독한 술을 한 잔 마시게 했다.

"조얼, 여기에 남아 있어줘." 반쯤 잠에 든 듯 그녀가 속삭였다. "가면 안 돼. 마일스는 조얼을 좋아했잖아…… 그의 입으로 조얼이……" 그녀는 거세게 몸을 떨었다. "아이고, 맙소사, 내가 지금 얼마나 외로운지 조얼은 잘 모를 거야." 그녀는 똑바로 몸을 일으켰다. "그 사람이 어떻게 느꼈을지를 생각해 봐. 거의 모든 일에 두려움을 느꼈거든."

그녀는 멍한 표정으로 머리를 흔들었다. 갑자기 조얼의 얼굴을 잡고 자기 얼굴에 가까이 당겼다.

"가서는 안 돼. 조얼은 날 좋아했잖아…… 날 사랑하지, 안 그래? 어느 누구한테도 전화를 걸지 마. 내일 해도 시간은 충분해. 오늘 밤은 나하고 머물러 있어줘."

그는 처음에는 믿어지지 않는 듯이 그녀를 쳐다보다가 그다음에는 그녀를 갑자기 이해한 듯 물끄러미 쳐다보았다. 암중모색이라도 하듯 스텔라는 마일스가 놓여 있던 상황을 유지함으로써 그를 계속 살아 있도록 만들려고 애썼다. 마치 마일스를 괴롭혀 온 온갖 가능성이 여전히 남아 있는 한 그의 정신이 사망할 수 없는 것처럼 말이다. 그가 죽었다는 사실을 물리치려면 여간 혼란스럽고 고통스러운 일이 아니었다.

단호하게 조얼은 전화기로 가서 의사를 불렀다.

"제발, 제발 아무도 부르지 말라니까 그러네!" 스텔라가 소리쳤다. "이리로 와서 나를 포옹해 줘."

"베일스 의사 선생님 계십니까?"

"조얼!" 스텔라가 소리를 질렀다. "난 조얼을 믿을 수 있다고 생각했는데. 마일스도 조얼을 좋아했잖아. 그 사람은 조얼에게 질투를 느꼈지……. 조얼, 이리로 오라고."

아, 바로 그때 ── 만약 그가 마일스를 배반한다면 그녀는 그를 살아 있게 만들 수 있을 것이 아닌가 ── 만약 그가 정말로 죽었다면 그를 어떻게 배반할 수 있단 말인가?

"……아주 심한 충격을 받았습니다. 즉시 오실 수 있겠습니까? 간호사도 한 사람 필요하고요."

"조얼!"

현관문의 벨 소리와 전화벨 소리가 단속적으로 들려오기 시작했고, 자동차들이 현관문 앞에 멈춰 서고 있었다.

"조얼은 가는 게 아니겠지." 스텔라가 그에게 애걸했다. "나하고 같이 있을 거지, 그렇지?"

"안 돼요." 그가 대답했다. "하지만 만약 사모님이 저를 필요로 한다면 다시 돌아올게요."

마치 나무를 보호하는 잎새처럼 죽음 주위에 펄럭거리는 생명으로 웅성거리며 고동치고 있는 그 집의 계단에 서서 그는 목구멍 속에서 작게 흐느껴 울기 시작했다.

'그가 손을 대는 것마다 하나같이 마술로 만들어버렸는데.' 그는 생각했다. '저 작은 말괄량이에게도 생명을 불어넣어 일종의 걸작으로 만들었는데.'

그러고 나서 그는 이렇게 생각했다.

'이 빌어먹을 황야에 그는 얼마나 큰 빈자리를 남겼단 말인가……. 벌써 그것이 느껴지는군!'

그러고 나서 약간 화가 난 목소리로 그는 또 말했다. "네. 그래요. 다시 돌아올게요……. 다시 돌아오겠다고요!"

기나긴 외출

1

 우리는 투레인[1]의 몇몇 고성(古城)에 관해 이야기를 나
누고 있었고, 루이 16세가 발뤼 추기경을 육 년이나 연금
했던 쇠로 만든 옥사(獄舍)에 대해 언급한 뒤에는 비밀 지
하 감옥과 그런 공포감을 자아내는 일들에 대해 얘기를 나
눴다. 나는 후자 중에 몇 개, 즉 사람 하나를 던져 넣고 무
한정 기다리게 만드는, 깊이가 30~40피트가 되는 물이 마
른 우물들을 구경한 적이 있었다. 풀먼식 열차의 침대차도
악몽으로 느껴질 만큼 폐쇄 공포증 경향이 있는 나에게 그
이야기는 오랫동안 깊은 인상을 남겼다. 그래서 의사 한
사람이 다음과 같은 이야기를 들려주었을 때 오히려 안심

---

1) 프랑스의 서중부 지방.

이 되었다. 아니, 안심이 된 것은 이미 그가 그 이야기를 시작했을 때였다. 왜냐하면 그것은 이미 오래전에 일어난 고문과는 아무런 상관이 없는 것처럼 보였기 때문이다.

남편과 아주 행복한 사이였던 킹 부인이라는 젊은 여성이 있었다. 그들은 부유했고 서로 몹시 사랑하고 있었지만 둘째 아이를 낳던 중 그녀는 깊은 혼수상태에 빠졌고, 깨어난 뒤에는 정신 분열증의 확실한 증세를 보였다. 미국의 독립 선언문과 관계가 있는 그녀의 망상은 그 질병과는 거의 아무런 상관이 없었고, 건강을 다시 되찾으면서 그 망상도 사라져버렸다. 열 달이 지난 뒤 그녀는 요양원에서 휴양하고 있는 회복 단계의 환자로서 자신에게 일어났던 질병의 흔적은 거의 보이지 않은 채 다시 이 세상에 나가 살기를 간절히 기다리고 있었다.

이제 겨우 스물두 살밖에 되지 않은 그녀는 앳된 소녀의 매력을 지니고 있었고 요양소의 직원들로부터 사랑을 한 몸에 받고 있었다. 남편과 함께 실험 삼아 여행을 떠날 만큼 건강이 회복되자 이 모험을 두고 많은 사람들이 관심을 보였다. 간호사 한 사람이 그녀와 함께 필라델피아에 가서 옷을 구입했는가 하면, 또 다른 간호사 한 사람은 멕시코에서 있었던 낭만적이라고 할 그녀의 구혼 이야기를 알고 있었으며, 병원 사람 모두들 그녀의 가족이 문병 왔을 때 그녀의 두 갓난아이를 보았다. 그 여행은 버지니아 비치[2]에서

---

2) 미국 버지니아 주와 노스캐롤라이나 주 사이 대서양에 위치해 있는 해수욕장.

오 일 동안 보내는 것이었다.

킹 부인이 까다롭게 옷을 차려입고 짐을 꾸리며 파마머리 같은 사소한 것까지 행복하게 챙기는 등 여행 준비 하는 것을 지켜보는 것만으로도 기뻤다. 출발 시각 삼십 분 전에 그녀는 모든 준비를 마쳤으며, 담청색 가운에 4월 소나기가 지나간 바로 뒤처럼 말쑥해 보이는 모자를 쓰고 같은 층에 있는 환자 몇 사람을 방문했다. 병을 앓고 난 뒤 흔히 볼 수 있는 놀란 듯한 슬픈 표정이 감도는 가냘프고 사랑스러운 그녀의 얼굴은 기대감으로 밝게 빛나고 있었다.

"우린 아무것도 하지 않을 거예요." 그녀가 말했다. "그게 제 소원이거든요. 사흘 연속으로 아침에 일어나고 싶을 때 일어나고, 사흘 연속으로 자고 싶을 때 자고요. 나 혼자서 수영복도 사고, 식사도 주문하고요."

남편과의 약속 시각이 다가오자 킹 부인은 자기 방에서 기다리는 대신 아래층에서 기다리기로 마음먹었다. 병원의 잡역부에게 그녀의 여행 가방을 들려 복도를 따라 지나가면서 다른 환자들도 멋진 휴일 여행을 떠나지 못하는 것이 안됐다는 듯 그들에게 손을 흔들었다. 요양소 소장이 그녀에게 환송 인사를 했고, 간호사 두 명은 구실을 대어 그녀 곁에 머뭇거리며 남도 즐겁게 만드는 그녀의 기쁨을 함께 나누었다.

"킹 부인, 멋지게 피부를 태울 수 있을 거예요."

"잊지 말고 꼭 그림엽서를 보내셔야 돼요."

그녀가 방을 나설 무렵 그녀의 남편의 자동차가 도시에서 요양소로 오는 도중 트럭과 충돌했다. 내장이 크게 손상되어 앞으로 몇 시간 이상 살지 못할 것으로 예상되었다. 이 소식을 처음 접한 것은 지금 킹 부인이 기다리고 있는 홀에 붙은 유리 칸막이로 된 요양원 사무실이었다. 킹 부인을 잘 알고 있고 유리가 방음 처리가 안 되었다는 것을 알고 있는 교환원은 수간호사에게 즉시 달려오라고 부탁했다. 수간호사는 놀라서 황급히 의사한테로 달려갔고, 그 의사는 어떻게 해야 할지를 결정했다. 그녀의 남편이 아직 살아 있는 한, 그녀에게 아무 이야기도 하지 않는 쪽이 최선의 방법이었다. 그러나 물론 남편이 올 수 없다는 사실은 그녀에게 알려주어야 했다.

이 소식을 듣고 킹 부인은 크게 실망했다.

"그렇게 실망하는 건 어리석다고 생각해요." 그녀가 말했다. "몇 달 동안이나 기다려왔는데 하루를 더 기다리는 게 무슨 대수겠어요? 그분은 내일이면 오겠지요. 안 그래요?"

간호사는 난처했지만 환자가 다시 병실로 들어갈 때까지 가까스로 얼렁뚱땅 넘어갔다. 그러고 나서 병원 측은 아주 경험 많고 침착한 간호사를 시켜 킹 부인이 다른 환자들과 접촉을 피하고 신문을 읽지 못하도록 조치를 취했다. 이튿날까지는 어떤 식으로든지 이 문제를 결정하게 될 것이다.

그러나 그녀의 남편은 사망하지 않고 가까스로 목숨을 부지하고 있었고 요양소 측은 계속해서 사태를 얼버무렸다. 그 이튿날 정오가 되기 조금 전 간호사 한 사람이 복도를 지나가다가 전날처럼 옷을 차려입고 있는 킹 부인을 만났다. 그러나 이번에는 여행용 가방을 직접 들고 있었다.

"남편을 만나러 가는 중이에요." 그녀가 설명했다. "어제는 올 수 없었거든요. 하지만 오늘은 같은 시각에 올 거예요."

간호사는 그녀와 함께 걸었다. 킹 부인은 병원 건물에서 마음대로 돌아다닐 수 있도록 허용되었고, 그래서 그녀를 다시 병실로 데려다 주기란 곤란했다. 간호사는 요양소 당국이 그녀에게 말해 주고 있는 내용과 배치되는 이야기는 하고 싶지 않았다. 그들이 건물 앞쪽 홀에 도착하자 간호사는 교환원에게 손짓을 했고, 교환원은 다행히 무슨 뜻인지 알아차렸다. 킹 부인은 마지막으로 거울에 자신의 모습을 비추어 보며 이렇게 말했다.

"꼭 이런 모자가 열두 개쯤 있었으면 좋겠어요. 언제나 이렇게 행복하다는 걸 잊지 않도록 말이에요."

수간호사가 조금 뒤 얼굴을 찌푸리며 다가오자 그녀는 이렇게 물었다.

"설마 하니 조지가 늦게 온다고 말하려는 건 아니겠지요?"

"정말로 늦게 오신답니다. 참고 기다릴 수밖에 없지요."

킹 부인은 서글픈 듯이 웃었다. "내 옷이 완전히 새것일 때 남편에게 보여주고 싶은데."

"어머, 지금도 주름 하나 없어요."

"내일까지는 그대로 있겠지요. 이렇게 행복한데 하루쯤 더 기다린다고 우울해할 필요는 없지요."

"물론이지요."

그날 밤 그녀의 남편은 사망했고, 그 이튿날 아침 의사들이 회의를 소집하여 이 문제를 어떻게 처리하면 좋을지

토론했다. 그녀에게 사실대로 이야기해도 위험이 따르고, 그렇다고 사실을 숨겨도 위험이 따랐다. 마침내 킹 씨가 급한 일이 있어 출장을 떠났다고 말해서 곧 만날 희망을 갖지 않도록 하기로 결정했다. 그녀가 이 일에 적응되었을 때 가서 사실을 말해 줄 수 있을 것이다.

의사들이 회의를 마치고 나올 때 한 의사가 걸음을 멈추고 손가락으로 가리켰다. 복도 아래 바깥 홀을 향해 킹 부인이 여행 가방을 들고 걸어가는 모습이 보였기 때문이다.

킹 부인을 담당하고 있는 파이리 의사가 숨을 죽였다.

"이거 끔찍한 일이군." 그가 말했다. "지금 당장이라도 그녀에게 말해 주는 게 좋겠는걸. 보통 일주일에 두 번씩 남편으로부터 연락을 받는데, 그가 출장을 떠났다고 말한다 해도 아무 소용이 없단 말씀이야. 만약 그가 아프다고 해도 그녀는 그를 만나러 가고 싶어 할걸. 나 말고 누가 이 일을 맡으려고 하겠어?"

2

회의에 참석한 의사 중 한 사람이 그날 오후에 이 주일 동안 휴가를 떠났다. 휴가를 마치고 돌아온 날 똑같은 시각 똑같은 복도에서 그는 자기를 향해 몇 사람이 걸어오는 모습을 보고 걸음을 멈췄다. 여행 가방을 들고 있는 병원 잡역부 한 사람, 간호사 한 사람, 그리고 담청색 정장에 봄 모자를 쓴 킹 부인이었다.

"의사 선생님, 안녕하세요." 그녀가 말했다. "지금 제 남편을 만나러 가는 길이에요. 우린 버지니아 비치로 여행을 떠나기로 했거든요. 그 사람이 기다리지 않도록 홀에 나가려고요."

의사는 어린애처럼 밝고 행복한 그녀의 얼굴을 빤히 들여다보았다. 간호사가 그렇게 하라는 명령을 받았다고 그에게 신호를 보냈고, 그래서 그는 목례를 하고 아름다운 날씨에 관해 이야기를 나누었을 뿐이었다.

"너무 아름다운 날씨예요." 킹 부인이 말했다. "하기야 비가 내린다 해도 저에겐 아름다운 날씨와 다름없었을 거예요."

의사는 당황하고 짜증이 나서 그녀의 뒷모습을 바라보았다. 왜 이런 일이 계속되도록 내버려둘까 하고 그는 생각했다. 이런 일이 무슨 소용이 있단 말인가?

파이리 의사를 만나자 그는 그에게 이 문제를 제기했다.

"지금까지 그녀에게 말해 주려고 했었지." 파이리 의사가 말했다. "하지만 그녀는 그냥 웃어버리고 마는 걸세. 그러곤 우리가 아직도 자기가 아픈가 시험해 보려고 그런다는 거지 뭔가. 아마 '도저히 상상할 수도 없다.'는 말은 이런 경우에 써야 할 것 같네……. 남편의 죽음은 그녀에겐 도저히 상상할 수도 없는 일이니까."

"하지만 언제까지 이런 식으로 계속할 순 없잖아요."

"이론적으론 그렇지." 파이리 의사가 대답했다. "며칠 전 그녀가 전처럼 짐을 꾸리자 간호사가 나가지 못하도록 하려고 했지. 홀 밖에서 그녀의 얼굴을 바라보았는데, 자제심을 잃어버리기 시작하는 거야……. 처음으로 말이지. 근육이 굳어지고 두 눈이 흐릿해지며 목소리가 탁하고 날카로워지면서 간호사를 거짓말쟁이라고 부르는 게 아닌가……. 내가 끼어들어 간호사더러 그녀를 면회실로 데리고 가라고 했지."

그는 금방 지나간 일행이 다시 나타나 병동으로 향하자 갑자기 말을 멈췄다. 킹 부인은 걸음을 멈추고 파이리 의사에게 말을 걸었다.

"남편이 늦어지고 있네요." 그녀가 말했다. "물론 실망스럽지만 내일 온다고 하네요. 이렇게 오랫동안 기다려왔는데 하루쯤 더 기다린다고 무슨 대수겠어요. 의사 선생님, 제 말이 맞지 않나요?"

"킹 부인, 물론입니다."

그녀는 모자를 벗었다.

"이 옷을 잘 챙겨둬야겠어요……. 오늘처럼 내일도 깨끗했으면 해서요." 그녀는 모자를 자세히 살펴보았다. "어머, 여기에 먼지 하나가 붙어 있네요. 하지만 털어버리면 돼요. 어쩌면 제 남편은 그 먼지를 보지 못하는지도 몰라요."

"아마 틀림없이 못 볼 겁니다."

"정말이지, 하루 더 기다리는 거 아무 상관없어요. 미처 깨닫기 전에 금방 내일 이맘때가 될 테니까요. 안 그래요?"

그녀가 자리를 뜨자 젊은 의사는 이렇게 말했다.

"아직 두 아이들이 있는데요."

"내 생각에 그 아이들은 크게 문제가 될 것 같지 않네. 그녀는 말하자면 '가라앉아 있을' 때 이 여행을 병이 낫는다는 생각과 관련시켰거든. 만약 우리가 그 여행을 못하게 막는다면, 그녀는 다시 밑바닥으로 떨어져 다시 병이 도지게 될 걸세."

"그렇게 될까요?"

"예후(豫後)가 없어." 파이리 의사가 말했다. "오늘 아침에 나는 왜 그녀를 홀로 나가도록 허용하는지 그 이유를 설명하는 참이었다네."

"하지만 내일 아침은 어떻게 하고요. 그리고 그다음 아침은 또 어떻게 하고요."

"언제나 가능성은 있어." 파이리 의사가 말했다. "언젠가 그가 거기에 오리라는 가능성 말이야."

의사는 갑작스럽다 싶게 여기서 이야기를 끝냈다. 우리가 그 뒤 어떻게 되었는지 좀 더 말해 달라고 조르자, 그는 나머지 이야기는 용두사미 격이라고 대꾸했다. 모든 동정심은 결국에는 조금씩 무뎌져 버리게 마련이고, 마침내 요양원 직원들은 단순히 그 사실을 받아들였을 뿐이었다는 것이다.

"하지만 그녀는 아직도 남편을 만나러 갑니까?"

"그야 물론이지요. 전과 늘 똑같습니다……. 새로운 환자들을 제외한 나머지 환자들은 이제 그녀가 복도를 지나가도 거의 쳐다보지도 않지요. 간호사들은 거의 해마다 새 모자를 갖다 놓고요. 하지만 그녀는 아직도 같은 정장을 입고 있어요. 언제나 약간 실망한 상태에 있지만 아주 훌륭하게 최선을 다하고 있지요. 우리가 알고 있는 한, 그건 불행한 삶이 아닙니다. 좀 우스운 방법이기는 하지만 다른

환자들에게 마음의 평정이라는 게 어떤 것인지를 몸소 보
여주고 있는 듯합니다. 이제 제발 다른 이야기를 합시
다……. 그 비밀 지하 감옥 이야기로 다시 돌아갑시다."

컷글라스 그릇

1

구석기 시대가 있었고 신석기 시대가 있었으며 청동기 시대가 있었고, 그리고 오랜 세월이 흘러 마침내 컷글라스 시대가 도래했다. 이 컷글라스 시대에는 젊은 여성들이 길고 곱슬곱슬한 콧수염을 기른 젊은 남자들에게 결혼하도록 설득하면, 그로부터 몇 달 뒤 두 사람은 나란히 앉아서 온갖 종류의 컷글라스 그릇을(펀치볼, 핑거볼, 디너글라스, 와인글라스, 아이스크림 그릇, 봉봉 접시, 유리병, 꽃병 말이다.) 결혼 선물로 보내준 데 대해 감사의 편지를 썼다. 1890년대에는 컷글라스 그릇이 그렇게 진기한 것은 아니었지만 이무렵에는 특별히 백베이[1]에서 중서부 지방의 요새에 이르기까지 유행이라는 찬란한 빛을 내뿜는 데 여념이 없었다.

---

1) 미국 매사추세츠 주 보스턴에 있는 고급 주택가.

결혼식이 끝나면 펀치볼들은 찬장에 커다란 그릇을 중심으로 나란히 놓아두었고, 잔들은 도자기 찬장에 넣어두었으며, 촛대는 양쪽 끝에 세워놓았다. 그리고 바로 이때부터 살아남기 위한 치열한 경쟁이 시작되었다. 봉봉 접시는 작은 손잡이를 잃어버리고 2층에서 핀을 담는 그릇으로 전락하였다. 고양이 한 마리가 어슬렁거리며 걸어가다 찬장에 놓여 있는 작은 그릇을 바닥에 떨어뜨렸고, 가정부가 설탕 접시로 부딪쳐 중간 크기의 그릇을 이가 빠지게 했다. 그리고 나서 와인글라스들은 다리 부분에 금이 갔고, 심지어 디너글라스들도 마치 '열 꼬마 인디언'[2]처럼 하나씩 사라져버렸다. 그 마지막 한 개는 상처투성이와 불구의 몸이 되어 다른 영락한 상류 계급 출신들과 함께 화장실의 선반 위에 칫솔을 넣은 그릇으로 전락하고 말았다. 그러나 이러한 일이 모두 끝날 무렵에는 어찌 되었던 컷글라스 시대도 종말을 고하고 만 것이다.

하루의 첫 화려함도 한참 지나가 버린 어느 날 호기심 많은 로저 페어볼트 부인이 아름다운 해럴드 파이퍼 부인을 찾아왔다.

"부인," 호기심 많은 로저 페어볼트 부인이 말했다. "전 당신의 집이 마음에 들어요. 정말로 예술적이라는 생각이 들거든요."

"듣던 중 반가운 말이군요." 예쁜 해럴드 파이퍼 부인은 그 앳되고 검은 눈동자를 반짝이며 대꾸했다. "앞으로도 종

---

2) 인디언을 소재로 한 미국의 동요.

종 놀러오세요. 전 오후에는 거의 언제나 혼자 있거든요."

페어볼트 부인은 이 말을 전혀 믿지 않는다고, 찾아오면 달갑게 생각하지 않을 것이라고 말해 주고 싶었다. 지난 여섯 달 동안 일주일에 닷새는 프레디 게드니 씨가 오후에 파이퍼 부인의 집에 들른다는 소문이 동네에 파다하게 나돌고 있었기 때문이다. 페어볼트 부인은 아름다운 여자의 말을 믿지 않는 원숙한 나이에 접어들었던 것이다.

"식당이 제일 마음에 들어요." 그녀가 말했다. "저 멋진 도자기 그릇이며, 또 저 커다란 컷글라스 그릇도요."

파이퍼 부인이 너무나 예쁘게 웃는 바람에 페어볼트 부인의 머리에 남아 있던 프레디 게드니 소문에 대한 생각이 깨끗이 사라져버렸다.

"아, 저 커다란 그릇 말이군요!" 이렇게 말하는 파이퍼 부인의 입술은 마치 싱그러운 장미 꽃잎과 같았다. "저 그릇에는 사연이 있지요……."

"어머……."

"칼튼 캔비라는 청년을 기억하고 있나요? 글쎄, 그 사람은 얼마 동안 저에게 아주 큰 관심을 보였지요. 칠 년 전인 1892년 어느 날 저녁 내가 해럴드와 결혼하게 되었다고 했더니 꼿꼿이 자세를 고쳐 앉고는 이렇게 말하는 겁니다. '이블린, 난 당신에게 당신과 마찬가지로 딱딱하고 아름답고 속이 텅 비어 있고 쉽게 속을 훤히 들여다볼 수 있는 물건을 선물로 보내겠어.' 그 말을 듣고 조금 겁이 났어요……. 그의 눈동자는 그야말로 칠흑같이 검었거든요. 그가 도깨비가 나오는 집이나 뚜껑을 열자마자 폭발하는 물건을 보내주려는 게 아닌가 생각했어요. 그런데 그가 막상 보내온 것은 저 그릇이었어요. 물론 아름다운 그릇이지요. 지름인지 원둘레인지 뭔지 잘 모르지만 아무튼 2피트 반……. 아니, 어쩌면 3피트 반이었는지도 몰라요. 그 그릇은 너무 커서 찬장에 들여놓을 수 없었어요. 밖으로 비어져 나오거든요."

"어머, 그건 참으로 뜻밖의 얘기로군요! 그리고 보니 마침 그 무렵에 그분은 이 동네에서 이사를 간 것 같군요. 그렇지 않은가요?" 페어볼트 부인은 자신의 기억 속에 이탤릭체 글씨로 메모를 해두고 있었다. '딱딱하고 아름답고 속이 텅 비어 있고 쉽게 속을 훤히 들여다볼 수 있는'이라고 말이다.

"네, 맞아요. 그는 서부로 갔어요……. 아니, 남부로 갔던가요……. 아무튼 어디론가 가버렸지요." 파이퍼 부인은 아름다운 추억이 시간의 풍화 작용을 받지 않도록 해주는 그 멋지고 모호한 태도를 취하면서 대답했다.

페어볼트 부인은 넓은 음악실에서 서재를 통해 건너편 식당의 일부까지 보이는 널찍한 공간에 감탄하며 장갑을 꼈다. 그 집은 사실 시내에서는 비교적 작으면서도 가장 예쁜 저택이었다. 그런데도 파이퍼 부인은 데버루 가(街)에 있는 더 큰 집으로 이사할 것이라고 말해 왔었다. 해럴드 파이퍼가 화폐라도 찍어내고 있다는 말인가.

가을 석양이 짙어가고 있는 인도로 접어들자 그녀는 성공한 사십 대 여자들이 흔히 그러하듯이 뭔가 마음에 들지 않는 듯한 불쾌한 표정을 지었다.

만약 내가 해럴드 파이퍼라면 사업하는 시간을 좀 줄이고 그 대신 집에 있는 시간을 좀 더 늘릴 텐데 하고 그녀는 생각했다. 친구 중 누군가가 해럴드에게 귀띔을 해줘야 하는데.

　그러나 만약 페어볼트 부인이 이날 오후의 방문을 그런 대로 성공적이라고 여기고 이 분만 더 기다리고 있었다면, 그녀는 아마 대성공이라고 말할 수 있었으리라. 왜냐하면 그녀가 이 집에서 100야드쯤 떨어진 곳을 걸어가고 있을 때, 아주 얼굴이 잘생긴 청년 한 사람이 얼이 빠진 모습으로 산책로를 돌아 파이퍼의 집으로 다가갔기 때문이다. 초인종을 누르자 파이퍼 부인이 문을 열어주고, 좀 난처한 듯한 표정으로 그를 재빨리 서재로 안내했다.

　"당신을 만나지 않을 수 없었어요." 그가 미친 듯이 말했다. "당신 편지를 읽고 나는 기분이 엉망이었으니까. 해럴드가 당신을 위협해 그런 편지를 쓰게 했나요?"

　그녀는 고개를 내저었다.

　"이제 끝장이야, 프레디." 그녀가 조용히 말했다. 그에게는 그녀의 입술이 장미꽃에서 따온 것처럼 보인 적이 일찍이 없었다. "그이는 어젯밤 마음이 상해서 집에 돌아왔어. 제시 파이퍼가 의무감에서 그의 사무실로 찾아가 그에게 우리 일을 일러바친 거야. 그이는 마음에 상처를 입고……. 프레디, 그로서는 충분히 그럴 만하지. 그이 말에 따르면, 우리가 여름 내내 클럽에서 구설수에 올라 있었지만 자신은 전혀 눈치를 채지 못했다는 거야. 하지만 이제 와서 생각해 보면 언뜻 들은 이야기나 사람들이 넌지시 말한 이야기의 뜻을 알 수 있다는 거야. 그이는 아주 화가 나 있어, 프레디. 그리고 남편은 나를 사랑하고 있고, 나도 그이를 사랑하고 있어…… 그것도 꽤 말이야."

프레디 게드니는 천천히 고개를 끄덕이고 눈을 반쯤 감았다.

"그래요." 그가 말했다. "그래야지요. 내가 안고 있는 문제도 당신의 문제와 같아요. 그러니 서로의 입장을 너무 잘 알 수 있지요." 그의 회색 눈동자가 그녀의 검은 눈동자와 정면으로 마주쳤다. "행복했던 일은 이제 끝장이 났군요. 아, 이블린, 난 오늘 온종일 회사에 앉아 당신의 편지 봉투를 바라보고 있었어요. 그것을 읽고 또 읽으면서 말이에요……."

"이제 그만 돌아가, 프레디." 그녀가 단호하게 말했다. 약간 힘주어 재촉하는 목소리는 그에게 새로운 아픔이었다. "이제 당신을 만나지 않겠다고 그이에게 맹세했어. 해럴드가 어디까지 참고 견딜 수 있는지 그 한계를 잘 알고 있어. 오늘 밤 이렇게 당신과 같이 있으면 곤란해."

그들은 여전히 서 있었고, 그녀는 말하면서 문 쪽을 향해 약간 몸을 움직였다. 게드니는 비참한 표정으로 그녀를 바라보면서 이제 마지막으로 그녀의 모습을 마음속에 간직하려고 애썼다. 바로 그때 현관 앞에서 들려오는 발자국 소리를 듣고 두 사람은 갑자기 대리석 조상(彫像)처럼 굳어졌다. 즉시 그녀는 팔을 뻗쳐 그의 웃옷의 옷깃을 잡았다. 반은 재촉하고 반은 끌고 가다시피 하여 커다란 문을 통해 캄캄한 식당으로 밀어 넣었다.

"그이를 2층으로 가게 할 거야." 그녀가 그의 귀에 가까이 대고 속삭였다. "계단을 올라가는 소리가 들릴 때까진 여기서 조금도 움직여서는 안 돼. 그런 뒤에 앞문으로 나가라고."

그는 혼자서 이블린이 홀에서 남편을 맞아들이고 있는 목소리를 듣고 있었다.

해럴드 파이퍼는 서른여섯 살로 아내보다 아홉 살 연상이었다. 잘생기기는 했어도 거기에는 몇 가지 단서가 붙었다. 즉 두 눈이 너무 가까이 붙어 있었으며, 가만히 있을 때의 얼굴에는 어딘지 모르게 우둔한 데가 있었다. 게드니 문제에 대한 그의 태도는 지금까지 그가 취해 온 태도를 잘 보여주었다. 그는 이블린에게 이 문제가 일단락된 것으로 생각하고 있으며, 두 번 다시 나무라거나 또 어떤 식으로도 암시하지 않겠다고 말했던 것이다. 그리고 속으로 자신이 좀 관대하게 이 문제를 처리하고 있다고 생각했다. 이렇게 하면 아내도 적잖이 감동할 것이라고 생각하고 말이다. 그러나 자신이 도량이 넓은 사람이라고 믿고 있는 모든 남자들과 마찬가지로 그도 유별나게 소견이 좁은 남자였다.

이날 저녁 그는 과장하여 부드러운 태도로 이블린을 맞이했다.

"당신 어서 서둘러 옷을 갈아입어야 해요, 해럴드." 그녀가 간절하게 말했다. "브론슨 씨 댁을 방문해야 하니까요."

그는 고개를 끄덕였다.

"여보, 옷을 갈아입는 데 그다지 시간이 걸리지 않아."

이렇게 말끝을 흐리며 그는 서재로 걸어 들어갔다. 이블린의 심장이 큰 소리를 내며 두근거렸다.

"해럴드……." 그녀가 말하기 시작했지만 약간 목이 메었다. 그녀는 남편의 뒤를 따라 서재로 들어갔다. 그는 담배에 불을 붙이고 있었다. "해럴드, 어서 서둘러야 한다니까요." 그녀가 문간에 서서 말을 끝냈다.

"왜 그리 서둘러?" 그는 약간 귀찮다는 듯이 물었다. "당신도 아직 옷을 갈아입지 않았잖아, 이비[3]."

그는 안락의자 위에 몸을 길게 뻗고 앉아 신문을 펼쳤다. 몸이 오그라드는 듯한 느낌으로 이블린은 이렇게 되면 적어도 십 분은 걸릴 것이라고 생각했다. 그런데 바로 옆방에는 게드니가 숨을 죽이고 서 있는 것이 아닌가. 만약 해럴드가 2층으로 올라가기 전에 찬장에서 포도주 병을 꺼내 한잔 마시려고 한다면 어떻게 될까. 그러자 그렇게 되지 않도록 자신이 먼저 포도주 병과 글라스를 가져와 이 위기를 모면해야 한다는 생각이 문득 떠올랐다. 남편의 시선을 조금이라도 식당 쪽으로 돌리게 하는 것은 두려웠지만, 그녀에게는 어떻게 다른 수를 써볼 수가 없었던 것이다.

그때 마침 해럴드가 자리에서 일어나 신문을 내던지면서 그녀에게 다가왔다.

"여보, 이비." 남편은 몸을 구부리고 두 팔로 그녀를 껴안으며 말했다. "어젯밤에 있었던 일을 생각하고 있지 않았으면 좋겠어……." 그녀는 몸을 떨면서 그에게 바싹 달

---

3) '이비'는 이블린의 애칭.

라붙었다. "나는 알아." 그가 말을 계속했다. "당신으로서는 경솔한 우정에 지나지 않다는걸. 누구나 실수를 범하는 법이거든."

이블린은 그의 말을 거의 듣고 있지 않았다. 이렇게 달라붙어 있으면 그대로 2층으로 끌고 갈 수 있을는지도 모른다는 생각만 하고 있을 뿐이었다. 몸이 좋지 않은 체하며 2층까지 안아다 달라고 부탁할까 하고 생각했다. 그렇게 되면 불행하게도 자신을 소파에 눕히고 위스키를 갖다 줄는지도 모르지 않는가.

갑자기 그녀의 긴장된 신경은 견딜 수 없는 마지막 단계까지 이르렀다. 아주 희미한 소리였지만 분명히 식당 마룻바닥에서 삐걱거리는 소리가 들려왔기 때문이다. 프레디가 뒷문으로 달아나려고 하고 있었음에 틀림없었다.

징이 울리는 듯한 공허한 소리가 온 집 안에 울려 퍼지자 그녀의 심장이 마치 용수철처럼 튀어 오르는 것 같았다. 게드니의 팔이 커다란 컷글라스 그릇에 부딪친 것이다.

"도대체 이게 무슨 소리야!" 해럴드가 소리를 질렀다. "거기에 누가 있는 거야?"

그녀가 남편에게 매달렸지만 해럴드는 뿌리쳤다. 방이 그대로 무너져 내리는 소리가 귓가에 들렸다. 식료품 창고 문이 홱 열리는 소리, 마주 붙잡고 싸우는 소리, 냄비가 부딪치는 소리가 들렸다. 절망 속에서 그녀는 정신없이 부엌으로 뛰어가 싸움을 말렸다. 남편은 게드니의 목에 감았던 팔을 천천히 풀었다. 처음에는 놀란 표정으로 그다음에는 얼굴에 고통스러운 빛을 띠고 장승처럼 꼼짝하지 않고 우두커니 서 있었다.

"제기랄!" 당황하여 이렇게 말하고 난 뒤 그는 다시 한 번 되풀이해 말했다. "제기랄!"

그는 다시 한 번 더 게드니에 달려들 것처럼 그쪽을 향해 몸을 돌렸지만 그만두었다. 그의 근육은 눈에 띄게 이완되어 있었고, 약간 쓴웃음을 지었다.

"당신들은…… 당신들은 말이야……." 이블린은 두 팔로 남편을 껴안았고, 그녀의 두 눈은 미친 듯이 남편에게 애원하고 있었다. 그러나 그는 아내를 밀어내고는 도자기 같은 얼굴을 하고 멍하니 부엌 의자에 주저앉았다. "당신은 지금까지 나에게 이런 짓을 해왔어, 이블린. 그래, 당신은 악마야! 악마라고!"

그녀는 이처럼 남편에게 미안하다고 생각한 적이 없었다. 지금까지 이토록 깊이 남편을 사랑한 적도 없었다.

"그녀 잘못이 아니에요." 게드니가 황송한 마음으로 말했다. "제가 찾아왔을 뿐입니다." 그러나 해럴드는 고개를 내저었다. 그가 고개를 쳐들었을 때의 표정은 실제로 어떤 사고를 당해 정신이 일시적으로 멈춰버린 듯했다. 갑자기 슬픔의 빛을 띤 남편의 두 눈이 이블린의 심금을 그윽하게 울렸다. 그리고 동시에 세찬 분노가 그녀의 마음속에서 끓어올랐다. 눈꺼풀이 타오르는 것처럼 느꼈다. 그녀는 거세게 발을 동동 굴렀다. 마치 무기라도 찾듯이 두 손으로 신경질적으로 식탁 위를 쓸고 난 뒤 게드니에게 난폭하게 대들었다.

"나가요!" 그녀는 검은 눈동자를 반짝이며 작은 두 주먹으로 내밀고 있던 그의 팔을 두들기면서 소리 질렀다. "당신이 이렇게 만든 거예요! 어서 여기서 나가요…… 나가…… 나가요! 나가란 말이에요!"

2

서른다섯 살인 해럴드 파이퍼 부인에 관해 사람들의 의견은 둘로 나뉘었다. 여자들은 그녀가 아직도 예쁘다고 말했고, 남자들은 이제 미인이라고는 할 수 없다고 말했다. 그것은 아마 여성들은 두려워하고 남자들은 좋아하던 그녀의 미모가 이미 사라져버렸기 때문일 것이다. 눈동자는 역시 예전과 마찬가지로 여전히 크고 검고 슬퍼 보였지만 신비로움은 사라지고 없었다. 눈동자의 슬픈 표정은 영원불변한 모습 대신에 오직 인간적인 것으로 바뀌었다. 그리고 또 놀라거나 화가 날 때에는 양미간을 찌푸리고 눈을 깜박거리는 버릇이 생겼다. 그 입 모양도 매력을 잃었다. 즉 붉은 빛이 바랜 데다가, 미소 지었을 때 양쪽 입가가 희미하게 약간 아래쪽으로 처지는 표정이 완전히 사라져버렸다. 그 표정은 슬픈 빛을 띤 눈동자를 돋보이게 해주고 희미하게 조소를 보내는 듯한 아름다움을 간직하고 있었던 것이다. 그런데 지금은 미소 지으면 입술 언저리가 위쪽으로 치켜 올라갔다. 자신의 미모를 자랑하던 한창 시절 이블린은 그런 미소를 좋아했다. 마음에 들어 일부러 그것을 강조했다. 이제 더 강조하지 않자 그 표정은 사라졌고, 그것이 사라지자 그녀의 마지막 신비도 사라져버렸다.

이블린은 프레디 게드니 사건이 있은 지 한 달도 되지 않아 미소를 강조하는 일을 그만두었다. 표면적으로 그들 부부는 이전과 조금도 다름없는 생활을 하고 있었다. 그러나 자신이 얼마나 남편을 깊이 사랑하고 있는가를 알아챈 그 몇 분 동안, 이블린은 자신이 돌이킬 수 없을 정도로 그에게 마음의 상처를 입혔다는 사실을 깨달았다. 한 달 동안 그녀는 고통스러운 침묵이며 세찬 비난이며 질책과 싸우지 않으면 안 되었다. 그녀는 남편에게 빌고 조용히 동정적인 사랑을 보여주었지만 그는 불쾌하게 웃어넘길 뿐이었다. 마침내 그녀도 점차 침묵 속으로 가라앉았고, 두 사람 사이에는 허물어버릴 수 없는 음산한 장벽이 생겨났다. 자신의 가슴속에 끓어오르는 애정을 이블린은 어린 아들인 도널드에게 아낌없이 쏟으며 이 아이가 자신의 인생의 일부임을 깨닫고 거의 경이로움을 느낄 정도였다.

이듬해에는 서로의 이해관계나 책임이 늘어나기도 하고 또 예전의 타다 남은 애정이 불꽃처럼 희미하게 되살아나는 바람에 부부는 다시 가까워졌다. 그러나 애처로운 듯한 정열의 홍수가 밀려 나간 뒤 이블린은 자신에게 주어진 소중한 기회가 이미 상실되어 버렸음을 깨달았다. 이제 자신에게 남아 있는 것이라고는 아무것도 없었다. 이전에 그녀는 두 사람에게 젊음과 사랑으로 충만한 존재였다. 그러나 그 침묵의 나날은 애정의 샘물을 천천히 말라붙게 했고, 그 샘물을 다시 한 번 마시고 싶어 하는 자신의 욕망도 사라져버렸다.

그녀는 난생처음으로 여자 친구를 찾게 되었고, 예전에 읽었던 책을 더 좋아했으며, 헌신적으로 사랑하는 두 아이들을 지켜볼 수 있는 곳에서 바느질을 하기 시작했다. 사소한 일에도 신경을 쓰게 되었다. 저녁 식사 식탁 위에서 빵 부스러기가 조금 떨어져 있는 것을 보면 이야기를 하다가도 마음이 그곳으로 쏠렸다. 한마디로 그녀는 점차 중년의 나이로 접어들고 있었던 것이다.

서른다섯 살이 되는 이블린의 생일은 여느 때와는 달리 분주한 날이었다. 왜냐하면 그날 저녁에 갑자기 손님들을 초대하기로 되어 있었기 때문이다. 그날 오후 늦게 침실의 창가에 서서 그녀는 자신이 몹시 지쳐 있음을 깨달았다. 십 년 전 같으면 침대에 누워 한숨 잠을 잤을 테지만 지금은 여러 가지 일에 마음을 써야 한다는 느낌이 들었다. 하녀들이 아래층에서 청소를 하고 있었고, 장식용 골동품들이 마룻바닥 사방에 놓여 있었다. 이제 곧 식료품 점원이 주문을 받으러 올 텐데 오면 딱 잘라 말해야겠다고 다짐했다. 그러고 나서 열네 살이 되어 금년부터 집을 떠나 학교에 다니고 있는 도널드에게 편지도 써야 했다.

그녀가 그래도 역시 드러누워야겠다고 마음먹고 있을 때 아래층에서 갑자기 어린 딸 줄리의 귀에 익은 소리가 들려왔다. 그녀는 입술을 꽉 다물고 눈살을 찌푸리며 눈을 깜박거렸다.

"줄리!" 그녀가 불렀다.

"아야, 야, 아야!" 줄리가 슬픈 듯이 길게 소리를 질렀다. 그러고 나서 둘째 하녀인 힐더의 목소리가 2층까지 들려왔다.

"줄리가 손을 조금 다쳤어유, 마님."

이블린은 바느질 그릇이 있는 데로 달려가 찢어진 손수
건을 하나 찾아가지고 서둘러 계단을 내려갔다. 잠시 뒤
그녀가 상처 입은 곳을 찾는 동안 줄리는 그녀의 팔에 안
겨 울고 있었다. 상처의 희미한 흔적이 경멸이라도 보내듯
줄리의 드레스에 나타나 있는 것이 아닌가!

"엄지손가락이야!" 줄리가 설명했다. "아야, 야, 야, 아
야, 아파."

"여기 있는 이 유리그릇 때문이에유." 힐더가 변명하듯
말했다. "제가 찬장을 닦고 있는 동안 잠시 바닥에 내려놓
았서유. 그때 줄리가 와서 그걸 갖고 놀고 있었지유. 그러
다가 손가락을 조금 다쳤어유."

이블린은 힐더를 향해 무섭게 눈살을 찌푸렸고, 줄리를
무릎 위로 더 세게 끌어당기며 손수건을 찢기 시작했다.

"자…… 아가, 어디 좀 보자."

줄리가 엄지손가락을 내밀자 이블린은 곧 그것을 잡았다.

"이제 됐다!"

줄리는 천 조각이 감긴 엄지손가락을 의심스러운 듯이
바라보았다. 그녀가 엄지손가락을 구부리니 흔들거렸다.
아직 눈물 자국이 남아 있는 얼굴에 기쁘고 재미있는 듯한
표정이 감돌았다. 그녀는 엄지손가락 냄새를 맡아보더니
다시 한 번 움직였다.

"내 귀여운 아기!" 이블린은 이렇게 큰 소리로 말하고는
딸아이에게 키스를 했다. 그러나 방을 나가기 전에 그녀는

힐더를 향해 다시 한 번 눈살을 찌푸렸다. 왜 그렇게 조심성이 없을까! 요즘 하녀들은 하나같이 이 모양이란 말이야. 일 잘하는 아일랜드 하녀를 구하면 좋으련만……. 그러나 지금은 그런 하녀를 구할 도리가 없어……. 스웨덴 하녀들이란…….

5시에 해럴드가 집에 돌아와 그녀의 방으로 들어와서는 오늘이 서른다섯 해 생일이니까 서른다섯 번 키스를 해주겠다고 이상하게 신바람이 나서 떠들어댔다. 이블린은 그러고 싶지 않았다.

"술을 마시고 왔군요." 그녀는 짤막하게 말하고는 이렇게 조심스럽게 덧붙였다. "한두 잔 말이에요. 하지만 내가 술 냄새를 싫어한다는 걸 당신도 잘 알고 있잖아요."

"이비," 그는 창가의 의자에 걸터앉아 있다가 잠시 뒤 입을 열었다. "이제 당신에게 얘기해도 되겠군. 요즘 들어 시내 사업이 별로 신통하지 않다는 건 당신도 알고 있을 테지."

그녀는 창가에 서서 머리를 빗고 있었지만 이 말을 듣고 고개를 돌려 그를 쳐다보았다.

"그게 무슨 말이에요? 당신은 늘 말했잖아요. 이 시내에서는 철물 도매상이 하나 이상 있어도 장사가 된다고요." 그녀의 목소리에 놀라는 빛이 감돌았다.

"지금까진 그랬지." 해럴드가 의미심장하게 말했다. "하지만 이 클래런스 에이헌이라는 자는 머리가 잘 돌아간단 말씀이야."

"에이헌 씨를 저녁 식사에 초대했다는 말을 듣고 난 놀랐어요."

"이비." 그는 한 번 더 자신의 무릎을 탁 치고 말을 이었다. "1월 1일 이후로 '클래런스 에이헌 회사'는 '에이헌·파이퍼 회사'로 그 이름을 바꾸게 돼……. 그렇게 되면 '파이퍼 형제'라는 회사는 이제 더 존재하지 않는 거지."

이블린은 깜짝 놀랐다. 남편의 이름이 뒤로 가는 것이 어쩐지 마음에 걸렸다. 그러나 남편은 여전히 기분이 좋은 듯했다.

"이해가 잘 안 가는데요, 해럴드."

"사실은 말이야, 이비. 에이헌은 막스와도 어울려 다니고 있었다고. 만약 그들이 합치면 우리는 고전하면서 자질구레한 주문이나 받고 위험을 무릅쓰는 어려운 처지에 놓이게 되었을 거야. 이비, 이건 자본의 문제야. 만약 '에이헌·막스 회사'가 생긴다면 그건 '에이헌·파이퍼 회사'와 꼭 마찬가지로 장사를 하게 되었을 거야." 그가 한숨을 돌리고 기침을 하자 위스키 냄새가 어렴풋이 그녀의 코에 풍겨왔다. "이비, 사실은 말이야. 난 에이헌의 아내가 이번 일과 어떤 관계가 있는 게 아닐까 하고 의심하고 있어. 야심 많고 몸집이 작은 여자라고 하더군. 이 도시에선 막스 집안이 자신에게 별로 도움이 되지 않으리라고 생각한 모양이야."

"그 부인은…… 품위가 없는 사람인가요?" 이블린이 물었다.

"아직 한번도 만나보지 못했어……. 하지만 틀림없이 그럴 거라고 생각해. 클래런스 에이헌의 이름은 다섯 달 전부터 컨트리클럽 입회 심사에 올라와 있었지만…… 아무런 결정도 내리지 않은 상태야." 그는 얕보기라도 하듯 손을 내저었다. "오늘 에이헌과 함께 점심 식사를 하면서 이 일을 그럭저럭 결론지었어. 그래서 오늘 저녁 식사에 그와 그의 아내를 초대하는 게 좋을 것 같다고 생각했지……. 모두 아홉 명으로 대부분이 가족들이야. 이비, 결국 내겐 아주 중요한 일이고, 물론 우리는 그 부부를 가끔 만나야 하지 않겠어?"

"네, 맞아요." 이블린이 사려 깊게 말했다. "물론 그래 야지요."

이블린은 사교에 관한 부분에는 별로 걱정을 하지 않았 다. 그러나 '파이퍼 형제 회사'가 '에이헌·파이퍼 회사' 로 바뀐다는 생각에는 깜짝 놀랐다. 어쩐지 이 세상에서 영락해 가는 듯한 느낌이 들었던 것이다.

삼십 분쯤 지나 저녁 식사를 위해 옷을 갈아입기 시작하 는데 아래층에서 남편 목소리가 들려왔다.

"아, 이비, 잠깐 내려와 봐!"

그녀는 복도로 나가 계단의 난간 너머로 소리를 질렀다.

"무슨 일이에요?"

"저녁 식사 하기 전에 내놓을 펀치 만드는 걸 도와주었 으면 해서."

이블린이 서둘러 입고 있던 옷에 다시 단추를 채우고 계 단을 내려갔더니 남편은 필요한 재료를 식당 테이블 위에 늘어놓고 있었다. 그녀는 찬장에서 유리그릇 하나를 들어 그쪽으로 가지고 왔다.

"아니, 그건 안 돼." 그가 항의하듯 말했다. "큰 그릇을 사용합시다. 에이헌 부부랑, 당신과 나랑, 그리고 밀턴, 그러면 다섯 명이지. 톰과 제시, 그러면 일곱 명이고. 당신 여동생과 조 앰블러, 그러면 아홉 명이야. 펀치를 만드는 사람은 사람들이 얼마나 빨리 마셔버리는지 몰라서 그래."

"이 그릇을 사용하세요." 이블린이 고집을 부렸다. "여기에도 많이 들어가요. 게다가 톰이 어떤지 당신도 잘 알고 있잖아요."

톰 로리는 해럴드의 사촌 누이동생인 제시의 남편인데 일단 술을 마셨다 하면 끝장을 보고야 마는 경향이 있었다.

해럴드는 고개를 내저었다.

"바보같이 굴지 말라고. 그 그릇에는 3쿼트밖에 들어가지 않고, 사람은 아홉 명이야. 게다가 하녀들도 조금 마시고 싶어 하겠지……. 그리고 그다지 도수가 높은 펀치도 아니잖아. 이비, 이런 건 많이 마셔야 그만큼 즐거워지는 법이거든. 굳이 다 마셔야 하는 것도 아니고 말이야."

"제 말대로 작은 걸로 해요."

그는 다시 한번 완강히 고개를 내저었다.

"안 된다니까 그러네. 사리에 맞게 생각해 보라고."

"사리에 맞게 생각하니까 그러지요." 그녀가 짤막하게 대꾸했다. "집 안에 술 취한 사람들이 있는 건 싫어요."

"누가 잔뜩 취하게 만든다고 했나?"

"그러니까 작은 그릇으로 해요."

"이거 원, 이비……."

그는 도로 찬장에 갖다 두려고 작은 유리그릇을 집었다.

그 순간 이블린이 손을 뻗쳐 그것을 잡아 내렸다. 순간적으로 실랑이가 벌어졌고, 그러고 나서 마침내 조금 화가 난 듯 불평을 하며 그는 허리를 쳐들고 아내가 쥐고 있는 그릇을 빼앗아 찬장으로 가지고 갔다.

그녀는 남편을 바라보고 경멸하는 표정을 지으려 했지만 그는 그저 웃고만 있을 뿐이었다. 자신의 패배를 인정했지만 앞으로 펀치를 만드는 일에는 완전히 손을 떼겠다고 말하면서 그녀는 방을 나가버렸다.

3

7시 30분이 되자 이블린은 두 뺨에 홍조를 띠고 위로 땋아 올린 머리에 브릴리언틴[4]을 뿌린 듯한 모습으로 계단을 내려갔다. 붉은 머리에 극단적인 프랑스 제정 시대풍의 가운 차림으로 약간 불안한 마음을 숨기고 있는 작은 몸집의 에이헌 부인은 수다스럽게 이블린에게 인사를 했다. 이블린은 첫눈에 이 여자가 싫었지만 그녀의 남편은 그런대로 호감이 갔다. 그는 날카로운 푸른 눈동자와 주위 사람들을 즐겁게 해주는 타고난 재능을 갖고 있어, 너무 일찍 결혼한 실수만 저지르지 않았다면 아마 사회적으로 성공을 거두었을 법했다.

"파이퍼 부인을 알게 되어 기쁩니다." 그가 짤막하게 말

---

4) 윤을 내는 머릿기름.

했다. "부인의 남편과 저와는 앞으로 자주 만나게 될 것 같군요."

그녀는 고개를 숙이고 우아하게 생긋 미소를 짓고는 다른 손님들에게 인사를 하러 갔다. 해럴드의 조용하고 점잖은 동생인 밀턴 파이퍼며, 로리 집안의 제시와 톰이며, 이블린의 아직 결혼하지 않은 여동생 아이린이며, 마지막으로 아이린의 영원한 애인이며 확고한 독신주의자인 조 앰블러 말이다.

해럴드가 그들을 저녁 식사 자리로 안내했다.

"오늘 저녁에는 펀치를 마시려고 합니다." 그는 유쾌한 목소리로 소리쳤다. 이블린은 그가 맛보기 위해서 벌써 상당히 마시고 있었다는 것을 알아챘다. "그래서 오늘 저녁에는 펀치 말고 다른 칵테일은 없습니다. 에이헌 부인, 이것은 집사람이 뛰어난 솜씨로 만든 거랍니다. 원하시면 집사람이 만드는 법을 알려드릴 겁니다. 하지만 오늘은 조금……." 그는 아내의 눈과 마주치고는 잠시 말을 멈췄다가 다시 말을 이었다. "조금 몸이 좋지 않아서 이번 것은 제가 만들었어요. 방법은 이렇지요!"

저녁 식사를 하는 동안 내내 펀치가 나왔고, 에이헌과 밀턴과 모든 여자들이 하녀를 향해 고개를 저으며 거절하고 있는 것을 보고 이블린은 작은 그릇을 고르려 했던 자신이 역시 옳았다고 생각했다. 펀치는 아직 절반이나 남아 있었다. 나중에 해럴드에게 과음하지 말라고 한마디 주의를 줘야겠다고 이블린은 생각했다. 그러나 여자들이 식탁에서 자리를 뜨자 에이헌 부인에게 붙들려 버리는 바람에 정중하게 흥미 있는 체하며 여러 도시며 드레스 메이커 이야기를 하고 있었다.

"우린 정말 여러 곳을 옮겨 다녔어요." 에이헌 부인이 붉은 머리를 세차게 흔들어대며 잡담을 늘어놓았다. "네, 그래요. 지금까지 한번도 한 도시에서 이렇게 오래 머문 적이 없어요……. 하지만 정말이지 이곳에서는 언제까지나 살고 싶어요. 이곳이 좋거든요. 부인께서는 안 그러세요?"

"글쎄요. 전 지금까지 줄곧 이곳에서만 살아왔으니 당연히……."

"아, 그렇군요." 에이헌 부인이 웃으며 말했다. "클래런스는 언제나 입버릇처럼 나에게 이렇게 말하곤 했어요. 집에 돌아와서는 '자, 내일 시카고로 이사 갈 거야. 짐을 꾸려.' 하고 말할 아내가 필요하다고 말이에요. 그래서 어느 한곳에 머물러 살게 되리라고는 꿈에도 생각 못했지 뭐예요." 그녀는 또다시 살짝 웃었다. 이것이 그녀의 사교적인 웃음인가 보다 하고 이블린은 생각했다.

"댁의 남편은 아주 유능한 분 같아요."

"네, 그래요." 에이헌 부인이 그 말에 적극 찬성했다. "클래런스는 머리가 잘 돌아가는 사람이에요. 아이디어와 열정으로 가득 차 있지요. 자신이 무엇을 갖고 싶은지 알게 되면 곧바로 그것을 손에 넣는답니다."

이블린은 고개를 끄덕였다. 남자 손님들은 아직도 식당에서 펀치를 마시고 있는지 모르겠다고 생각했다. 에이헌 부인의 지난 시절의 이야기가 두서없이 펼쳐졌지만 이블린은 더 이상 듣고 있지 않았다. 자욱이 낀 시가 연기가 처음 흘러 들어왔다. 그다지 큰 집이 아니니까 하고 그녀는 생각했다. 이런 모임이 있는 저녁이면 때로 서재 안이 푸른 연기로 자욱해지고는 했다. 그렇게 되면 이튿날에는 창문을 몇 시간이나 열어놓아 커튼에 스며든 강한 냄새를 제거해야 했다. 어쩌면 이번 동업이 잘만 되면…… 그녀는 머릿속으로 새집에 관해 상상하기 시작했다.

에이헌 부인의 목소리가 문득 귀에 들어왔다.

"어디에 적어두셨다면, 정말로 펀치 만드는 방법을 알고 싶어요……"

그때 식당에서 모두들 의자를 뒤로 물리는 소리가 들리더니 남자들이 이쪽으로 걸어 들어왔다. 이블린은 걱정하고 있던 최악의 사태가 일어났다는 것을 금방 알아차렸다. 해럴드의 얼굴은 새빨갛게 되었고 말끝마다 혀 꼬부라진 소리를 하고 있었다. 톰 로리는 비틀거리며 걸어나와 아이린의 옆 소파에 앉으려고 하다가 하마터면 그녀의 무릎 위에 앉을 뻔했다. 그는 소파에 앉아 눈이 부신 듯 눈을 가늘게 뜨고 주위 사람들을 둘러보았다. 이블린도 눈을 가늘게 뜨고 그를 바라보고 있었지만 그것이 재미있다고 생각하지는 않았다. 조 앰블러는 아주 만족스러운 듯 미소를 지어 보이며 담배를 피우고 있었다. 오직 에이헌과 밀턴 파이퍼만이 정상적인 상태를 유지하고 있는 것 같았다.

"이곳은 상당히 훌륭한 도시예요." 앰블러가 말했다. "당신도 그렇게 생각하게 될 겁니다."

"지금도 그걸 잘 알고 있는걸요." 에이헌이 기분 좋게 대답했다.

"에이헌, 더욱더 그렇게 생각하게 될 겁니다." 해럴드가 유난히 고개를 끄덕이며 말했다. "내가 어떻게 손을 쓴다면 말이지요."

그는 의기양양해서 이 도시에 대한 찬사를 늘어놓았고, 이블린은 자기와 마찬가지로 다른 사람들도 이 이야기를 지겨워하고 있지는 않나 하는 불안한 생각이 들었다. 그러나 겉보기에는 그런 것 같지 않았다. 모두들 열심히 귀를 기울이고 있었기 때문이다. 잠깐 이야기가 중단되자 이블린이 곧 끼어들었다.

"지금까지는 어디에서 사셨습니까, 에이헌 씨?" 그녀가 흥미로운 듯이 물었다. 그러고 보니 아까 에이헌 부인이 얘기해 주었다는 것을 기억했지만 그것은 상관없었다. 해럴드가 저렇게 지껄여대게 해서는 안 되었기 때문이다. 술만 마시면 그렇게 바보가 되어버렸다. 그러나 남편은 금방 하던 이야기를 다시 계속했다.

"내 말 잘 듣게나, 에이헌. 당신은 우선 이 근처의 높은 지대에 있는 집을 하나 손에 넣어야 해요. 스턴의 저택이나 리지웨이의 저택을 사는 겁니다. 그걸 사면 모두들 이렇게 말할 거예요. '저기 에이헌의 저택이 있네.' 하고 말이지요. 확실히 효과가 눈에 띄게 나타날 겁니다."

이블린은 얼굴을 붉혔다. 전혀 맞는 말이라고 여겨지지 않았다. 그런데도 에이헌은 뭔가 이상하다고 눈치를 채지 못한 듯 진지하게 고개를 끄덕이고 있을 뿐이었다.

"이제 집은 찾아보셨나요……." 그녀의 말끝은 해럴드가 계속 떠들어대는 바람에 들리지도 않았다.

"집을 사요……. 그게 우선 첫 단계예요. 그러면 당신은 모든 사람들과 아는 사이가 됩니다. 이곳은 타향 사람에 대해 처음에는 속물근성을 드러내지만 얼마 안 가서…… 일단 아는 사이가 되면 달라지거든요. 당신들 같은 사람이라면……." 그는 손을 휙 흔들어 에이헌과 그의 아내를 가리켰다. "아무 문제 없어요. 이곳은 사실 인정이 많은 곳이지요. 일단 첫 자, 장……." 그는 숨을 들이쉬고 나서야 "장벽을 극복하면 말이지요." 하고 말했다. 그리고 다시 한번 '장벽'이라는 말을 멋들어지게 되풀이했다.

이블린은 호소하듯이 사촌 시동생을 바라보았다. 그러나 그가 끼어들기 전에 우물우물하는 애매한 소리가 톰 로리의 입에서 잇따라 새어 나왔다. 불이 꺼진 담배를 이빨 사이에 꽉 물고 있어 말하는 데 방해를 받았던 것이다.

"후마 우마 호 후마 아디 움……."

"뭐라고?" 해럴드가 정색을 하고 물었다.

마지못해 그리고 가까스로 톰은 입에서 담배를 떼어냈다. 그 일부만을 떼어내고 난 뒤 나머지 부분은 '푸' 하는 소리를 내며 방 건너편으로 날려버렸다. 그런데 축축한 덩어리는 맥없이 에이헌 부인의 무릎 위에 뚝 떨어지고 말았다.

"미안합니다." 그는 우물우물 말하고 그것을 뒤쫓아가려는 생각으로 자리에서 일어났다. 밀턴이 그의 웃옷을 잡아 재빨리 그를 넘어뜨릴 수 있었고, 에이헌 부인은 스커트 위에서 그 덩어리를 바닥에 우아하게 털어버리고는 그것을 한번도 쳐다보지 않았다.

"내 말은요." 톰은 분명하지 않은 목소리로 말을 이어나 갔다. "그 일이 일어나기 전에 말이에요." 그는 사과를 하 듯이 에이헌 부인을 향해 가볍게 손을 흔들어 보였다. "내 가 말하려던 건, 그 컨트리클럽 문제에 대한 진상을 모두 들었다는 겁니다."

밀턴이 상체를 앞으로 구부리고 그에게 뭐라고 귀엣말을 했다.

"날 그냥 내버려두라니까." 그가 언짢은 듯이 말했다. "내가 무슨 말을 하고 있는지를 잘 알고 있으니까. 그 때 문에 이 사람들도 지금 여기에 온 거고."

이블린은 당황하여 거기에 앉은 채 무슨 말을 해야겠다 고 생각하고 있었다. 여동생이 냉소적인 표정을 짓고 에이 헌 부인의 얼굴이 새빨개져 가는 것이 보였다. 에이헌은 시곗줄을 만지작거리며 고개를 숙이고 있었다.

"누가 당신을 따돌리려고 하는지 난 알고 있어요. 그자 도 당신보다 더 나을 바 없는 사람이지요. 그 빌어먹을 일 을 내가 어떻게 손을 써보겠습니다. 벌써 그렇게 했을 겁 니다만, 그땐 당신이 어떤 분인지 잘 알지 못했지요. 해럴 드에게서 들었는데, 당신은 그 일 때문에 아주 기분이 언 짢았다고……."

밀턴 파이퍼가 갑자기 어색하게 자리에서 벌떡 일어났 다. 순간 모든 사람들이 긴장된 표정으로 자리에서 일어섰 고, 밀턴은 자신이 일찍이 돌아가야 할 것 같다고 허둥지 둥 말했다. 그리고 에이헌 부부는 진지하게 열심히 귀를 기울이고 있었다. 그러고 나서 에이헌 부인은 꾹 참고 억지로 웃음을 지으며 제시를 향해 돌아다보았다. 이블린은 톰이 비틀비틀 앞으로 걸어가 에이헌의 어깨에 한쪽 손을 걸치는 것을 바라보았다. 그때 갑자기 그녀의 바로 뒤에서 겁을 먹은 듯한 새로운 목소리가 들려와 뒤를 돌아보니 거기에는 둘째 하녀인 힐더가 서 있었다.

"마님, 아무래도 줄리의 손에 독이 들어간 것 같아유. 퉁퉁 부어오르고 얼굴도 불덩어리처럼 뜨겁구만유. 괴로운 듯이 신음 소리를 지르고 있어유⋯⋯."

"줄리가?" 이블린이 날카롭게 물었다. 파티 일은 갑자기 뒷전으로 밀려나 버렸다. 그녀는 재빨리 주위를 휙 둘러보고 두 눈으로 에이헌 부인을 찾아 그녀 쪽으로 다가갔다.

"미안합니다만, 부인⋯⋯." 그녀는 순간 상대의 이름을 잊어버렸지만 계속 말을 이어나갔다. "제 어린 딸애가 병이 났어요. 가보고 곧 돌아오겠습니다." 그녀는 이렇게 말하고는 뒤돌아 재빨리 계단 위로 올라가면서 자욱이 낀 담배 연기에 싸여 방 한가운데에서 큰 소리로 어떤 문제를 토론하고 있는 혼란스러운 장면을 바라보았다. 토론은 아무래도 말다툼으로 발전하고 있는 듯했다.

아이 방의 전등불을 켜자 줄리는 열에 시달리는 것처럼 몸부림을 치며 나지막하게 이상야릇한 소리를 내고 있었다. 이블린은 어린애의 볼에 손을 대보았다. 불덩어리처럼 뜨거웠다. 놀라서 소리를 지르며 그녀는 이불 속의 팔을 더듬어 손을 찾아냈다. 힐더가 말한 대로였다. 엄지손가락 전체가 손목까지 퉁퉁 부어오르고 그 한가운데에 염증을 일으킨 작은 상처가 있었다. 패혈증이야! 하고 그녀는 겁에 질려 비명을 질렀다. 붕대가 상처 입은 자리에서 벗겨져 있고 거기에 뭔가가 들어간 것이다. 손가락을 다친 때는 오후 3시였다. 그런데 지금은 11시가 가까웠다. 여덟 시간이 지난 것이다. 패혈증이 그토록 빨리 진행될 리가 없었다. 그녀는 곧 전화기 앞으로 달려갔다.

길 건너편에 살고 있는 마틴 의사는 집에 없었다. 그들의 주치의인 푸크 의사는 전화를 받지 않았다. 이블린은 머리를 짜내다가 지푸라기라도 잡는 심정으로 자신의 인후과 전문의에게 전화를 걸었고, 그가 외과 의사 두 사람의 전화번호를 찾아내고 있는 동안 화가 나서 입술을 꼭 깨물었다. 한없이 계속되는 것처럼 생각되던 시간에 아래층에서 큰 소리가 들려온 듯한 느낌이 들었다. 그러나 지금 그녀는 다른 세계에 가 있는 듯했다. 십오 분 뒤 그녀는 자다가 깨어나서 화가 나 시무룩한 듯한 목소리의 외과 의사 한 사람을 찾아냈다. 아이 방으로 다시 뛰어가 손의 상태를 살펴보았더니 아까보다 조금 더 부어올라 있었다.

"오, 맙소사!" 그녀는 소리쳤고, 침대 옆에서 무릎을 꿇고 줄리의 머리를 몇 번이나 쓰다듬기 시작했다. 더운물을 가져오는 것이 좋으리라고 막연히 생각하고 자리에서 일어나 방문 쪽으로 가려고 했다. 그런데 드레스의 레이스가 침대 가로 널에 걸리는 바람에 앞으로 넘어졌다. 가까스로 일어나 미친 듯이 레이스를 홱 하고 잡아당겼다. 침대가 움직이자 줄리가 신음 소리를 냈다. 그래서 더 조용히 하면서도 갑자기 어설픈 손가락으로 그녀는 스커트의 앞 주름을 찾아내어 패니어[5]를 몽땅 잡아떼어 버리고 나서 서둘러 방 밖으로 달려 나왔다.

복도로 나가자 누군가의 집요한 목소리가 크게 들려왔지만 그녀가 계단 위쪽에 이르렀을 때 그 소리는 멎고 현관문이 탕 하고 닫혔다.

음악실이 시야에 들어왔다. 거기에는 오직 해럴드와 밀턴만이 있었는데, 의자 등에 기대어 있는 해럴드는 얼굴이 몹시 창백하고 옷의 칼라가 열려 있었으며 입이 힘없이 움직이고 있었다.

"도대체 무슨 일이 있는 겁니까?"

밀턴은 걱정이 되는 듯이 그녀를 바라보았다.

"좀 문제가 생겼어요……."

그때 해럴드가 그녀를 발견하고 힘들여 몸을 꼿꼿이 펴고 말하기 시작했다.

"내 집에서 말야, 내 사촌 동생을 모욕했다고. 빌어먹을 벼락부자 녀석이. 내 사촌 동생을 말이야……."

"톰이 에이헌과 문제를 일으키자 거기에 해럴드가 끼어든 거예요." 밀턴이 말했다.

"밀턴, 맙소사." 이블린이 소리쳤다. "당신이 어떻게 해볼 수 없었나요?"

"저도 어떻게 해보려고 했지요. 전……."

"지금 줄리가 아파요." 이블린은 그의 말을 가로막았다. "몸에 독이 들어갔어요. 할 수 있다면, 당신이 그 사람을

---

5) 스커트를 펼치기 위해 고래 뼈 등으로 만든 테.

침실로 데려다 줘요."

해럴드는 고개를 들었다.

"줄리가 아프다고?"

이블린은 남편은 상대도 하지 않고 서둘러 식당을 빠져나가다가 식탁 위에 아직 놓여 있는 커다란 펀치볼을 바라보자 소름이 오싹 끼쳤다. 얼음이 녹아 액체가 그릇 바닥에 고여 있었다. 정면 계단에서 발걸음 소리가 들려왔다. 밀턴이 해럴드를 부축해 올라가고 있는 소리였다. 그러고 나서 혀 꼬부라진 소리로 "글쎄, 줄리는 괜찮아." 하는 말이 들렸다.

"어린애 방에 그 사람을 들여보내서는 안 돼요!" 그녀가 큰 소리로 외쳤다.

그로부터 몇 시간은 그야말로 악몽과 같았다. 자정이 되기 직전에 의사가 도착하여 삼십 분 안에 상처 난 데를 절개했다. 의사는 2시에 돌아가면서 그녀에게 간호사 두 명의 연락처를 가르쳐주며 무슨 일이 있으면 그곳으로 전화하라고 이르고 자신은 아침 6시 30분에 다시 오겠다고 말했다. 역시 패혈증이었다.

4시에 그녀는 힐더를 줄리 곁에 남겨두고 자기 방으로 돌아가 몸을 떨면서 이브닝드레스를 벗어 방 한쪽 구석으로 차버렸다. 평상복으로 갈아입고 다시 어린애 방으로 되돌아갔고 힐더는 커피를 끓이러 갔다.

정오가 되어서야 비로소 이블린은 해럴드 방을 들여다볼 수 있었다. 그는 잠에서 깨어나 아주 비참한 모습으로 천장을 쳐다보고 있었다. 충혈되고 움푹 들어간 눈을 그녀에

게로 돌렸다. 그녀는 남편이 미워서 잠시 동안은 말을 할
수도 없었다. 쉰 목소리가 침대에서 들려왔다.

"지금 몇 시야?"

"점심때예요."

"정말 난 바보짓을 했어……."

"지금 그게 문제가 아니에요." 그녀가 매섭게 쏘아붙였
다. "줄리가 패혈증에 걸렸어요. 그래서 어쩌면……." 말
을 하려다가 숨이 막혀 말이 잘 나오지 않았다. "의사 선
생님 말씀이, 손목을 절단해야 한대요."

"아니, 뭐라고?"

"줄리는 손가락을 베었어요……. 그, 그 그릇에 말이에
요."

"어제 저녁에 말야?"

"아, 그게 무슨 상관이에요?" 그녀가 큰 소리로 말했다.
"그 아이가 패혈증에 걸렸다고요. 당신은 귀가 먹었나요?"

그는 어찌할 바를 모르는 표정으로 아내를 바라보았다.
그리고 침대 위에서 반쯤 몸을 일으켰다.

"옷을 갈아입어야지." 그가 말했다.

그녀의 노여움이 가라앉고 그 대신 피로감과 남편에 대
한 연민의 정이 거센 파도처럼 밀려왔다. 결국 이것은 그
의 걱정거리이기도 했던 것이다.

"그래요." 그녀가 힘없이 말했다. "그렇게 하는 게 좋겠
어요."

4

삼십 대 초반에 이블린의 미모가 아직 망설이듯 머물러 있었다면, 얼마 뒤에는 갑자기 결심한 것처럼 완전히 그녀에게서 떠나가 버렸다. 얼굴에 희미하게 잡혀 있던 주름이 갑자기 깊어지고 급속하게 다리와 엉덩이 그리고 팔에 살이 붙었다. 미간을 찌푸리는 그녀의 버릇은 이제는 하나의 표정으로 굳어버렸다. 책을 읽고 있거나 누구에게 이야기를 하거나 또는 잠을 자고 있을 때에는 습관적으로 그런 표정이 나타났다. 그녀의 나이가 이제 마흔여섯이 되었던 것이다.

재산이 불어나기보다는 줄어드는 가정이 그러하듯이 그녀와 해럴드도 막연한 적의를 품게 되었다. 마음이 평온할 때 두 사람은 마치 부서진 헌 의자를 바라볼 때처럼 체념으로 서로를 바라보았다. 남편이 아프면 이블린은 조금 걱정했고 되도록 밝은 표정을 지으려고 노력을 했으며, 실망한 남편과 살아야 한다는 피곤하고 침울한 속에서 명랑해하려고 최선을 다했다.

저녁 시간에 가족들끼리의 브리지[6] 게임도 끝나고 그녀는 안도감으로 한숨을 쉬었다. 오늘 저녁은 여느 때보다도 실수를 많이 했지만 그런 것에 관해서는 별로 상관하지 않았다. 아이린이 보병 부대가 특히 위험하다는 말을 하지 말아야 했던 것이다.[7] 이미 삼 주일 동안이나 편지를 받지

---

6) 서양 카드놀이의 일종.
7) 이 작품의 시대적 배경은 제1차 세계 대전이 아직도 계속되고 있는 1910년 말이었다. 도널드는 지금 이 전쟁에 참전 중이다.

못했고, 이런 일이 흔히 있는 일이라 해도 그녀는 걱정이
되어 마음의 갈피를 잡을 수 없었다. 그래서 클로버[8]가 놀
이판에서 지금까지 몇 장 나왔는지 알 수 없는 것도 무리
가 아니었다.

해럴드가 2층으로 올라가 있었기 때문에 이블린은 신선
한 바람을 쐬려고 바깥 현관으로 나갔다. 밝은 달빛이 잔
디밭과 보도를 비추고 있었고, 그녀는 하품 반 웃음 반 젊
은 시절 달빛 아래에서 긴 시간 동안 연애를 하던 일을 기
억했다. 한때는 그 무렵 벌이고 있는 연애의 총화(總和)가
자신의 인생이었다고 생각하고 무척 놀랐다. 그런데 지금
은 끊임없이 일어나는 문젯거리의 총화가 자신의 인생이
되었던 것이다.

무엇보다도 줄리가 문제였다. 줄리는 이제 열세 살이 되
었고, 최근에는 자신의 장애를 더욱더 민감하게 의식하면
서 언제나 제 방에 틀어박혀 책만 읽고 지내기를 좋아한
다. 몇 해 전에는 학교에 가기를 두려워했고, 이블린도 무
리하게 딸을 학교에 보낼 수는 없었다. 그래서 딸은 언제
나 어머니의 그늘에서 성장한 셈이다. 가엾은 그 어린애는
의수(義手)를 사용하려고도 하지 않고, 언제나 쓸쓸하게 주
머니에 손을 집어넣고 있었다. 그러고 있으면 팔을 쳐드는
일조차 전혀 하지 않게 되는 것이 아닐까 불안한 생각이
들어 최근 이블린은 딸에게 의수 사용법을 레슨 받게 했
다. 그러나 레슨을 받은 뒤에도 마지못해 어머니의 말에

---

8) 서양 카드에서 클로버 잎이 그려져 있는 카드.

응하여 의수를 움직일 때를 제외하고는 다시 드레스의 호주머니 속으로 살며시 집어넣는 것이었다. 얼마 동안 그녀의 옷에 주머니를 달아주지 않았는데, 한 달 동안 줄리는 너무나 비참하게 집 안을 어슬렁거리고 있었기 때문에 이블린도 마음이 꺾여 그런 시도는 두 번 다시 하지 않게 되었다.

도널드의 문제는 처음부터 이와는 전혀 달랐다. 그녀는 줄리가 되도록 자신에게 의지하지 않도록 만들려고 한 것과는 달리, 도널드는 조금이라도 자기 곁에 있게 하려고 했지만 마음대로 되지 않았다. 최근 도널드 문제는 그녀의 힘이 미치지 못하는 곳에 가 있었다. 세 달 동안 그의 사단이 해외로 파견되었기 때문이다.

이블린은 한 번 더 하품을 했다. 인생이라는 것은 젊은이들을 위한 것이야. 아아, 젊은 시절 나는 얼마나 행복했던가! 그녀는 자신이 갖고 있던 '비주'라는 조랑말과 열여덟 살 때 어머니와 둘이서 유럽 여행을 했던 일을 생각해 냈다.

"왜 이리도 복잡한 걸까." 그녀는 달을 향해 매정하게 큰 목소리로 말했다. 집 안으로 발을 들여놓고 막 문을 닫으려고 하는데 서재 쪽에서 무슨 소리가 들려오는 바람에 가슴이 덜컥 내려앉았다.

중년이 된 하녀 마서였다. 지금은 오직 하녀 한 명만 두고 있었다.

"왜 그래, 마서?" 그녀가 깜짝 놀라 말했다.

마서가 재빨리 뒤를 돌아다보았다.

"아, 마님, 위층에 계시는 줄로 알았지 뭐예유. 전 지금 그저……."

"무슨 일이라도 있는 거야?"

마서가 머뭇거렸다.

"아녀유, 전……." 그녀는 안절부절못하며 서 있었다. "마님, 편지 말이예유. 그것을 어딘가에 놓아두었는데유."

"편지라고? 당신에게 온 편지야?" 이블린은 전깃불을 켜면서 물었다.

"아녀유, 마님에게 온 편지였어유. 마님, 오늘 오후 마지막 배달 우편으로 왔어유. 우편집배원 아저씨가 저에게 건네주었는데 그때 마침 뒷문 벨이 울리는 바람에. 분명히 손에 쥐고 있다가 어딘가에 그냥 꽂아둔 것 같구먼유. 그래서 지금 살짝 나와 그걸 찾으려고 했어유."

"무슨 편지일까. 혹 도널드에게서 온 편지가 아닐까?"

"아니에유, 광고 전단지나 업무용 편지 같았어유. 이렇게 좁고 기다란 것 같았어유."

두 사람은 음악실 안의 쟁반이나 벽난로 장식 위를 뒤지고 나서 다음에는 서재로 가 죽 꽂혀 있는 책들 위를 살펴보았다. 마서는 어찌할 바를 몰라 하며 잠시 멈춰 섰다.

"도대체 어디에 놓아두었는지 생각이 나지 않네유. 곧바로 부엌으로 갔어유. 어쩌면 식당일는지도 모르겠구먼유." 그녀는 기대를 하며 식당을 향해 갔지만 뒤에서 숨을 헐떡거리는 소리를 듣고 갑자기 뒤를 돌아다보았다. 미간을 찌푸리고 화가 난 듯 눈을 깜박거리며 이블린이 안락의자에 털썩 앉아 있었다.

"어디 몸이 불편하신감유?"

얼마 동안 대답이 없었다. 이블린은 몸을 꼼짝도 않고 가만히 거기에 그냥 앉아 있었고, 마서는 안주인의 가슴이 심하게 오르락내리락하는 모습을 볼 수 있었다.

"어디 불편한 데라도 있나문유?" 그녀가 되풀이해 물었다.

"아냐." 이블린이 천천히 대답했다. "하지만 편지가 있는 장소를 알았어. 이제 그만 가봐, 마서. 내가 알고 있으니까."

이상하다고 생각하며 마서는 물러갔고, 여전히 이블린은 의자에 앉아 있었다. 그 눈언저리의 근육만이 움직이고 있었다. 수축되었다가 이완되고 또다시 수축되었다. 이블린은 이제 편지가 있는 곳을 알고 있었다. 마치 자기가 직접 거기에 갖다 놓은 것처럼 분명히 말이다. 그리고 본능적으로 그리고 의심할 여지없이 그것이 어떤 편지인지도 짐작할 수 있었다. 그것은 광고 전단지처럼 좁고 길었지만 위쪽 한구석에는 큰 글씨로 '육군성(陸軍省)'이라고 쓰여 있었고, 그 밑에 좀 더 작은 글씨로 '공용 우편'이라고 쓰여 있었다. 그것은 커다란 유리그릇 속에 들어 있으며 봉투 겉에는 그녀의 이름이 잉크로 씌어 있고, 그 봉투 속에는 죽은 영혼이 들어 있다는 것을 그녀는 잘 알고 있었던 것이다.

비틀거리며 일어서서 그녀는 책꽂이에 몸을 의지하면서 길을 더듬어 식당을 향해 걸어가 문을 통과했다. 잠시 뒤 전등을 찾아내어 스위치를 켰다.

검은 테를 두른 진홍색의 네모꼴과 푸른 테를 두른 노란

색의 네모꼴로 전등 불빛을 반사하며 그 유리그릇이 놓여 있었다. 육중하고 현란하게 반짝이며, 그로테스크하고도 의기양양한 듯 불길한 모습을 드러낸 채 말이다. 그녀는 앞쪽으로 한 발짝 내디디고 다시 걸음을 멈추었다. 이제 한 발만 더 내디디면 그 그릇의 꼭대기와 안쪽을 훤히 들여다볼 수 있을 것이다. 또 한 발짝 더 앞으로 나가면 흰 종이의 가장자리를 볼 수 있을 것이다. 그리고 또 한 발짝만 내디딘다면, 그녀의 손이 거칠고 차가운 표면에 닿을 것이다.

곧 그녀는 봉투를 뜯어 잘 펴지지 않는 접힌 자리를 더듬거리며 펴서 종이를 눈앞으로 가져갔다. 타이프로 친 페이지가 그녀를 노려보고 대드는 것 같았다. 그러고 나서 마침내 그 종이는 새처럼 팔랑팔랑 바닥에 떨어졌다. 얼마 전까지만 해도 빙글빙글 돌며 윙윙거리는 소리를 내던 집안이 갑자기 쥐 죽은 듯 조용해졌다. 열어 젖혀놓은 현관문을 통해 한 줄기 미풍이 불어오면서 지나가는 자동차 소리를 싣고 왔다. 위층에서 희미한 소리가 들리더니 마침내 책꽂이 뒤의 수도 파이프에서 요란한 소리가 들려왔다. 남편이 수도꼭지를 틀었다 닫은 소리였다.

그리고 바로 그 순간 결국 도널드와는 아무런 관계가 없는 시간인 것만 같았다. 아들이 이블린과 이 차갑고 악의에 찬 아름다운 물건—즉 오래전에 얼굴도 잊어버린 남자로부터 받은 이 원한 담긴 선물—사이에서 갑작스럽게 시작되어 오랫동안 맥 빠진 막간(幕間)으로 계속되어 온 음흉한 시합에서 점수를 기록하는 사람이 아니라면 말이다. 생각에 잠긴 듯 육중하고 수동적인 모습으로 그 그릇은 오랜 세월에 걸쳐 그랬듯이 그녀 집 안 한가운데에 자리 잡고 있었다. 천 개나 되는 눈으로 얼음처럼 차가운 빛을 내뿜고, 그 사악한 빛은 늙지도 않고 변하는 일도 없이 서로서로 하나로 합쳐지면서 말이다.

이블린은 테이블 가장자리에 걸터앉아 무엇에 홀린 듯이 가만히 그것을 바라다보았다. 지금은 미소를, 그것도 잔인하기 짝이 없는 미소를 지으면서 이렇게 말하고 있는 것 같았다.

"자, 어때. 이번에는 너에게 직접 상처를 입힐 필요가 없었어. 애써 그런 짓을 할 것까지도 없었지. 내가 네 아들을 빼앗아 갔다는 것을 너는 알고 있겠지. 내가 얼마나 차갑고 딱딱하고 아름다운지 너는 잘 알고 있을 거야. 왜냐하면 너도 전에는 나처럼 그렇게 차갑고 딱딱하고 아름다웠으니까."

그 유리그릇은 갑자기 뒤집혀지더니 점점 팽창하고 부풀어 올라 마침내 방 위, 집 위에서 찬란하게 반짝이면서 떨고 있는 커다란 천개(天蓋)로 변했다. 사방의 벽이 천천히 녹아 안개가 되는 동안 이블린의 눈에 그것이 그녀로부터 점점 멀어져 밖으로 밖으로 움직이고 있는 것으로 보였다. 그리고 먼 지평선이며 태양이며 달이며 별을 차단하여 그것을 통해 희미하게 보이는 잉크빛 얼룩으로밖에는 보이지 않았다. 사람들은 모두 그 밑을 걸어가고 있었고, 그들에게 통과해 오는 빛은 굴절되고 뒤틀려져 마침내 그림자는 빛처럼 보이고 빛은 그림자처럼 보였다. 그리고 드디어 이 세계의 모든 덮개가 반짝이는 유리그릇의 하늘 아래에서 변해 일그러져 버렸다.

바로 그때 멀리서 우렁찬 목소리가 나지막하고 맑은 종소리처럼 들려왔다. 그 목소리는 유리그릇의 한가운데에서 흘러나와 커다란 벽을 타고 땅으로 내려온 뒤 그녀를 향해 세차게 돌진했다.

"너도 알다시피, 난 운명이야." 유리그릇이 크게 소리쳤다. "네 보잘것없는 계획보다도 힘이 센 운명이란 말이라고. 난 그렇게 될 수밖에 없는 운명이고, 난 네 부질없는 꿈과는 달라. 난 화살처럼 날아가는 시간이며, 아름다움과 충족되지 않는 욕망의 종착역이지. 결정적인 시간을 만들어내는 온갖 우연이며 감지할 수 없는 것들이며, 그 작은 순간들이 모두 내 것이야. 난 어떤 규칙에도 얽매이지 않는 예외이며, 네 힘이 미치지 못하는 한계며, 인생이라는 요리의 양념이란 말이야."

우렁차게 울려 퍼지는 소리가 그쳤다. 메아리는 넓은 땅을 넘어 세계의 경계선인 유리그릇의 가장자리로 굴러가 커다란 측면을 타고 위로 올라가서는 다시 한가운데로 되돌아가더니 그곳에서 잠시 동안 작은 소리로 흥얼거리다가 마침내 사라져버렸다. 그러고 나서 커다란 벽면이 마치 그녀를 덮치기라도 하듯 점점 작아지고 점점 가까이 다가오면서 천천히 그녀를 짓누르기 시작했다. 그녀가 두 손을 꼭 쥐고 차가운 유리가 빠르게 부서지기를 기다리고 있는 동안 그 유리그릇은 갑자기 몸을 뒤틀며 뒤집혀졌다. 그리고 반짝이면서 수수께끼처럼 불가해하게 수백 개의 프리즘으로 가지각색의 온갖 어스레한 빛과 눈부신 빛과 서로 교차하는 빛 그리고 엇갈린 빛을 반사하면서 찬장 위에 다시 놓여 있었다.

현관문을 통해 차가운 바람이 다시 불어왔고, 이블린은 필사적으로 힘을 내어 두 팔을 뻗쳐 그 유리그릇을 껴안았다. 서둘러야 해. 강해져야 해. 그녀는 아플 때까지 두 팔에 힘을 주고 부드러운 살 속의 근육을 긴장시켰고, 있는 힘을 다해 그 유리그릇을 들어 올렸다. 힘을 쓰는 바람에 옷이 벌어진 등 쪽에 차가운 바람이 와 닿는 것이 느껴졌다. 차가운 바람을 느끼며 그쪽으로 돌아서서 그녀는 그 무거운 그릇을 안고 비틀거리며 서재를 빠져나가 현관 쪽으로 향했다. 서둘러야 해. 강해져야 해. 두 팔의 혈관이 둔탁하게 고동치고 두 무릎은 계속 무너져 내리고 있었지만 차가운 유리의 감촉은 그다지 나쁘지 않았다.

현관문을 빠져나가자 이블린은 비틀거리면서 돌계단 위로 나갔다. 그리고 거기서 영혼과 육체의 마지막 힘을 쥐어짜 몸을 반쯤 돌렸다. 그러나 한순간 그녀가 쥐고 있던 유리그릇을 놓으려고 할 때 감각이 없어진 손가락이 투박스러운 유리의 표면에 걸려버렸다. 그 순간 그녀는 발이 미끄러져 균형을 잃고 유리그릇을 두 팔로 안은 채 절망의 소리를 부르짖으며 앞으로 고꾸라졌다. ……땅 아래로…….

도로를 따라 전깃불이 켜졌다. 블록의 훨씬 건너 쪽까지 유리 깨지는 소리가 들렸고, 지나가던 사람들이 이상하게 생각하고 달려왔다. 위층에서는 한 피로에 지친 남자가 선잠에서 깨어났고, 한 소녀가 가위에 눌려 졸고 있다가 홀쩍거렸다. 달빛이 비친 한길에는 움직이지 않는 검은 형체 주위에 수백 개의 프리즘과 각설탕 같은 유리 조각 그리고 유리 파편이 푸른색, 노란 테를 두른 검은색, 노란색, 검은 테를 두른 진홍색의 작은 미광(微光)을 반사하고 있었다.

'분별 있는 일'

1

그 '위대한 미국의 점심 시간'이 되자 젊은 조지 오켈리
는 흥미 있는 듯한 태도로 책상을 신중하게 정돈했다. 주
위 상황에 일의 성패가 달려 있기 때문에 사무실 안의 누
구도 그가 서두르고 있다는 것을 눈치 채게 해서는 안 되
었다. 또한 그가 업무에 신경을 쓰지 않고 700마일이나 떨
어진 곳의 일에 정신이 팔려 있다는 사실을 드러내는 것도
바람직하지 않았다.

그러나 일단 건물 밖으로 나오자 그는 이를 악물고 이따
금씩 타임스 스퀘어[1]를 가득 메우고 군중의 머리 위 20피

---

1) 미국 뉴욕 시의 중앙부에 있는 광장으로 부근에는 극장과 음식점이
   많다.

트가 안 되는 곳에서 어슬렁거리고 있는 초봄의 유쾌한 정오 풍경을 바라보며 달리기 시작했다. 군중은 하나같이 약간 위쪽을 바라보며 3월의 공기를 깊이 들이마셨으며, 태양 빛에 눈이 부셔 하늘에 반사된 자신의 모습을 바라볼 뿐 어느 누구도 다른 사람의 모습을 바라볼 수 없었다.

마음이 700마일 떨어진 곳에 가 있는 조지 오켈리에게는 이런 바깥 풍경이 두렵게 생각되었다. 그는 서둘러 지하철을 타고 95블록을 달리면서 지난 십 년 동안 자신이 성공할 확률이 다섯에 하나밖에 되지 않았다는 것을 여실히 보여주는 차내 광고를 미친 듯이 쳐다보았다. 137번 도로에서 상업 미술에 대한 연구를 끝내고 지하철을 빠져나와 다시 달리기 시작했다. 이번에는 별 볼일 없는 지역 한가운데 자리 잡고 있는 끔찍스러운 고층 아파트의 방 한 칸짜리 집을 향해 달리는, 피곤하지는 않지만 불안한 발걸음이었다.

옷장 위에는 성스러운 종이에 성스러운 잉크로 적은 그 편지가 놓여 있었다. 뉴욕 시내 사람들은 조금만 귀를 기울이면 아마 조지 오켈리의 가슴 뛰는 소리를 들을 수 있었을 것이다. 그는 쉼표와 잉크 자국, 종이 가장자리에 찍힌 엄지손가락 얼룩까지 빠뜨리지 않고 읽었다. 그러고 나서 절망을 느끼며 침대 위에 몸을 던졌다.

그는 지금 곤경에 빠져 있었다. 가난한 사람들의 삶에서 흔히 일어나고 마치 육식조(肉食鳥)처럼 가난을 쫓아다니는 그런 곤경 말이다. 가난한 사람들은 어떻게든 그들 방식대로 실패하기도 하고 성공하기도 하며, 잘못되기도 하고 계속 살아가기도 한다. 그러나 조지 오켈리에게 가난은 너무나 생소한 것이라서 만약 누군가가 그의 경우가 남들과 하나도 다를 것이 없다고 말한다면 그는 아마 깜짝 놀랄 것이다.

이 년 전쯤 그는 매사추세츠 공과 대학[2]을 우등으로 졸업하고 테네시 주 남부에 있는 한 회사에 건설 엔지니어로 취직을 했다. 지금까지 살아오면서 터널이며 마천루며 거대하고 땅딸막한 댐이며, 무희들이 도시만큼 큰 머리에 강철 와이어로 된 스커트를 입고 팔을 잡고 길게 늘어서 있는 것 같은 높은 탑이 세 개 치솟아 있는 교량의 관점에서 모든 것을 생각해 왔다. 조지 오켈리에게는 강의 물줄기와 산의 모양을 바꾸어 사람이 뿌리를 내리지 못한 황무지를 풍요로운 삶의 터전으로 만드는 일이 낭만적으로 보였다. 그는 강철을 사랑했고 꿈속에서도 그의 옆에는 언제나 강철이 있었다. 물처럼 용해된 강철이며, 막대로 된 강철이며, 블록과 빔이며, 형체가 없는 플라스틱 덩어리가 마치 물감과 캔버스처럼 그의 손길을 기다리고 있었다. 그가 지펴놓은 상상의 불길 속에서 아름답고 꾸밈없이 다듬어질 강철은 그야말로 끝이 없었다…….

지금 그는 일주일에 40달러를 받는 보험 회사의 직원으로 그의 꿈은 그로부터 점점 멀어져 가고 있었다. 그를 이런 견딜 수 없는 끔찍스러운 궁지로 몰아넣은 검은 머리의

---

2) 미국 매사추세츠 주 케임브리지에 위치한 사립 명문 공과 대학. 흔히 영어 약어로 'MIT'라고 부른다.

작은 여자가 지금 테네시 주의 한 작은 도시에서 자신을 불러주기만을 기다리고 있었다.

십오 분쯤 지나자 그가 전대(轉貸)해 살고 있는 집주인 여자가 문을 두드리고는 마침 집에 돌아왔으니 점심을 먹지 않겠느냐고 화가 나도록 친절하게 물었다. 그는 고개를 내저으며 거절했지만 그녀로부터 방해를 받자 침대에서 일어나 전보를 썼다.

"편지 받고 실망했음. 바보처럼 겁을 먹고 헤어진다 생각하니 안정을 찾을 수 없음. 왜 지금 당장 결혼할 수 없는지. 모든 일이 다 잘될 것임."

그는 잠시 망설이다가 거의 그의 글씨라고 알아볼 수 없는 글씨로 이렇게 덧붙여 썼다. "어쨌든 내일 6시 도착 예정."

전보문을 다 쓰자 그는 아파트에서 뛰쳐나와 지하철역 근처에 있는 전신국으로 달려갔다. 그가 지금 갖고 있는 재산이라고는 100달러도 채 되지 않았지만 편지 내용을 보면 그녀는 '불안한' 상태에 있었고, 그에게는 달리 선택의 여지가 없었다. 그는 그 '불안한' 이라는 말이 무엇을 뜻하는지 잘 알고 있었다. 그녀는 정신적으로 의기소침한 상태에 있었으며, 그와 결혼해서 가난과 고통의 생활을 겪는다는 생각은 그녀의 애정에 너무나 큰 부담감을 가져다주는 것이다.

조지 오켈리는 평소대로 회사로 달려갔는데, 달린다는 것은 이제 그에게 제2의 천성이 되다시피 하여 지금 그가 겪고 있는 긴장을 가장 잘 보여주는 것 같았다. 그는 곧바로 부장실로 들어갔다.

"체임버스 씨, 말씀드릴 게 있습니다." 그는 숨을 몰아쉬며 말했다.

"그래, 무슨 일인가?" 부장은 한겨울의 유리창같이 차가운 시선으로 잔인할 만큼 아무런 감정 없이 그를 빤히 쳐다보았다.

"나흘간 휴가를 얻었으면 합니다."

"한데, 자넨 두 주일 전에 휴가를 다녀오지 않았나!" 체임버스 씨가 놀라서 말했다.

"그렇습니다." 얼빠진 듯한 젊은이는 그 말에 동의했다. "하지만 한 번 더 휴가를 얻어야겠습니다."

"지난번 휴가 때에는 어딜 갔었나? 고향 집에 갔었나?"

"아닙니다. 제가 간 곳은…… 테네시 주에 있는 어떤 곳이었습니다."

"그럼, 이번에는 어딜 다녀오려고?"

"저, 이번에도…… 테네시에 있는 곳입니다."

"어쨌든 자넨 일관성이 있군." 부장이 아무 감정 없이 말했다. "하지만 자네가 출장 다니는 세일즈맨으로 이 회사에 채용된 줄은 미처 몰랐는데."

"물론 그건 아니지요." 조지가 절망적으로 외쳤다. "하지만 반드시 다녀와야만 합니다."

"좋아." 체임버스 씨가 그의 말에 동의했다. "하지만 회사로 다시 돌아올 필요는 없네. 다시는 회사에 나오지 말라는 말이야!"

"알겠습니다!" 체임버스 씨는 물론이고 자신이 보기에도 놀라울 정도로 조지의 얼굴은 기쁨으로 붉게 상기되었다. 그는 행복감과 희열을 맛보았다. 여섯 달 만에 처음으로 비로소 완전히 자유의 몸이 된 것이다. 고마워 눈물을 글썽이며 그는 체임버스 씨의 손을 세게 움켜잡았다.

"고맙습니다." 그는 벅찬 감정을 억누르지 못하고 말했다. "회사에는 다시 돌아오고 싶지 않습니다. 만약 부장님이 회사에 다시 나와야 한다고 했다면, 아마 전 미쳐버렸을 겁니다. 제 스스로 그만둘 순 없었으니까요. 부장님께 감사드립니다……. 그만두게 해주셔서 말입니다."

그는 너그러운 태도로 손을 흔들면서 큰 소리로 말했다. "사흘치 급료를 받을 게 있습니다만 받지 않겠습니다!" 그러고 나서 그는 사무실을 뛰쳐나왔다. 체임버스 씨는 속기사를 불러 오켈리가 최근 들어 이상해 보이지 않았는지 물어보았다. 지금까지 일을 해오면서 적지 않은 사람을 해고시켰지만, 그들은 하나같이 여러 가지 다른 태도로 그것을 받아들였다. 그러나 이제까지 해고시켜 줘서 고맙다고 인사를 하는 사람은 단 한 명도 없었던 것이다.

2

그 여자의 이름은 존퀼 캐리였다. 그를 발견하고 기차역의 플랫폼을 따라 열렬히 그에게로 달려올 때 그녀의 얼굴처럼 싱그럽고 창백해 보이는 모습을 존 오켈리는 일찍이 본 적이 없었다. 그녀는 그를 향해 두 팔을 벌렸고, 그의 키스를 기다리는 듯 입술을 반쯤 벌렸다. 그러나 갑자기 그리고 가볍게 그를 밀어내고 당황한 듯 주위를 돌아보았다. 조지보다 조금 젊어 보이는 청년 두 사람이 뒤에 서 있었다.

"크래독 씨와 홀트 씨예요." 그녀가 명랑하게 그들을 소개시켰다. "당신이 전에 여기 내려왔을 때 만난 적이 있어요."

키스 대신 소개를 받고 당황하면서 무슨 숨은 의도가 있지나 않나 생각하던 조지는 존퀼의 집까지 타고 갈 자동차가 그 두 청년 중 한 사람의 것이라는 걸 알고는 더욱 혼란스러움을 느꼈다. 차를 타고 가는 동안 존퀼은 앞뒤 좌석을 돌아보며 수다를 떨었다. 석양을 빌미 삼아 그가 한 팔로 그녀의 허리를 감으려고 하자 그녀는 그 대신 재빨리 자신의 손을 잡게 했다.

"이 길이 집으로 가는 길이야?" 그가 속삭이듯 물었다. "처음 보는 길 같은데."

"새로 생긴 길이에요. 오늘 이 차를 산 제리가 집에 데려다 주기 전에 나한테 보여주려는 거예요."

그로부터 이십 분 뒤 존퀼의 집에 도착했을 때 조지는 재회의 첫 행복감, 아까 역에서 그녀의 두 눈동자에 뚜렷이 보였던 기쁨은 차를 타고 오는 바람에 사라져버렸다. 자신이 기대하고 있던 그 무엇인가가 우연이다 싶게 없어졌고, 그는 이런 생각을 하며 두 청년에게 무뚝뚝하게 작별 인사를 했다. 그리고 나서 존퀼이 현관의 흐릿한 전깃불 밑에서 친근하게 그를 끌어안고는 여러 가지 이야기로

(물론 가장 좋은 방법은 아무 말도 하지 않는 것이지만) 얼마나 보고 싶었는지 말해 주자 비로소 그의 울적한 기분이 사라졌다. 그녀의 애정 표시는 그에게 다시 확신을 가져다주었고, 걱정하고 있던 그의 마음에 모든 일이 잘 풀릴 것이라는 기대감을 심어주었다.

마침내 함께 소파에 앉은 그들은 서로의 존재에 압도되어 단편적인 애정 표현 말고는 아무 말도 할 수 없었다. 저녁 식사 때 존퀼의 부모가 나타났고 조지를 보고 반가워했다. 그들은 그를 좋아했고 일 년 전 그가 처음 테네시에 왔을 때 그의 엔지니어 직업에 관심을 갖고 있었다. 그래서 조지가 그 일을 그만두고 무엇인가 빠른 시간 안에 많은 돈벌이를 할 수 있는 일을 찾아 뉴욕에 갔을 때 섭섭하게 생각했다. 그들은 그가 엔지니어 직업을 포기하는 것에 대해 아쉽게 생각하면서도 그를 이해하고 두 사람이 어서 약혼하기를 기대하고 있었다. 저녁 식사 동안 그들은 그의 뉴욕 생활에 대해 물어보았다.

"모든 일이 잘 되어가고 있습니다." 그가 열을 올리며 말했다. "승진도 했고요…… 물론 월급도 올랐죠."

말은 이렇게 하면서도 그는 비참한 기분이 들었다. 그러나 그녀의 부모는 그렇게 흐뭇해할 수가 없었다.

"회사에서 자네를 좋아하는 게 확실해." 캐리 부인이 말했다. "틀림없어…… 그렇지 않고서야 삼 주일 만에 두 번씩이나 여기까지 보내줄 리가 없겠지."

"휴가를 얻어야만 한다고 우겼습니다." 그가 서둘러 변명했다. "보내주지 않으면 회사를 그만두겠다고 했죠."

"하지만 돈을 절약해야지." 캐리 부인이 부드럽게 그를 꾸짖었다. "이렇게 돈 많이 드는 여행에 돈을 모두 써버리면 안 되지."

저녁 식사가 끝났다. 그와 존퀼 둘만 남게 되자 그녀는 다시 그의 팔에 안겼다.

"당신이 같이 있어서 정말 기뻐요." 그녀가 한숨을 쉬며 말했다. "다시 돌아가지 않았으면 좋겠어요."

"나를 정말 보고 싶었던 거야?"

"물론이지요. 아주 많이 많이요."

"그런데도…… 다른 남자들이 자주 찾아와? 아까 두 친구들처럼 말이야?"

그 질문을 받고 그녀는 놀랐다. 검은 벨벳 같은 두 눈으로 그를 쳐다보았다.

"물론 그래요. 언제나 그러는걸요. 글쎄…… 편지에 그렇다고 했잖아요."

그것은 사실이었다. 그가 처음 이 도시에 왔을 때 그녀 주위에는 벌써 열 명도 넘는 남자들이 있었고, 그들은 그녀의 그림같이 곱고 섬세한 모습에 사춘기 소년 같은 숭배를 바치고 있었다. 그리고 그중 몇 명은 그녀의 아름다운 눈이 또한 분별 있고 온화하다고 느끼고 있었다.

"그럼 당신은 내가 아무 데도 가지 않고 집에만 처박혀 있기를 바라는 거예요?" 존퀼은 소파 쿠션에 뒤로 몸을 기댄 채 마치 멀리 떨어진 곳에서 그를 바라보듯이 물었다. "그리고 팔짱을 끼고 앉아 가만히 기다리란 말인가요? 언제까지나 영원히……."

"그게 무슨 뜻이야?" 그는 겁에 질려 말을 얼버무렸다. "당신과 결혼하기에 충분한 돈을 벌지 못할 것이라는 뜻이야?"

"아, 그렇게 성급하게 결론짓지 말아요, 조지."

"성급하게 결론짓는 게 아냐. 당신 말이 그렇잖아."

조지는 갑자기 자신이 위험한 처지에 놓여 있다는 사실을 깨달았다. 그날 저녁을 어떤 일로도 망칠 생각이 없었다. 그는 그녀를 다시 두 팔로 껴안으려고 했지만 그녀는 예상치 않게 그를 뿌리치고는 이렇게 내뱉었다.

"더워요. 선풍기 좀 가져와야겠어요."

선풍기를 틀어놓은 뒤 그들은 다시 자리에 앉았다. 그러나 그는 신경이 아주 곤두서 있어 피하려 했던 이야기를 자신도 모르게 끄집어내고 말았다.

"언제 나와 결혼할 거야?"

"제가 당신과 결혼할 수 있도록 준비는 되어 있나요?"

갑자기 침착성을 잃고 그는 자리에서 벌떡 일어났다.

"제발 그 빌어먹을 선풍기 좀 끄라고!" 그가 소리쳤다. "미치겠어. 째깍거리는 소리로 당신과 함께 있을 시간을 모두 앗아가 버리는 시계와 같단 말이야. 내가 여기 온 것은 행복해지고 뉴욕과 시간에 관해 모든 걸 다 잊고 싶어서였는데……."

갑자기 자리에서 일어선 것처럼 그는 갑자기 다시 자리에 털썩 주저앉았다. 존퀼은 선풍기를 끄고 자기 무릎 위에 그의 머리를 올려놓고는 머리카락을 부드럽게 쓰다듬기 시작했다.

"우리 이렇게 좀 앉아 있어요." 그녀가 부드럽게 말했다. "이렇게 조용히 앉아 있자고요. 그리고 제가 잠들게 해줄게요. 당신은 지금 너무 피곤하고 신경이 예민해져 있어요. 당신의 애인이 당신을 잘 보살펴 줄게요."

"하지만 이렇게 앉아 있긴 싫어." 그는 갑자기 몸을 일으키며 불평을 늘어놓았다. "이렇게 그냥 있기 싫단 말이야. 나에게 키스를 해줘. 그래야만 난 편히 쉴 수 있어. 그리고 어쨌든 지금 난 신경이 날카롭지가 않아……. 신경질적인 것은 오히려 당신이야. 난 전혀 그렇지 않다고."

자신이 신경질적이지 않다는 것을 증명이라도 하듯 그는 소파에서 벌떡 일어나 방 건너편에 있는 안락의자에 가서 털썩 주저앉았다.

"당신과 결혼할 준비가 되어 있는 바로 그때 그런 신경질적인 편지나 써 보내고 말이야. 마치 나에게서 떠나갈 것처럼. 그러니 이렇게 달려오지 않을 수 있겠냐고……."

"오고 싶지 않으면 오지 않아도 괜찮아요."

"하지만 오고 싶은걸!" 그가 따지듯 말했다.

그는 자신이 아주 냉철하고 논리적인데 그녀가 일부러 모든 것을 자기 탓으로 돌리는 것처럼 생각했다. 대화를 나누면 나눌수록 그들은 점점 더 서로에게서 멀어져 갔다. 그래도 그는 자신을 억제하거나 자신의 목소리에서 근심과 고통을 지울 수가 없었다.

그러나 존퀼은 곧 서럽게 흐느껴 울기 시작했고, 그는 소파로 돌아와 그녀를 한 팔로 감싸 안았다. 이번에는 그가 위로하는 입장이 되어 그녀의 머리를 자신의 어깨에 기대게 하고, 그녀가 마음을 진정하고 자신의 두 팔에 안겨 간헐적으로 약간 몸을 떨 때까지 옛날의 친근한 일들을 속삭여 주었다. 저녁 피아노 소리가 집 밖 길거리에 마지막 선율을 쏟아놓는 동안 그들은 한 시간 이상 그렇게 앉아 있었다. 앞으로 닥쳐올 재앙을 예감하면서 무감각 상태에 빠진 조지는 몸을 움직이지도, 무엇인가 생각하지도, 무엇인가 바라지도 않았다. 시계는 11시가 지나고 12시가 지날 때까지 계속 똑딱거릴 것이고, 그러면 캐리 부인이 난간 위에서 부드러운 목소리로 부를 것이다. 그것 말고 그가 생각할 수 있는 것이라고는 오직 내일 닥쳐올 일과 그것에 대한 절망감뿐이었다.

3

이튿날 한낮에 마침내 올 것이 오고 말았다. 그들은 서로 상대방의 진심을 짐작하고 있었지만 둘 중 좀 더 현실을 인정할 준비가 되어 있는 쪽은 그녀였다.

"이런 식으로 계속할 필요는 없어요." 그녀가 비참하게 말했다. "당신이 보험 회사 일을 싫어한다는 건 당신 자신도 잘 알고 있잖아요. 그곳에서는 결코 성공할 수 없을 거예요."

"그게 문제가 아냐." 그가 고집스럽게 말했다. "난 혼자서 해나가는 게 싫은 거야. 당신이 나하고 결혼해서 우리 운명을 함께 개척해 나간다면, 난 무슨 일이든 잘할 수 있어. 하지만 당신을 여기에 두고 걱정하고 있는 한 아무것도 할 수 없단 말이야."

그녀는 이 말에 대답하기 전 한참 동안 굳게 입을 다물고 있었다. 그렇다고 생각에 잠긴 것도 아니었다. 그녀에게는 이미 결말이 보였다. 다만 기다리고 있을 뿐이었다. 왜냐하면 한마디 말이 마지막 결별보다 더 잔인하다는 것을 잘 알고 있었기 때문이다. 마침내 그녀가 입을 열었다.

"조지, 당신을 진심으로 사랑해요. 당신 아닌 다른 누군가를 사랑한다는 건 상상할 수도 없어요. 만약 두 달 전에 당신이 결혼할 준비가 되어 있었더라면 전 결혼했을 거예요……. 하지만 지금은 안 돼요. 그건 분별 있는 일처럼 보이지 않거든요."

그는 거세게 그녀에게 비난을 퍼부었다. 누군가 다른 남자가 있는 모양이라고 말이다. 자기에게 무엇인가를 숨기고 있는 것이 아니고서야!

"아니에요. 당신 말고는 아무도 없어요."

그녀의 말은 사실이었다. 그녀는 조지와의 관계에서 오는 정신적 긴장 때문에 제리 홀트 같은 젊은이들과 어울리며 위안을 찾았지만, 그 젊은이들은 그녀의 삶에 아무런 의미도 없었다.

그러나 조지는 상황을 전혀 받아들이지 않았다. 두 팔로 그녀를 끌어안고 키스를 퍼부어 당장 결혼하도록 만들다시피 했다. 이 일이 실패로 돌아가자 그는 자기 연민에 빠져 오랫동안 혼자 중얼거리다가 그녀의 눈에 자신이 비열한 존재로 비치는 것을 깨닫고서야 그만두었다. 정말 그럴 생각도 없으면서 그녀 곁을 떠나겠다고 위협했다. 그러나 그녀가 막상 그렇게 하는 것이 가장 좋은 방법이라고 말하자 그는 떠나기를 거부했다.

처음 얼마 동안 그녀는 미안하게 생각했지만 그다음부터는 그에게 그저 친절하게 대할 뿐이었다.

"이제 그만 가도록 하세요." 그녀가 마침내 큰 소리로 말했다. 너무 큰 소리로 말하는 바람에 캐리 부인이 놀라 아래층으로 내려왔다.

"무슨 일이 있는 거야?"

"전 지금 떠날 겁니다, 캐리 부인." 조지가 슬픔에 잠겨 말했다. 존퀼은 이미 방에서 나가버렸다.

"너무 언짢게 생각할 필요는 없어, 조지." 캐리 부인은 어찌할 수 없다는 듯 동정 어린 눈으로 그에게 눈을 깜빡였다. 이 작은 비극이 거의 결말이 났다는 사실에 한편으로는 미안함을 느끼고 다른 한편으로는 안도감을 느끼면서 말이다. "내가 자네라면 한두 주일 동안 어머니한테 가 있겠어. 어쩌면 그렇게 하는 것이 분별 있는 일일지도 몰라……."

"아무 말씀도 하지 마세요." 그가 큰 소리로 말했다. "제발 지금은 아무 말도 듣고 싶지 않아요!"

분(粉)과 루주와 모자 속에 슬픔과 불안한 마음을 모두 집어넣은 채 존퀼이 다시 방에 들어왔다.

"택시를 불렀어요." 그녀가 아무 감정을 드러내지 않고 말했다. "기차가 떠날 때까지 우리 드라이브나 해요."

그녀는 현관 밖으로 걸어 나갔다. 조지는 웃옷을 입고

모자를 쓰고 지친 상태로 잠시 홀에 서 있었다. 뉴욕을 떠난 이후 거의 먹은 것이 없었다. 캐리 부인이 다가와 그의 머리를 끌어내려 뺨에 키스를 했다. 일이 끝에 가서 우습게 되어 버렸다는 사실을 깨닫자 그는 아주 우스꽝스럽다는 생각이 들었다. 차라리 엊저녁에 떠났더라면 좋았을걸. 적어도 자존심을 지키고 마지막으로 떠날 수 있었을 텐데 말이다.

택시가 왔고, 한때 연인이었던 두 사람은 차들이 뜸한 거리를 따라 한 시간 동안 드라이브했다. 그는 그녀의 손을 잡았고, 태양이 밝게 빛나자 마음이 좀 더 차분히 가라앉았다. 이제 더 할 일도, 할 말도 없다는 사실을 알았지만 너무 늦은 일이었다.

"다시 돌아올 거야." 그가 그녀에게 말했다.

"그러겠지요." 그녀는 애써 목소리에 유쾌한 믿음을 불어넣으려고 하면서 대답했다. "그리고 우리 서로 편지를 보내기로 해요……. 가끔씩요."

"아냐." 그가 말했다. "우리 편지는 쓰지 말자고. 그건 참을 수 없어. 언젠가 꼭 돌아올 거야."

"당신을 영원히 잊지 않을게요, 조지."

그들은 역에 도착했고, 그녀는 그가 기차표를 살 때 그와 같이 갔다.

"어, 조지 오켈리와 존퀼 캐리잖아!"

그들은 조지가 이 도시에서 일하고 있을 때 알고 지내던 남녀였다. 존퀼은 그들과 인사를 나누게 되어 안도감을 느끼는 것 같아 보였다. 그들은 오 분 동안 쉬지 않고 서서 이야기를 나누었다. 그러고 나서 기차가 요란한 소리를 내며 역에 들어왔고, 조지는 얼굴에 고통의 표정을 제대로 감추지도 못한 채 존퀼에게 두 팔을 내밀었다. 그녀는 그를 향해 불안한 발걸음을 옮겨놓고 마치 우연히 만난 친구를 전송이라도 하듯 재빨리 그의 손을 잡았다.

"잘 가요, 조지." 그녀가 말했다. "즐거운 여행이 되세요."

"잘 가게, 조지. 꼭 돌아와서 다시 한 번 만나자고."

너무 고통스러워 아무것도 눈에 보이지 않는 그는 여행 가방을 들고 어리벙벙한 상태로 기차에 올라탔다.

요란한 종소리가 울리는 건널목을 지나 탁 트인 교외를 통과하여 기차는 기울어가는 황혼을 향해 속력을 내기 시작했다. 그가 그녀의 잠과 더불어 과거 속으로 사라지기 전에 어쩌면 그녀도 그 석양을 바라보면서 잠시 걸음을 멈추고 뒤를 돌아보며 추억에 잠길는지도 모른다. 그러나 그날 밤의 석양은 그의 청춘의 태양과 나무와 꽃과 웃음을 영원히 덮어버릴 것이다.

4

그 이듬해 9월 어느 축축한 오후, 얼굴이 짙은 구릿빛으로 그을린 한 청년이 테네시 주의 한 도시 기차역에 내렸다. 그는 불안한 듯 주위를 둘러보고는 역에 자신을 마중 나온 사람이 아무도 없다는 것을 확인하고 안심하는 것처럼 보였다. 그는 곧장 택시를 타고 그 도시에서 가장 고급 호텔로 가서 만족스럽게 숙박부에 '조지 오켈리, 페루, 쿠스코[3]'라고 적었다.

방으로 올라간 그는 잠시 동안 창가에 서서 낯익은 거리 모습을 내려다보았다. 그러고 나서 약간 떨리는 손으로 수화기를 들어 전화를 걸었다.

"존퀼 양 집에 있습니까?"

"전데요."

"오……." 그의 목소리는 약간 흔들렸지만 곧 평정을 되찾고 다정하면서도 격식을 차린 어조로 말을 이었다.

"나 조지 롤린스야. 내 편지 받았어?"

"네, 오늘쯤 도착하리라고 생각하고 있었어요."

차갑고 침착한 그녀의 목소리에 그는 왠지 불안을 느꼈지만 그가 염려했던 만큼은 아니었다. 그녀의 음성은 전혀 흥분되지 않은 낯선 사람의 목소리로 그를 다시 만나게 되어 반가운 듯했다. 그러나 그것이 전부였다. 그는 수화기를 내려놓고 숨을 돌리고 싶었다.

"우리 못 만난 지…… 꽤 오래되었지." 그는 가까스로 스스럼없는 어조로 말했다. "벌써 일 년이 지났잖아."

그러나 그는 그것이 얼마나 오랜만인지 잘 알고 있었다. 정확히 며칠째인지도 말이다.

"다시 이렇게 이야기를 나누게 되어 정말 기뻐요."

"한 시간 뒤에 그리로 갈게."

그는 전화를 끊었다. 기나긴 네 계절을 지나면서 그는

---

3) 페루 남부의 도시로 고대 잉카 문명의 유적이 남아 있다.

한가할 때마다 이 순간을 기다려왔고, 마침내 지금 바로 그 순간이 온 것이다. 그는 이미 그녀가 결혼했거나 약혼을 했거나 아니면 누군가와 사랑에 빠져 있을지도 모른다고 생각했다. 그러나 그가 돌아온 것에 대해 이렇게 담담할 줄은 미처 생각하지 못했다.

지금까지 그가 겪은 열 달 같은 시간은 이제 그의 삶에서 두 번 다시는 없을 것이다. 그는 젊은 엔지니어치고는 누가 봐도 꽤 훌륭하다고 인정할 만큼 업적을 쌓았다. 현재 보기 드물게 두 군데에서 일자리 제의를 받고 있었는데, 하나는 지금 막 돌아온 페루에서의 일자리였고 다른 하나는 그 결과라고 할 뉴욕에서의 일자리였다. 지금 그는 뉴욕을 향해 가고 있는 중이다. 이렇게 짧은 기간에 그는 가난으로부터 무한한 가능성의 지위로 뛰어오른 것이다.

그는 화장대의 거울을 통해 자신을 바라보았다. 피부가 햇볕에 타서 거의 검은색을 띠고 있었지만 어딘지 낭만적인 분위기를 자아냈다. 그래서 지난 한 주일 내내 자신의 피부색에 대해 생각할 때마다 꽤 기분이 좋은 편이었다. 강건한 체격도 마음에 들었다. 어디에선가 한쪽 눈썹을 일부 잃어버렸고, 무릎에는 아직 고무 붕대를 감고 있지만 그는 아직 젊어 미국으로 오는 기선 안에서 많은 여자들이 자신에게 예사롭지 않은 찬사의 눈길을 보내고 있는 것을 눈치 챌 수 있었다.

물론 그의 차림새는 말이 아니었다. 리마[4]에 있는 한 그

---

4) 페루의 수도.

리스 재단사가 그의 옷을 만들었다. 그것도 이틀 만에 서둘러서 말이다. 젊은 기분에 그는 존퀼에게 보낸 짤막한 편지에서 옷차림이 그렇게 썩 좋지 않다고 설명했다. 그 편지에 덧붙인 내용이라고는 기차역으로 마중 나오지 말라는 부탁뿐이었다.

페루의 쿠스코에서 돌아온 조지 오켈리가 호텔에서 정확히 한 시간 반 기다리는 동안 태양은 하늘의 한가운데 떠 있었다. 그러고 나서 말끔히 면도를 하고 좀 더 백인처럼 보이려고 탤컴파우더[5]를 발랐다. 마지막 순간에 결국 허영심이 낭만적인 생각을 압도했던 것이다. 그는 택시를 타고 그가 잘 알고 있는 그녀의 집으로 향해 출발했다.

그는 몹시 숨을 몰아쉬고 있었다. 자신도 그것을 깨닫고 있었지만 그녀에 대한 감정 때문이 아니라 어디까지나 들뜬 기분 때문이라고 자신을 타일렀다. 그는 이제 이곳에 도착했고, 그녀는 아직 결혼하지 않은 상태에 있었다. 그것이면 충분했던 것이다. 그는 그녀에게 뭐라고 이야기해야 할지 확신이 서지 않았다. 그러나 지금이야말로 그의 삶에서 결코 가볍게 넘겨버릴 수 없는 매우 중요한 순간이라는 것을 잘 알고 있었다. 결국 이 세상에서 젊은 여자가 없는 승리란 있을 수 없는 법이다. 자신이 싸워 얻은 전리품을 그녀의 발아래에 바치지는 못할지라도 적어도 잠깐 동안 그녀가 바라볼 수 있도록 손에 붙잡고 있을 수는 있

---

5) 활석 가루에 붕산 가루와 향료 등을 섞어 만든 것으로 면도 뒤나 땀 나는 것을 막는 데 바른다.

었던 것이다.

그녀의 집이 갑자기 나타났고, 그가 처음 느낀 점은 그 집이 이상하게 실감이 나지 않는다는 것이었다. 실제로 달라진 것이라고는 아무것도 없었다. 아니, 모든 것이 달라져 있었다. 집은 지난번 마지막으로 볼 때보다 작고 초라해 보였다. 지붕 위에 감돌던, 2층의 창문에서 흘러나오던 마법의 구름은 이제 더 찾아볼 수 없었다. 그가 초인종을 누르자 처음 보는 흑인 하녀가 나타나 존퀼 양이 곧 내려올 것이라고 전했다. 그는 초조한 듯 마른 입술을 침으로 적시면서 응접실로 걸어 들어갔다. 그리고 바로 그때 그가 느끼던 비현실감은 더욱더 커졌다. 결국 이 방은 그저 하나의 방일 뿐 그가 그렇게도 비통한 시간을 보냈던 마법에 걸린 방이 아니었다. 그는 의자에 앉으면서도 그것이 그냥 의자일 뿐이라는 사실에 새삼 놀랐다. 자신의 상상력이 이 모든 소박하고 낯익은 사물을 그동안 왜곡하고 아름답게 꾸며왔다는 사실을 깨달았다.

문이 열리고 존퀼이 방에 들어왔다. 그 순간 방에 있던 모든 물건이 갑자기 눈앞에 흐릿하게 보이는 것 같았다. 그녀가 얼마나 아름다웠는지 그는 기억할 수 없었다. 그는 얼굴에 핏기가 없어지고 목소리가 목구멍에 걸려 조그마한 한숨 소리로 줄어드는 것을 느꼈다.

그녀는 엷은 초록색 옷을 입고 있었고, 검고 곧은 머리카락을 왕관처럼 금색 리본으로 묶어놓았다. 그녀는 문에 들어서면서 예전처럼 검은 벨벳 눈으로 그를 바라보았고, 고통을 가져다주는 아름다움의 힘에 공포가 경련처럼 그의 몸을 스치고 지나갔다.

그는 "잘 있었어?" 하고 인사를 했고, 그들은 서로 몇 걸음씩 앞으로 다가가 손을 잡았다. 그러고 나서 꽤 떨어진 의자에 앉아 방을 가로질러 서로를 쳐다보았다.

"돌아왔군요." 그녀가 말했다. 그는 마찬가지로 진부하게 대답했다. "지나는 길에 잠시 만나 보고 가려고 들렀어."

그는 떨리는 목소리를 진정시키기 위해 그녀의 얼굴만을 바라보려고 했다. 뭔가 말을 해야 할 것 같은 의무감을 느꼈지만 곧바로 자신의 성공을 자랑하지 않는다면 달리 아무런 할 말이 없을 듯했다. 지금까지 사귀면서 아무 이야기나 할 정도로 그렇게 허물없는 사이는 아니었다. 이런 경우라면 날씨 이야기도 제대로 꺼낼 수 없을 것 같았다.

"이건 정말 바보 같은 짓이군." 그가 당혹스러운 듯 불쑥 말을 꺼냈다. "도대체 어떻게 해야 할지 모르겠어. 내가 지금 여기에 있는 게 귀찮아?"

"아뇨." 그녀의 대답에서는 과묵함과 함께 매정할 정도로 슬픔이 느껴졌다. 그것이 그를 힘 빠지게 만들었다.

"당신 누구랑 약혼한 거야?" 그가 물었다.

"아뇨."

"그럼 혹시 누구 사랑하는 사람 있어?"

그녀는 고개를 내저었다.

"그렇군." 그는 의자에 몸을 기댔다. 다른 이야깃거리도 꺼낼 것이 없는 것 같았다. 그녀와의 대화는 그가 의도했던 대로 되지 않았다.

"존퀼!" 이번에는 좀 부드럽게 말을 시작했다. "우리 사이에 일어난 일 이후 나는 다시 돌아와 당신을 만나고 싶었어. 내가 앞으로 무슨 일을 하든 당신을 사랑했던 것만큼 어떤 사람도 사랑할 수 없을 거야."

이것은 그가 그동안 연습해 두었던 대사 중 하나였다. 기선을 타고 오면서도 꽤 괜찮은 대사라고 생각했었다. 그것은 그가 언제나 그녀에 대해 느낀 애정에다 자신의 현재 마음 상태에 대한 어물쩍한 태도를 보여주는 표현이었던 것이다. 그러나 지금 이 순간 마치 무거워진 공기처럼 과거 일이 사방에서 그를 에워싸고 있는 시점에서 그 말은 왠지 연극적이고 김빠진 맥주처럼 진부하게 들렸다.

그녀는 아무 말도 하지 않고 꼼짝도 하지 않은 채 모든 의미를 담고 있거나 아무 의미도 담고 있지 않은 표정으로 그에게 시선을 고정시키고 있었다.

"나를 더 이상 사랑하지 않는 거야, 그렇지?" 그가 높낮이가 없는 어조로 물었다.

"그래요."

잠시 뒤 캐리 부인이 들어와서 그의 성공에 대한 이야기를 나누었다.(지방 신문에 그에 관한 기사가 짧게 실렸던 것이다.) 그에게는 여러 감정이 뒤섞여 있었다. 아직도 이 여자를 원한다는 것을 알고 있었고, 과거의 일이 때때로 고개를 쳐든다는 것도 잘 알고 있었다. 그러나 그뿐이었다. 그 밖에는 강하게 밀고 나가고 조심스럽게 지켜보면 어떻게 될지 알게 될 것이다.

"자, 이제 그만." 캐리 부인이 말을 하고 있었다. "두 사람 모두 국화를 키우는 부인을 만나러 가기로 하지. 그 부인은 신문에서 자네 기사를 읽고 나서 나더러 특별히 자네를 꼭 한번 만나보고 싶다고 했다네."

그들은 국화를 키우는 부인을 만나기 위해 집을 나섰다. 길거리를 따라 걸어갔고, 그는 가벼운 홍분을 느끼며 그녀의 보폭이 짧아 그가 발을 내려놓기 전에 그녀의 발이 먼저 땅에 떨어지는 것을 깨달았다. 그 부인은 친절한 사람이었으며, 그 부인이 키우고 있는 국화는 굉장히 소담스러우면서도 아주 아름다웠다. 그리고 정원에는 희고 노랗고 분홍색의 국화가 가득 차 있어 그 사이에 서 있으니 마치 여름으로 되돌아간 것 같은 느낌이 들었다. 그 집에는 국화가 가득한 정원이 두 군데 있었는데 그 사이에 연결 문이 있었다. 그들이 두 번째 정원으로 어슬렁어슬렁 발걸음을 옮길 때 부인이 먼저 문으로 들어갔다.

바로 그때 좀 이상한 일이 벌어졌다. 조지가 존퀼을 먼저 들여보내려고 옆으로 비켜섰지만 그녀는 지나가지 않고 그냥 제자리에 서서 잠시 그를 바라보는 것이었다. 그러나 미소를 짓지 않고 있다기보다는 아무 말도 하지 않고 있었다. 그것은 다만 침묵의 순간이었다. 그들은 상대방의 눈을 바라보면서 짧게 약간 홍분하여 숨을 몰아쉬고 나서 두 번째 정원으로 걸어 들어갔다. 그것이 전부였다.

오후가 저물기 시작했다. 그들은 부인에게 고맙다는 인사를 하고는 천천히 생각에 잠긴 채 나란히 집을 향해 걸었다. 저녁을 먹으면서도 두 사람은 말이 없었다. 조지는 캐리 씨에게 남아메리카에서 겪은 일을 무엇인가 이야기했고, 이럭저럭 앞으로 모든 일이 순조롭게 잘 풀릴 것이라고 말했다.

저녁 식사를 마친 뒤 그와 존퀼은 그들의 사랑이 시작되고 끝을 맺은 그 방에 단둘이서 남게 되었다. 그에게 그날의 기억은 먼 옛날의 일처럼 느껴졌고, 뭐라고 표현할 수 없을 만큼 가슴 아픈 일이었다. 그는 바로 이 소파에 앉아 이제는 다시 느끼지 못할 것 같은 고뇌와 슬픔을 느꼈다. 다시는 그렇게 무기력하거나 그렇게 지치고 비참하고 가난하게 되지 않을 것이다. 그러나 십오 개월 전의 자신에게는 신뢰라든가 따뜻함 같은 것이 있었지만 이제는 그것이 영원히 사라져버렸음을 느낄 수 있었다. 분별 있는 일──그들은 분별 있게 행동을 한 것이었다. 그는 자신의 젊음을 능력과 바꾸었고, 절망으로 성공을 빚어냈다. 그러나 삶은 젊음과 함께 그의 사랑의 신선함까지 앗아가 버리고 말았던 것이다.

"나하고 결혼해 주지 않겠어?" 그가 조용히 물었다.

존퀼은 검은 머리를 가로저었다.

"난 결혼 같은 건 하지 않을 거예요." 그녀가 대답했다

그는 고개를 끄덕였다.

"나 내일 아침에 워싱턴으로 떠나." 그가 말했다.

"아……."

"꼭 가야만 해. 첫차로 뉴욕에 가야 한다고. 도중에 워싱턴에 잠시 들르고 싶어."

"일 때문이군요!"

"아, 아니." 그는 마지못해 알려준다는 듯 대답했다. "꼭 만나봐야 할 사람이 있거든. 정말 친절하게 대해 주던

사람이야…… 내가 그렇게 완전히 녹아웃 되었을 때."

그것은 지어낸 말이었다. 그가 워싱턴에서 만날 사람이라고는 아무도 없었다. 그러나 그는 존퀼을 주의 깊게 살펴보고 있었다. 그녀는 분명히 조금 주춤하는 것 같아 보였고 잠시 두 눈을 감았다가 다시 뜨는 것을 확인할 수 있었다.

"하지만 가기 전에 그동안 있었던 일들을 이야기해 주고 싶어. 어쩌면 우린 다시 만나지 못하게 될는지도 모르니까. 그러니 어쩌면…… 어쩌면 예전처럼 내 무릎 위에 다시 한 번 앉아줄 수 없을까……. 옆에 아무도 없으니까 부탁하는 거야……. 하지만…… 그만둬도 상관없고."

그녀는 고개를 끄덕이고는 곧 그 옛날 지나가 버린 봄에 그녀가 자주 하던 대로 그의 무릎 위에 앉았다. 자기 어깨에 기댄 그녀의 머리, 그리고 그녀의 낯익은 몸매를 느끼자 갑자기 전율처럼 감정이 북받쳐 왔다. 그녀를 붙잡고 있는 두 팔이 그녀를 점점 꼭 죄는 경향이 있기 때문에 그는 뒤로 기대어 생각에 잠긴 채 나지막한 목소리로 공중에 대고 이야기를 하기 시작했다.

그는 절망에 빠져 있던 뉴욕에서의 두 주일에 대해 이야기했다. 월급은 그다지 많지 않았지만 마음에 드는 저지 시티[6]에 있는 건설 회사를 그만두었다. 페루의 일자리를 처음 제의받았을 때 그는 그것이 그렇게 특별한 기회라고

---

6) 뉴저지 주 북동부의 항구 도시. 허드슨 강을 사이에 두고 뉴욕 시와 마주 보고 있다.

생각하지 않았다. 탐사단의 3등 보조 엔지니어로 고용되어 측량 조수와 측량사 여덟 명을 포함하여 모두 열 명의 미국인만이 쿠스코에 도착했다. 탐사 대장은 열흘 만에 황열병(黃熱病)으로 사망했다. 바로 그것이 기회로 바보가 아니라면 어느 누구도 놓칠 수 없는 절호의 찬스였다.

"바보가 아니면 놓칠 수 없었다고요?" 그녀가 순진하게 그의 말을 가로막았다.

"심지어는 바보라도 말이야." 그가 계속 말을 이어나갔다. "그건 정말 엄청난 기회였지. 그래서 나는 곧바로 뉴욕으로 전보를 쳤고……."

"그랬더니요?" 그녀가 다시 말을 가로막았다. "당신이 기회를 잡아야 한다는 전보가 왔나요?"

"그렇게 해야 한다고 하는 거지 뭐야!" 그는 여전히 고개를 뒤로 젖힌 채 큰 소리로 말했다. "내가 그 일을 계속해야 한다고 했어. 어물거리며 낭비할 시간이 없다고."

"단 일 분의 여유도요?"

"전혀 없었지."

"시간도 없었단 말이에요, 그럴……?" 그녀가 캐물었다.

"무슨 시간 말이야?"

"이봐요."

그는 갑자기 머리를 번쩍 앞으로 숙였고, 그 순간 존퀼도 그에게 몸을 가까이 숙였다. 그녀의 입술이 마치 꽃봉오리처럼 반쯤 벌어진 채 말이다.

"맞아." 그가 그녀의 입술에 대고 속삭였다. "세상에 시간은 얼마든지 있지……."

세상에는 시간이 얼마든지 있었다. 그의 시간과 그녀의 시간 말이다. 그러나 그녀의 입술에 키스하는 순간, 그는 아무리 영원히 찾아 헤매더라도 잃어버린 4월의 시간은 절대로 되찾을 수 없다는 사실을 깨달았다. 두 팔의 근육이 저려올 때까지 그녀를 꼭 껴안을 수도 있었다. 그녀야말로 갖고 싶은 고귀한 그 무엇으로, 분투해 마침내 자기 것으로 만들었다. 그러나 그 옛날 어스름 속에서나 산들바람 살랑거리던 밤에 주고받은 그 속삭임은 이제 다시는 되찾을 수 없을 것이다…….

그래, 갈 테면 가라, 그는 생각했다. 4월은 흘러갔다. 이제 4월은 이미 지나가 버렸다. 이 세상에는 온갖 종류의 사랑이 있건만 똑같은 사랑은 두 번 다시 없을 것이다.

부잣집 아이

1

한 개인에 대해 생각하다 보면 자신도 모르게 하나의 유형(類型)을 만들어내고 있다는 것을 깨닫게 된다. 한편 어떤 유형을 먼저 생각하면 아무것도, 그야말로 아무것도 만들어내지 못한다는 것을 알게 된다. 그것은 우리 모두가 유별난 괴짜이기 때문이다. 얼굴 생김새나 말투의 배후에 사람들이 알아주기를 바라거나, 아니면 우리 스스로 알고 있다고 생각하는 모습보다 더 유별난 면을 지니고 있기 때문인 것이다. 자기 자신을 '평범하고 정직하며 개방적인 사람'이라고 소개하는 사람을 만날 때마다, 나는 그가 뭔가 분명하고도 어쩌면 아주 끔찍한 비정상적인 점을 가지고 있는 나머지 그것을 감추려고 하고 있다는 확신이 든다. 그러니까 평범하다, 정직하다, 개방적이다 하는 단언

214

은 말하자면 범죄 은닉을 생각나게 해주는 그의 방법인 셈이다.

이 세상에 유형 같은 것은 없으며, 똑같은 것이 두 개 이상 존재하지도 않는다. 지금 여기에 부잣집 젊은이가 한 사람 있는데, 지금부터 내가 이야기하려는 것은 그 청년의 이야기일 뿐 그의 형제들에 관한 이야기는 아니다. 나는 태어나서 지금까지 그의 형제들 사이에서 살아왔지만 그 청년은 나의 친구였다. 더구나 만약 내가 그의 형제들에 대한 이야기를 쓰려고 한다면, 지금까지 가난한 사람들이 부자들에 대해 갖고 있는 모든 오해나, 부자들이 자신들에 대해 말한 역시 거짓된 것을 비판하는 일부터 시작해야 마땅할 것이다. 부자들은 그렇게 터무니없는 세계를 이미 세워놓았기 때문에 그들에 관한 책을 손에 들 때면, 우리는 본능적으로 이제 현실과 동떨어진 이야기를 읽게 되겠구나 하고 생각하게 된다. 심지어 그동안 인생을 재치 있고 감동적으로 묘사한 사람들마저도 부자들의 세계를 마치 동화의 나라처럼 비현실적인 것으로 그려왔던 것이다.

아주 돈이 많은 부자들에 대해서 한마디 해야겠다. 그들은 당신이나 나 같은 사람들과는 다르다. 그들은 일찍부터 많은 것을 소유하고 즐기며, 그런 생활이 그들에게 뭔가 영향을 끼친다. 우리가 까다롭게 구는 일을 그들은 부드럽게 대하며, 우리가 신뢰를 보일 때 그들은 냉소적인 태도를 취한다. 부자로 태어나지 않고서는 그것을 이해하기 아주 어렵다. 마음속 깊이 그들은 자신들이 우리보다 우월한 존재라고 생각하고 있는데, 그 이유는 그들과 달리 우리네 보통 사람들은 삶의 보상과 피난처를 우리 스스로 찾아야 하기 때문이다. 심지어 우리 보통 사람들과 똑같은 형편으로 전락하거나 또는 우리보다 더 밑바닥으로 떨어지더라도 여전히 자신들이 우리보다 더 낫다고 생각한다. 어찌되었든 그들은 우리와는 근본적으로 다른 족속이다. 그러므로 앤슨 헌터라는 젊은이를 묘사할 수 있는 유일한 방법은 그가 마치 낯선 외국인인 것처럼 접근하고 이런 나의 관점을 끝까지 고수하는 것이다. 만약 잠시라도 그의 관점을 받아들이게 되면 나는 끝장이다. 결국 황당무계한 영화 같은 것 말고는 아무것도 보여주지 못하게 될 것이다.

2

앤슨은 언젠가는 1500만 달러의 재산을 분할 상속받게 될 여섯 남매 중 장남이었다. 그가 철이 들 나이가 된 것은——그게 일곱 살이던가?——대담한 젊은 여성들이 벌써 전기 '가동 장치'[1]를 타고 뉴욕의 5번 가(街)를 따라 미끄러져 가던 20세기 초엽이었다. 이 무렵 그와 그의 남동생에게는 아주 정확하고 또렷하며 우아한 영어를 구사하는 영국인 가정교사가 있었고, 그래서 그들도 이 가정교사와 같은 말씨를 사용하며 자랐다. 우리가 쓰는 말처럼 이것저

---

1) 오늘날의 자동차를 가리킨다. 미국 포드 자동차 회사가 처음 만든 '모델 T' 자동차가 유행하기 시작한 것은 1920년대 초엽이었다.

것 뒤섞인 말씨와는 달리 낱말과 문장이 산뜻하고 명확했다. 영국 아이들과 똑같이 말했다는 것이 아니라, 뉴욕 시의 상류 사회 사람들이 구사하는 독특한 말씨를 익혔다는 뜻이다.

여름이 되면 여섯 남매는 71번 도로의 저택에서 코네티컷 북부에 있는 커다란 별장으로 보내졌다. 그곳은 상류층 사람들에게 어울리는 화려한 곳은 아니었다. 앤슨의 아버지는 아이들에게 인생의 그러한 면을 가능한 한 늦게 알려주고 싶었던 것이다. 그는 뉴욕 사회의 구성원인 자신의 부류 사람들보다 다소 우월했고, 속물스럽고 허울 좋은 저속함이 판치던 이른바 '도금(淘金) 시대'[2]를 살았던 사람들보다는 조금 더 우월했다. 그리고 그는 자신의 아들들이 어떤 일에든지 전념하는 습관을 익히고, 건강한 육체와 올바른 품행으로 성장하여 성공하기를 바랐다. 그래서 그들 내외는 두 아이가 학교에 입학해 집을 떠날 때까지 온 주의를 기울였지만 대저택에서 그것은 쉬운 일이 아니었다. 나의 어린 시절처럼 작고 중간 크기의 집에서라면 이보다 훨씬 쉬웠을 것이다. 나는 한번도 어머니의 목소리가 들리지 않는 곳에 있어본 적이 없었고, 어머니의 존재가 느껴지지 않는 곳에 있어본 적이 없었으며, 어머니의 찬성이나 비난에서 한번도 벗어난 적이 없었다.

---

2) 남북 전쟁 이후 산업화와 공업화가 본격적으로 진행되면서 미국 사회는 경제적으로 막강한 부를 축적하였고, 이때 자본가들과 재산가들이 많이 나타났다.

앤슨이 자신의 우월성을 처음 느낀 것은 코네티컷의 시골 마을 사람들이 미국식으로 반쯤 투덜거리면서 자신에게 경의를 표한다는 것을 깨달았을 때였다. 같이 놀던 아이들의 부모가 언제나 그의 부모의 안부를 물었고, 자기 아이들이 헌터 집안의 별장에 초대되기라도 하면 어딘지 모르게 흥분하는 모습이었다. 앤슨은 그것을 당연한 것으로 여겼고, 자기가 주인공이 될 수 없는(돈에서나 지위에서나 권위에서나 말이다.) 모든 집단에 대해서는 조바심 같은 것을 느꼈고, 이러한 느낌은 평생 동안 계속되었다. 우위를 차지하기 위해서 다른 아이들과 다투는 것을 경멸했다. 그는 그것이 당연히 저절로 자기에게 주어져야 한다고 생각했고, 그렇지 않을 때에는 자기 가족 속으로 물러났던 것이다. 그의 가족만으로도 충분했다. 왜냐하면 동부에서는 그때까지도 돈이 어느 정도 봉건적인 성격을 지니고 있는 데다가 가문을 형성하는 것이었기 때문이다. 한편 속물적인 서부에서라면 재력은 가족들을 분리시켜 여러 '패거리'를 만들어낼 것이다.

열여덟 살 때 뉴헤이번[3]에 오게 되었을 때 앤슨은 키가 크고 몸집이 좋았으며, 어릴 때부터 학교에서 규칙적으로 생활을 해왔기 때문에 혈색이 좋고 건강했다. 머리에는 노란 머리카락이 이상하게 자라고 있었고 코는 매부리코였

---

3) 미국 코네티컷 주에 있는 명문 사립 대학인 예일 대학교를 가리킨다. 20세기 초엽 명문 사립 대학생들은 이렇게 학교가 위치해 있는 장소로 모교를 가리키곤 했다.

다. 이 두 가지 때문에 미남과는 거리가 있었다. 그렇지만 자신감에서 풍겨 나오는 매력과 함께 좀 무뚝뚝한 태도 때문에 길에서 마주치는 상류 계급의 남자들은 그가 부호의 아들이며 일류 명문 학교 출신이라는 것을 묻지 않고도 금방 알 수 있었다. 그러나 바로 이런 우월감 때문에 그는 학교에서는 성공하지 못했다. 독립성은 이기주의로 오해를 받았으며, 예일 대학교의 규범을 경외심을 갖고 적절히 받아들이지 않은 탓에 그 규범을 따르고 있던 학생들을 무시하는 것처럼 보였다. 그 때문에 그는 졸업을 한참 앞두고 생활의 근거지를 뉴욕으로 옮기기 시작했다.

뉴욕에서 그는 편안함을 느꼈다. 그곳에는 '오늘날에는 이제 더 구할 수 없는 유형의 하인들'이 있는 자기 집이 있었다. 그리고 자신의 가족이 있었는데 타고난 유머 감각과 교묘하게 일을 처리해 나가는 능력 덕분에 빠르게 중심적인 역할을 맡게 되었다. 또한 그곳에는 처녀들이 사교계에 처음 데뷔하는 파티가 있었고, 품행이 방정한 남성들만의 세계라고 할 남자 클럽도 있었으며, 때로는 예일 대학생들이 먼발치에서밖에 볼 수 없는 화려한 여자들과 신바람 나게 놀아나는 모임도 있었다. 그가 꿈꾸고 있던 미래란 평범하기 그지없었다. 장차 결혼하리라는 나무랄 수 없는 조짐도 포함되어 있었다. 그러나 '이상'이니 '환상'이니 하는 다양한 이름으로 알려진 그런 안개처럼 막연한 것이 없다는 점에서 그의 꿈은 대부분의 다른 청년들의 그것과는 달랐다. 앤슨은 거액의 재산과 사치의 세계며, 이혼과 방탕의 세계며, 속물과 특권의 세계를 별다른 유보 없이 그대로 받아들였다. 우리네 인생은 대개 타협으로 끝장이 난다. 그러나 그의 인생은 거꾸로 타협에서 시작했던 것이다.

내가 그를 처음 만난 것은 그가 예일 대학교를 막 졸업한 1917년의 늦여름으로 우리 모두와 마찬가지로 그도 전쟁[4]이라는 조직화된 히스테리의 회오리에 휘말리게 되었다. 그는 해군 항공대의 청록색 제복을 입고 펜사콜라[5]에 내려왔고, 그곳에서는 호텔의 오케스트라가 「여보, 미안해요」를 연주했으며, 젊은 장교인 우리들은 아가씨들과 함께 춤을 추었다. 모두가 하나같이 그를 좋아했으며, 그는 술꾼들과 어울려 다녔고 조종사로서 특별히 능력이 뛰어난 것도 아니었지만 교관들조차 그를 어느 정도 예의로써 대했다. 언제나 자신감 넘치는 태도와 논리적인 어조로 교관들에게 장황한 이야기를 늘어놓았다. 결국 곧 닥쳐올 어떤 곤경에서 자신을 모면하거나 그보다는 더 자주 다른 장교를 모면해 주는 것으로 끝나는 그런 이야기였다. 그는 쾌활하고 외설적이고 지칠 줄 모르게 쾌락을 추구하는 사람이었고, 그래서 그가 보수적이고 얌전한 편인 아가씨와 사랑에 빠졌을 때 우리는 모두 놀라지 않을 수 없었다.

폴라 르잰더라는 그 아가씨는 캘리포니아 주 어느 도시 출신으로 피부가 가무잡잡하고 차분한 느낌을 주는 미인이

---

4) 제1차 세계 대전을 가리킨다.
5) 플로리다 주 북서부의 항구 겸 휴양 도시. 해군 항공대 기지가 있고 처음 입대한 사람은 이곳에서 훈련을 받았다.

었다. 그녀의 가족은 펜사콜라 교외에 겨울 별장을 갖고 있었고, 새침한 편이었지만 그녀는 남자들 사이에서 아주 큰 인기를 끌고 있었다. 대다수의 남자들은 이기적이어서 여성의 유머 감각을 참지 못한다. 그러나 앤슨은 그런 부류의 남자는 아니었다. '진지한' 성격을 지닌 그녀가—그녀에게 잘 어울리는 말이었는데—어떻게 예리하고 다소 냉소적인 성격의 소유자에게 마음이 끌렸는지 나로서는 이해가 가지 않았다.

어쨌든 두 사람은 사랑에 빠졌다. 그것도 그녀가 원하는 대로 말이다. 그는 이제 더 '드 소토' 바에서 열리는 저녁 모임에 참석하지 않게 되었고, 두 사람이 함께 있을 때에는 언제나 몇 주일이라도 계속할 것 같은 진지하고 긴 대화에 몰두했다. 그러나 훨씬 나중에 그가 말해 준 바에 따르면, 그들은 어떤 특별한 화제를 두고 이야기를 나눈 것이 아니라 그저 유치하고 심지어 의미 없는 대화를 나누었을 뿐이었다. 점점 그 대화를 메우게 된 감정의 내용은 언어에서 비롯했다기보다는 오히려 대단한 진지함에서 비롯한 것이었다. 말하자면 마치 최면술에 걸린 것 같았다고나 할까. 때로 그들의 대화는 중단되고 우리가 농담이라고 부르는 맥없는 해학에 자리를 양보하기도 했다. 그러다가 다시 단둘이 있게 되면 원상태로 돌아가서 서로의 느낌과 감정에서 서로에게 일체감을 주도록 진지하고 나지막한 목소리로 음조를 맞추는 것이었다. 그들은 대화를 방해받는 것을 싫어하게 되었고, 주위에서 일어나는 우스운 일에도 시큰둥했으며, 심지어 동료들이 가볍게 비꼬는 말에도 무관심했다. 대화가 계속되는 한 그들은 행복했고, 그런 진지함 때문에 그들은 옥외에서 타오르는 불처럼 호박색 빛으로 이글거렸다. 마지막에 이르러 대화가 중단되었지만 그들은 그것에 대해 그다지 화를 내지 않았다. 그것은 격정 때문에 중단되기 시작했던 것이다.

참으로 이상한 일이었지만 앤슨은 그녀 못지않게 대화에 깊이 빠져 있었고 마찬가지로 깊은 영향을 받고 있었다. 그러면서도 동시에 자기 쪽으로서는 불성실한 면이 많았고, 그녀 쪽으로서는 단순한 면이 많았다는 사실을 잘 알고 있었다. 처음에 그는 그녀의 단순한 감정을 우습게 여겼지만 사랑하는 동안 그녀의 본성이 점점 깊이를 더해 가면서 활짝 꽃을 피우게 되자 더 이상 그것을 경멸할 수 없었다. 오히려 폴라의 포근하고 안전한 삶 속으로 들어갈 수 있다면 자신이 행복할 수 있을 것이라고 느꼈다. 그들이 나눈 대화라는 긴 사전 준비가 어떤 장애물이라도 극복하게 해주었다. 그는 좀 더 대담한 여자들로부터 배웠던 어떤 것을 그녀에게 가르쳐주었고, 그녀는 넋을 잃고 황홀하게 이에 응했다. 어느 날 밤 댄스파티가 끝난 뒤 두 사람은 결혼하기로 약속했고, 앤슨은 어머니에게 그녀를 소개하는 긴 편지를 썼다. 이튿날 폴라는 그에게 자신이 부자이며 100만 달러에 가까운 개인 재산을 가지고 있다는 사실을 고백했다.

3

  그것은 마치 그들이 "우리는 둘 다 아무것도 갖고 있는
것이 없어. 우린 함께 가난할 거야."하고 말하는 것과 같
았다. 그 대신 그들은 부자라는 사실에 마찬가지로 기뻐했
다. 그 사실은 그들에게 손을 잡고 함께 모험을 떠난다는
느낌을 주었다. 그러나 4월에 앤슨이 휴가를 받아 폴라와
그녀의 어머니가 그를 따라 뉴욕에 갔을 때, 그녀는 그의
집안이 뉴욕에서 차지하고 있는 위치와 그들이 살고 있는
규모에 큰 인상을 받았다. 앤슨이 어린 시절 뛰어놀았던
방에서 그와 단둘이 있게 된 폴라는 마치 아주 안전하고
누가 돌봐주고 있는 듯한 편안함을 느꼈다. 처음 다닌 학
교에서 둥근 모자를 쓴 앤슨의 사진이며, 언제인지 전혀
기억이 나지 않는다는 어느 여름날 여자 친구와 함께 말을
타고 찍은 사진이며, 어느 결혼식에서 신부의 들러리들과
결혼식 안내를 맡았던 친구들과 즐겁게 어울려 찍은 사진
을 보면서 폴라는 자신과 다른 그의 과거 삶에 질투를 느
꼈다. 또한 그의 권위적인 태도를 이런 소유물이 너무나도
완벽하게 요약해 주며 상징해 주고 있는 것 같았기 때문
에, 그녀는 지금 당장에라도 결혼해서 그의 아내가 되어
펜사콜라로 돌아가고 싶은 기분이 들었다.

  그러나 곧바로 결혼할 계획은 거론되지 않았다. 심지어
약혼한 사실조차 전쟁이 끝날 때까지 숨기기로 했다. 앤슨
의 휴가가 앞으로 이틀밖에 남지 않았다는 것을 깨달았을
때, 폴라의 불만은 자신이 그런 것처럼 그도 이제 더 기다

릴 수 없다는 기분이 들도록 해주겠다는 다짐으로 구체화되었다. 두 사람은 시골에서 열리는 만찬회에 참석하려고 자동차를 몰고 가고 있었고, 그녀는 그날 밤에 이 문제를 결말지어야겠다고 마음먹었다.

그런데 그때 리츠 호텔에는 폴라의 사촌 하나가 그들과 함께 묵고 있었다. 엄격하고 적의에 찬 그녀는 폴라를 좋아하면서도 인상적인 약혼에 약간 질투를 느끼고 있었다. 폴라가 옷을 입느라고 시간을 끄는 동안 파티에 가지 않기로 되어 있는 사촌이 스위트룸의 응접실로 앤슨을 맞아들였다.

앤슨은 5시에 친구들을 만나 그들과 함께 한 시간 동안 분별없이 술을 잔뜩 마셨다. 예일 클럽[6]에서 제시간에 출발했고, 그의 어머니의 운전기사가 그를 리츠 호텔까지 태워다 주긴 했지만, 술에 강한 그의 평소 실력은 드러나지 않았고, 더구나 응접실에는 스팀이 잘 들어와 더웠기 때문에 갑자기 취기가 돌았다. 자신이 취해 있다는 사실을 잘 알고 있는 그는 미안한 생각도 들었지만 동시에 재미있기도 했다.

폴라의 사촌은 나이가 스물다섯 살이나 되었지만 너무 순진해 처음에는 무슨 일인지 미처 깨닫지 못했다. 그녀가 앤슨을 만난 것은 그때가 처음이었고, 그가 꼬부라진 혀로 괴상한 말을 중얼대고 의자에서 미끄러져 떨어질 뻔하는

---

6) 예일 대학교 출신들이 주로 사용하는 사교 클럽. 뉴욕 시 맨해튼의 밴더빌트 가와 44번 도로에 위치해 있다.

것을 보고 깜짝 놀랐다. 그러나 폴라가 응접실로 나와서야 비로소 제복에서 풍기는 드라이클리닝 냄새가 사실은 위스키 냄새였다는 사실을 깨달았다. 그러나 폴라는 응접실에 나타나자마자 금방 알 수 있었다. 어머니에게 들키기 전에 앤슨을 밖으로 데리고 나가야 한다는 생각밖에는 없었다. 폴라의 두 눈에 나타난 놀란 표정을 보고 사촌도 사태를 알아차렸다.

폴라와 앤슨이 리무진을 타려고 내려와 보니 차 안에는 두 남자가 술에 곯아떨어져 잠을 자고 있었다. 그들은 예일 클럽에서 그와 함께 술을 마신 친구들로 파티에 같이 가기로 되어 있었다. 그러나 앤슨은 그들을 차 속에 두고 온 것조차 까맣게 잊고 있었다. 헴스테드[7]로 가는 도중에 그들은 잠에서 깨어나 노래를 불렀다. 어떤 노래는 상스러웠고, 폴라는 앤슨이 말을 가리지 않고 함부로 하는 사실을 감수하려고 애썼지만 수치심과 불쾌감으로 입을 굳게 다물고 있었다.

한편 호텔에서는 당황하고 흥분되어 있던 사촌이 조금 전의 사건을 곰곰이 생각하고 나서 르잰더 부인의 침실에 걸어 들어가 "그 사람 좀 이상하지 않나요?" 하고 말했다.

"이상하다니, 누가 말이냐?"

"있잖아요…… 헌터 씨 말이에요. 너무 이상하게 보였어요."

르잰더 부인이 그녀를 날카롭게 쳐다보았다.

---

7) 미국 뉴욕 주 롱아일랜드 한중간에 있는 마을.

"어떻게 이상하다는 거야?"

"글쎄, 자기가 뭐 프랑스 사람이라나요. 전 그 사람이 프랑스 사람인 줄은 몰랐거든요."

"말 같지도 않은 소리 마라. 네가 오해하고 있는 거겠지." 그녀가 미소를 지으며 대꾸했다. "농담으로 한 말일 거다."

그러나 사촌은 완강하게 고개를 내저었다.

"그렇지가 않아요. 분명히 프랑스에서 자랐다고 했어요. 영어는 전혀 못한대요. 그래서 저하고는 이야기를 나눌 수 없다고 했어요. 그리고 실제로 영어를 못하지 뭐예요!"

폴라의 사촌이 생각에 잠긴 듯 "어쩌면 술에 몹시 취해서 그랬는지도 모르지요." 하고 덧붙이고 방 밖으로 나가자 르잰더 부인은 초조한 듯이 얼굴을 돌렸다.

이 이상야릇한 얘기는 거짓말이 아니었다. 목이 막히고 혀가 꼬부라져서 발음이 잘 안 되는 것을 깨달은 앤슨은 평소답지 않게 영어를 못한다고 핑계를 댔던 것이다. 뒷날 몇 년이 흘러서도 그는 이 이야기를 자주 하곤 했는데, 그럴 때마다 그 일을 기억하며 폭소를 터뜨리곤 했다.

르잰더 부인은 그 뒤 한 시간 동안 다섯 번이나 헴스테드에 전화를 걸려고 애썼다. 전화가 겨우 연결이 된 뒤에도 폴라와 통화를 할 때까지 십 분이나 기다려야 했다.

"네 사촌 조한테 들었는데, 앤슨이 술에 취해 있었다면서."

"어머, 아니에요……"

"아냐, 맞아. 조 말로는 취했다고 그러더구나. 자기가 프랑스 사람이라고 하고, 의자에서 떨어지고, 몹시 취한 사람처럼 행동했다더라. 너 그 사람과 함께 집에 돌아오지 않았으면 좋겠다."

"엄마, 그이는 괜찮단 말이에요! 제발 걱정하지 마세요……."

"하지만 걱정이 되는걸. 불쾌하다는 생각이 드는구나. 그 사람과 같이 집에 돌아오지 않겠다고 약속하거라."

"엄마, 제가 알아서 할게요……."

"그 사람 데리고 돌아와선 안 된단 말이다."

"엄마, 잘 알았어요. 그럼 안녕히 계세요."

"폴라, 반드시 그렇게 해야 한다. 누구 다른 사람한테 데려다 달라고 부탁해라."

폴라는 조심스럽게 귀에서 수화기를 떼고 내려놓았다. 어찌할 수 없는 당혹스러움으로 그녀의 얼굴이 붉게 상기되었다. 앤슨이 2층 침실에 쓰러져 자고 있는 동안, 아래층에서는 파티가 맥이 빠진 채 거의 끝나가고 있었다.

한 시간가량 차를 타고 오는 동안 앤슨은 어느 정도 술에서 깨어났다. 그의 도착은 유쾌할 뿐이었다. 폴라는 이런 정도라면 오늘 밤을 망치지 않고 보낼 수 있지 않을까 하고 기대했지만, 식사 전에 경솔하게 마신 칵테일 두 잔이 그만 사태를 엉망으로 만들어버리고 말았다. 그는 참석한 사람들을 향해 십오 분 동안 큰 소리로 좀 무례하게 떠들어대다가 소리 없이 그대로 테이블 밑으로 미끄러져 버렸던 것이다. 그 모습이 꼭 오래된 판화에 나오는 사나이같았다. 그러나 옛 판화와는 달리 흥미를 끌기보다는 끔찍한 모습이었다. 참석한 젊은 여자 중 아무도 그 사건에 대해 뭐라고 말하지는 않았다. 차라리 아무 말도 하지 않는 편이 나아 보였던 것이다. 그의 숙부와 다른 남자 두 사람이 그를 2층으로 업고 올라갔고, 폴라가 어머니로부터 전화를 받은 것은 바로 그 직후였다.

한 시간 뒤 앤슨은 안개처럼 몽롱한 고통을 느끼며 눈을 떴고, 그런 가운데 잠시 뒤 문가에 서 있는 로버트 숙부의 모습을 알아보았다.

"……좀 괜찮냐고 물었다."

"뭐라고요?"

"그래, 기분이 좀 나아졌느냐, 이 녀석아?"

"죽을 맛이에요." 앤슨이 대답했다.

"브로모셀처 약을 더 줄까 한다. 만약 토하지 않고 삼킬 수만 있다면 잠드는 데 도움이 될 게다."

앤슨은 힘들게 침대에서 두 다리를 내려 자리에서 일어났다.

"괜찮아요." 그가 힘겨운 목소리로 말했다.

"무리하지 마라."

"브랜디를 한잔 주시면 아래층까지 내려갈 수 있겠는데요."

"아니, 안 된다……."

"괜찮습니다. 그것밖엔 없어요. 이제 좀 나아졌거든요……. 아래층에 있는 사람들을 볼 낯이 없겠는데요."

"그들도 네가 좀 취했다는 건 다 알고 있어." 그의 숙부가 나무라는 듯한 말투로 말했다. "하지만 걱정할 건 없다. 스카일러는 여기에 오지도 못했어. 그 녀석은 링크스 클럽의 라커 룸에서 그만 뻗어버렸으니까."

폴라 외의 다른 사람이 어떻게 생각하든 관심이 없는 앤 슨은 그래도 엉망이 되어버린 그날 저녁을 조금이라도 수습해 보려고 마음먹었다. 그러나 그가 냉수 샤워로 정신을 차리고 아래층으로 내려갔을 때에는 파티 손님은 이미 대부분 돌아간 뒤였다. 폴라는 즉시 집으로 돌아가려고 자리에서 일어났다.

리무진 안에서 예전처럼 심각한 대화가 시작되었다. 폴라는 앤슨이 술을 좋아한다는 것은 알고 있었지만 이런 식이라고는 전혀 예상하지 못했다. 어쩌면 두 사람은 결국 서로 어울리는 상대가 아닌 것 같았다. 그들의 인생관 따위도 너무 다르고 말이다. 그녀가 말을 마치자 이번에는 앤슨이 말짱한 정신으로 말했다. 그리고 나서 폴라는 오늘밤의 일을 곰곰이 생각해 보아야겠다고 말했다. 그렇다고 오늘 밤 안에 성급하게 결론을 낼 생각은 아니라고 했다. 자신이 화가 난 것은 아니지만 매우 유감스러운 일이라고 했다. 그녀는 그가 자신과 함께 호텔 안으로 들어오지 못하도록 했지만, 자동차에서 내리기 직전 그녀는 몸을 기울여 비참한 표정으로 그의 뺨에 키스를 했다.

이튿날 오후 앤슨이 르잰더 부인과 오랫동안 이야기를 나누는 동안 폴라는 옆에 앉아서 잠자코 이야기를 듣고 있었다. 이번 일에 대해 폴라는 얼마 동안 진지하게 생각해 볼 것이고, 모녀가 가장 좋은 길이라고 생각한다면 두 사람이 앤슨을 따라 함께 펜사콜라에 간다는 것으로 합의를 보았다. 그로서는 진지하고도 위엄을 갖추고 사과를 했다. 그러나 그게 전부였다. 르잰더 부인은 그렇게 유리한 입장에 있으면서도 결국 앤슨에 대해 우월한 관계를 가질 수 없었다. 그는 아무런 약속도 하지 않았고, 겸손함을 보이지도 않았으며, 다만 인생에 대해 몇 가지 진지한 언급을 늘어놓았을 뿐으로 결국 앤슨 쪽이 오히려 도덕적으로 우월한 듯한 인상을 주는 꼴이 되고 말았다. 그러고 나서 삼 주일 뒤 모녀가 남부로 왔을 때 만족하는 앤슨도, 다시 만나게 되어 안심이 된 폴라도, 심리적으로 중요한 순간이 영원히 사라져버렸다는 사실을 미처 깨닫지 못하고 있었다.

4

앤슨은 폴라의 마음을 지배하고 사로잡았지만 동시에 그녀를 자못 불안하게 했다. 건실함과 방종함, 감상주의와 냉소주의가 뒤섞인 그의 성격에 혼란스러워하던 폴라는(그녀의 얌전한 머리로는 그런 부조화가 이해되지 않았다.) 결국 앤슨이 이중인격의 소유자라고 생각하게 되었다. 그와 단둘이 있을 때나, 공식적인 파티에 참석했을 때, 또는 가볍게 아랫사람들과 함께 있을 때에는 그의 당당하고 매력적인 태도와 포용력 있는 가부장적인 정신 상태에 그녀는 가슴 뿌듯한 매력을 느꼈다. 그러나 그 밖의 다른 사람들과 함께 있을 때, 상류 계급에 불과한 사람들에게 무관심하던 그의 멋진 성격이 또 다른 모습을 보여주면 그녀는 불안을

느꼈다. 또 다른 모습이란 천박하고 익살맞고 쾌락 외의
다른 것에 대해서는 아랑곳하지 않는 태도를 말한다. 그녀
는 너무나 당황한 나머지 잠시나마 그를 멀리하고 몰래 옛
날 남자 친구를 만나보기도 했지만 아무 소용이 없었다.
지난 네 달 동안 앤슨의 온몸을 감싸는 듯한 박력을 맛본
뒤 모든 다른 남자들에게서는 빈혈기 같은 창백함을 느낄
뿐이었다.

7월에 앤슨은 해외 근무 명령을 받았고, 두 사람의 애정
과 욕망은 점점 고조되었다. 폴라는 막판 결혼을 생각하고
있었다. 그러나 그 무렵 그가 언제나 술 냄새를 풍기고 다
닌 탓에 그러지 않기로 결정을 내렸고, 이별 그 자체로 그
녀는 슬픔에 잠긴 나머지 몸이 아팠다. 그가 떠난 뒤 그녀
는 자신들이 결혼을 기다리면서 놓쳐버린 나날을 후회하는
긴 편지를 써 보냈다. 8월에 앤슨이 탄 비행기가 북해에
불시착했다. 밤새 바다에 떠 있다가 구축함에 구조된 그는
폐렴에 걸려 병원에서 후송되었다. 마침내 앤슨이 귀국하
기 전에 휴전 협정이 조인되었다.

그리하여 그들은 다시 모든 기회를 되찾았고 이제 넘어
야 할 어떤 물리적 장애물도 없게 되었지만, 은밀한 성격
차이가 그들 사이를 가로막아 키스도 눈물도 말라버렸고,
상대방을 향한 서로의 목소리도 작아지게 되었으며, 마음
을 전달하는 사랑의 밀어도 덮어버려 마침내 옛날과 같은
감정의 교류는 오직 멀리 떨어진 곳에서 서로 주고받는 편
지로써만 이루어지게 되었다. 어느 날 오후 사교계를 담당
하는 신문 기자가 헌터 집에서 두 사람의 약혼을 확인하려

고 두 시간이나 기다렸다. 앤슨은 극구 부인했지만 이튿날 조간신문에 톱기사로 실렸다. 그들은 "사우스햄튼[8], 핫스프링스[9], 턱시도 파크[10]에서 늘 함께 있는 것이 목격되었다."는 것이다. 그러나 그들의 진지한 대화도 길고 긴 말다툼으로 바뀌었고, 두 사람의 관계는 끝난 것과 거의 다름없었다. 앤슨이 곤드레만드레 만취해 폴라와의 약속을 지키지 않자 폴라는 그에게 좀 더 얌전하게 행동해 달라고 요구했다. 자존심이 강하고 자신에 대해 잘 알고 있다고 생각하는 그는 어쩔 수 없는 절망감에 빠졌다. 이제 약혼은 깨진 것이 확실했다.

"가장 사랑하는 당신." 하고 이제 그들이 서로 주고받은 편지는 이렇게 시작했다. "가장 사랑하는, 누구보다도 가장 사랑하는 당신. 한밤중에 잠이 깨어 결국 일이 뜻대로 되지 않았다고 생각하면 죽어버리고 싶은 심정입니다. 이제는 더 살아갈 의욕이 없습니다. 어쩌면 이번 여름에 만나서 다시 한 번 문제를 상의하면 다른 결론이 나올 수도 있지 않을까 합니다…… 그날은 우리 둘 다 너무 흥분하고 슬퍼서 그랬는지 모릅니다. 당신 없이 난 살아갈 수가 없습니다. 당신은 다른 사람에 대해 말하고 있습니다. 그러나 나에게는 오직 당신만이 있을 뿐 다른 사람은 없다는 사실을 모르나요……"

---

8) 뉴욕 주 롱아일랜드 동쪽에 있는 상류 계층이 살고 있는 지역.
9) 미국 아칸소 주에 있는 휴양지.
10) 미국 뉴욕 주 오렌지 군에 있는 휴양지.

그러나 폴라는 동부의 이곳저곳을 돌아다니는 동안 앤슨의 마음을 떠보려고 때로 자신의 즐거운 일을 언급하곤 했다. 앤슨은 너무 머리가 영리하여 그런 일에 놀라지 않았다. 그녀의 편지 속에 남자 이름이 나오면 그녀에 대해 좀 더 확신을 갖게 되었으며 그녀를 조금 경멸하고 싶은 생각이 들었다. 그런 일에서는 그가 언제나 우위에 있었던 것이다. 그렇지만 여전히 그는 언젠가 그녀와 결혼하고 싶다는 마음을 품고 있었다.

　　한편 앤슨은 전후(戰後) 뉴욕의 화려한 도약 속으로 힘차게 뛰어들어 어느 증권 회사에 입사했고 클럽에도 대여섯 군데나 가입했으며 밤늦게까지 춤을 추러 다니며 말하자면 한꺼번에 세 개의 세상을 살아가고 있었다. 그 자신의 세계, 젊은 예일 대학교 졸업생들의 세계, 그리고 브로드웨이 한쪽 끝에 서 있는 환락가의 세계 말이다. 그러면서도 그는 어김없이 하루 여덟 시간을 철저하게 월스트리트에 바쳤고, 이곳에서 그는 영향력 있는 가문의 인맥과 예리한 두뇌 그리고 흘러넘치는 체력이 함께 어울려 즉시 두각을 나타냈다. 그는 한꺼번에 여러 일을 할 수 있는 귀중한 정신을 갖고 있었다. 드문 일이기는 했지만 때때로 채 한 시간도 못 자고도 새로운 기분으로 사무실에 출근을 하기도 했다. 그래서 1920년 초에 벌써 봉급과 수수료를 합한 그의 수입이 이미 1만 2000달러를 넘기에 이르렀다.

　　예일 대학교의 전통이 과거의 추억으로 사라지면서 그는 뉴욕에 있는 동기생들 사이에서 점점 좋은 평판을 얻게 되어 오히려 대학에 다닐 때보다 훨씬 더 인기가 있었다. 큰 저택에 사는 상류층인 데다가 젊은이들을 다른 명문 가문에 소개해 주는 수단까지 갖고 있었다. 더구나 그의 인생은 이미 탄탄한 기반을 갖추고 있어 보인 반면 동기생들의 대부분은 다시 불확실한 출발점으로 되돌아온 셈이었다. 그들은 쾌락이나 도피처를 찾아서 앤슨을 만나러 오기 시작했고, 앤슨은 기꺼이 응하여 그들을 도와주거나 문제를 해결해 주었다.

그러는 동안 폴라의 편지에는 이제 남자 이름이 등장하지 않는 대신 전에 볼 수 없던 다정함이 문장 전체에 흐르고 있었다. 몇몇 사람을 통해 들은 바에 따르면, 폴라는 로월 세이어라는 재산도 있고 지위도 있는 보스턴 출신의 남자와 '진한 친구' 사이가 되었다고 했다. 앤슨은 그녀가 아직 자신을 사랑한다고 믿고 있었지만, 어쩌면 그녀를 결국 놓치게 되어버릴지도 모른다고 생각하니 불안했다. 그 불만스러운 하루를 제외하고 그녀는 오 개월 가까이 되도록 뉴욕에 한번도 오지 않았다. 그리고 여러 소문이 계속 들려오자 그는 점점 그녀가 만나고 싶어졌다. 그래서 2월에 휴가를 얻어 플로리다로 내려갔다.

여기저기 닻을 내리고 있는 주거용 요트가 눈에 거슬릴 뿐 반짝이는 사파이어 같은 워스 호수와 큼직한 터키석 같은 대서양의 모래톱 사이에 팜비치[11]가 풍만한 자태를 드러내고 누워 있었다. 눈부신 백사장 위로부터는 브레이커스와 로열 포인시애너 호텔 두 채가 쌍둥이 혹처럼 거대한 몸집

---

11) 미국 플로리다 주 동남 해안의 관광지.

을 드러내고 솟아 있었고, 그 주위에는 댄싱 글레이드[12]와 브래들리의 하우스 어브 챈스[13] 그리고 뉴욕보다 세 배나 비싸게 받는 여성 의류점과 모자 가게가 여남은 개 있었다. 브레이커스 호텔의 격자 울타리를 한 베란다 위에서는 여성 이백 명이 오른쪽과 왼쪽으로 스텝을 밟고 한 바퀴 빙 돌고 미끄러지며, 이 무렵 더블셔플로 알려진 유명한 미용 체조를 하고 있었다. 이렇게 체조를 하는 동안 음악에 반 박자 느리게 이천 개의 팔찌가 이백 개의 팔 위에서 짤랑거리는 소리를 내며 오르내리고 있었다.

해가 진 뒤 에버글레이즈 클럽에서는 폴라, 로월 세이어, 앤슨, 그리고 우연히 만난 또 한 사람, 이렇게 넷이서 브리지 게임을 하고 있었다. 앤슨에게는 폴라의 다정하고 차분한 얼굴이 약간 지치고 피곤해 보였다. 그녀는 이런 사교계 생활을 시작한 지 어느덧 사오 년이 지났던 것이다. 앤슨이 그녀를 알고 지낸 지도 벌써 삼 년이나 되었다.

"스페이드 두 장."

"담배? ……아니, 잠깐만 실례. 나는 패스야."

"나도 패스."

"스페이드 세 장을 더블로 하겠어."

방에는 브리지 테이블이 여남은 개나 있었고, 방 안에는 담배 연기가 자욱했다. 앤슨의 눈이 폴라의 눈과 마주쳤고, 세이어의 시선이 두 사람 사이에 떨어지는데도 끈질기

---

12) 댄스 클럽의 이름.
13) 게임이나 노름을 하는 장소의 이름.

게 그대로 서로를 바라보고 있었다.

"으뜸 패의 선언이 뭐였지?" 그가 넋이 나간 듯 물었다.

"워싱턴 광장의 장미"

방 한쪽 구석에는 젊은 사람들이 노래를 부르고 있었다.

"나는 시들어가고 있어요.
지하실의 공기 속에서……."

담배 연기는 안개처럼 자욱했고, 문이 열릴 때마다 연기는 바람에 날려 마치 영매(靈媒)에서 뿜어 나오는 심령체의 소용돌이처럼 방 안을 가득 메웠다. '리틀 브라이트 아이즈'가 로비 이곳저곳에 영국 사람으로 가장하고 앉아 있는 사람 중에서 코넌 도일 씨[14]를 찾아내려고 탁자 옆으로 휙휙 지나다녔다.

"칼로 자를 수도 있겠군."

"……칼로 자를 수도."

"……칼로 말이죠."

브리지 게임의 세 판 승부가 모두 끝났을 때 폴라는 갑자기 자리에서 일어나더니 긴장되고 나지막한 목소리로 앤슨에게 말을 걸었다. 로윌 세이어에게는 눈길 한번 주지

---

14) 영국의 추리 소설가 아서 코넌 도일(1859~1930). 명탐정 셜록 홈스를 창조했다.

않고 그들은 밖으로 나가 긴 돌계단을 따라 내려갔다. 잠시 뒤 그들은 서로 손을 잡고 달빛이 비치는 바닷가를 걷고 있었다.

"달링, 달링……." 두 사람은 그늘에서 거칠고 열렬하게 서로 껴안았다. 그러고 나서 폴라는 고개를 쳐들고 앤슨의 입에서 자신이 듣고 싶어 하는 말이 나오기를 기다렸다. 또다시 키스를 했을 때 그녀는 그의 입에서 그 말이 곧 나오리라는 것을 느꼈다. 그래서 다시 물러서서 귀를 기울였지만 그가 또 한 번 자신을 포옹했을 때 그녀는 그가 결국 아무 말도 하지 않았음을 깨달았다. 그는 그녀를 언제나 눈물짓게 만들었던 그 깊고 슬픈 음성으로 "달링! 달링!" 하고 속삭일 뿐이었다. 아무런 부끄러움도 없이 마구 감정이 북받쳐 얼굴 위로 눈물이 흘러내렸지만, 그녀의 마음은 줄곧 '결혼하자고 말해 줘요……. 오, 앤슨, 제발 부탁이에요!' 하고 외쳐대고 있었다.

"폴라…… 폴라!"

그 말은 마치 손으로 쥐어짜는 듯이 그녀의 마음을 죄어 왔고, 앤슨은 그녀가 떨고 있다는 것을 느끼면서 이런 감정으로 충분하다고 생각했다. 이제 더 말 같은 것은 필요가 없었으며, 그들의 운명을 현실적인 수수께끼에 내맡길 필요도 없었다. 이렇게 그녀를 붙들고 또 한 해 동안—그것이 영겁의 시간이 되는지도 모르지만—가만히 때가 되기를 기다리기만 하면 되는데, 왜 그가 그렇게 말해야 하는가? 그는 두 사람, 아니 자신보다는 폴라를 생각하고 있었다. 그러나 갑자기 그녀가 호텔로 돌아가야겠다고 했을 때 그는 잠시 망설이며 '역시 지금이 얘기를 꺼내야 할 때 구나.' 하고 생각하다가 다시 '아냐, 기다리는 게 나 아…… 어차피 그녀는 내 사람이니까…….' 하고 생각을 바꾸었다.

그는 폴라 역시 삼 년에 걸친 긴장 끝에 마음이 지쳐 있 다는 사실을 잊고 있었다. 그날 밤에 그녀의 감정은 영원 히 사라져버리고 말았다.

이튿날 아침 앤슨은 왠지 모르게 불안하고 불만스러운 기분을 안고 뉴욕으로 돌아갔다. 4월 말에 그는 뜻밖에도 바 하버[15]로부터 폴라가 보낸 전보 한 통을 받았는데 로윌 세이어와 약혼했으며 곧바로 보스턴에서 결혼하게 될 것이 라는 내용이었다. 한번도 일어나리라 믿어본 적 없던 일이 마침내 현실로 일어나고 만 것이다.

그날 아침 앤슨은 위스키를 잔뜩 마시고 출근해서 쉬지 않고 계속 일을 했다. 잠시라도 일을 멈추면 무슨 일이 일 어나게 될지 두려웠기 때문이다. 그날 밤에도 무슨 일이 있었는지 한마디도 하지 않고 평소와 마찬가지로 외출했 다. 그의 태도는 다정했고 유머가 있었으며 무슨 일에도 마음을 빼앗기고 있는 듯한 내색을 보이지 않았다. 그러나 그도 한 가지만은 어쩔 수 없었다. 사흘 동안 어디에 있든 지 누구하고 같이 있든지 갑자기 두 손으로 얼굴을 감싸고 어린애처럼 울곤 했던 것이다.

---

15) 미국 메인 주 마운트 데저트 섬에 있는 고급 휴양지.

5

1922년에 앤슨은 런던의 어떤 융자 문제를 알아보기 위해 부사장과 함께 출장을 갔다. 이 출장은 그가 마침내 회사의 경영진에 참여하게 될 것이라는 추측을 낳게 해주었다. 그는 이제 스물일곱 살로 뚱뚱하다고 할 정도는 아니지만 제법 몸집이 나가는 체격에 몸가짐은 실제 나이보다 정중했다. 나이 많은 사람이나 젊은 사람이나 모두 그에게 호감과 신뢰를 갖고 있었고, 어머니들은 그에게 딸을 맡기면 안심이 되었다. 방에 들어오면 언제나 모여 있는 사람들 중에서 가장 나이 많고 보수적인 사람들과 관계하려고 했기 때문이다. "당신과 저는 말입니다." 하고 그는 말하는 듯했다. "우리는 서로 좋은 사이지요. 서로를 이해하고 있으니까요."

그는 상대가 남자든 여자든 본능적으로 그리고 동정적으로 그들의 약점을 알아내는 능력을 갖고 있었고, 마치 신부(神父)처럼 겉으로 드러나는 격식을 유지하는 데 더욱 신경을 썼다. 일요일 아침이면 상류 사회 아이들이 모이는 감독 교회에서 주일 학교 교사를 맡는 식이었다. 비록 찬물로 샤워를 하고 서둘러 모닝코트로 갈아입어, 소란스러운 전날 밤의 그와 차이가 날 뿐이지만 말이다.

아버지가 사망한 뒤 앤슨은 집안의 실질적인 가장이 되었고, 실제로 어린 동생들의 운명을 책임지게 되었다. 어떤 복잡하게 얽힌 사정 때문에 그는 아버지의 유산에는 손을 대지 못하고, 그 재산은 숙부인 로버트가 관리하게 되었다. 말 타기를 좋아하는 로버트 숙부는 집안에서도 착한 성품을 지닌 편이었지만 위틀리 힐스[16] 주위를 맴도는 패거리 중 하나로 몹시 술을 즐기는 사람이었다.

　로버트 헌터 숙부와 에드너 숙모는 청년 시절의 앤슨에게 친한 친구였는데, 숙부는 조카가 다른 능력은 뛰어나면서도 말[馬]을 별로 좋아하지 않자 실망의 빛을 감추지 못했다. 또한 미국에서 회원이 되기 가장 어렵다는 맨해튼의 어떤 사교 클럽에 앤슨을 추천해 주기도 했다. 그곳은 '뉴욕을 건설하는 데 공헌이 많은' 가문만이 (다시 말해서 1880년 이전부터 부자였던 사람들만이) 들어갈 수 있는 클럽이었다. 그러나 앤슨이 어렵게 가입한 뒤에 예일 클럽 때문에 그 클럽에 그다지 관심을 두지 않자 숙부는 이 문제로 앤슨에게 잔소리를 하기도 했다. 더구나 앤슨이 로버트 숙부가 경영하는 고리타분하고 별로 눈에 띄지 않는 중개업에서 일하기를 거절하고 나서부터 숙부의 태도는 점점 더 냉랭해졌다. 마치 자신이 알고 있는 것을 모두 전수해 준 초등학교 선생님처럼 그도 앤슨의 삶으로부터 점점 멀어졌다.

　앤슨에게는 친구가 정말로 많았다. 그들 중에는 앤슨으로부터 각별한 호의를 받지 않은 사람이 거의 없었고, 또한 그가 갑자기 거친 말을 내뱉거나 언제든지 기분만 내키면 술에 취해 버리는 버릇에 당혹스러움을 느끼지 않은 사람도 거의 없었다. 그는 다른 사람이 그런 실수를 하는 것

---

16) 미국 뉴욕 시 맨해튼에 있는 사교 클럽.

에 대해서는 불쾌하게 생각했다. 그러면서도 자신의 실수에 대해서는 늘 웃어넘겨 버렸다. 우스꽝스러운 일들이 그에게 일어났고, 그때마다 그가 웃으면서 그들에게 그 얘기를 들려주면 그들도 따라 웃었다.

나는 그해 봄에 뉴욕에서 근무를 하고 있었고, 나의 모교 클럽이 완공될 때까지 예일 클럽을 함께 사용하고 있었기 때문에 그곳에서 앤슨과 함께 점심을 먹곤 했다. 폴라의 결혼 소식은 신문에서 읽었고, 어느 날 오후 그에게 그녀에 관해 물어보았더니 무슨 이유에서인지 나에게 그 이야기를 들려주었다. 그날 이후 그는 자주 나를 자기 가족 만찬에 초대했고, 마치 우리 사이에 특별한 관계가 있는 것처럼 그리고 그런 고백으로 가슴을 애태우는 추억의 일부가 나에게 전해지기라도 하는 것처럼 행동했다.

비록 처녀들의 어머니가 그를 신뢰하더라도 그 처녀들을 무조건 다 보호해 줄 수는 없다는 것이 그의 태도임을 알 수 있었다. 그것은 어디까지나 그 여자에게 달려 있었다. 만약 어떤 여자가 품행이 단정치 못한 경향이 있으면, 비록 그 상대가 앤슨이라도 스스로 자기 몸을 지켜야 했던 것이다.

"인생이 말이야." 때때로 그가 나에게 설명을 해주었다. "나를 냉소주의자로 만들어버렸지 뭐야."

이때 그가 말하는 인생이란 바로 폴라를 뜻했다. 그는 때때로, 특히 술을 마시면 마음이 약간 뒤틀려 폴라가 무정하게 자기를 버렸다고 생각했다.

이런 '냉소주의', 어쩌면 오히려 천성적으로 품행이 방정하지 못한 여자는 소중하게 대해 줄 필요가 없다는 그의 깨달음 때문에 그는 돌리 카거와 사귀게 되었다. 이 무렵 이것 말고도 다른 연애 사건이 없지 않았지만 이것은 그의 마음을 아주 깊이 움직였을 뿐 아니라 그의 인생관에도 큰 영향을 끼쳤다.

돌리는 상류 사회 여자와의 결혼을 통해 사교계에 들어온 악명 높은 '정치 평론가'의 딸이었다. 그녀는 커서 '주니어 리그'[17]에 들어갔고, 플라자 호텔의 사교계에 발을 들여놓았으며, 지금은 '어셈블리'라는 상류층 사교 단체에 나가고 있었다. 그녀가 과연 이런 상류층에 '속해' 있는지 어떤지 의문을 제기할 수 있는 것은 헌터 집안같이 유서 깊은 몇 가문뿐이었다. 어쨌든 그녀의 사진은 자주 신문에 등장했고, 실제로 상류층에 속하는 많은 처녀들보다 부러울 정도로 관심을 받고 있었다. 검은색 머리카락과 짙은 진홍색 입술에 예쁘고 혈색 좋은 피부를 갖고 있었지만, 그녀는 사교계에 데뷔한 지 처음 일 년 동안은 핑크빛 도는 회색 분을 발라 자신의 얼굴빛을 감추었다. 왜냐하면 이 무렵에 짙은 피부색은 인기가 없었기 때문이다. 오히려 빅토리아 풍의 창백한 피부색이 크게 유행하고 있었던 것이다. 그녀는 수수한 검정색 정장을 입고 주머니에 두 손을 찔러 넣은 채 몸을 약간 앞쪽으로 숙이며 우스꽝스럽게 무엇을 억제하고 있는 듯한 표정을 지었다. 그녀는 멋들어지게 춤을 추었다. 연애하는 것을 빼놓고는 춤추는 것을

---

17) 여성 청년 연맹. 상류 사회의 젊은 여성들로 조직된 사회봉사 단체.

그 무엇보다 좋아했다. 열 살이 지난 뒤로 그녀는 언제나 사랑에 빠져 있었지만 그녀가 사랑하는 상대는 시큰둥한 반응을 보이기 일쑤였다. 그녀에게 관심을 보였던 남자들에게 — 사실 그런 남자는 많이 있었지만 — 그녀는 몇 번 만난 뒤에 곧 싫증을 느꼈다. 그러나 그녀는 늘 실패한 사랑을 위해 가슴속의 제일 따뜻한 곳을 아껴두고 있었다. 그런 남자들을 만날 때마다 그녀는 언제나 또다시 시도해보곤 했다. 더러 성공하는 일도 있었지만 실패로 끝나는 일이 더 많았다.

이렇게 얻을 수 없는 것을 찾아 헤매는 이 집시 아가씨는 자신의 사랑에 반응을 보이지 않는 남자들 사이에 어떤 공통점이 있다는 사실을 모르고 있었다. 그들은 누구 할 것 없이 모두 그녀의 약점을 꿰뚫어 보는 통찰력을 갖고 있었다. 감정의 약점을 지니고 있는 것이 아니라 삶을 인도하는 방향타(方向舵)에 문제가 있었다는 말이다. 폴라가 결혼한 지 채 한 달도 안 되어 그녀를 처음 만났을 때부터 앤슨은 이 점을 간파하고 있었다. 이 무렵 그는 좀 심하게 술을 마시고 있었고, 일주일 동안 그녀와 사랑에 빠져 있는 체했다. 그리고 나서 느닷없이 그녀와 절교하고는 곧 잊어버렸다. 그렇게 함으로써 그는 즉시 그녀의 마음에서 지배적인 위치를 차지하게 되었던 것이다.

이 무렵 대부분의 처녀들이 그런 것처럼 돌리도 느슨하고 분별없이 야성적인 데가 있었다. 약간 앞 세대의 인습 타파는 시대에 뒤떨어진 태도를 의심하려는 전후(戰後) 운동의 한 측면에 지나지 않았다. 그러나 돌리의 인습 타파

는 앞 세대보다 좀 더 오래되면서도 좀 더 초라한 것이었
다. 그녀는 앤슨에게서 정서적으로 불안한 여자들이 갈구
하는 두 극단, 즉 방종한 생활에 탐닉하면서도 상대방을
보호하려는 힘이 서로 교차하는 것을 발견했다. 그의 성격
에서 사치와 향락을 일삼는 태도와 반석 같은 견실함을 동
시에 느꼈고, 이 두 가지는 그녀의 성격이 요구하는 것을
모두 충족시켜 주었다.

그녀는 두 사람의 관계가 그렇게 쉽지는 않을 것이라고
생각했지만 그 이유에 대해서는 잘못 판단하고 있었다. 앤
슨과 그의 가족이 좀 더 대단한 결혼을 원하고 있을 것으
로 판단했던 것이다. 그리고 술을 좋아하는 그의 습관이
자신에게 유리하게 작용하리라고 쉽게 추측했던 것이다.

두 사람은 성대한 사교계 데뷔 무도회에서 만났지만 그
녀가 그에게 점점 몸이 달자 두 사람은 더욱 자주 만나게
되었다. 다른 대부분의 어머니들처럼 카거 부인도 앤슨을
남보다 특별히 신뢰할 수 있는 사람이라 믿었고, 그래서
그와 함께라면 돌리가 멀리 떨어진 컨트리클럽이나 교외
저택으로 놀러 가는 것을 허락하면서도 그들이 무슨 일을
했는지 까다롭게 꼬치꼬치 캐묻지 않았고 또한 늦게 돌아
와 변명해도 별로 문제 삼지 않았다. 처음 얼마 동안은 변
명이 정확했는지도 모르지만, 앤슨을 차지하려는 돌리의
세속적인 생각은 곧 점차 달아오르는 자신의 감정의 소용
돌이 속에 휩싸여 버리고 말았다. 두 사람은 택시나 자가
용 자동차의 뒤 좌석에서 나누는 키스만으로는 만족할 수
없게 되었다. 그래서 유별난 행동을 했던 것이다.

즉 두 사람은 잠시 자신들의 일상적 세계에서 벗어나 바로 그 세계 아래에 앤슨이 술에 취하고 돌리가 다소 상궤에 벗어나는 행동을 해도 그다지 사람들 눈에 띄지 않고 이러쿵저러쿵 소문도 나지 않는 또 하나의 세계를 구축했다. 이 세계는 여러 요소로 만들어져 있었다. 즉 앤슨의 예일 대학교 친구 몇 명과 그 아내들, 젊은 주식 중개인과 증권 세일즈맨 두세 명, 그리고 거기에 재력도 있고 방탕한 기질까지 갖춘 대학을 갓 졸업한 독신자들도 몇 사람 끼여 있었다. 그 세계는 편하게 활동할 수 있을 만큼 넓지도 않고 그 규모도 작았지만 그들은 그 안에서 좀처럼 허용되지 않는 자유를 마음껏 누릴 수 있었다. 더구나 그곳은 두 사람이 중심이 되어 만든 세계여서 돌리는 약간이나마 손윗사람 취급받은 쾌감을 맛볼 수 있었다. 그러나 어린 시절부터 지금까지 줄곧 손윗사람 취급을 받아온 앤슨으로서는 공유할 수 없는 쾌감이었다.

앤슨은 돌리를 사랑하고 있는 것은 아니었고, 그래서 두 사람의 뜨거운 관계가 계속되던 긴 겨울 동안 그녀를 사랑하지 않는다고 자주 이야기했다. 그러다 봄이 되었을 때 그는 서서히 싫증을 냈다. 어딘가 다른 환경에서 새로운 삶을 시작하고 싶었던 것이다. 더구나 이제 그녀와의 관계를 청산하든가, 아니면 그녀를 유혹한 것에 대해 확실한 책임을 져야 한다는 사실을 깨달았다. 두 사람의 관계를 확고히 하려는 그녀 집안의 적극적인 태도가 그의 결단을 부추겼다. 어느 날 저녁 카거 씨가 서재 문을 조용히 노크하고는 식당에 브랜디 한 병을 갖다 놓았노라고 말했을 때, 앤슨은 삶이 자신을 조여오고 있는 느낌을 받았다. 그 날 밤 그는 돌리에게 자신은 지금 휴가를 떠나며 여러 사정을 헤아려볼 때 그만 만나는 게 좋겠다는 짧막한 편지를 썼다.

6월의 일이었다. 그의 가족은 뉴욕 저택을 떠나 시골로 피서를 가 있었기 때문에 그는 임시로 예일 클럽에 머물고 있었다. 나는 그한테서 돌리와의 진행 상황을 전해 듣고 있었다. 유머를 섞어 재미있게 각색한 이야기였는데, 그는 품행이 단정치 못한 여자를 경멸할 뿐만 아니라 자신이 믿고 있는 사교계의 전당에 그런 여자가 끼어들 자리를 부여하지 않았기 때문이다. 그리고 그날 밤 그가 그녀와의 관계를 완전히 끝내기로 했다고 했을 때 나는 반가웠다. 나는 그동안 여기저기서 돌리와 여러 번 마주치곤 했고, 그녀가 쓸데없는 노력을 하고 있다는 생각이 들어서 만날 때마다 가엾은 생각이 들었고, 또한 그녀에 대해 알 권리가 없는 것들까지 자세히 알고 있다는 것이 부끄러웠다. 그녀는 사람들이 흔히 말하는 '귀여운 여자'였지만 어딘지 모르게 무모한 데가 있었고, 그 점이 오히려 나에게는 매력이었다. 만약 그녀가 그렇게 대담하지만 않았어도, 낭비의 여신에게 헌신적인 그 모습은 눈에 덜 띄었을 것이다. 분명히 그녀는 자신의 인생을 낭비하게 되겠지만, 이제 그런 희생이 내 눈앞에서 일어나지 않을 것이라는 소식을 듣게 되어 반가운 느낌이 들었던 것이다.

앤슨은 그 이별의 편지를 이튿날 아침 직접 그녀의 집에 놓고 올 생각이었다. 그녀의 가족은 5번 가 일대에서는 보기 드물게 그때까지 휴가를 떠나지 않고 있었다. 그것은 돌리의 부모가 딸의 잘못된 정보를 믿고 그녀에게 기회를 주려고 해외여행을 연기했기 때문이라는 것을 그는 잘 알고 있었다. 앤슨이 매디슨 가로 가기 위해 예일 클럽 현관을 막 나서려는데 우편집배원이 그를 지나 클럽으로 들어갔다. 그는 발길을 돌려 집배원의 뒤를 따라 다시 안으로 들어갔다. 제일 먼저 그의 눈을 끈 편지는 돌리의 필체로 되어 있는 편지였다.

그 편지가 어떤 내용일지 그는 미리 짐작할 수 있었다. 되살린 과거의 추억이며, 그도 잘 알고 있는 그를 나무라는 말이며, "만약 어떠했다면 어땠을까요." 같은 문구로 가득 찬 고독하고 비장감 어린 독백일 것이다. 한 시대 전처럼 느껴지는 그 시기에 자신이 폴라 르잰더에게 써 보냈던 먼 과거의 은밀한 이야기라고 생각하면 틀림없을 것이다. 청구서 몇 통을 차례차례 들추어보고서 그는 맨 먼저 돌리의 편지를 들추어내 뜯었다. 놀랍게도 그 편지는 짧았으며 다소 격식을 차린 듯한 글로, 시카고에서 페리 헐이 예고도 없이 찾아왔기 때문에 주말에 앤슨과 시골에 같이 갈 수 없게 되었다고 적혀 있었다. 그리고 이렇게 된 것은 바로 앤슨이 자초한 일이라고 덧붙여 놓았다. "……내가 당신을 사랑하고 있는 만큼 당신도 나를 사랑하고 있다는 것을 확인할 수만 있다면, 나는 당신과 함께 언제 어디든 가겠어요. 하지만 페리는 정말 나에게 너무 친절하고 또한 무척이나 나와 결혼하고 싶어 하고……."

앤슨은 경멸스럽다는 듯이 미소를 지었다. 이런 미끼 전

술의 편지라면 그에게도 경험이 있었다. 더구나 그는 돌리가 이 계략을 얼마나 고심해서 만들었고, 아마 믿음성 있는 페리를 일부러 불렀을 것이고, 그의 도착 시각까지도 계산했다는 것을 잘 알고 있었다. 심지어 앤슨이 화가 나서 헤어지자고 하지 않을 한도에서 질투심을 자극하기 위해 편지 내용에도 많은 세심한 노력을 기울였을 것이다. 대부분의 타협이 그러하듯이 그 편지에는 박력도 생기도 없었고 다만 소심한 절망감만이 짙게 배어 있을 뿐이었다.

갑자기 앤슨은 화가 났다. 로비에 앉아서 다시 한 번 편지를 읽어보았다. 그러고 나서 돌리에게 전화를 걸어 또렷하고 위압적인 말투로 편지를 잘 받아 보았지만 전에 계획했던 대로 5시에 데리러 가겠다고 말했다. 확실하지 않은 체하면서 "어쩌면 한 시간 정도는 만나줄 수 있을 거예요."라는 그녀의 대답을 끝까지 듣지도 않으며 수화기를 내려놓고 사무실로 갔다. 사무실로 걸어가면서 그는 자기가 썼던 편지를 북북 찢어 길바닥에 버렸다.

그는 질투 같은 것은 느끼지 않았다. 그녀는 그에게 아무런 의미가 없었다. 그러나 그녀의 애처로운 수작에 대해 그의 완고하고 독선적인 성격이 그대로 표면에 떠올랐다. 그것은 정신적으로 열등한 사람으로부터 받는 주제 넘는 짓이었고, 따라서 그는 그냥 참고 넘어갈 수 없었다. 만약 그녀가 자신이 어떤 계층에 속해 있는지 알고 싶다면 보여줄 것이다.

그는 5시 15분에 그녀의 집 현관 앞에 도착했다. 돌리는 외출 차림을 하고 있었고, 그는 그녀가 전화로 했던 "한 시간 정도밖에는 만나줄 수 없어요."라는 말을 되풀이하는 것을 조용히 듣고 있었다.

"돌리, 모자를 써." 그가 말했다. "좀 걸을 거니까."

두 사람은 매디슨 가 위쪽으로 걸어 5번 가로 빠져나갔다. 날씨가 더워서 몸집이 있는 그의 몸에 셔츠가 땀으로 축축하게 달라붙었다. 거의 말을 하지 않은 그는 그녀를 나무라기만 했을 뿐 그녀에게 아무런 애정 표현을 하지 않았다. 그러나 채 여섯 블록도 걷지 않아 돌리는 다시 그의 애인이 되어 그런 편지를 쓴 것을 사과하면서, 사죄하는 뜻에서 다시는 페리를 만나지 않을 것이고 시키는 대로 무엇이든지 하겠다며 용서를 구했다. 그녀는 마침내 자신을 사랑하기 시작했기 때문에 그가 찾아온 것이라고 생각하고 있었다.

"무척이나 덥군." 그들이 71번 도로에 이르렀을 때 그가 말했다. "지금 입고 있는 건 겨울 양복이야. 잠깐 집에 들어가서 옷을 갈아입고 싶은데, 아래층에서 기다려주겠어? 잠깐이면 될 거야."

그녀는 행복했다. 그가 덥다든지 자신의 신체적 사실에 대해 언급한다는 친밀감이 그녀의 마음을 설레게 했다. 격자 문양으로 장식한 철문 앞에 이르러 앤슨이 열쇠를 꺼냈을 때 그녀는 쾌감 같은 것을 느꼈다.

아래층은 어두웠고, 그가 엘리베이터를 타고 위층으로 올라가자 돌리는 커튼을 올리고 반투명한 레이스를 통해 보이는 길 건너편 집들을 바라보았다. 엘리베이터가 멈추는 소리가 나자 그녀는 그를 놀려줄 생각으로 엘리베이터가 아래층으로 다시 내려오도록 버튼을 눌렀다. 그러고 나서 단순한 충동만이 아닌 그 뭔가에 이끌려 엘리베이터를 타고 앤슨이 있을 것으로 짐작되는 층까지 올라갔다.

"앤슨." 그녀가 살짝 웃으며 그를 불렀다.

"잠깐만." 침실 안에서 그가 대답했다. 그러고 나서 잠시 지체한 뒤 그가 말했다. "자, 이제 들어와도 돼."

앤슨은 옷을 갈아입고 조끼의 단추를 채우고 있었다.

"여기가 내 방이야." 그가 가볍게 말했다. "어때, 마음에 들어?"

벽에 걸린 폴라의 사진에 눈길이 닿자 마치 오 년 전에 폴라가 어린 시절 앤슨이 좋아했던 여자 친구 사진을 바라보던 것과 마찬가지로 돌리는 넋을 잃고 그 사진을 바라보았다. 그녀는 폴라에 대한 얘기를 어느 정도 알고 있었다. 가끔씩 그녀는 폴라에 관한 단편적인 이야기 때문에 무척 괴로워하기도 했다.

갑자기 그녀는 두 팔을 벌리고 앤슨에게로 다가갔다. 두 사람은 서로 껴안았다. 길 건너편 집의 뒤쪽 지붕에는 아직 밝은 햇살이 비치고 있었지만 바깥쪽 창문에는 벌써 인공적인 부드러운 황혼 빛이 감돌고 있었다. 앞으로 삼십 분만 지나면 방 안은 아주 캄캄하게 될 것이다. 예기치 못한 기회에 그들은 압도당했고 둘 다 숨이 막힌 채 좀 더 꼭 포옹했다. 그것은 피할 수 없는 절박한 것이었다. 여전히 서로를 끌어안은 채 두 사람은 얼굴을 들었다. 벽 위에서 자신들을 내려다보고 있는 폴라의 사진에 두 사람의 시선이 동시에 멈추었다.

갑자기 앤슨은 팔을 풀고 책상에 앉아 열쇠 꾸러미를 꺼내 서랍을 열었다.

"한잔하겠어?" 그가 거친 목소리로 물었다.

"앤슨, 마시지 않겠어요."

그는 위스키를 반 컵 정도 따라 단숨에 들이켜고 나서 복도로 통하는 문을 열었다.

"자, 가지." 그가 말했다.

돌리는 망설였다.

"앤슨…… 오늘 밤 당신과 함께 시골에 가겠어요. 무슨 뜻인지 아시겠죠?"

"물론이지." 그가 퉁명스럽게 대답했다.

돌리의 차를 타고 두 사람은 전보다도 더욱 친밀한 감정을 느끼며 롱아일랜드를 향해 달렸다. 이제 무슨 일이 일어날지 그들은 잘 알고 있었다. 무엇인가가 모자라다는 것을 떠올리게 해주는 폴라의 얼굴 때문이 아니라, 무덥고 조용한 롱아일랜드에 단둘이 있게 되면 아무 일에도 개의치 않을 것이기 때문이다.

두 사람이 주말을 보내기로 한 포트 워싱턴[18]의 저택은 구리 광산업자에게 시집간 앤슨의 사촌 누이의 것이었다. 수위실에서 시작한 끝도 없는 듯한 드라이브 길을 따라 외국에서 들여다 심은 미루나무 길을 돌아서 그들은 핑크 빛 스페인 풍의 커다란 저택에 도착했다. 앤슨은 전에도 가끔 방문한 적이 있었다.

---

18) 뉴욕 주 롱아일랜드 북쪽에 있는 휴양지.

저녁 식사를 마치고 모두 링크스 클럽에서 춤을 추었다. 자정쯤이 되었지만 앤슨은 사촌들이 새벽 두 시 전에는 클럽을 떠날 것 같지 않다고 확신했다. 그래서 돌리가 피곤하니 그녀를 집까지 데려다 주고 다시 춤추러 오겠노라고 설명했다. 두 사람은 흥분으로 약간 떨면서 자동차를 빌려 타고 포트 워싱턴으로 돌아갔다. 수위실에 도착하자 앤슨은 차를 멈추고 야경을 서는 관리인에게 말을 했다.

"칼, 몇 시에 순찰을 도는가?"

"지금 막 나가려고 합니다."

"그럼, 모두들 돌아올 때까지 이곳에 있겠지?"

"그렇습니다."

"좋아. 그럼, 내 말을 잘 듣게나. 만약 이 문으로 들어오는 차가 있으면 그게 누구 차이든지 즉시 안채로 전화를 해주게." 그렇게 말하고는 그는 칼에게 5달러짜리 지폐를 한 장 쥐여주었다. "내 말 분명히 알아들었겠지?"

"알겠습니다, 앤슨 씨." 구대륙 출신의 관리인은 윙크도 하지 않았고 미소도 짓지 않았다. 그러나 돌리는 고개를 약간 돌리고 앉아 있었다.

앤슨은 열쇠를 갖고 있었다. 일단 집 안으로 들어가자 그는 술을 두 잔 따랐다.(그러나 돌리는 자기 잔에 손을 대지 않았다.) 그리고 나서 그는 전화가 있는 위치를 정확히 확인해 두었다. 둘 다 1층에 있는 그들의 방은 전화벨 소리가 잘 들릴 만한 거리에 있었다.

오 분쯤 지나 그는 돌리의 방문에 노크를 했다.

"앤슨이에요?" 그는 방 안으로 들어가 문을 닫았다. 그녀는 베개에 팔꿈치를 대고 침대에서 상체를 편 채 앉아 있었다. 그는 그녀 옆에 앉아 두 팔로 그녀를 껴안았다.

"앤슨, 달링."

그는 아무 말도 하지 않았다.

"앤슨…… 앤슨! 사랑해요……. 나를 사랑한다고 말해 줘요. 지금 말해 줘요……. 지금 말해 줄 수 없나요? 설령 진심이 아니라도 말이에요?"

그는 그녀의 말을 듣고 있지 않았다. 그녀의 머리 위쪽 벽에 폴라의 사진이 걸려 있다는 것을 깨달았다.

앤슨은 일어나서 벽 쪽으로 다가갔다. 세 번에 걸쳐 반사되는 달빛에 사진 액자가 희미하게 빛나고 있었다. 그 안에는 그가 모르는 사람의 어렴풋한 얼굴이 있었다. 흐느껴 울고 싶은 마음으로 돌아서서 침대 위에 있는 작은 형체를 혐오스러운 표정으로 바라보았다.

"이건 정말 바보 같은 짓이야." 그가 탁한 목소리로 말했다. "내가 무슨 생각을 하고 있었는지 나도 모르겠어. 난 너를 사랑하지 않아. 너를 사랑하는 사람이 나타날 때까지 기다리는 게 좋을 거야. 난 널 눈곱만큼도 사랑하지 않으니까. 알겠어?"

그는 말을 멈추고 서둘러 방을 나갔다. 다시 응접실로 돌아와 그가 떨리는 손으로 술을 따르고 있을 때 갑자기 현관문이 열리며 사촌 누이가 들어왔다.

"어머, 앤슨, 돌리가 어디 아프다고 하던데." 그녀가 걱정스러운 듯 말했다. "몸이 불편하다며……."

"아무것도 아니에요." 그가 사촌 누이의 말을 가로채며 돌리의 방에까지 들리도록 큰 목소리로 말했다. "좀 피곤한 것뿐이에요. 잠자러 갔어요."

그 뒤 오랫동안 앤슨은 인간을 보호하는 하느님이 때때로 인간의 일에 간섭한다고 믿고 있었다. 그러나 침대에서 눈을 크게 뜨고 누워 천장만 바라보고 있던 돌리 카거는 그날 이후 다시는 아무것도 믿지 않게 되었다.

6

그다음 가을에 돌리가 결혼했을 때 앤슨은 사업 때문에 런던에 머물고 있었다. 폴라의 결혼과 마찬가지로 이번 일도 갑작스러운 것이었지만 그때와는 다른 느낌을 받았다. 처음에 그는 재미있다고 생각하여 그 일을 생각할 때마다 웃고 싶은 충동을 느꼈다. 그러나 뒤에 그 일로 그는 우울해졌다. 부쩍 나이가 든 느낌이 들었다.

무엇인가 같은 일이 되풀이되고 있는 듯한 느낌이었다. 어쨌든 폴라와 돌리는 서로 다른 세대에 속해 있었다. 그는 옛날 애인의 딸이 결혼했다는 소식을 듣는 마흔 살 남자의 감회를 미리 맛보았다. 그는 돌리에게 축전을 보냈는데, 폴라의 경우와는 달리 진심에서 우러나온 축전이었다. 그는 폴라가 행복해지기를 진심으로 바란 적이 한번도 없었던 것이다.

뉴욕으로 돌아온 앤슨은 회사 경영에 참여하게 되었고, 책임감이 늘어나면서 점점 시간이 줄어들었다. 한 생명 보험 회사로부터 보험 가입을 거절당하자 너무 놀라 일 년 동안 술을 끊었고 자신의 건강 상태가 좋아졌다고 주장했다. 그가 이십 대 초반 그의 삶에서 그렇게 중요한 역할을 한 첼리니[19] 같은 모험담을 유쾌하게 말할 기회를 놓쳤다고 나는 생각하지만 말이다. 그러나 그는 예일 클럽은 결코 포기하지 않았다. 그곳에서 그는 중요하고도 인기 있는 명사로서, 대학을 졸업한 지 이미 칠 년이 되어 이제는 좀 더 점잖은 장소로 옮겨가려는 동기생들을 막을 수 있는 것도 그가 있기 때문이었다.

일상생활이 바쁘고 몸이 아무리 피곤해도 그는 남의 부탁을 받으면 상대가 누구든 어떠한 도움도 마다하지 않았다. 처음에는 자만심과 우월감으로 시작한 일이었지만 이제는 어느새 습관과 정열이 되다시피 했다. 그의 주위에서는 언제나 무슨 일인가가 일어나고 있었다. 가령 뉴헤이번에 사는 동생의 골칫거리며, 한 친구의 부부 싸움을 화해시키는 일이며, 이 사람을 취직시켜 주는 일이며, 저 사람에게는 투자 문제를 상담해 주는 일 말이다. 특히 젊은 부부의 문제를 해결해 주는 것이 그의 특기였다. 젊은 부부들을 보면 그는 진심으로 마음이 끌렸고, 그들이 사는 신혼 아파트는 왠지 모르게 신성한 곳처럼 느껴졌다. 그들의 연애 사건을 잘 알고 있었고, 그들에게 어디에 집을 정하고 어떤 식으로 살면 좋을지 충고해 주었으며, 아이들의

---

19) 이탈리아 르네상스 시대의 조각가. 젊은 시절 자유분방하게 향락을 즐겼던 것으로 알려져 있다.

이름까지 기억하고 있었다. 젊은 부인들에 대한 그의 태도는 언제나 신중했다. 남편들이 자신에게 보여준 믿음을—공공연한 그의 난잡한 행실을 생각하면 아주 이상한 일이었지만—절대로 저버리지 않았다.

앤슨은 행복한 결혼을 보면 대리 만족을 느끼게 되었고, 어긋난 결혼 생활에서도 거의 마찬가지로 기분 나쁘지 않은 우수를 느끼게 되었다. 계절이 바뀔 때마다 어쩌면 자신이 맺어주다시피 한 부부가 갈라서는 것을 지켜보았다. 폴라가 이혼하고 거의 곧바로 다른 보스턴 남자와 재혼했을 때 앤슨은 나에게 어느 긴 오후 내내 그녀에 대한 이야기를 들려주었다. 폴라를 사랑했던 것처럼 다른 여성을 사랑하게 되는 일은 이제 두 번 다시는 없을 것이고, 그런 일에 대해서는 이제 더 신경을 쓰지 않겠다고 잘라 말했다.

"난 절대로 결혼은 안 할 셈이야." 그가 말했다. "결혼이라면 지긋지긋할 정도로 보아왔어. 그리고 행복한 결혼이 진짜로 흔치 않다는 것도 잘 알고 있지. 더구나 난 이제 결혼하기에는 너무 나이가 들었거든."

그러면서도 그는 결혼의 가치를 믿었다. 행복하고 성공적인 결혼 생활을 한 부모 밑에서 자란 사람들이 모두 그러하듯이 그도 결혼이라는 것을 열렬히 신봉하고 있었다. 그때까지 그가 보아온 그 어떤 것도 그런 신뢰를 무너뜨리지 못했고, 그의 냉소주의도 이 문제에서는 연기처럼 무력하게 흩어졌다. 그러나 그는 정말로 자신이 나이를 먹었다고 믿고 있었다. 그래서 스물여덟 살이 된 그는 자신이 낭만적인 애정 없이 결혼을 하게 될는지도 모른다는 사실을 담담하게 받아들이기 시작했다. 자신과 같은 계층의 예쁘고 똑똑하며 서로 마음이 맞고 나무랄 데 없는 뉴욕 아가씨를 배우자감으로 고집했다. 그리고 그녀와 사랑에 빠지려고 했다. 그러나 예전에 폴라에게는 진지하게 들려주었고, 다른 여자들에게는 우아하게 했던 말들을 이제는 더 이상 미소를 짓지 않고서는 이야기할 수 없었으며 또한 상대에게 확신을 줄 만한 힘을 실어 이야기할 수도 없었다.

"난 마흔이 되어야," 그가 친구들에게 말했다. "성숙하게 될 거야. 다른 사람들처럼 어떤 코러스 걸에 홀딱 반하겠지."

그렇지만 그는 그런 농담을 하면서도 결혼하려는 의지를 쉽게 포기하지 않았다. 그의 어머니는 그가 결혼한 모습을 보고 싶어 했고, 그에게는 충분히 그럴 만한 여유도 있었다. 증권 거래소의 멤버였던 그의 연간 소득이 이제 2만 5000달러에 이르고 있었다. 결혼한다는 생각은 바람직한 일이었다. 저녁이 되면 그의 친구들이(그는 돌리와 함께 사귄 패거리와 대부분의 시간을 보내고 있었다.) 가정에 파묻히는 바람에 그는 이제 더 자유로움을 만끽할 수 없게 되었다. 심지어 그는 돌리와 결혼했어야 하지 않았나 하는 생각까지 했다. 폴라도 그 정도까지는 자신을 사랑하지 않았고, 그는 독신 생활을 하면서 진실한 감정을 느끼는 것이 드문 일이라는 사실을 깨달아가고 있었다.

이런 기분이 앤슨의 마음에 스며들기 시작할 바로 그 무렵 한 가지 걱정스러운 소문이 그의 귀에 들려왔다. 이제 곧 나이 마흔이 될 에드너 숙모가 드러내 놓고 캐리 슬론 이라는 방탕하고 술 잘 마시는 젊은이와 깊은 관계에 있다 는 것이다. 지난 십오 년 동안 여러 클럽에서 담소로 긴 시간을 보내면서 자신의 아내를 당연한 존재로 여기고 있 던 숙부 로버트 헌터를 제외한 모든 사람은 이 소문을 다 알고 있었다.

앤슨은 그 소문을 몇 번이고 듣게 되자 점점 더 화가 났 다. 숙부에 대해 갖고 있던 옛날 감정, 즉 개인적인 차원 을 넘어서는 감정이 다시 되살아났다. 그가 자긍심의 기반 으로 삼아온 가문의 결속으로 되돌아가려는 감정 말이다. 그는 직감적으로 이 사건에서 요점을 찾아냈는데, 그것은 무슨 일이 있어도 숙부에게 상처를 주어서는 안 된다는 점 이었다. 그가 남의 부탁을 받지 않은 일에 관여한 것은 이 번이 처음이었지만, 그것은 지방 법원 판사나 숙부보다는 에드너의 인품을 잘 알고 있는 자신이 사태를 좀 더 잘 처 리할 수 있을 것 같다고 믿었기 때문이다.

숙부는 핫스프링스에 가 있었다. 앤슨은 행여 실수를 저 지르지 않도록 소문의 근원을 추적하고 나서, 에드너 숙모 에게 전화를 걸어 이튿날 플라자 호텔에서 함께 점심 식사 를 하자고 부탁했다. 그의 말투에서 그녀는 무엇인가 두려 움을 느꼈음에 틀림없었다. 숙모는 내켜 하지 않았지만 그 녀가 거절할 핑계를 대지 못할 때까지 날짜를 연기해 주면 서 만날 것을 고집했다.

여전히 아름답지만 젊음이 시들어가는 회색 눈동자를 가진 금발에 러시아 담비 코트를 입은 숙모는 약속한 시각에 플라자 호텔 로비에서 그를 만났다. 가느다란 손가락에는 싸늘한 느낌을 주는 큼직한 다이아몬드와 에메랄드 반지 다섯 개가 반짝반짝 빛을 내뿜고 있었다. 그녀의 시들어가는 아름다움을 떠받들고 있는 화려한 모피와 보석 같은 화려한 장식은 숙부의 지력(智力)이 아니라 자신의 아버지의 지력 덕분이라는 생각이 문득 앤슨의 머리를 스쳐갔다.

에드너는 그의 적대감을 짐작하고는 있었지만 그가 그렇게 직설적으로 나올 줄은 미처 예상하지 못했다.

"숙모님, 최근 숙모님의 처신에 정말 놀랐습니다." 그가 솔직하고 강한 목소리로 말했다. "처음엔 도저히 믿어지지가 않았지요."

"믿어지지 않다니 뭐가?" 그녀가 날카롭게 반문했다.

"숙모님, 저한테는 거짓말하실 필요가 없습니다. 지금 저는 캐리 슬론에 대해 말하고 있는 겁니다. 다른 건 다 접어두고라도 로버트 숙부님을 두고 어떻게 그럴 수가……."

"이봐, 앤슨……." 그녀가 화를 내며 말하기 시작했지만 그는 단호한 목소리로 그녀의 말을 가로막았다.

"……게다가 아이들까지 두고 말입니다. 결혼하신 지 십팔 년이나 되었으니, 그 나이라면 사리를 분별해야지요."

"나한테 그렇게 말해도 되는 건가! 너는……."

"물론 그렇게 말할 수 있지요. 로버트 숙부님은 언제나 제일가는 제 친구였으니까요." 이렇게 말하는 그는 감정이 몹시 격해 있었다. 숙부와 어린 사촌 동생 세 명을 생각하니 실제로 마음이 괴로웠다.

에드너는 식사에 앞서 나온 크랩플레이크 칵테일[20]에는 손도 대지 않고 자리에서 벌떡 일어났다.

"이건 터무니없는 얘기야······."

"숙모님께서 저와 얘기를 하지 않으시겠다면, 좋습니다. 로버트 숙부님한테 가서 모두 털어놓겠습니다······. 어차피 조만간 아시게 될 테니까요. 그리고 그 뒤에는 모지스 슬론 영감한테도 갈 거고요."

에드너는 머뭇거리며 다시 의자에 앉았다.

"그렇게 큰 소리로 떠들지 마." 그녀가 애원을 하듯 말했다. 그녀의 두 눈에는 눈물이 글썽거렸다. "넌 지금 네 목소리가 얼마나 큰지 잘 모를 거다. 이런 바보 같은 소리로 나를 비난할 생각이면 좀 더 조용한 곳을 택했어야지."

그는 이 말에 아무 대꾸도 하지 않았다.

"그래, 네가 나를 한번도 좋아하지 않았다는 건 나도 잘 알아." 그녀가 말을 이었다. "지금도 어디서 말도 안 되는 헛소문을 듣고 와서는, 내가 유일하게 낙으로 삼고 있는 친구 관계를 깨뜨리려고 하고 있잖니. 내가 너한테 그렇게 미움을 받을 만한 짓을 한 게 뭐가 있니?"

그래도 앤슨은 여전히 기다리고 있었다. 이제 그의 기사도 정신에 호소해 올 것이고, 그 뒤에는 그의 동정을 얻으려고 할 것이며, 맨 마지막으로는 그의 탁월한 지적 교양에 호소해 올 것이다. 이 모든 것을 매정하게 거절해 버리고 나면 마침내 그녀도 사실을 인정하게 될 것이고, 그렇

---

20) 게살 등에 소를 친 전채(前菜) 요리.

게 되어서야 비로소 그녀와 맞붙어 문제를 해결할 수 있을 것이다. 그는 계속 침묵을 지키고 그녀의 호소에 귀를 막으며 자신의 중요한 무기라고 할 진정한 감정으로 끊임없이 돌아감으로써 그는 점심 식사 시간이 지나가는 동안 그녀를 미칠 듯한 절망감 속에 몰아넣었다. 오후 2시가 되자 그녀는 손거울과 손수건을 꺼내 눈물 자국을 닦아내고 화장이 약간 지워진 곳에 분을 다시 발랐다. 에드너는 저녁 5시에 자기 집에서 앤슨과 다시 만난다는 데 동의했다.

그가 도착했을 때 에드너는 얇은 여름용 커버를 씌운 긴 의자 위에 누워 있었는데, 점심 식사 때 흘린 눈물 자국이 아직 눈가에 그대로 남아 있는 듯했다. 그때 차가운 벽난로 가에 근심스러운 표정으로 서 있는 캐리 슬론의 침울한 모습이 보였다.

"무슨 까닭으로 이러는 건가?" 슬론이 즉시 말을 꺼냈다. "에드너를 점심 식사에 불러내서 시시한 스캔들을 핑계 삼아 협박했다면서?"

앤슨은 자리에 앉았다.

"나는 그게 단순한 스캔들에 지나지 않는다고 생각지 않습니다."

"듣자 하니 로버트 헌터와 우리 아버지한테 알리겠다고 했다면서?"

앤슨은 고개를 끄덕였다.

"당장에 손을 떼든가……. 그렇지 않으면 그렇게 할 참이오." 그가 말했다.

"헌터, 빌어먹을, 그 일이 자네와 무슨 상관있는 일인가?"

"진정해요, 캐리." 에드너가 초조하게 말했다. "그에게 그 소문이 얼마나 터무니없는 것인지 보여주기만 하면……."

"우선 무엇보다도, 헌터라는 내 이름이 여기저기서 사람들 입에 오르내리지요." 앤슨이 그녀의 말을 가로막았다. "캐리 씨, 그건 누구한테나 아주 중요한 일이지요."

"에드너는 자네 집안사람이 아니잖아."

"확실히 우리 집안사람이지요!" 그는 화가 치밀어 올랐다. "이것 보세요……. 이 집이며, 손가락에 끼고 있는 반지며 모두 머리 좋은 우리 아버지한테서 나온 거라고요. 로버트 숙부님과 결혼했을 때, 숙모님은 땡전 한 푼 없었거든요."

마치 반지가 이 상황에 중요한 의미를 지니고 있기라도 한 것처럼 그들은 모두 반지를 쳐다보았다. 에드너는 손가락에서 반지를 빼려는 시늉을 해 보였다.

"이 세상에 그 반지만 있는 건 아닐 텐데." 슬론이 말을 받았다.

"아아, 이건 말도 안 되는 짓이야." 에드너가 큰 소리로 말했다. "앤슨, 내 말 좀 들어보겠어? 어디서 그런 터무니없는 소문이 퍼지기 시작했는지 알아냈어. 우리 집에서 쫓겨나 곧바로 칠리체프네 집으로 간 하녀야……. 러시아 사람들이란 모두 하인들로부터 여러 이야기를 캐내서는 거기에 엉뚱한 의미를 덧붙이지." 그녀는 화가 나서 주먹으로 테이블을 내리쳤다. "지난겨울 우리가 남부에 가 있는 동안 로버트가 그 사람들에게 꼬박 한 달 동안이나 리무진을

빌려주었는데…….'

"이제 사실을 알겠지?" 슬론이 다그치듯 물었다. "그 하녀가 뭘 헛짚은 거야. 그녀는 에드너와 내가 친구라는 걸 알고, 그걸 칠리체프네 식구들에게 얘기한 거란 말이야. 러시아에서는 만약 남자와 여자가…….'

그는 이 문제를 코카서스 지방의 사회적 관습에 대한 주제로 확대시켰다.

"만약 사실이 그렇다면 로버트 숙부님께 설명해 드리는 게 좋겠습니다." 앤슨이 냉정하게 되받았다. "그래야만 나중에 소문을 들으시게 되도 그게 헛소문이라는 것을 아실 테니까요."

앤슨은 점심 식사 때 에드너에게 한 것과 마찬가지로 두 사람이 자진해서 모든 것을 설명하도록 만들었다. 두 사람이 떳떳지 못하고, 이제 곧 설명의 단계를 넘어 변명을 시작할 것이며, 결국에는 그가 할 수 있는 것보다 더 분명하게 자신들의 죄를 털어놓게 될 것이라는 것을 잘 알고 있었다. 7시가 되자 그들은 모든 일을 체념한 듯한 태도로 진상을 말하기 시작했다. 아내에 대한 로버트 헌터의 무관심이며, 에드너의 공허한 삶이며, 우발적으로 시작한 희롱이 불이 붙어 격정적으로 타오르게 되었다는 사실 말이다. 그러나 대부분의 실화(實話)처럼 이 고백도 낡고 상투적인 것이어서 그 미약한 육체가 장갑(裝甲) 같은 앤슨의 굳은 의지에는 무력하게 부딪혔다. 슬론의 아버지를 찾아가겠다는 협박이 두 사람을 꼼짝없이 무너지게 했다. 모지스 슬론 영감은 앨라배마 주의 면화(棉花) 중개상으로 있다가 은

퇴한 사람으로, 아들에게 일정한 돈을 주고 또다시 엉뚱한 짓을 하면 영원히 경제적 지원을 끊어버리겠다고 경고함으로써 아들을 통제하는 악명 높은 기독교 근본주의자였던 것이다.

세 사람은 조그마한 프랑스 식당에서 함께 저녁 식사를 하면서 대화를 계속했다. 한번은 슬론이 폭력에 호소하려고 했지만 조금 뒤에 두 사람은 앤슨에게 시간을 달라고 애걸했다. 그러나 앤슨의 마음은 단호했다. 이제 에드너가 포기하고 있다는 것을 알고 있었고, 두 사람에게 열정을 회복할 기회를 주어서 그녀가 다시 기운을 차리도록 해서는 안 된다고 판단했다.

새벽 2시쯤 53번 도로에 있는 조그마한 나이트클럽에서 에드너는 갑자기 용기를 잃고 울면서 집으로 가겠다고 했다. 슬론은 저녁 내내 술을 마시고 있었고, 조금 감상적이 되어 두 손으로 얼굴을 감싸고 테이블에 엎드려 흐느껴 울고 있었다. 앤슨은 재빠르게 기회를 놓치지 않고 그들에게 조건을 제시했다. 슬론은 육 개월 동안 이 도시에서 떠나 있을 것이며, 그것도 마흔여덟 시간 이내에 떠나야 했다. 뉴욕에 돌아와서도 다시는 두 사람이 만나지 말 것이며, 다만 일 년 뒤에 에드너가 원하면 로버트 헌터 숙부에게 이혼하겠다는 뜻을 밝히고 정상적인 절차를 밟아 일을 처리해야 했다.

잠시 말을 멈춘 그는 마지막 말을 하기 위해 그들의 표정에서 확신을 얻었다.

"다른 방법이 없는 건 아닙니다." 그가 천천히 말했다.

"만약 숙모님께서 아이들을 남겨두기를 원한다면, 저로서는 두 분의 도피 행각을 막을 방법이 없지요."

"집으로 가고 싶어!" 에드너가 또다시 울면서 말했다. "아, 오늘 이만큼 우리를 괴롭혔으면 이제 충분한 거 아냐?"

6번 가 아래쪽 길에서 비치는 희미한 불빛을 빼고 밖은 어두웠다. 그 희미한 빛 속에서 자신들의 영원한 이별을 막을 젊음도 힘도 없다는 것을 확인하며 두 연인은 서로의 비극적인 모습을 마지막으로 바라보았다. 슬론은 갑자기 성큼성큼 길거리 아래로 걸어갔고, 앤슨은 졸고 있던 택시 기사의 팔을 흔들어 깨웠다.

거의 새벽 4시가 가까운 시각이었다. 희뿌연 5번 가의 포장도로 위를 따라 청소하는 물이 계속 흐르고 있었고, 창녀 두 사람이 성(聖) 토마스 교회의 어두운 정면 벽에 그림자를 비추며 지나갔다. 그러고 나서 자동차가 앤슨이 어릴 적에 자주 뛰어놀던 센트럴 파크의 쓸쓸한 관목 숲을 가로질러 가자 길게 늘어선 길거리의 이름만큼이나 점점 숫자가 커지는 중요한 번지수들이 차례차례로 나타났다. 이곳은 내 도시야 하고 그는 생각했다. 내 가문이 5대에 걸쳐 번성해 온 곳이지. 그 어떠한 변화도 여기 이 장소의 변함없는 위치를 바꾸어놓을 수 없어. 변화 그 자체도 자신과 자신의 이름을 가진 가문이 뉴욕의 영혼과 하나가 될 수 있는 필수적인 기반이기 때문이지. 비상한 수완과 강력한 의지가──만약 자신의 협박이 약한 사람의 손에서 이루어졌다면 아마 안 하느니만 못한 결과를 낳았을는지도 모른다——숙부의 이름이며, 가문의 이름이며, 심지어 지금 그의 옆 좌석에 앉아 몸을 떨고 있는 이 여자의 이름으로부터 달라붙는 먼지를 제거할 수 있었던 것이다.

이튿날 아침 이스트 강[21]의 퀸즈보로 다리 아래 기둥 받침 위에서 캐리 슬론의 시체가 발견되었다. 어둡고 흥분한 상태였기 때문에 그는 길 위에 시커멓게 물이 흐르고 있는 것이라고 착각한 모양이었지만, 눈 깜짝할 사이에 그것은 별로 상관없는 일이 되어버렸다. 그가 마지막으로 다시 한 번 에드너를 생각하고 물속에서 힘없이 허우적거리며 그녀의 이름을 부를 계획이 아니었다면 말이다.

7

앤슨은 이 사건에서 자신의 역할에 대해 스스로를 탓해 본 적이 한번도 없었다. 그런 결과를 불러온 상황은 그가 만든 것이 아니었기 때문이다. 그러나 옳은 사람이건 그렇지 못한 사람이건 모두 함께 고통 받는 법이어서, 그는 가장 오래되고 가장 소중한 우정이 끝났다는 사실을 깨달았다. 에드너가 사실을 어떻게 왜곡해서 일러바쳤는지는 몰라도 숙부의 집에서는 이제 더 그를 반갑게 맞아들이지 않았다.

---

21) 뉴욕 주 롱아일랜드와 맨해튼 사이에 있는 강. 이 강을 잇는 다리가 퀸즈보로 다리다.

크리스마스를 눈앞에 두고 헌터 부인은 상류층이 다니는 감독 교회의 천국으로 소천(召天)했다. 그리하여 앤슨은 집안을 책임져야 할 가장의 임무를 맡았다. 아직 결혼을 하지 않은 숙모 한 분이 지난 몇 년 동안 그들과 함께 살며 살림을 맡으면서 무능하게나마 젊은 처녀들의 보호자 노릇을 해왔다. 그의 동생들은 하나같이 앤슨보다 자립심이 강하지 못했고, 장점에서도 단점에서도 그보다 더 보수적이었다. 헌터 부인이 사망하자 여동생 하나의 사교계 데뷔가 늦어졌고, 또 다른 여동생의 결혼이 연기되었다. 또한 어머니의 죽음은 자녀들 모두로부터 물질적인 어떤 것을 상당히 박탈해 갔다. 그녀의 존재가 사라지면서 그때까지 조용하고 호화롭던 헌터 가문의 우월성이 종말을 고했던 것이다.

무엇보다도 먼저 헌터 집안의 재산은 두 번에 걸친 상속세로 크게 줄어든 데다가 여섯 남매에게 곧 나눠야 하기 때문에 이제 그렇게 큰 액수가 아니었다. 실제로 앤슨은 맨 아래 동생들이 이십 년 전만 해도 '존재조차' 않았던 신흥 부자 가문의 사람들에 대해 오히려 공손하게 말하는 경향이 있다는 것을 깨달았다. 그에게 어릴 적부터 자연스럽게 몸에 배어버린 우월감이 여동생들에게는 더 이상 느껴지지 않았다. 가끔 인습에 젖어 상류 여성답게 거만하게 행동하는 것이 전부였다. 그리고 또 다른 문제로서, 코네티컷 별장에서 피서를 하는 것도 이제 마지막이었다. 그것에 대한 불평의 목소리가 아주 컸다. "일 년 중에 제일 좋은 계절을 이런 죽은 듯한 오래된 도시에 틀어박혀서 헛되게 보내고 싶은 사람이 누가 있담?" 마지못해 앤슨도 결국 양보하지 않을 수 없었다. 그리하여 코네티컷의 별장을 가을에 부동산 시장에 내놓을 것이며, 내년 여름에는 웨스트 체스터 군[22]에 있는 작은 집을 빌릴 생각이었다. 그것은 넉넉하게 돈을 들이지만 간소한 생활을 한다는 아버지의 신조로부터 한 걸음 물러서는 것을 뜻했다. 앤슨은 동생들의 불평이 이해가 가지 않는 것은 아니었지만 불쾌하게 느껴지는 것도 사실이었다. 어머니가 살아 있을 때에는 주말이면 적어도 두 주일에 한 번은 반드시 그곳에 갔던 것이다. 심지어 아무리 즐거운 여름철일지라도 말이다.

그러나 앤슨 자신도 이런 변화의 한 부분이었고, 그의 강한 생존 본능이 이십 대의 그를 실패한 유한계급의 공허한 죽음으로부터 등을 돌리게 했다. 그는 그것을 분명히 인식하고 있지는 못했다. 사회에는 표준이 존재한다고 여전히 믿고 있었다. 그러나 실제로 그런 규범 같은 것은 있지도 않았고, 도대체 뉴욕에 참다운 의미의 규범이 존재한 적이 있었는지 의심스러웠다. 특정한 집단에 들어가기 위해 돈을 쓰고 싸우는 소수 사람도 여전히 그것이 한 사회로서의 기능을 제대로 수행하지 못한다는 사실을 깨닫게 될 뿐이었다. 아니, 더욱 놀라운 것은 그들이 도망쳐 나온 보헤미아가 자신들보다 더 높은 자리를 차지하고 있다는 점이었다.

스물아홉 살이 된 앤슨에게 무엇보다 걱정스러운 것은

---

22) 뉴욕 주 맨해튼 북쪽에 있는 군.

점점 늘어나는 고독감이었다. 그는 이제 영영 결혼을 하지 못할 것이라고 확신하고 있었다. 그가 신랑의 들러리를 섰거나 안내를 맡았던 결혼식만 해도 벌써 헤아릴 수 없을 정도였다. 집에 있는 서랍 하나에는 이런저런 결혼 파티의 기념 넥타이로 넘쳐났다. 그런데 그 가운데에는 채 일 년도 넘기지 못한 몇몇 로맨스를 상징하는 넥타이도 있었고, 지금은 그의 삶에서 완전히 자취를 감춰버린 부부를 상징하는 넥타이도 있었다. 스카프 핀이며 금 연필이며 커프스 단추며 한 세대의 신랑들이 준 선물들이 그의 보석 상자에서 빠져나와 어디론가 사라져버렸다. 그리고 결혼식에 참석할 때마다 그는 신랑의 위치에 서 있는 자신을 상상할 수 없었다. 그런 모든 결혼을 진심으로 축복해 주는 그의 감정 밑바닥에는 자신의 결혼에 대한 절망감이 숨어 있었던 것이다.

서른이 가까워지면서 그는 결혼이라는 것이 특히 최근에 와서 우정을 잠식한다는 사실에 적잖이 실망했다. 여러 그룹의 친구들이 안타깝게도 해체되어 사라져버리는 경향이 있었다. 그중에서도 대학 동창생들이(그들이야말로 그가 가장 많은 시간과 애정을 쏟은 사람들이었는데) 가장 붙잡아 두기 어려운 존재였다. 대부분의 친구들이 가정생활에 깊이 몰두해 있었고, 두 명은 이미 세상을 떠났으며, 한 사람은 외국에 나가 살고 있었고, 또 한 사람은 할리우드에서 앤슨이 빼먹지 않고 꼭 보러 가는 영화의 대본을 쓰고 있었다.

그러나 그의 친구 대부분은 이제 영원한 통근 생활자로

서 교외 컨트리클럽을 중심으로 단란한 가정생활을 꾸려가고 있었다. 앤슨이 가장 통렬하게 소외감을 느끼는 것도 바로 이런 친구들로부터였다.

그들도 결혼 초기에는 모두 그를 필요로 했다. 그는 그들의 빠듯한 경제 사정에 대해 조언해 주었고, 두 칸짜리 방에 욕실 하나밖에 없는 형편에 아이를 낳아도 좋은가 하는 그들의 불안을 없애주기도 했으며, 특히 무엇보다도 그는 가정 밖에 놓여 있는 거대한 세계를 대표하는 존재였다. 그러나 이제 그들의 경제적인 어려움은 옛날 얘기가 되었고, 그들이 불안스러운 마음으로 낳았던 아이는 어느덧 자라나 충실한 가족 구성원이 되어 있었다. 그들은 언제나 옛 친구 앤슨을 반갑게 맞아주었지만, 자신들이 잘살고 있다는 것을 그에게 보여주기 위해 정장을 차려입고, 지금은 자신도 중요한 인물이 되어 있다는 인상을 주려고 애를 썼으며, 고민거리가 있어도 스스로 해결하려고 했다. 한마디로 이제 더 그를 필요로 하지 않게 된 것이다.

앤슨이 서른 번째 생일을 맞기 몇 주일 전에 젊은 시절 절친했던 친구 중 마지막 한 사람이 결혼을 했다. 앤슨은 지금까지 해온 것처럼 신랑의 들러리를 맡았고, 언제나 그랬듯이 은제(銀製) 찻잔 한 벌을 선물했으며, 언제나 그랬던 것처럼 호화 여객선 '호메릭' 호(號)까지 두 사람을 배웅했다. 그날은 5월의 무더운 금요일 오후로 항구에서 걸어 돌아오면서 그는 토요일 휴무가 시작되어 다음 월요일 아침까지는 특별히 할 일이 없다는 것을 깨달았다.

"이제 어디로 간다?" 앤슨이 스스로에게 물었다.

물론 예일 클럽이 있었다. 저녁 식사 때까지 브리지 게임을 하고, 그런 뒤 누군가의 방에서 독한 칵테일을 네댓 잔 하면서 혼란스러우면서도 즐겁게 밤을 보낼 수 있을 것이다. 물론 오늘 오후의 그 신랑이 함께 있지 못하는 것이 못내 아쉬웠다. 그들은 이런 날 밤이면 언제나 재미있는 일을 너무나 많이 즐길 수 있었던 것이다. 어떻게 하면 여자를 끌어들이는지, 어떻게 하면 여자를 떼어버릴 수 있는지, 또한 그들의 지적 쾌락주의의 관점에서 볼 때 여자는 얼마만큼 정중하게 대우해 줄 가치가 있는지 두 사람은 잘 알고 있었다. 파티란 상황을 조정하여 만들어내는 것이었다. 이러저러한 여자를 이러이러한 장소에 데리고 가서 얼마만큼의 돈을 쓰며 즐거운 시간을 보냈다. 술은 적당하게 마시고 그 이상은 마시지 않았다. 그리고 새벽녘 일정한 시간이 되면 자리에서 일어나 이제 그만 집에 돌아가야 한다고 말했다. 대학생 녀석들이며, 술주정꾼들이며, 앞으로 또 만나기로 하는 약속이며, 싸움, 감상적인 생각이며 경솔한 행동은 피해야 했다. 즐기는 것은 이런 식으로 해야 했다. 그 밖의 모든 것은 방탕이었다.

이튿날 아침에 막심한 후회 같은 것은 하지 않았다. 결심 같은 것도 하지 않았지만 만약 전날 좀 지나쳐서 기분이 엉망일 경우에는 그 일에 대해 아무 말도 하지 않고 며칠 동안 술을 삼가면서 무료함이 쌓여 또다시 파티에 나갈 때까지 기다렸다.

예일 클럽의 로비에는 사람이 뜸했다. 바에서는 아주 나이 어린 졸업생 세 사람이 별다른 관심 없이 잠시 앤슨을 올려다보았다.

"어이, 오스카." 앤슨이 바텐더에게 말했다. "오늘 오후에 카힐이 여기 들렀나?"

"카힐 씨는 뉴헤이번에 가셨습니다."

"아…… 그래?"

"야구 경기를 보러 가셨지요. 많은 분들이 가셨습니다."

앤슨은 다시 한 번 로비 안을 둘러본 뒤 잠깐 생각하다가 클럽을 나와 5번 가 쪽으로 걸어갔다. 그가 속한 한 클럽의 커다란 창문으로부터는(그는 지난 오 년 동안 이 클럽에는 거의 들르지 않았다.) 머리카락이 희끗희끗한 남자 한 사람이 눈물 어린 눈으로 그를 내려다보고 있었다. 앤슨은 급히 시선을 돌렸다. 망연히 체념한 듯 남을 얕보는 듯한 고독감 속에 앉아 있는 그 사람의 모습이 그를 우울하게 했던 것이다. 그는 걸음을 멈추고 왔던 발길을 돌려 티크 워든의 아파트를 향해 47번 도로 쪽으로 걷기 시작했다. 티크와 그의 아내는 한때 그의 가장 친한 친구였다. 그가 돌리 카거와 교제할 무렵 둘이서 자주 그들의 집에 들르곤 했다. 그러나 티크가 술을 심하게 마시게 되자 티크의 아내는 그것이 앤슨의 나쁜 영향 탓이라고 공공연하게 그를 비난했다. 그 이야기는 부풀려져서 앤슨의 귀에 들어왔다. 결국 오해는 풀렸지만 그 바람에 오묘한 마력 같은 그들 사이의 친밀감은 회복하지 못할 만큼 깨져버리고 말았다.

"워든 씨 집에 있습니까?" 그가 물었다.

"모두 시골에 내려가셨는데요."

그 사실을 듣고 그는 뜻밖에도 깊은 상처를 입었다. 그들이 시골에 갔는데 자신은 그것도 모르고 있었던 것이다. 두 해 전까지만 해도 그는 그들이 출발하는 날짜와 시각까지도 알고 있어 떠나기 직전에 마지막으로 한잔을 나누었고 그들을 첫 번째 방문할 계획을 세웠다. 그러던 그들이 이제는 한마디 말도 없이 그냥 시골로 가버린 것이다.

앤슨은 시계를 쳐다보며 그의 가족이 있는 시골로 내려가 주말을 보낼까 생각해 보았지만, 완행열차밖에 없었고 그것을 타면 이 지독한 더위 속을 세 시간씩이나 흔들리며 가야 했다. 그리고 토요일을 시골에서 보낸다 해도 그다음 날인 일요일은 어떻게 해야 하나. 얌전한 대학생들과 베란다에서 브리지 게임을 하고 저녁 식사 뒤 도로변 나이트클럽에서 춤을 추고 싶은 기분이 들지 않았던 것이다. 물론 그런 것들이 그의 아버지가 지나치게 큰 가치를 두었던 즐거움의 축소판이었지만 말이다.

"아니, 이거야 참." 그가 혼잣말로 중얼거렸다. "그만두기로 하자."

그는 약간 살이 찐 편이었지만 위엄이 있고 인상 좋은 청년으로 특별히 방탕한 생활의 흔적은 보이지 않았다. 어떤 조직의 큰 기둥감으로 안성맞춤처럼 보였다. 어떤 때에는 사회의 기둥감은 아니라고 생각될 때도 있었지만 또 어떤 때에는 그야말로 사회의 기둥감으로 손색없다는 생각이 들었다. 법조계나 종교계를 지탱할 기둥감 말이다. 그는 47번 도로의 한 아파트 앞 길거리에서 잠시 걸음을 멈추어 섰다. 태어나서 거의 처음으로 해야 할 일이 하나도 없었던 것이다.

마침내 앤슨은 뭔가 중요한 약속이 생각난 듯 활기차게 5번 가를 따라 걸어 올라가기 시작했다. 이렇게 감정을 위장할 필요를 느끼는 것은 우리 인간이 개와 공통으로 갖고 있는 특징 중 하나이다. 이날 앤슨의 모습은 평소 잘 드나들던 뒷문에서 거절당한 품위 있는 사람과 비슷했다고 나는 생각한다. 지금 그는 한때 개인 댄스파티에는 빠지지 않고 불려 다니는 인기 있는 바텐더였지만 지금은 플라자 호텔의 미로 같은 와인 저장실에서 알코올 없는 샴페인[23]을 차갑게 하는 일을 맡고 있는 닉을 만나러 가는 길이었다.

"닉," 앤슨이 그에게 물었다. "도대체 일이 모두 어떻게 된 거야?"

"경기가 죽었습니다." 닉이 대답했다.

"위스키 사우어 한 잔 만들어주게." 앤슨이 카운터 너머로 1파인트[24]들이 병을 내밀면서 말했다. "닉, 여자들도 변했어. 브루클린에 아가씨가 하나 있었는데, 지난주에 나한테 말 한마디 없이 결혼해 버리더군."

"그게 사실입니까? 하, 하, 하." 닉은 눈치 빠르게 장단을 맞추어주었다. "감쪽같이 속으셨군요."

---

23) 수정 헌법 18조에 따라 미국에서는 1919년부터 1933년까지 금주법이 시행되었다. 이 기간 동안에는 술을 제조하거나 판매하는 것이 금지되어 있었다.
24) 액량 단위로 약 0.47리터.

"완전히 당한 셈이지." 앤슨이 말했다. "게다가 난 그 전날 밤에도 그 여자와 데이트를 했거든."

"하, 하, 하!" 닉이 큰 소리로 웃어댔다. "하, 하, 하!"

"닉, 핫스프링스에서의 그 결혼식 기억나나? 내가 웨이터들과 악사들한테 영국 국가「국왕 폐왕 만세」를 부르게 했던 날 말이야."

"헌터 씨, 그게 어디에서였지요?" 닉은 골똘히 생각에 잠겼다. "제 기억으론 아마 그게……."

"나중에 그들이 돈을 더 받으려고 왔었지. 한데 그들에게 돈을 얼마나 주었나 하고 생각하기 시작했어." 앤슨이 말을 이었다.

"……아, 그러고 보니 트렌홈 씨 결혼식이었던 것 같습니다."

"난 그런 사람 모르는데." 앤슨이 단호하게 말했다. 알지도 못하는 이름이 그의 회상 속으로 끼어들어 온 것에 기분이 언짢았다. 닉도 재빠르게 그것을 알아차렸다.

"아…… 아니, 그분이 아니지요……." 그가 앤슨의 말에 맞장구를 쳤다. "제가 잊었을 리가 없는데 말입니다. 분명히 앤슨 씨 친구 분 중 한 사람이었습죠……. 브라킨스…… 베이커……."

"그래, 비커 베이커의 결혼식이었어." 앤슨이 금방 반응을 보였다. "결혼식이 끝난 뒤 나를 영구차에 밀어 넣고 꽃으로 덮고 끌고 갔지."

"하, 하, 하!" 닉이 웃었다. "하, 하, 하!"

옛날의 집안 하인 흉내를 내는 닉의 태도도 금방 재미가 없어지자 앤슨은 위층 로비로 올라갔다. 그는 주위를 돌아 보았다. 그의 시선이 책상에 앉아 있는 낯선 얼굴의 담당 직원과 잠깐 마주치고 나서, 오전에 있었던 결혼식의 꽃 한 송이가 구리로 만든 타구 아가리에 놓여 있는 것이 눈에 띄었다. 그는 호텔을 나와 콜럼버스 서클 위에 걸려 있는 핏빛 태양을 향해 천천히 걸어갔다. 그러다가 갑자기 발길을 돌려 플라자 호텔로 다시 걸어 들어가 전화박스 안으로 들어갔다.

나중에 그의 이야기를 듣고 안 일이었지만, 앤슨은 그날 오후 나에게 세 번이나 전화를 걸었고, 뉴욕에 있을 법한 사람들에게 빠짐없이 전화를 걸어보았다고 한다. 지난 몇 년 동안 만나지 않던 남자들과 여자들이며, 전화번호가 아직 수첩에 희미하게 남아 있는 대학 시절에 알고 지내던 화가의 한 모델 아가씨한테까지 전화를 걸었던 것이다. 그러나 교환원은 이제 그 번호는 국번호조차 없어졌다고 일러주었다. 마침내 그는 친구를 찾기 위해 교외까지 알아봤지만 애써 힘주어 말하는 집사(執事)들이며 종업원 아가씨들과 실망스러운 대화만 짧게 나누었을 뿐이었다. 아무개는 외출 중이거나 승마를 하고 있거나 수영을 하고 있거나 골프를 치고 있거나 지난주에 유럽행 배를 탔다는 것이다. 도대체 누구한테 전화를 걸어야 할까?

주말 저녁을 혼자서 보내야 한다고 생각하자 그는 참을 수 없는 기분이 들었다. 여가가 생기면 해보리라고 생각해 두었던 계획들도 이렇게 혼자 있게 되고 보니 흥미가 없어져 버렸다. 그렇고 그런 여자들은 언제나 있었지만 그날따라 알고 지내던 여자들은 하나같이 잠시 모습을 감추고 없었고, 낯선 여자를 사서 뉴욕에서 같이 하룻밤을 지낸다는 생각은 떠오르지도 않았다. 그는 그런 행동은 여기저기 돌아다니는 세일즈맨이 낯선 도시에서 기분 전환으로나 할 만한 부끄럽고 비밀스러운 일이라고 여겼던 것이다.

앤슨은 전화 요금을 지불했다. 담당 여직원이 액수가 많다면서 농담을 걸려고 했지만 웃음이 나오지 않았다. 그날 오후 두 번째로 목적지도 없이 걷기 위해 플라자 호텔을 막 나서려고 하는 참이었다. 회전문 근처에 임산부임에 틀림없어 보이는 한 여자가 옆으로 햇빛을 받으며 서 있었다. 회전문이 돌아갈 때마다 얇은 베이지색 케이프가 어깨 위에서 펄럭거렸고, 그럴 때마다 그녀는 기다리기가 지루한 듯 문 쪽을 바라다보았다. 그 여자를 처음 본 순간 어딘가 낯이 익다는 느낌이 강한 전율처럼 그의 몸에 흘렀다. 5피트 가까이 다가가서야 비로소 그녀가 바로 폴라라는 사실을 깨달았다.

"어머, 앤슨 헌터!"

갑자기 그의 심장이 펄떡펄떡 뛰기 시작했다.

"아니, 폴라……."

"어머, 원 세상에. 이게 웬일이에요, 앤슨!"

그녀는 그의 두 손을 꼭 잡았다. 허물없는 폴라의 태도를 보고 그는 자신에 대한 추억이 그녀의 마음속에서 이미 무뎌졌다는 것을 알아차렸다. 그러나 그는 달랐다. 그녀가 새삼 불러일으킨 옛날의 그 애틋한 기분이 다시 고개를 쳐드는 것을 느꼈다. 마치 그 표면을 상하게 하는 것이 두려운 듯 그녀의 낙천적인 성품을 만날 때면 언제나 품었던 그 부드러움 말이다.

"우리는 이번 여름에 라이[25]에 머물고 있어요. 피트가 사업 때문에 동부로 오게 됐거든요…… 내가 지금 피터 해거티 부인이라는 건 물론 알고 있겠지요? 그래서 아이들까지 다 데리고 와서 집을 빌렸어요. 꼭 한번 놀러 와야 해요."

"정말이야?" 그가 곧바로 물었다. "언제?"

"언제라도 좋아요. 피트가 저기 오네요." 회전문이 돌아가면서 햇볕에 그을린 얼굴에 콧수염을 잘 손질한 서른 살 정도의 키가 크고 세련된 신사 한 사람이 나타났다. 해거티의 더할 나위 없이 말쑥한 몸매는 점점 군살이 붙고 있는 앤슨과 뚜렷한 대조를 이루고 있었고, 앤슨의 몸집이 약간 꽉 조이는 모닝코트 아래 눈에 띄게 드러났다.

"당신 오래 서 있으면 안 되잖아." 해거티가 아내에게 말했다. "우리 여기 좀 앉읍시다." 그가 로비에 있는 의자를 가리켰지만 폴라는 머뭇거렸다.

"이제 집으로 돌아가야 해요." 그녀가 말했다. "앤슨, 어때요? 우리 집에 가서 저녁을 함께 먹지 않을래요? 이제 막 이사한 집이라서 아직 정리는 안 되어 있지만요. 그래도 괜찮다면……."

해거티도 진심으로 아내의 초대에 동의했다.

"하룻밤 묵었다 가십시오."

그들의 자동차는 호텔 앞에 기다리고 있었고, 폴라는 몹

---

25) 미국 뉴욕 주 웨스트체스터 군에 있는 마을.

시 피곤한 듯 좌석에 놓여 있는 실크 쿠션에 깊게 몸을 묻었다.

"당신과 나누고 싶은 얘기가 너무 많아요." 그녀가 말했다. "어디서부터 시작해야 좋을지 모르겠어요."

"난 당신 얘기를 듣고 싶군."

"글쎄요." 그녀는 해거티를 보고 미소를 지었다. "그 얘기를 하려면 시간이 꽤 걸릴 것 같네요. 아이들이 셋…… 첫 남편 사이에서 낳은 아이들이에요. 제일 큰애가 다섯 살, 다음이 네 살, 막내가 세 살이에요." 그녀는 다시 미소를 지었다. "꽤나 부지런히 낳았지요, 안 그래요?"

"아들인가?"

"아들아이가 하나, 딸아이가 둘이에요. 그러고 나서…… 아아, 정말 많은 일들이 일어났지요. 일 년 전에 파리에서 이혼하고 피트와 결혼했어요. 그게 전부예요……. 아니, 한 가지 더 있군요. 지금 몹시 행복하다는 사실 말이에요."

라이에 들어서 그들이 비치 클럽 부근에 있는 커다란 집에 자동차를 세우자 곧, 집 안에서 영국인 가정교사와 함께 있던 약간 마르고 검게 그을린 아이들 셋이 무엇인지 잘 알아들을 수 없는 소리를 지르며 그들을 향해 다가왔다. 폴라는 멍하니 그리고 힘겹게 아이들을 한 명씩 안아주려고 했지만 아이들은 엄마에게 달려들면 안 된다고 주의를 받은 듯 그녀의 포옹을 어색한 자세로 받아들였다. 아이들의 풋풋한 얼굴과 나란히 비교를 해도 폴라의 피부는 여전히 매력적이었다. 몸이 몹시 피곤할 텐데도 그녀는 칠 년 전 팜비치에서 마지막으로 만났을 때보다 더 젊어 보였다.

저녁 식사를 하면서 그녀는 내내 뭔가에 정신을 쏟고 있는 듯이 보였고, 그 뒤 모두 함께 라디오를 듣고 있을 때에는 소파에 몸을 파묻고 눈을 감고 있었다. 그래서 앤슨은 혹시 자신이 이 시간에 이 집에 있는 것이 방해가 되지 않나 하는 생각이 들었다. 그러나 9시가 되자 해거티는 자리에서 일어서더니 두 사람이 잠시 이야기를 나누라고 기분 좋게 말하고는 자리를 떴고, 그제야 그녀는 자신의 일이며 과거의 일을 차근차근 얘기하기 시작했다.

"첫째 아이가," 그녀가 말했다. "우리가 지금 '달링'이라고 부르는 맏딸 아이 말이에요……. 그 아이를 임신한 것을 알았을 때 난 죽고 싶은 심정이었어요. 왜냐하면 로월은 나에게 완전히 남남과 같았기 때문이었지요. 그래서 그 애가 내 아이 같지가 않았던 거예요. 당신에게 편지를 썼다가 찢어버렸어요. 아아 앤슨, 정말 당신은 나에게 너무나 못할 짓을 했어요."

어느새 그들의 대화는 그 옛날로 돌아가 목소리가 올라갔다 내려갔다 하고 있었다. 앤슨은 그때의 추억이 갑자기 되살아나는 것을 느꼈다.

"당신, 언젠가 한 번 약혼하지 않았던가요?" 그녀가 물었다. "돌리인가 누군가 하는 아가씨하고 말이에요."

"약혼은 한번도 한 적이 없어. 약혼하려고 노력했지만 내가 사랑했던 사람은 폴라 당신 한 사람뿐이었지."

"어머나!" 그녀는 탄성을 지른 뒤 잠시 동안 아무 말도 하지 않았다. "지금 배 속에 있는 아이야말로 정말로 갖고 싶은 첫 번째 아이예요. 난 지금 사랑에 빠져 있어요……. 결국 이제서야 말이에요."

앤슨은 그녀가 과거의 추억을 까맣게 잊고 있다는 사실에 충격을 받고 아무 말도 하지 않았다. 그녀는 "결국 이제서야 말이에요."라는 말이 그에게 상처를 주었다는 사실을 깨달았는지 이렇게 말을 이어나갔다. "앤슨, 난 당신에게 홀딱 빠져 있었어요……. 당신은 나를 마음대로 움직일 수 있었지요. 하지만 우리는 행복하지 않았을 거예요. 난 당신이 만족할 만큼 영리하지 못해요. 당신처럼 일을 복잡하게 만드는 건 좋아하지 않잖아요." 그녀는 잠깐 동안 말을 멈췄다. "당신은 결혼해서 안주하지 못할 거예요." 그녀가 덧붙였다.

그 말을 듣고 그는 뒤통수를 세게 얻어맞은 듯한 느낌이 들었다. 지금까지 그가 들어왔던 모든 비난 중에서도 정말 부당한 비난이었던 것이다.

"여자들이 나를 그렇게 대하지만 않았어도 나는 결혼해서 안정을 찾았을 거야." 그가 말했다. "내가 여자들에 대해 그렇게 많이 알지 못했다면, 여자들이 다른 여자 때문에 나를 우쭐거리게 부추기지 않았다면, 그리고 또 여자들이 조금이라도 자존심을 지켰다면 말이야. 진짜 내 집이라고 할 수 있는 집에서 잠깐 잠이 들었다가 눈을 뜰 수 있었으면……. 폴라, 그래, 난 태어날 때부터 그런 사람이었어. 여자들은 나의 그런 점을 보고 좋아한 거야. 다만 난 이제 더 이상 결혼하는 데 필요한 준비 단계를 겪을 수 없을 뿐이야."

11시가 조금 안 되어 해거티가 돌아왔다. 폴라는 위스키를 한 잔 마신 뒤 일어나서 이제 자러 가야겠다고 말했다. 남편한테로 걸어가 그의 옆에 섰다.

"당신 어디 갔다 왔어요?" 그녀가 물었다.

"에드 손더스와 한잔하고 왔어."

"걱정했어요. 내게서 아주 달아나 버린 게 아닌가 하고 말이에요."

그녀는 남편의 코트 위에 고개를 기댔다.

"앤슨, 이 사람 굉장히 멋지지 않아요?" 그녀가 물었다.

"정말로 그래." 앤슨이 웃으며 대답했다.

그녀는 고개를 쳐들어 남편을 쳐다보았다.

"자, 난 준비 끝났어요." 그녀가 말했다. 그리고 앤슨을 향해 말했다. "우리 집의 곡예 묘기를 보여드릴까요?"

"그거 좋지." 앤슨이 흥미롭다는 듯이 대답했다.

"좋아요. 자, 시작해요!"

그러자 해거티가 가볍게 두 팔로 그녀를 안아 들었다.

"가족 곡예단이 선보이는 묘기라는 거예요." 폴라가 말했다. "이 사람이 나를 안고 2층으로 올라가는 거지요. 이 사람 멋지지 않아요?"

"그래, 멋지군." 앤슨이 대답했다.

해거티는 살짝 고개를 숙여 폴라의 뺨에 얼굴을 대었다.

"그리고 나는 이 사람을 진심으로 사랑해요." 폴라가 말했다. "앤슨, 아까 내가 그 얘기를 해주지 않았던가요?"

"물론 했지." 그가 대답했다.

"이 세상에서 지금까지 살아온 모든 사람 중에서 내게 가장 소중한 사람이에요. 여보, 안 그래요? 자, 그럼 편히 주무세요. 우린 이제 올라갈게요. 이 사람 무척 힘이 세죠?"

"그렇군." 앤슨이 대답했다.

"피트의 잠옷을 갖다 놓았어요. 좋은 꿈을 꾸세요. 그럼 아침 식사 때 만나요."

"그러지." 앤슨이 대답했다.

8

회사의 나이 지긋한 중역들은 앤슨에게 여름 동안 외국에라도 다녀오라고 권했다. 지난 칠 년 동안 휴가 한번 제대로 가지 못했기 때문이었다. 과로로 지쳐 있으니 휴식이 필요하다는 것이었다. 그러나 앤슨은 거듭 이를 거절했다.

"한번 떠나면 말입니다," 그가 단정적으로 말했다. "다시는 돌아오지 못할 겁니다."

"말도 안 되는 소리 하지 말게, 이 친구야. 세 달만 지나면 그런 우울한 생각은 말끔히 떨쳐버리고 돌아올 거야. 옛날처럼 건강하게 말일세."

"아닙니다." 그가 고집스럽게 고개를 내저었다. "일단 손을 떼면 다시는 돌아오지 못할 겁니다. 손을 뗀다는 건 포기한다는 뜻이지요……. 그러면 모든 게 끝장이고요."

"어디 한번 모험을 해보겠네. 원한다면 반 년 정도 쉬었다 오게나……. 우린 자네가 우리를 떠나리라곤 걱정하지 않는다네. 자넨 일을 떠나서는 못 사는 사람 아닌가."

그들은 그를 위해 여행 준비를 해주었다. 그들은 앤슨을 좋아했고, 그를 싫어하는 사람은 아무도 없었다. 그동안 그가 겪어온 변화가 회사 안에 어두운 그림자를 드리우고 있었던 것이다. 사업에 늘 활력을 불어넣던 그의 열성이며, 동기들이나 후배들에 대한 세심한 배려며, 사기(士氣)를 진작시켜 주는 활력적인 그의 존재……. 최근 네 달에 걸쳐 극도의 정신적인 피로감 때문에 이런 모든 자질이 사십 대 남자의 신경질적인 비관주의로 바뀌었다. 그래서 그가 관여하는 거래마다 장애가 되고 긴장이 되었던 것이다.

"이제 가면 다시는 돌아오지 못할 겁니다." 그가 말했다.

배가 출발하기 사흘 전 폴라 르잰더 해거티는 아이를 낳다가 그만 사망하고 말았다. 그때 나는 그와 같은 배로 대서양을 건너고 있었기 때문에 꽤 많은 시간을 그와 함께 지냈다. 그런데도 그는 처음에는 속마음을 한마디도 털어놓지 않았고, 나도 아무런 감정의 동요를 보이지 않았다. 그런 일은 내가 그와 가까이 지낸 이래 처음 있는 일이었다. 그는 자신이 서른 살이 되었다는 사실에만 깊이 몰두해 있었다. 다른 얘기를 하고 있다가도 그 사건을 떠올리게 하는 화제에 이르게 되면, 그는 마치 그 말을 하면 일련의 생각을 시작하게 될지 모른다고 여기는 듯 입을 꼭 다물어버리곤 했다. 그의 회사의 중역들처럼 나도 이런 그의 변화에 깜짝 놀랐다. 우리가 탄 여객선 '파리' 호(號)가

공국(公國)을 뒤로하고 마침내 두 세계 사이의 바다로 미끄러져 나갈 때 나는 기뻤다.

"한잔할까?" 그가 제안했다.

우리는 여행을 떠날 때마다 언제나 느끼게 되는 그 설레는 기분을 간직한 채 바로 걸어가서 마티니를 주문했다. 한 잔 마시고 나자 그에게 변화가 일어났다. 갑자기 손을 뻗어 내 무릎을 두드렸다. 그가 그런 쾌활한 태도를 보인 것은 몇 달 만에 처음이었다.

"자네 아까 빨간 베레모를 쓴 여자 봤나?" 그가 물었다. "경찰견 두 마리의 배웅을 받은 표정이 밝은 그 아가씨 말이야."

"꽤 예쁘던데." 나는 그의 말에 맞장구쳤다.

"사무실에 가서 물어보았는데, 혼자서 여행 중이라더군. 조금 있다가 스튜어드를 만나러 갔다 올 거야. 오늘 저녁은 그 아가씨와 함께 식사를 하기로 하자고."

잠시 뒤 그는 자리에서 일어났고, 채 한 시간도 지나기 전에 그녀와 함께 갑판을 산책하면서 힘 있고 또렷한 목소리로 끊임없이 그녀에게 무엇인가를 이야기하고 있었다. 그녀의 빨간 베레모가 강철 푸른빛이 도는 녹색 바다를 배경으로 밝은 한 점처럼 보였다. 때때로 그녀는 짧게 자른 머리를 반짝이며 고개를 쳐들었고 즐거움과 흥미와 기대가 뒤섞인 미소를 머금고 있었다. 저녁 식사 때 우리는 샴페인을 마셨고 아주 기분이 좋았다. 그 뒤 앤슨은 곁에 있는 사람까지 들뜰 정도로 신바람이 나서 내기 당구를 쳤고, 그와 함께 있는 것을 본 적이 있는 몇 사람은 나에게 그의 이름을 물어볼 정도였다. 내가 잠자러 갈 때까지 그와 그 여자는 함께 바에 있는 라운지에서 이야기를 나누며 웃고 있었다.

이 여행에서 나는 처음에 기대했던 것만큼 그를 자주 볼 수 없었다. 그는 여자를 한 명 더 찾아서 네 명의 패거리를 만들려고 했지만 마땅한 여자가 없어 나는 결국 식사 시간에나 겨우 그를 볼 수 있을 뿐이었다. 그러나 때때로 그는 바에서 칵테일을 마시며 그 빨간 베레모의 여자에 대해 그리고 그녀와의 모험에 대해 늘 하던 대로 이야기를 색다르고 재미있게 꾸며서 들려주었다. 나는 그가 다시 한 번 본래의 자기 모습, 적어도 예전부터 내가 알고 있으며 내가 편하게 느끼는 모습으로 되돌아온 것이 반가웠다. 그는 누군가가 자신을 사랑하지 않으면 행복할 수 없는 사람이라고 나는 생각한다. 쇳가루가 자석에 달라붙듯 자신에게 반응을 보이고, 자신을 명확하게 설명할 수 있도록 그를 도와주며 그에게 무언가 약속을 해주는 누군가 말이다. 그 약속이 어떤 것인지 나는 잘 모른다. 어쩌면 그가 가슴속에 품고 있는 그 우월감을 보살피고 보호해 주기 위해 자신의 가장 찬란하고 신선하고 소중한 시간을 바칠 여성들이 이 세상에 언제나 존재할 것이라는 그런 약속일는지도 모른다.

오월제

전쟁에서 싸워 이겼고, 승전국의 대도시에는 승리의 아
치가 세워지고, 희고 붉은 장밋빛의 꽃들이 여기저기 흩어
져 있어 생동감을 북돋워 주었다.[1] 기나긴 봄날 전쟁에서
돌아오는 군인들이 드럼과 흥겹고 낭랑한 브라스밴드의 뒤
에서 간선 도로를 따라 하루 종일 행진하는 동안, 상인들과
사무원들은 잠시 말다툼과 계산을 접어둔 채 창가로 몰려와
지나가는 대대(大隊)를 향해 엄숙하게 하얀 얼굴을 돌렸다.

이 대도시에서는 이제까지 그렇게 호황을 누린 적이 없
었다. 승전은 풍요를 가져왔고, 상인들은 남부와 서부로부
터 식구를 데리고 이곳에 몰려와 황홀한 축제를 즐기고 사
치스러운 홍겨움이 준비되어 있음을 목격했다. 또한 여자
들에게는 다가올 겨울을 대비하기 위한 털옷이며, 금실로

---

1) 제1차 세계 대전에서 연합국이 승리한 것을 말한다.

짠 그물 핸드백이며, 비단과 은과 장밋빛 새틴과 금으로
된 천으로 만든 온갖 색깔의 실크 슬리퍼를 사주었다.

승전국의 작가들과 시인들이 그렇게도 요란하고 시끄럽
게 곧 다가올 평화와 번영을 노래하였기 때문에, 점점 더
많은 사람들이 흥분의 포도주를 마시려고 시골에서 몰려들
었다. 그리고 사람들이 몰려들면 들수록 상인들은 점점 빠
르게 장신구와 슬리퍼를 팔아치운 나머지 더 많은 장신구
와 슬리퍼를 보내달라고 외쳐댔다. 자신들에게 요구하는
물건을 팔기 위해서 말이다. 심지어 어떤 상인들은 절망
가운데 두 손을 들고 이렇게 소리치기도 했다.

"아, 어쩌면 이럴 수가! 이제 더 슬리퍼가 없구나! 장신
구도 없구나! 하느님 아버지, 이를 어떻게 하면 좋습니
까!"

그러나 어느 누구도 그들의 소리에 귀를 기울이는 사람
이 없었다. 왜냐하면 군중은 너무 바빴기 때문이다. 날이
면 날마다 보병들이 간선 도로를 따라 의기양양하게 행진
을 했고, 모두들 기뻐 날뛰었다. 전쟁에서 돌아오는 젊은
이들은 순수하고 용감했고, 이빨이 건실하고 뺨에 장밋빛
이 감돌았으며, 이 땅의 젊은 아가씨들은 숫처녀로 얼굴과
몸매가 모두 아름다웠기 때문이다.

그래서 이 무렵 이 대도시에서는 많은 모험이 일어났고,
그중에서 몇 가지 이야기를—어쩌면 한 가지 이야기일는
지도 모른다—다음에 적으려고 한다.

1

1919년 5월 1일 아침 9시. 젊은이 한 사람이 빌트모어 호텔[2]의 객실 담당 사무원에게 필립 딘 씨가 이 호텔에 묵고 있는지, 만약 묵고 있다면 딘 씨의 방과 전화를 연결해 달라고 부탁했다. 그 청년은 재단이 잘되긴 했지만 남루한 신사복을 입고 있었다. 체구는 작고 몸이 여위었으며 어렴풋하게나마 미남다운 데가 있었다. 눈 위쪽으로는 보통 이상으로 긴 눈썹이, 눈 아래쪽으로는 건강이 별로 좋지 않은 듯 푸른빛의 반원이 있었다. 특히 눈 밑의 푸른빛을 띤 반원은 언제나 떠나지 않는 미열처럼 얼굴을 물들이는 부자연스러운 홍조(紅潮) 때문에 더욱더 두드러져 보였다.

딘 씨는 이 호텔에 머물고 있었다. 젊은이는 옆에 있는 전화기로 인도되었다.

잠시 뒤 전화가 연결되자 졸린 듯한 목소리가 위층 어디에선가에서 들려왔다.

"딘 씨입니까?" 아주 열띤 목소리였다. "필, 나 고든일세. 고든 서터렛 말이야. 지금 아래층에 와 있네. 자네가 뉴욕에 왔다는 소식을 듣고 혹시 이 호텔에 머물고 있지 않나 생각했지."

졸린 듯한 목소리는 점점 열성을 띠었다. 그래, 고디,

---

2) 미국 뉴욕 시 맨해튼에 있는 호텔로 5번 가와 43번 도로에 자리잡고 있다.

이 친구야, 그동안 어떻게 지냈나! 물론 놀랐지, 반갑기도 하고! 고디, 어서 위로 올라오게나!

몇 분이 지난 뒤 푸른색 실크 잠옷을 입은 필립 딘은 문을 열었고, 두 사람은 열광적이면서도 어색하게 서로 인사를 나눴다. 두 사람 모두 스물네 살 정도 나이로 전쟁이 일어나기 전해에 함께 예일 대학교를 졸업했다. 그러나 두 사람의 공통점은 여기에서 끝이 난다. 얇은 잠옷 차림의 딘은 금발에다 얼굴이 불그스레하고 억세 보였다. 어디를 보나 그에게서는 건강함과 신체적 편안함이 흘러 넘쳤다. 자주 미소를 지을 때마다 커다란 이빨이 유난히 드러났다.

"그러잖아도 자넬 찾아보려고 했네." 그가 열성을 다해 큰 소리로 말했다. "몇 주일 휴가를 즐기고 있거든. 잠깐 앉아 있게나, 곧 돌아올게. 샤워를 좀 하려고."

그가 목욕탕으로 사라지자 방문객의 검은 두 눈은 불안한 듯 방 안을 살펴보다가 방 귀퉁이에 놓여 있는 커다란 영국제 여행용 가방이며, 인상적인 넥타이며, 부드러운 털양말과 함께 의자 위에 널려 있는 두꺼운 실크 와이셔츠 더미에 잠시 멈췄다.

고든은 자리에서 일어나 와이셔츠 하나를 집어 들어 자세히 살펴보았다. 아주 두꺼운 실크 천으로 노란색 바탕에 옅은 푸른색 줄무늬가 나 있었다. 그런데 그런 셔츠가 무려 거의 한 다스나 되었던 것이다. 자기도 모르게 자신의 와이셔츠 소매를 바라보았다. 가장자리가 해어지고 보풀이 나 있는 데다가 옅은 회색으로 더럽혀져 있었다. 실크 셔츠를 방바닥에 떨어뜨리고 그는 자신의 양복 소맷자락을 끌어내려 해진 셔츠 끝을 눈에 보이지 않게 안쪽으로 밀어 넣었다. 그러고 나서 거울로 다가가 무기력하고 불행한 태도로 자신의 모습을 바라보았다. 한때는 멋들어진 넥타이였지만 지금은 빛이 바랬으며 엄지손가락 자국으로 주름이 잡혀 있었다. 넥타이는 와이셔츠 깃의 들쭉날쭉한 단춧구멍도 제대로 가릴 수 없었다. 불과 삼 년 전만 하더라도 4학년 학생 중 가장 옷을 잘 입는 베스트드레서를 뽑는 선거에서 우연히 한 표를 얻었던 일이 생각이 났지만 이제는 아무런 감흥도 없었다.

딘은 몸을 닦으며 목욕탕에서 나왔다.

"어젯밤 자네 옛날 친구를 보았네." 그가 말했다. "호텔 로비에서 지나쳤는데 도무지 이름을 기억해 낼 수 없는 거야. 자네가 4학년 때 뉴헤이번에 데리고 온 그 아가씨 말이야."

고든은 놀라는 표정을 지었다.

"이디스 브래딘? 그 아가씨 말인가?"

"그래, 맞아. 잘빠졌던데. 여전히 귀여운 인형 같더군……. 내 말 알겠나? 손을 대면 때가 묻을 듯한 것 말일세."

딘은 반들거리는 자신의 몸을 만족한 듯이 거울에 비추어 보고는 한쪽 이빨을 드러내며 살짝 미소를 지었다.

"아마 스물세 살은 되었을 거야." 그가 말을 이었다.

"지난달로 스물두 살이었지." 고든이 정신 나간 사람처럼 말했다.

"뭐라고? 아, 지난달로 말이지! 한데, '감마 프사이'[3] 댄스파티에 참석하려고 내려온 모양이지. 오늘 저녁 델모니코[4]에서 예일 대학교 '감마 프사이' 댄스파티가 열리는 거 알고 있나? 고디, 자네도 참석하는 게 좋을 걸세. 모르긴 몰라도 아마 예일대 학생 반 정도는 올 거야. 자네에게 초청장을 얻어다 줄 테니까."

마지못한 태도로 새 속옷으로 갈아입으며 딘은 담배에 불을 붙이고는 열어놓은 창문 가에 앉아 방 안으로 쏟아져 들어오는 아침 햇살 아래 장딴지와 무릎을 살펴보았다.

"고디, 앉게나." 그가 제안했다. "그리고 그동안 어떤 일을 해왔는지, 지금은 또 무슨 일을 하고 있는지 모두 이야기해 주게."

고든은 갑자기 침대에 쓰러져 죽은 사람처럼 가만히 누워 있었다. 가만히 있을 때면 습관적으로 약간 벌어져 있는 그의 입이 갑자기 절망적이고 비참한 모습을 띠었다.

"왜 그러나?" 딘이 재빨리 물었다.

"오, 맙소사!"

"왜 그러냔 말일세?"

"모든 게 엉망이라네." 그가 비참하게 대답했다. "필, 난 이제 완전히 산산조각이 나버리다시피 했다네. 기진맥진한 상태라고."

---

3) 미국 대학교의 남학생 사교 클럽으로 흔히 그리스어로 부른다.
4) 뉴욕 시 맨해튼에 있는 호텔로 5번 가와 44번 도로에 위치해 있다. 레스토랑과 연회장으로 유명하다.

"뭐라고?"

"기진맥진한 상태에 있다고." 그의 목소리가 떨리고 있었다.

딘은 푸른빛 눈으로 좀 더 꼼꼼히 그를 살펴보았다.

"분명히 지친 것처럼 보이는군."

"자네 말이 맞네. 모든 걸 엉망으로 만들어버렸다네." 그가 잠시 말을 멈췄다. "처음부터 다시 말하는 게 좋겠군…… 자네를 지겹게 하지 않을까?"

"아니, 괜찮네. 계속해 보게." 그러나 딘의 목소리에서는 어딘가 망설이는 빛을 느낄 수 있었다. 이번 동부 여행은 휴일처럼 계획을 세웠다. 그래서 곤경에 빠진 고든 스터렛의 모습을 보니 조금 화가 났던 것이다.

"계속해 보라니까." 그는 같은 말을 되풀이하고 나서 반쯤 입속말로 덧붙였다. "어서 끝내버리게나."

"한데, 그게 말일세," 고든이 불안하게 다시 말을 꺼냈다. "지난 2월에 프랑스에서 돌아와[5] 고향 해리스버그[6]에 가서 한 달 동안 머물러 있었지. 그러고 나서 일자리를 찾으러 뉴욕에 왔다네. 일자리를 하나 찾았는데…… 수출 회사였어. 그런데 어제 해고당했다네."

"해고당했다고?"

"필, 그 얘기를 하려는 참이었어. 자네한테 솔직하게 털어놓고 싶네. 이런 문제로 이야기할 상대가 자네밖엔 없으

---

5) 고든 스터렛은 제1차 세계 대전에 참전하여 프랑스에서 근무했다.
6) 미국 펜실베이니아 주의 주도(州都).

니까. 필, 솔직히 말해도 상관없겠지?"

딘은 아까보다 몸이 굳어졌다. 이제는 건성으로 무릎을 때리고 있었다. 막연하게나마 부당하게 책임을 떠안고 있다는 느낌이 들었다. 그 이야기를 듣고 싶은지조차 확신할 수 없었다. 고든 스터렛이 정도가 가벼운 곤경에 빠진 모습을 보는 것은 그렇게 놀라운 일이 아니었지만, 현재의 비참한 모습에는 호기심을 불러일으키면서도 거부감을 일으키고 몸을 굳게 하는 그 무엇이 있었던 것이다.

"계속해 보게."

"여자 문제라네."

"흠." 어떤 일이 있어도 자신의 여행을 망쳐서는 안 된다고 딘은 다짐했다. 만약 고든이 귀찮게 군다면 그를 좀 더 멀리해야 할 것이다.

"그녀 이름은 주얼 허드슨이라네." 침대 쪽에서 비탄에 찬 목소리가 들려왔다. "일 년 전만 하더라도 그녀는 '순수'했지. 여기 뉴욕에서 살고 있는데…… 가난한 집안 출신이지. 식구들은 사망하고 지금은 나이 많은 숙모와 함께 살고 있다네. 내가 그녀를 만난 건, 모든 사람들이 떼를 지어 프랑스에서 새로이 도착하기 시작할 무렵이었어……. 내가 하는 일이라곤 이렇게 새로 도착한 사람들을 환영하고 그들과 파티를 벌이는 거였지. 필, 모든 사람들을 만나는 게 반갑고, 또한 그들도 나를 만나는 게 반갑고, 그러다가 일이 시작된 셈이지."

"좀 더 분별이 있었어야지."

"나도 잘 아네." 고든이 잠시 말을 멈췄다가 나른한 목소리로 다시 말을 이었다. "자네도 알다시피 나는 지금 경제적으로 독립해 있거든. 필, 난 가난한 것을 참을 수 없다네. 바로 이때 이 빌어먹을 아가씨가 나타난 거야. 그녀는 얼마 동안 나와 사랑 비슷한 것에 빠졌다네. 비록 난 그렇게 깊이 빠지고 싶지 않은데, 언제나 어디에선가 그녀와 마주치게 되는 거야. 수출 회사에서 내가 하는 일이 어떤 것인지 자네는 상상할 수 있을걸세……. 물론 난 언제나 그림을 그릴 생각이었지. 잡지에 삽화를 그리는 것 말일세. 꽤 많은 돈을 벌 수 있거든."

"왜 그렇게 하지 않았나? 무슨 일이건 잘하려면 마음을 단단히 먹어야지." 딘은 냉정하게 격식을 차리며 말했다.

"나도 조금은 노력을 했지. 하지만 워낙 내 본성이 그래놔서. 필, 난 재능이 있네. 그림을 그릴 수 있다고……. 다만 어떻게 그려야 할지를 모를 뿐이지. 미술 학교에 가야 하는데, 그럴 만한 돈이 없거든. 한데 일주일쯤 전에 위기가 닥쳐왔네. 마지막 돈이 다 떨어져 가고 있는데 이 아가씨가 나를 괴롭히기 시작하는 거야. 돈을 달라는 거지. 만약 돈을 주지 않으면 말썽을 일으키겠다는 게 아니겠나."

"그 아가씨가 그렇게 할 수 있는가?"

"충분히 그럴 수 있지. 내가 직장을 잃게 된 것도 그 이유 중의 하나고……. 계속해서 늘 회사에 전화를 걸어대는데, 말하자면 엎친 데 덮친 격이지. 그녀는 우리 식구들에게 보낼 편지 한 장을 써놓았다네. 아, 나를 완전히 손에 넣고 있는 셈이지. 그녀 때문에 돈이 좀 필요하다네."

잠시 어색한 침묵이 흘렀다. 고든은 두 손을 옆구리에

움켜쥔 채 꼼짝하지 않고 침대에 누워 있었다.

"난 지칠 대로 지쳐 있다네." 떨리는 목소리로 그가 말을 이었다. "필, 난 지금 반쯤 미친 상태에 있다고. 자네가 동부로[7] 온다는 사실을 몰랐다면, 난 아마 벌써 자살을 했을 걸세. 300달러만 빌려주게나."

두 손으로 양말을 신지 않은 맨발의 뒤꿈치를 두들기고 있던 딘은 갑자기 손을 멈췄다. 두 사람 사이에 오가던 호기심 섞인 불확실한 감정에 팽팽한 긴장감이 감돌았다.

잠시 뒤 고든이 말을 이었다.

"식구들에게 돈을 하도 쥐어짜듯이 해서 이젠 동전 한 닢 부탁하기도 부끄럽다네."

여전히 딘은 아무런 대답도 하지 않았다.

"주얼은 200달러를 달라는 거야."

"그녀더러 다른 곳에서 알아보라고 하지."

"그게 말로는 쉽네만. 그녀는 내가 취한 상태에서 쓴 편지 몇 통을 가지고 있다네. 불행히도 그녀는 자네가 생각하듯 그렇게 나약한 여자가 아니라고."

딘은 불쾌하다는 표정을 지었다.

"난 그런 종류의 여자는 참을 수 없네. 그런 여잔 멀리해야 해."

"나도 알고 있네." 고든이 나른한 목소리로 인정했다.

---

7) 동부는 대서양 연안의 미국 동부 지방을 가리키지만 피츠제럴드의 작품에서는 흔히 뉴욕 시를 일컫는다. 필립 딘은 중서부 출신으로 지금 그곳에서 살고 있는 듯하다.

"사실을 있는 그대로 직시해야 하네. 만약 돈이 없다면 일을 해야 하고 여자를 멀리해야 하지."

"말하기는 쉽지." 고든이 눈을 가늘게 뜨며 대꾸했다. "자넨 이 세상의 돈을 모두 갖고 있으니까 말일세."

"그렇지가 않네. 내 가족은 내가 쓰는 돈을 하나하나 감시한다네. 조금 여유가 있다는 바로 그 이유 때문에 낭비하지 않도록 특별히 조심해야 한다고."

그는 블라인드 커튼을 걷어 올려 좀 더 햇빛이 쏟아져 들어오게 했다.

"정말이지 난 까다로운 인간은 아닐세." 그가 신중하게 말을 이었다. "난 쾌락을 좋아하거든……. 이런 휴가 때에는 더더욱 쾌락을 좇지. 한데 자넨…… 자넨 지금 형편없는 모습을 하고 있네. 자네가 이런 식으로 말하는 걸 전엔 들어본 적이 없어. 자넨 말하자면 파산 상태를 맞이한 것 같네……. 금전적으로는 물론이고 정신적으로도 말이야."

"그 두 가지는 보통 같이 가지 않는가?"

딘은 조바심이 나는 듯 고개를 내저었다.

"자네 주위엔 내가 이해할 수 없는 어떤 분위기가 감돌고 있어. 말하자면 악(惡)의 분위기라고나 할까."

"걱정과 가난과 잠 못 이룬 밤의 분위기라네." 고든이 조금 도전적인 태도로 대꾸했다.

"난 잘 모르겠는걸."

"아, 내가 의기소침해 있다는 건 나도 인정하네. 내 스스로 그렇게 만드는 거지. 하지만 필, 일주일만 편히 쉬고 새 양복으로 갈아입고 어느 정도 돈만 있으면 그렇게 될 거야⋯⋯. 예전처럼 말이네. 필. 자네도 알다시피 난 그림을 잘 그릴 수 있다네. 하지만 어떤 땐 변변한 그림 도구를 살 돈도 없거든⋯⋯. 지치고 낙담하고 피로할 땐 그림을 그릴 수가 없네. 돈만 조금 있으면 몇 주일 쉬고 나서 다시 시작할 수 있을 텐데 말이야."

"그 돈을 다른 여자한테 쓰지 않는다고 어떻게 장담할 수 있지?"

"왜 그렇게 아픈 상처를 건드리는가?" 고든이 조용히 말했다.

"아픈 상처를 건드리는 게 아냐. 자네의 이런 모습을 보는 건 못 견디겠네."

"필, 돈을 좀 빌려줄 수 없겠나?"

"그렇게 쉽게 결정할 수 있는 문제는 아니네. 액수가 많은 데다가 나로서도 몹시 난처하거든."

"만약 자네가 빌려주지 않으면 난 끝장이란 말이야⋯⋯. 죽는소리 늘어놓고 있는 거 잘 알고 있네. 모두 다 내 잘못이지⋯⋯. 하지만 어쩔 수 없다네."

"언제 갚을 건데?"

이 말은 고무적으로 들렸다. 그래서 고든은 생각했다. 정직하게 말하는 게 가장 현명하다고.

"물론 다음 달에 갚겠다고 약속할 수 있지만⋯⋯. 세 달 뒤에 갚겠다고 말하는 편이 더 좋네. 그림이 팔리기 시작하자마자 갚도록 하지."

"그림이 팔릴 거라고 어떻게 보장하지?"

딘의 목소리가 전에 없이 굳어지자 의구심이 마치 약한

오한처럼 고든의 몸에 엄습해 왔다. 혹 돈을 못 빌리게 되는 건 아닐까?

"조금은 날 믿어줄 줄 알았는데."

"전에는 그랬지…… 하지만 지금의 자네 모습을 보니 의심스러워지기 시작했다네."

"막다른 궁지에 몰리지 않았다면 이렇게 자네를 찾아왔겠나? 누가 좋아서 이런 짓을 하고 있는 줄 아는가?" 고든이 갑자기 말을 멈추고 입술을 깨물었다. 목소리에 치미는 분노를 억제해야 한다고 느끼면서 말이다. 어찌 되었든지 부탁하고 있는 사람은 자신이 아니던가.

"자넨 이 문제를 꽤 쉽게 생각하고 있는 것 같군." 딘이 화가 나서 말했다. "만약 자네에게 돈을 꿔주지 않으면 바보 취급받는 기분이 드는구먼…… 정말이야, 사실이 그래. 말해 두지만, 300달러를 변통하는 게 내겐 쉬운 일이 아닐세. 내 수입이 그렇게 많지 않거든. 그만한 액수를 축낸다면 일이 엉망이 된단 말이네."

딘은 의자에서 일어나 주의 깊게 옷을 골라 입기 시작했다. 고든은 두 손을 펼쳐 침대의 가장자리를 움켜잡으며 울부짖고 싶은 마음을 가까스로 참았다. 머리가 깨질 듯 빙빙 돌고, 입이 바싹 말라 쓴맛이 돌았다. 피 속의 열기가 마치 지붕에서 천천히 떨어지는 물방울처럼 수많은 규칙적인 고동으로 분리되는 것을 느껴졌다.

딘은 넥타이를 단정하게 매고 눈썹을 문지르더니 이빨에 붙은 담뱃잎 조각을 엄숙하게 떼어냈다. 그러고 나서 담배 케이스에 담배를 담은 뒤 조심스럽게 빈 담뱃갑을 쓰레기

통에 던지고 케이스를 조끼 주머니에 집어넣었다.

"아침 식사는 했나?" 그가 물었다.

"아니. 이제 더 아침은 먹지 않는다네."

"그럼, 함께 먹으러 나가세. 돈 얘기는 나중에 하기로 하고. 그런 얘기는 딱 질색이거든. 동부에는 즐기려고 왔으니까. 예일 클럽⁸⁾으로 가세." 딘이 무뚝뚝하게 말을 잇고 난 뒤 나무라듯 덧붙였다. "이제 자넨 직장을 그만두었겠다, 특별히 할 일도 없지 않은가."

"돈만 조금 있다면 할 일은 얼마든지 있네." 고든이 날카롭게 대꾸했다.

"아, 제발 부탁이네. 그 얘기는 잠시 접어두자니까! 모든 여행을 망치게 할 순 없잖나. 자, 이 돈이라도 받아두게."

그가 지갑에서 5달러짜리 지폐 한 장을 꺼내 던져주자, 고든은 그것을 정성스럽게 접어 호주머니에 집어넣었다. 그의 두 뺨에 다시 홍조가 떠올랐는데 열 때문은 아니었다. 밖으로 나가려고 몸을 돌리기에 앞서 잠깐 두 사람의 시선이 마주쳤고, 두 사람은 똑같이 무엇인가를 느끼고는 당황해서 눈길을 아래로 떨어뜨렸다. 그 순간 갑자기 상대방을 증오하고 있었음에 틀림없었다.

---

8) 예일 대학교 졸업생을 위한 사설 클럽으로 이곳에서 식사를 하고 휴식을 취할 수 있다. 뉴욕 시 맨해튼의 밴더빌트 가와 44번 도로에 위치해 있다.

2

　5번 가와 44번 도로가 서로 만나는 지점은 점심 시간의 군중으로 붐비고 있었다. 풍요롭고 행복에 넘치는 태양이 고급 상점의 두꺼운 쇼윈도를 통하여 눈부신 황금빛을 내리비치고 있었다. 그물 가방이며 지갑이며 회색 벨벳 케이스에 담긴 진주 목걸이를 비추고 있었고, 온갖 색깔의 화려한 깃털 부채와 값비싼 드레스의 레이스와 비단을 비추고 있었으며, 실내 장식가가 전시실에 멋지게 진열해 놓은 볼품없는 그림들과 고급 고가구들을 비추고 있었다.

　삼삼오오 짝을 짓거나 그보다 더 많이 무리를 지은 직장 여성들이 이런 쇼윈도 주위를 서성거리며 화려한 진열장에서 각자 앞으로 신부 침실에서 사용할 물건을 고르고 있었다. 어떤 쇼윈도 안에는 가정의 분위기에 걸맞게 남자의 실크 잠옷을 침대에 올려놓은 곳도 있었다. 아가씨들은 보석상 앞에 멈춰 서서 약혼반지며 결혼반지며 백금 시계를 고르더니, 이번에는 깃털 부채며 야회용 외투를 구경하려고 발걸음을 옮겼다. 그렇게 하는 동안 낮에 점심으로 먹은 샌드위치와 아이스크림을 소화시키는 것이었다.

　이런 군중 가운데에는 허드슨 강[9]에 닻을 내린 함대에서 상륙한 수병들이며, 매사추세츠 주에서 캘리포니아 주까지 미국 전역의 사단 기장(紀章)을 단 병사들 등 제복 차림을 한 사람들도 뒤섞여 있었다. 병사들은 하나같이 사람들의

---

9) 뉴욕 시 맨해튼과 뉴저지 주 사이에 흐르는 강.

이목을 끌려고 무척 애를 쓰고 있었지만, 이 대도시 사람들은 이제 힘들게 무거운 배낭에 소총을 걸머메고 질서정연하게 대오를 이루고 있는 군인을 제외하곤 군인이라면 아주 신물이 났다.

이런 여러 부류의 혼잡 속을 딘과 고든은 배회했다. 딘은 보잘것없고 번지르르하기 이를 데 없는 사람들 모습에 흥미를 느껴 긴장하고 있는 반면, 고든은 자신도 형편없는 음식에다 일에 혹사당하여 피로하고 지쳐버린 집단의 일원이었던 적이 얼마나 많았던가 하고 새삼 떠올렸다. 딘에게는 사람들이 서로 다투고 있는 모습이 의미가 있고 젊음과 기쁨이 넘쳐 보이는 반면, 고든에게는 음산하고 무의미하며 끝이 없어 보였다.

예일 클럽에서 그들은 동기생 한 무리를 만났는데, 그들은 멀리서 온 딘을 열렬히 환영해 마지않았다. 반원을 그리며 놓여 있는 긴 의자와 소파에 둘러앉아 그들은 나란히 하이볼[10]을 기울였다.

고든에게 그들의 대화는 따분하고 지루하기 짝이 없었다. 오후로 접어들자 술기운으로 몸이 따뜻해진 그들은 함께 떼를 지어 점심을 먹었다. 모두들 그날 밤 '감마 프사이' 댄스파티에 참석할 생각이었다. 전쟁이 끝난 뒤에 벌이는 파티 중 가장 멋진 파티가 되리라는 것이다.

"이디스 브래딘도 온다네." 누군가가 고든에게 말했다. "그 아가씬 자네의 옛날 애인이 아니었던가? 두 사람 모두

---

10) 위스키에 소다수를 탄 음료.

해리스버그 출신이지 않나?"

"그래, 맞네." 고든은 화제를 바꾸려고 했다. "그녀의 오빠하고는 가끔 만나고 있지. 사회주의에 빠진 멍청이 녀석이야. 여기 뉴욕에서 신문인가 뭔가를 만들고 있지."

"멋쟁이 누이동생하고는 영 딴판인 모양이군그래." 열성적인 이 소식통은 계속해서 말했다. "오늘 밤 그녀는 피터 히멜이라는 3학년생과 함께 온다더군."

고든은 오늘 밤 8시에 주얼 허드슨과 만나기로 되어 있었다. 그녀에게 돈을 가져다주기로 약속했던 것이다. 몇 번이나 초조하게 손목시계를 들여다보았다. 4시가 되자 다행히 딘은 자리에서 일어서며 리버스 브라더스[11]로 와이셔츠 칼라와 넥타이를 사러 가야겠다고 말했다. 그런데 클럽을 막 나오려는데 그 자리에 있던 일행 하나가 자기도 같이 가겠다면서 따라나서는 바람에 고든은 몹시 실망했다. 오늘 밤 댄스파티에 대한 기대로 들떠 있는 딘은 아주 기분이 좋았으며 약간 시끄럽게 구는 편이었다. 리버스 브라더스에 이르자 그는 함께 온 친구와 오랫동안 상의한 뒤에 이것저것 골라 한 다스 정도의 넥타이를 구입했다. 폭이 좁은 넥타이가 다시 유행하게 될까? 리버스 상점이 웰치 마기츤 칼라[12]를 더 많이 갖다 놓지 못하다니 부끄러운 일이 아

---

11) 미국의 유명한 남성 의류점 '브룩스 브라더스'를 염두에 둔 듯하다. 브룩스 브라더스는 맨해튼의 매디슨 가와 44번 도로에 위치해 있다.
12) 북아일랜드 런던데리의 웰치 마기츤 의류 회사로 '코빙턴'이라는 갈아 끼울 수 있는 와이셔츠 칼라를 제조하여 인기를 끌었다.

닌가? 지금껏 '코빙턴' 같은 칼라는 없었단 말씀이야.

고든은 당혹스러움 비슷한 것을 느꼈다. 지금 당장 돈이 필요했던 것이다. 그러면서도 또한 어렴풋하게 오늘 밤 '감마 프사이' 댄스파티에 참석해 보면 어떨까 하는 생각이 들었다. 이디스를 만나보고 싶었다. 프랑스로 출전하기 바로 전에 고향의 해리스버그 컨트리클럽에서 달콤한 하룻밤을 보낸 뒤로는 아직껏 한번도 만나보지 못했던 것이다. 그 뒤 전쟁의 와중에 휩쓸린 데다가 지난 세 달 동안 고든이 겪은 기괴한 사건 속에서 잊혀진 채 두 사람의 관계는 그만 시들어버렸다. 그러나 별로 중요할 것도 없는 이야기로 수다를 떨고 호소력 있으며 쾌활한 그녀의 모습을 문득 떠올리자 동시에 수많은 추억이 되살아났다. 대학 시절 초연하면서도 애정 어린 찬사로 흠모하고 있던 것은 바로 이디스의 얼굴이었다. 그는 그녀를 모델로 삼아 그림 그리는 것을 좋아했다. 그의 방에는 그녀를 그린 스케치가 수십 장씩 흩어져 있었다. 골프를 치는 모습이며 수영을 하는 모습을 그린 스케치 말이다. 그녀의 민첩하고 매혹적인 옆모습은 눈을 감고서도 그릴 수 있을 정도였다.

세 사람은 5시 30분에 리버스 브라더스를 나와 잠시 길거리에서 걸음을 멈췄다.

"자." 딘이 상냥하게 말했다. "이것으로 난 준비가 모두 끝난 것 같네. 이제 호텔로 돌아가 면도와 이발을 하고 마사지라도 받아볼까."

"그거 좋지." 함께 따라온 사나이가 맞장구를 쳤다. "나도 같이 감세."

고든은 결국 당했구나 하는 생각이 들었다. 따라온 사나이에게 "빨리 꺼져, 이 빌어먹을 녀석!" 하며 대들고 싶은 것을 간신히 꾹 참았다. 절망에 빠진 그는 어쩌면 딘이 이 사나이에게 자기 이야기를 하고, 돈 때문에 옥신각신하는 것을 피하기 위해 일부러 데리고 다니는 것이 아닐까 하는 생각마저 들었다.

세 사람은 다시 빌트모어 호텔로 들어갔다. 호텔은 젊은 여자들로 북적거렸다. 대부분 서부와 남부의 많은 도시에서 온 아가씨들로 명문 대학의 한 유명한 우애회[13]의 댄스 파티를 위해 모여든 화려한 사교계의 풋내기들이었다. 그러나 고든에게는 어떤 얼굴도 아련한 꿈속의 얼굴로밖에는 보이지 않았다. 마지막으로 혼신의 힘을 다해 무슨 말을 막 하려는데, 갑자기 딘이 함께 온 사나이에게 실례한다고 말하고는 고든의 팔을 잡고 옆으로 끌고 갔다.

"고디!" 그가 서둘러 말했다. "곰곰이 생각해 봤지만, 아무래도 돈을 빌려줄 수가 없다고 결론을 내렸네. 마음 같아선 빌려주고 싶지만, 그럴 수가 없네……. 그 돈을 빌려줘 버리면 한 달 동안 쪼들릴 테니 말일세."

고든은 멍청히 딘의 얼굴을 쳐다보면서 그의 이빨이 유난히 튀어나와 있다는 사실을 왜 이제껏 알아채지 못했을까 하고 의아해했다.

---

13) 미국 대학에서 우정과 사교를 목적으로 한 남자 대학생의 모임. '감마 프사이'니 '파이 베타 카파'니 그리스 자모(字母)로 이름을 붙인 탓에 '그리스 문자 클럽'이라고도 부른다.

"……정말 미안하이, 고든." 딘이 말을 이었다. "사정이
그래 놔서."

그는 지갑을 꺼내 지폐로 75달러를 천천히 헤아렸다.

"자," 그는 돈을 내밀며 말했다. "75달러네. 아까 준 것
과 합하면 80달러가 되지. 이번 여행 경비를 빼고 나면 갖
고 있는 현금은 이게 다일세."

반사적으로 고든은 움켜쥔 손을 들어 올려 마치 부젓가
락을 잡고 있는 것처럼 손을 폈다가 다시 꽉 오므려 돈을
움켜쥐었다.

"댄스파티에서 만나세." 딘이 말을 계속했다. "난 지금
이발소에 가야 하거든."

"잘 가게." 고든이 긴장한 듯 쉰 목소리로 말했다.

"그럼 또 보세."

딘은 미소를 짓기 시작했지만 마음을 바꾼 것 같았다.
재빨리 고개를 끄덕이더니 사라졌다.

그러나 고든은 잘생긴 얼굴을 비통하게 일그러뜨린 채
손 안에 지폐를 움켜쥐고 그 자리에 멈춰 서 있었다. 그러
고 나서 갑자기 눈물이 앞을 가리는 바람에 비틀거리며 어
색하게 빌트모어 호텔의 계단을 따라 내려왔다.

3

같은 날 밤 9시쯤 6번 가에 있는 싸구려 식당에서 두 젊
은이가 나왔다. 다같이 못생긴 데다가 영양 부족 상태였

고, 가장 낮은 지능을 갖고 있었으면서도 삶에 빛깔을 주는 동물적 활기조차 지니고 있지 않았다. 두 사람은 최근만 해도 낯선 이국의 더러운 도시에서 이〔蝨〕에 뜯기고 추위와 굶주림에 시달리고 있었다. 돈도 없었고 친구도 없었다. 태어날 때부터 파도치는 대로 밀려다니는 부목(浮木)처럼 살아왔고, 죽을 때까지도 아마 부목처럼 떠밀려 다니며 살 것이다. 사흘 전에 상륙한 미 육군의 군복 차림을 한 병사들로 견장에는 뉴저지 주에서 소집한 사단의 표시가 붙어 있었다.

키가 큰 쪽은 캐럴 키로 그 이름을 보면 비록 몇 대에 걸쳐 퇴화에 퇴화를 거듭하여 묽어지기는 했지만 그의 몸속에는 어떤 가능성 있는 가문의 피가 흐르고 있음을 알수 있었다. 그러나 길쭉하고 턱이 작은 얼굴, 멍청하고 물기가 많은 눈, 툭 불거진 광대뼈를 아무리 살펴보아도 조상의 가치나 능력의 흔적은 좀처럼 찾아볼 수가 없었다.

그의 친구는 살결이 검고 바깥쪽으로 다리가 굽고 쥐눈에다 여러 번 부러진 적이 있는 매부리코였다. 도전적인 태도는 하나의 구실, 그가 지금까지 살아온 험악한 세계, 신체적 허세와 신체적 위협의 세계에서 빌려온 호신 수단임에 틀림없었다. 그의 이름은 거스 로즈였다.

식당에서 나온 두 사람은 신바람 나면서도 무관심하게 이쑤시개를 휘둘러대면서 6번 가를 따라 어슬렁어슬렁 걸어 내려갔다.

"어디로 간다?" 로즈는 키가 남태평양 군도에 가자고 제안한다 해도 전혀 놀랄 것 같지 않은 말투로 물었다.

"술을 좀 구할 길이 없을까?" 아직 금주법[14]이 시행되지는 않았다. 그의 말투에 주저하는 기색이 있는 것은 병사들에게 술을 파는 것을 법으로 금지하고 있었기 때문이다.

술을 마시자는 제안에는 로즈도 대찬성이었다.

"내게 생각이 있어." 키가 잠시 생각하고 나서 말을 이었다. "우리 형이 이 근처 어디에 있지."

"여기 뉴욕에 있단 말이야?"

"그래. 나잇살이나 먹었지." 형이라는 말을 그렇게 말한 것이었다. "음식점에서 웨이터로 일하거든."

"그렇다면 우리에게 술을 구해 줄 수 있을지도 모르겠군."

"문제없을 거야!"

"정말이지. 난 내일 당장 이 빌어먹을 군복을 벗어버릴 테야. 두 번 다시 입을 게 못 돼. 민간 옷을 구해야겠어."

"글쎄. 난 아냐."

둘이 가진 돈을 다 합해 봤자 호주머니에는 5달러도 들어 있지 않았으므로 이런 의도도 마음에 위로가 되는 재미난 말장난에 지나지 않았다. 그러나 낄낄거리며 웃기도 하고, 성경에 등장하는 이름을 끄집어내기도 하고, 심지어는 "맙소사!", "정말이라니까!", "틀림없다니까!" 하는 말을 몇 번씩이나 되풀이하는 것을 보면 두 사람 모두 그런 생각 때문에 기분이 썩 좋은 듯 했다.

---

14) 미국에서 술을 제조하거나 판매하는 것을 금지한 금주법이 시행된 것은 1919년 21차 수정 헌법이 통과되면서부터이다. 그러나 제1차 세계 대전 중 병사들에게 술을 판매하는 것은 불법이었다.

이 두 사람에게 전적으로 마음의 양식이 되는 것이란 지난 몇 년 동안 그들을 돌봐준 체제——군대, 기업, 또는 구빈원(救貧院) 말이다——그리고 그 체제의 직속상관에 대해 코웃음 치면서 화가 난 말을 내뱉는 것뿐이었다. 바로 오늘 아침까지는 '정부'가 이 체제 역할을 맡고 있었으며, 거기서의 직속상관은 육군 '대위'였다. 그런데 지금 그들은 이 두 가지에서 미끄러져 나와, 다음번의 예속 관계를 고를 때까지 막연하게 불안한 처지에 놓여 있었던 것이다. 마음이 불안하고 화가 나며 뭔가 초조한 기분이 들었다. 그들은 군대에서 풀려나 해방된 것처럼 가장하며 또한 자유를 사랑하는 굳은 의지를 두 번 다시는 군대의 규율에 속박당할 수 없다고 서로에게 다짐함으로써 그런 기분을 감추었다. 그러나 실제로는 이 새로 맞이한 자유보다는 차라리 감옥에서 사는 쪽이 두 사람에게는 훨씬 더 마음이 편안할 것이다.

갑자기 키가 빠른 걸음으로 걷기 시작했다. 그러자 눈을 들고 키의 시선을 좇고 있던 로즈는 50야드 길 아래쪽에 사람들이 모여들기 시작하는 것을 발견했다. 키는 기분이 좋아져서 낄낄 웃으며 그 군중을 향해 뛰기 시작했다. 이어 로즈도 낄낄거리며 짧은 안짱다리를 부지런히 놀려대어 동료의 성큼성큼 내닫는 걸음과 보조를 맞췄다.

사람들이 둘러선 곳까지 오자마자 두 사람은 금방 구별할 수 없을 만큼 군중의 일부가 되어버렸다. 술에 취해 더욱 엉망이 된 초라한 모습의 일반 시민과 여러 사단을 대표하고 있고 취한 정도도 각양각색인 병사들이, 뭐라고

손짓하는 검은 구레나룻을 길게 기른 작은 유대인을 중심
으로 모여 있었다. 이 유대인은 두 팔을 휘둘러대며 흥분
해 있으면서도 또렷또렷하게 열변을 토하고 있었다. 앞쪽
으로 끼어든 키와 로즈는 사내의 말이 자신들의 평범한 의
식을 파고들자 강한 의구심으로 그를 훑어보았다.

"……이 전쟁으로 당신들은 무슨 이득을 보았단 말입니
까?" 사내가 소리치고 있었다. "자, 주위를 둘러보십시오,
주위를! 당신들은 부자입니까? 돈을 많이 벌었습니까? 천
만의 말씀이지요. 살아서 두 다리 멀쩡하게 돌아올 수 있
었던 것만으로도 운이 좋았지요. 돌아왔을 때 마누라가 돈
을 주고 징집을 면한 놈과 눈이 맞아 도망친 꼴을 보지 않
았다면 천만다행이지요! 그야말로 행운이란 말입니다! J. P.
모건[15]과 존 D. 록펠러[16]를 제외하고는 전쟁에서 눈곱만큼
이라도 이득을 본 사람이 누가 있습니까?"

바로 이때 이 작은 유대인 사내의 연설은 적의에 찬 주
먹 한 방이 수염 난 턱에 명중하고 그가 길바닥에 뒤로 나
자빠지는 바람에 중단되었다.

"이 빌어먹을 볼셰비키[17] 자식 같으니라고!" 주먹을 날
린 대장간 출신의 덩치 큰 병사가 소리쳤다. 이 병사의 말

---

15) 미국의 은행가이며 금융 재벌인 존 피어펀트 모건(1837~1913). 아
직도 미국에는 그의 이름을 딴 금융 회사가 있다.
16) 스탠더드 석유 회사를 창설한 미국의 대재벌 존 D. 록펠러(1839~1937).
17) 1917년 러시아 혁명 때 볼셰비키 공산당 당원을 가리키는 말이지만
이 무렵 미국에서는 급진주의적 생각을 갖고 있는 사람을 두루 일컫
는 말로 쓰였다.

에 맞장구치는 소리가 들리더니 군중이 좀 더 가까이 다가
왔다.

유대인이 비틀거리며 일어서려고 하자 이번에는 대여섯
명의 주먹이 동시에 날아와 단숨에 그를 다시 넘어뜨렸다.
그는 넘어진 채로 거칠게 숨을 몰아쉬었고, 안팎으로 찢어
진 입술에서는 피가 줄줄 흘렀다.

웅성거리는 목소리가 들렸고, 로즈와 키는 분노한 군중
과 함께 6번 가의 거리를 따라 걸어 내려갔다. 군중의 선
두에 선 사람은 챙이 긴 모자를 쓴 깡마른 한 시민과 날쌔
게 연설을 끝장내 버린 근육질의 병사였다. 군중의 수가
놀랄 만큼 무섭게 불어났으며, 아무 관심 없는 시민들까지
길 양쪽을 따라 군중을 따르며 이따금씩 환성을 내질러 정
신적 지원을 보내주었다.

"어디로 가는 겁니까?" 키가 바로 옆에 있는 사나이에게
물었다.

그 사나이는 챙이 넓은 모자를 쓴 리더를 가리켰다.

"저 사람은 놈들이 잔뜩 모여 있는 곳을 알고 있단 말이
지! 우린 지금 놈들에게 따끔한 맛을 보여주려고 가는 중
이야!"

"놈들에게 따끔한 맛을 보여준다고!" 키가 신바람이 나
는 듯 로즈에게 중얼거렸고, 로즈는 황홀한 듯이 맞은편에
있는 사나이에게 그 말을 되풀이했다.

행렬은 6번 가 아래쪽으로 빠져나갔고, 여기저기서 병사
들이며 해병대원들까지 합세했고, 이따금 시민들도 끼어들
었다. 시민들은 하나같이 자기들도 방금 군에서 제대를 했

다고 소리쳤는데, 그것이 마치 새로 생긴 '스포츠와 오락 클럽'의 입장권이나 되는 것처럼 떠들어댔다.

그러고 나서 행렬은 네거리에서 구부러져 5번 가 쪽으로 향했다. 톨리버 홀[18]에서 열리고 있는 빨갱이 집회를 쳐부수러 간다는 이야기가 여기저기서 튀어나왔다.

"그곳이 어딘데?"

질문이 줄을 따라 앞으로 올라갔고, 얼마 뒤 대답이 돌아왔다. 톨리버 홀은 아래쪽 10번 도로에 있다는 것이다. 다른 병사들도 떼를 지어 그 집회를 때려 부수러 이미 그곳에 내려갔다는 것이 아닌가!

그러나 10번 도로는 상당히 먼 느낌이 들었고, 이 말을 듣자 대열 중에서 실망하며 투덜대는 소리가 들리더니 이십여 명이 행렬에서 이탈했다. 그중에는 로즈와 키도 끼여 있었고, 두 사람은 발걸음을 늦추고 좀 더 열성적인 사람들이 지나가도록 해주었다.

"술을 좀 구했으면 좋겠는데." 키가 말하며 로즈와 함께 걸음을 멈추고 "겁쟁이!"니 "이탈자!"니 하는 야유 소리를 들으며 보도로 올라섰다.

"네 형이 이 근처에서 일한단 말이야?" 로즈가 지금까지의 피상적인 말을 버리고 이제 영원한 진리를 말하는 듯한 태도로 물었다.

"그런 것 같은데." 키가 대답했다. "하지만 지난 몇 년 동안 한번도 만나지 못했어. 난 줄곧 펜실베이니아에 가

---

18) 미국 뉴욕 시 맨해튼에 있는 건물.

있었으니까. 어쩌면 우리 형은 밤에는 일하지 않을는지도 몰라. 아마 바로 여기 이 길 쪽 같은데. 아직도 여기서 일한다면 틀림없이 술을 마련해 줄 거야."

몇 분 동안 거리를 어슬렁거린 끝에 그들은 그 장소를 찾아냈다. 5번 가와 브로드웨이의 중간에 위치한 그곳은 싸구려 식당이었다. 키가 안으로 들어가 형 조지의 행방을 물어보는 동안 로즈는 보도에서 기다리고 있었다.

"이곳에 없대." 키가 안에서 나오며 말했다. "델모니코에서 웨이터로 일하고 있다는 거야."

로즈는 그렇게 예상하고 있었다는 듯 고개를 끄덕였다. 유능한 사람이 때때로 직장을 바꾼다는 것은 그다지 놀랄 만한 일은 아닐 것이다. 언젠가 그는 웨이터 한 사람을 알고 있었다. 그리하여 두 사람은 걸어가면서 웨이터는 팁보다 봉급을 더 많이 받는지에 대해 한참 동안 이야기를 나누었다. 결국 그것은 웨이터가 일하고 있는 식당의 사회적 품격에 달려 있다는 결론에 도달했다. 델모니코 술집에서 만찬 때 샴페인 한 병을 터뜨리고 웨이터에게 50달러를 던져주는 백만장자의 모습을 생생하게 그려본 끝에 두 사람은 자기들도 웨이터가 되는 것이 어떨까 하고 생각해 보았다. 실제로 키는 좁은 이마에 단호한 결의의 빛을 띠며 형에게 자리를 마련해 달라고 부탁할 작정이었다.

"웨이터는 손님들이 남긴 샴페인을 전부 마셔도 괜찮단 말이야." 로즈가 입맛을 다시며 말하고 난 뒤 "아, 그거 참 좋지!" 하고 덧붙였다.

그들이 델모니코에 도착했을 때는 벌써 10시 30분이었다. 호텔 입구에 줄을 지어 도착한 택시에서 모자를 쓰지 않은 멋진 젊은 여성들이 야회복 차림으로 멋을 낸 젊은 신사의 시중을 받으며 내리는 모습을 보고 두 사람은 그만 깜짝 놀랐다.

"파티가 있는 모양이야." 로즈가 약간 위압감을 느끼며 말했다. "어쩌면 안으로 들어가지 않는 게 좋겠는데. 너의 형도 바쁠 거 아냐."

"아니, 그렇지 않을 거야. 형은 괜찮을 거야."

조금 망설인 끝에 두 사람은 가장 초라하게 보이는 입구를 통해 안으로 들어가 이러지도 저러지도 못한 채 조그마한 식당의 눈에 띄지 않는 구석에 초조한 듯 자리를 잡았다. 모자를 벗어 손에 들고 서 있었다. 울적한 기분이 들었다. 한쪽 방문이 쾅 하고 활짝 열리고 웨이터 하나가 마치 혜성처럼 갑자기 나타나 훌쩍 마루를 지나치더니 반대쪽 문으로 사라지자 두 사람은 깜짝 놀랐다.

웨이터가 번개처럼 스쳐 지나가기를 세 번, 두 사람은 간신히 용기를 내어 웨이터 한 사람을 불러 세웠다. 힐끔 돌아본 웨이터는 귀찮다는 듯이 그들을 훑어보고는 여차하면 도망쳐 버리겠다는 자세를 취하며 고양이 걸음으로 살금살금 다가왔다.

"자, 여기 잠깐만요." 키가 말을 꺼냈다. "혹 우리 형을 몰라요? 여기서 웨이터 노릇 하는데요."

"이름이 키라고 하는데요." 로즈가 주석을 달았다.

그렇다. 그 웨이터는 키를 알고 있었다. 지금 위층에 있을 거라는 것이다. 중앙 무도회장에서 댄스파티가 있을 예정이란다. 그가 전해 주겠다고 한다.

　십 분 뒤에 조지 키가 나타나 아주 의심을 품은 표정으로 동생에게 인사를 했다. 무엇보다도 먼저 떠오른 생각은 동생이 돈을 뜯으러 온 것이 아닌가 하는 것이었다.

　조지는 키가 크고 턱이 작은 편이었지만 그 이상 동생과 닮은 점은 없었다. 눈은 멍청하기는커녕 기민하고 또렷또렷 빛났으며, 태도도 깍듯한 실내 생활형으로 다소 뻐기는 듯한 느낌을 주었다. 형제는 상투적인 인사를 나누었다. 조지는 벌써 결혼하여 세 아이를 가졌다고 했다. 캐럴이 입대하여 외국에서 근무했다는 말에 약간의 흥미를 보였을 뿐 그렇게 인상을 받는 모습은 아니었다.

　"형!" 동생이 인사를 끝낸 뒤 운을 뗐다. "우린 술이 좀 필요한데, 우리에겐 팔지 않는단 말이야. 조금 마련해 주지 않겠어?"

　조지는 잠깐 생각에 잠겼다.

　"좋아. 어떻게 구할 수 있을지도 모르겠어. 하지만 삼십 분쯤 걸릴 거야."

　"괜찮아." 캐럴이 대답했다. "기다리지 뭐."

　그들의 대화를 듣고 있던 로즈가 편해 보이는 의자에 걸터앉다가 화가 난 조지가 소리치는 바람에 자리에서 벌떡 일어났다.

　"이봐! 주의해, 너! 거기 앉으면 안 돼! 이 방은 12시 만찬을 위해 준비해 둔 방이란 말이야."

　"그걸 더럽히진 않겠어." 로즈가 기분 나쁘다는 듯이 내뱉었다. "이〔蝨〕 약도 다 뿌렸는데."

"잔소리 마." 조지가 엄중하게 경고했다. "내가 여기서 너희들과 이야기 나누고 있는 걸 웨이터 장(長)에게 들키기만 해봐. 영락없이 치도곤 당할 거야."

"어, 그래."

웨이터 장이라는 말을 듣고 둘은 충분히 이해가 되었다. 그들은 외국에서 쓰던 모자를 만지작거리면서 조지의 지시를 기다렸다.

"내 말을 잘 들어." 잠시 뒤 조지가 말했다. "너희들이 기다릴 수 있는 장소가 있어. 자, 나를 따라와."

그들은 조지를 따라 안쪽 문을 나와 사람이 없는 식기실을 거쳐 어두운 회전 계단을 두 번 올라가서야 겨우 좁은 방으로 나왔다. 그 방에는 물통과 청소용 솔이 쌓여 있었고 어슴푸레한 전등이 하나 켜져 있었다. 조지는 두 사람에게서 2달러를 달라고 하고는 삼십 분 뒤 위스키 큰 병하나를 갖다 주겠다고 말하고 둘을 남겨둔 채 나갔다.

"조지는 돈을 잘 버는 모양이지." 키가 물통을 엎어 그 위에 걸터앉으며 침울하게 말했다. "모르긴 몰라도 일주일에 50달러는 벌 거야."

로즈는 고개를 끄덕이고 나서 침을 뱉었다.

"나도 그 정도는 될 거라고 생각해."

"도대체 무슨 파티라고 했지?"

"대학생 놈들이 잔뜩 몰려온대. 예일 대학교라나."

두 사람은 모두 엄숙한 얼굴을 하고 상대방에게 고개를 끄덕거렸다.

"그 군인들 떼거리는 지금쯤 어디까지 갔을까?"

"글쎄 말이야. 아무튼 그건 나에겐 너무 먼 거리였어."

"나도 그래. 난 그렇게 멀리까진 걷지 않는단 말씀이 야."

십 분이 지나자 둘은 벌써 좀이 쑤셨다.

"나 저쪽에 뭐가 있는지 보고 올게." 로즈가 말하더니 조심스럽게 다른 문 쪽으로 다가갔다.

녹색 모직이 쳐진 스윙도어가 있었는데 로즈는 그것을 조심스럽게 조금 열어젖혔다.

"뭐가 보여?"

대답 대신 로즈는 급히 숨을 들이마셨다.

"굉장하군! 술이 잔뜩 있지 뭐야!"

"술이라고?"

키도 로즈가 있는 문으로 다가가 안을 열심히 들여다보 았다.

"그래, 그건 술이 틀림없어." 키가 잠시 멍하니 넋을 잃 고 바라보고 난 뒤 말했다.

그 방은 지금 두 사람이 있는 방의 두 갑절쯤 되는 크기 였다. 눈부실 정도로 많은 술이 준비되어 있었다. 하얀 식 탁보를 씌운 두 개의 테이블을 따라, 늘어놓은 사이편과 비어 있는 두 개의 커다란 펀치볼은 말할 것도 없고 위스 키며, 진이며, 브랜디며, 프랑스와 이탈리아의 베르무트 며, 오렌지 주스 병들이 서로 엇갈려 벽처럼 길게 늘어서 있었다. 그러나 그 방 안에는 아직 사람은 없었다.

"곧 열릴 댄스파티를 위해 준비해 놓은 거야." 키가 속 삭였다. "바이올린 소리 들리지? 한데, 그러고 보니 나도 한번 춤을 추고 싶어지는데."

그들은 가만히 문을 닫고 서로 알았다는 듯이 눈길을 보냈다. 서로의 의중을 살필 필요도 없었다.

"저걸 두세 병 집어 오고 싶군." 로즈가 힘주어 말했다.

"나도 마찬가지야."

"들키지 않을까."

키는 잠시 생각했다.

"놈들이 마시기 시작할 때까지 기다리는 게 낫겠어. 이렇게 가지런히 늘어놓은 상태니까 몇 병이 있었는지 알 게 아냐."

몇 분 동안 두 사람은 이 점에 대해 서로 의견을 나눴다. 로즈는 누가 들어오기 전에 한 병을 슬쩍 빼내 웃옷 속에 감추자고 주장했지만 키는 신중론을 폈다. 형을 난처하게 만들지나 않을까 걱정되었기 때문이다. 몇 병 마개를 딸 때까지 기다린다면 한 병 슬쩍한들 알게 뭔가. 모두들 대학생 중 어떤 놈이 한 짓이라고 생각할 것이다.

여전히 이 문제를 두고 토론을 벌이고 있을 때 조지 키가 황급히 들어와 두 사람에게 거의 투덜대지도 않고 녹색 베이즈 천으로 된 문으로 들어갔다. 곧이어 몇 번 마개를 따는 소리며, 얼음을 부딪치는 소리며, 술을 따르는 소리가 들려왔다. 조지가 칵테일을 만들고 있었던 것이다.

두 병사는 얼굴에 가득 웃음을 띠었다.

"아, 근사한데!" 로즈가 속삭였다.

조지가 다시 나타났다.

"얌전히들 있으라고." 그가 재빨리 말했다. "이제 오 분만 있으며 갖다 줄 테니까."

그리고 그는 들어온 문으로 다시 나갔다.

조지가 계단을 내려가자마자 로즈는 주위를 힐끗 살펴보고 나서 옆방으로 뛰어 들어가 손에 술 한 병을 들고 돌아왔다.

"이렇게 하자고." 그가 앉아 신바람이 나서 처음 한 잔을 배 속으로 흘려 들여보내며 말했다. "조지가 올 때를 기다렸다가 그가 가져오는 술을 여기서 마시게 해줄 수 없겠느냐고 부탁해 보자, 어때? 마시려 해도 장소가 없다고 말이지, 어때? 그렇게 되면 저쪽 방에 사람이 없을 때 숨어 들어가서 옷 속에 한 병씩 챙겨 나올 수 있지 않겠어? 며칠분은 챙길 수 있을 거야, 어때?"

"그거 좋은 생각이군." 로즈가 신바람이 나서 맞장구를 쳤다. "아, 멋진 생각이야! 우리가 원할 때 언제고 병사들에게 팔아도 좋고."

두 사람은 장밋빛 아이디어를 생각하며 잠시 침묵을 지키고 있었다. 그러고 나서 키는 손을 올려 녹갈색의 군복 단추를 풀었다.

"여긴 꽤 덥군, 안 그래?"

로즈도 진지한 얼굴로 맞장구를 쳤다.

"지독하게 덥군그래."

4

의상실을 나와 큰 홀로 통하는 휴게실을 가로질러 가면서도 그녀는 아직 화를 가라앉히지 못하고 있었다. 그녀의 사교 생활에서 흔히 일어나는 하나의 사건에 지나지 않는 그 일 때문이라기보다는 하필이면 오늘 밤에 그 일이 일어났기 때문에 화가 난 것이다. 자신을 나무라야 할 일은 아무것도 없었다. 늘 해오던 대로 위엄과 무언(無言)의 동정을 적절히 섞어 행동했다. 아주 간단하게 그러면서도 교묘하게 그를 따돌렸던 것이다.

사건은 두 사람이 탄 택시가 빌트모어 호텔을 막 빠져나왔을 때 일어났다. 호텔에서 반 블록도 가지 않아서의 일이었다. 그가 어색하게 오른팔을 들어 올려 (그녀는 그의 오른쪽에 앉아 있었다.) 그녀가 입고 있는 털로 장식한 진홍색 야회용 외투 주위에 살며시 손을 올려놓으려고 했던 것이다. 그런데 이 일 자체가 실수였다. 젊은 남성이 상대방의 의향을 잘 모르는 상태에서 젊은 여성을 끌어안으려고 한다면, 먼저 멀리 있는 팔을 두르는 쪽이 훨씬 더 점잖았을 것이다. 그러면 적어도 상대방에게 가까운 쪽의 팔을 들어 올리는 어색한 동작은 피할 수 있었을 것이다.

그의 두 번째 실수는 무의식적인 것이었다. 그녀는 그날 오후 내내 미용실에서 머리를 다듬었다. 따라서 자신의 머리카락이 헝클어지는 것은 생각만 해도 끔찍스러운 일이었다. 그런데도 피터는 앞서 말한 부적절한 행동을 하면서 살짝 팔꿈치로 그녀의 머리를 건드렸던 것이다. 이것이 그의 두 번째 실수였다. 이 두 가지면 그녀의 분노를 사기에 충분했다.

피터는 뭐라고 속삭이기 시작했다. 속삭이는 소리를 처음 듣자 그녀는 그가 한낱 애송이 대학생에 지나지 않는다고 판단했다. 이디스는 벌써 스물두 살이었고, 어쨌든 전쟁 이후 처음 열리는 이 댄스파티는 연상(聯想)이 연상을 낳는 상승 작용을 일으켜 그녀에게 다른 무엇인가를 떠올리게 했다. 즉 또 하나의 댄스파티, 또 하나의 남자가 떠올랐던 것이다. 그런데 이 남자에 대한 그녀의 감정은 한낱 애수 어린 사춘기 소녀의 공상에 지나지 않았다. 한마디로 이디스 브래딘은 고든 스터렛과의 추억을 사랑하고 있었던 것이다.

그래서 그녀는 델모니코 호텔의 의상실을 나와 잠시 문 앞에 멈춰 선 채, 검은 드레스를 입고 앞에 서 있는 여자의 어깨 너머로 예일 대학교 학생들이 위엄을 갖춘 검은 나방이들처럼 계단 꼭대기 주위에 떼 지어 몰려다니고 있는 것을 보았다. 그녀가 나온 어느 방으로부터는 화장을 한 많은 젊은 미녀들이 왔다 갔다 하는 바람에 향수 냄새가 짙게 풍겼다. 강렬한 향수 냄새도 있었지만 추억을 불러일으키는 향긋한 분 냄새도 은근히 풍겨왔다. 방에서 흘러나온 이 향기는 홀의 매캐한 담배 연기와 뒤섞여 감각을 자극하며 계단을 따라 가라앉아서는 '감마 프사이' 댄스파티가 열리려고 하는 연회장 구석구석까지 스며들었다. 이디스에게 이것은 아주 낯익은 냄새로, 가슴을 설레게 하고 자극하며 불안하게 하는 달콤한 냄새, 한마디로 상류 사회의 댄스파티 냄새였다.

그녀는 자신의 외모에 대해 생각했다. 훤히 드러난 팔과 어깨에는 크림색의 흰 분을 발랐다. 그녀의 팔과 어깨는 아주 부드러웠고 오늘 밤 실루엣 같은 남자들의 검은 등을 배경으로 뽀얀 우윳빛처럼 빛이 날 것이라는 걸 알고 있었다. 미용사의 솜씨는 정말 훌륭했다. 불그스레한 머리카락의 숱을 부풀려 착 달라붙게 한 뒤 움직이는 곡선이 도전적으로 보이도록 멋지게 빗질해 놓았던 것이다. 입술도 진홍색으로 선명하게 그렸고, 두 눈의 홍채도 도자기로 만든 눈처럼 아름답고 깨어질 듯 투명한 빛을 띠고 있었다. 정교한 머리 화장부터 날씬하게 뻗은 두 다리 끝에 이르기까지 그녀는 어디 하나 나무랄 데 없는 아름다움의 완성품으로 조화로운 선을 그리고 있었다.

높고 낮은 웃음소리며, 무도화의 발소리며, 짝을 이뤄 계단을 오르내리는 동작에서 벌써 우쭐해진 그녀는 오늘 밤 연회에서 무슨 말을 하면 좋을까 하고 생각했다. 지난 몇 년 동안 써온 언어를 구사해야겠다고 마음먹었다. 그것은 그녀의 특기였다. 최근 유행하고 있는 용어며, 약간의 신문 용어며, 그리고 대학에서 쓰는 속어를 섞어 완전히 하나로 만든 것으로, 개의치 않으면서도 약간 도전적이고 거기에 미묘한 감정을 담은 그런 말투 말이다. 바로 옆 계단에 앉아 있던 한 아가씨가 "야, 넌 그 반쪽도 모른다니까 그리네!" 하고 말하는 것을 듣고 그녀는 생긋 미소를 지었다.

미소를 짓는 동안 아까 느꼈던 노여움은 잠시 사라지고, 지그시 눈을 감으며 그녀는 깊숙이 기쁨의 숨을 들이마셨

322

다. 두 팔을 옆구리로 내려서 몸매를 감싸고 있는 매끄러운 드레스를 살짝 만져보았다. 자신의 살결이 이렇게 부드럽게 느껴지고 두 팔이 이렇게 뽀얗게 느껴진 적이 일찍이 없었다.

"나한테서는 향긋한 냄새가 나지." 그녀는 그저 혼자 중얼거리고 나서 또 다른 생각을 해냈다. "난 사랑받기 위해 태어난 사람이야."

이 말의 소리가 마음에 든 그녀는 다시 한 번 속으로 그 말을 생각해 봤다. 그러자 그 뒤를 이어 자신도 모르게 고든을 향한 사모가 새삼 왈칵 솟아올랐다. 두 시간 전 그를 다시 만나고 싶다는 뜻밖의 욕망을 불러일으켜 준 그 뒤틀린 상상력이 바로 지금 이 시간 이 댄스파티로 이어지고 있는 것 같았다.

겉보기에는 산뜻한 미인이면서도 이디스는 진지하고 생각이 굼뜬 여자였다. 곰곰이 생각하려는 기질, 오빠를 사회주의자와 평화 운동가의 길로 걷게 한 젊은 이상주의의 기질이 그녀의 피 속에도 면면히 흐르고 있었다. 헨리 브래딘은 경제학 강사로 있던 코넬 대학교를 떠나 뉴욕에 와서 지금은 급진주의 주간 신문의 칼럼에 치료할 수 없는 악에 대한 최신 치료법을 토론해 오고 있었다.

오빠보다 덜 어리석은 이디스는 고든 스터렛를 치료한 것으로 만족할 수 있었을 것이다. 고든에게는 그녀가 돌봐주고 싶은 나약함, 감싸주고 싶은 허약함이 있었다. 더구나 이디스도 자신이 오랫동안 알아온 누구, 옛날부터 오랫동안 자기를 흠모해 온 누군가를 원하고 있었다. 그녀는 조금 지쳤고, 이제는 결혼하고 싶었다. 가득 쌓인 연애편지 뭉치며, 대여섯 장의 사진이며, 수많은 추억이며, 그녀가 느끼는 피로와 더불어 그녀는 다음에 고든을 만나면 두 사람의 관계를 새롭게 해야겠다고 마음먹었다. 그 관계를 새롭게 바꿀 이야기를 그녀가 먼저 꺼낼 것이다. 오늘 밤이 바로 그때였다. 오늘 밤은 그녀의 것이었다. 아니, 모든 밤이 그녀의 것이었다.

바로 그때 엄숙한 대학생 한 사람이 상처 받은 표정에 억지로 예의를 차리며 그녀 앞에 나타나 지나치게 머리를 숙이는 바람에 이디스의 생각은 끊기고 말았다. 이디스가 함께 데리고 온 피터 히멜이었다. 키가 크고 뿔테 안경을 쓴 그는 유머 감각이 있고 매력적인 기분파의 분위기를 풍겼다. 갑자기 이디스는 이 청년이 밉살스러워졌다. 아마 그녀에게 키스를 하려다가 실패했기 때문이리라.

"한데 말이에요." 이디스가 말을 꺼냈다. "아직도 제게 화가 나 있나요?"

"아닙니다, 전혀."

이디스는 앞으로 한 걸음 다가서며 그의 팔을 잡았다.

"미안해요." 그녀가 부드럽게 말했다. "당신에게 왜 그렇게 불쾌하게 말했는지 잘 모르겠어요. 오늘 밤 무슨 이유 때문인지 기분이 영 엉망이에요. 미안해요."

"괜찮아요." 그가 중얼거렸다. "신경 쓰지 마세요."

그는 멋쩍고 불쾌했다. 이 여자, 아까 그 실수 가지고 또 트집 잡고 있는 건 아닌가?

"실수였어요." 그녀가 여전히 짐짓 부드러운 어조로 말했다. "서로 잊기로 해요." 이 말을 듣자 그는 그녀가 몹시 싫어졌다.

몇 분 뒤 특별 출연한 열 명의 재즈 오케스트라 멤버가 몸을 흔들며 한숨 섞인 목소리로 "색소폰과 나만이 남았다면, 우리 둘은 친-구-가 아니리!" 하고 연회장을 가득 메운 청중 앞에서 노래를 부르자 두 사람은 플로어로 나갔다.

콧수염을 기른 사나이가 그녀와 춤을 추기 위해 끼어들었다.

"안녕하세요." 그가 나무라듯 말하기 시작했다. "당신은 나를 기억하지 못하는군요."

"이름을 기억하지 못하지만요……." 이디스가 가볍게 받아넘겼다. "하지만 전 당신에 대해 잘 알고 있어요."

"우리가 어디서 만났느냐 하면요……." 짙은 금발의 사나이가 끼어들자 콧수염을 기른 사나이의 목소리가 슬픈 듯이 점점 사라져버렸다. 이디스는 잘 알지도 못하는 남자에게 판에 박은 듯이 "고마워요……. 또 나중에 추기로 해요." 하고 중얼거렸다.

금발의 사나이는 무턱대고 그녀와 악수를 하려고 했다. 그녀는 그의 이름이 자신이 알고 있는 수많은 '짐' 중의 한 사람인 것을 생각해 냈다. 그러나 그의 성(姓)이 무엇인지는 수수께끼였다. 이 사람은 춤을 출 때 이상한 리듬을 탄다는 것을 기억해 냈는데, 춤을 추어보니 확실히 그 사람이었다.

"여기에는 오랫동안 머물 작정인가요?" 그가 비밀 얘기를 털어놓듯 소곤거렸다.

그녀는 몸을 뒤로 젖혀 상대방을 쳐다보았다.

"몇 주일쯤요."

"어디에 머물고 있어요?"

"빌트모어 호텔에요. 언제 전화하세요."

"농담이 아니라고요." 사나이가 다짐했다. "전화를 걸 겁니다. 함께 차를 마시기로 해요."

"저도 마찬가지예요……. 꼭 전화하세요."

얼굴이 검은 사나이가 사뭇 굳어진 태도로 그녀와 춤을 추기 위해 끼어들었다.

"나를 기억하지 못하겠지요?" 그가 신중하게 말했다.

"천만에요. 당신의 이름은 할런이죠."

"아니에요. 발로예요."

"한데, 어쨌든 두 음절로 된 것은 알고 있었어요. 하워드 마셜의 집에서 열린 파티에서 당신은 우쿨렐레[19]를 멋지게 연주했잖아요."

"내가 연주한 악기는…… 아니, 그게 아니라……."

이번에는 이빨이 튀어나온 사나이가 끼어들었다. 이디스는 위스키 냄새를 약간 들이마셨다. 그녀는 남자들이 술을 좀 마셨으면 했다. 술을 마시면 훨씬 더 쾌활해지고 관심 있게 보아주며 비위도 잘 맞춰주기 때문이었다. 물론 얘기하기도 훨씬 더 쉬웠다.

"딘, 필립 딘이라고 합니다." 그가 유쾌하게 말했다. "물론 당신은 나를 기억하지 못할 테지만, 당신은 4학년

---

19) 하와이 원주민의 현악기로 기타와 비슷하다.

때 내 룸메이트와 함께 자주 뉴헤이번에 오곤 했지요. 고든 스터렛이라는 친구인데요.”

이디스는 깜짝 놀라서 상대방을 재빨리 올려다보았다.

“그래요. 그 사람과 그곳에 두 번 갔었어요…….'펌프와 슬리퍼'[20] 무도회하고 3학년들의 무도회 때 말이에요.”

“물론 그 친구는 만났겠지요.” 그가 아무렇지도 않다는 듯 물었다. “오늘 밤 이곳에 와 있어요. 조금 전 만나보았지요.”

이디스는 깜짝 놀랐다. 고든이 이곳에 오리라고 확신하고 있었으면서도 말이다.

“아뇨, 난 아직…….”

붉은 머리카락의 뚱뚱한 사나이가 끼어들었다.

“안녕하세요, 이디스.” 그가 말하기 시작했다.

“어머…… 안녕하세요…….”

이디스는 발이 미끄러져 가볍게 비틀거렸다.

“죄송해요.” 그녀가 기계적으로 중얼거렸다.

그녀는 고든을 발견했던 것이다. 고든은 백지장처럼 흰 얼굴에 따분한 듯 입구에 기대서서 담배를 피우며 연회장 안을 바라보고 있었다. 그의 얼굴이 여위고 창백한 것을 이디스는 볼 수 있었다. 담배를 입으로 가져가는 손이 떨리고 있었다. 두 사람은 춤을 추며 그에게로 가까이 다가갔다.

“……엑스트라 손님들을 너무 잔뜩 초대해 놓았으니 이

---

20) 예일 대학교에서 학부 학생들을 위하여 열리는 연례 댄스파티.

래 가지고서야……." 키가 땅딸막한 사나이가 불평을 늘어놓고 있었다.

"오랜만이에요, 고든." 이디스가 파트너의 어깨 너머로 불렀다. 그녀의 가슴이 요란하게 고동치고 있었다.

그의 검고 커다란 눈이 그녀를 응시했다. 그녀 쪽으로 한 발 내디뎠다. 그녀의 춤 파트너가 그녀를 리드하여 방향을 바꾸었다. 불평을 늘어놓는 남자의 소리가 들렸다.

"……하지만 혼자 온 남자들의 절반은 일찌감치 술에 취해서 자리를 떠버리죠. 그러니까……."

그때 바로 곁에서 낮은 목소리가 들려왔다.

"함께 춤을 추지 않겠어요?"

그녀는 갑자기 고든과 춤을 추고 있었다. 그는 한 팔로 그녀를 안고 있었다. 간헐적으로 그의 팔에 힘이 들어 있음을 알 수 있었다. 손가락을 펼친 손바닥을 등에 대고 있는 것도 느낄 수 있었다. 조그마한 레이스 손수건을 쥔 그녀의 손은 그의 손에 꼭 쥐여 있었다.

"고든이군요." 그녀가 숨이 가쁜 듯 말을 꺼냈다.

"오랜만이야, 이디스."

그녀는 또다시 발이 미끄러졌다. 균형을 찾느라고 앞으로 기울이는 바람에 얼굴이 그의 턱시도의 검은 천에 닿았다. 그녀는 그를 사랑하고 있었다. 사랑하고 있음을 자신도 알고 있었다. 그러고 나서 야릇한 불안감이 그녀의 몸을 감싸면서 잠깐 동안 침묵이 흘렀다. 어딘가 이상한 구석이 있었다.

갑자기 그녀의 가슴에 경련이 일어나는 듯했고, 그것이

무엇인지 깨닫자 그녀는 심장이 뒤집힐 듯한 기분이 들었다. 고든은 비참해 보였고, 약간 술에 취해 있었으며, 보기에 딱할 정도로 지쳐 있었다.

"어머나……." 이디스가 자신도 모르게 소리치고 말았다.

고든은 두 눈으로 그녀를 내려다보았다. 그녀는 갑자기 그의 눈에 핏줄이 서 있고 제멋대로 눈동자가 움직이는 것을 보았다.

"고든." 이디스가 속삭였다. "우리 앉아요. 앉고 싶어요."

두 사람은 플로어의 한복판 근처에 있었고, 그녀는 남자 둘이 방의 양끝에서 자신을 향해 다가오는 것을 보았다. 그래서 걸음을 멈춰 고든의 힘없는 한 손을 잡고 마구 사람들과 부딪치면서 그를 끌고 바깥쪽으로 나왔다. 루주를 바른 그녀의 얼굴은 창백했고, 입술은 꼭 다물었으며, 눈물로 두 눈이 떨렸다.

그녀가 부드러운 카펫을 깐 계단 위쪽에 자리를 찾자 그는 그녀 옆에 주저앉았다.

"어쨌거나," 그가 불안정한 눈길로 그녀를 바라보면서 말했다. "이디스, 이렇게 만나게 돼서 너무 반가워."

그녀는 아무런 대답도 하지 않고 그를 쳐다보았다. 헤아리기 어려운 충격이었다. 지난 몇 년 동안 그녀는 숙부들부터 전속 운전기사에 이르기까지 여러 단계의 주정뱅이들의 모습을 보아왔고, 그에 대한 느낌도 우스꽝스러운 것부터 혐오감에 이르기까지 다양했다. 그러나 지금처럼 새로운 느낌 ──뭐라고 말로 표현할 수 없는 공포감에 사로잡힌 것은 이번이 처음이었다.

"고든," 그녀가 나무라는 듯한 목소리로 거의 울상이 되다시피 하여 말했다. "당신의 모습이 너무 엉망이에요."

그는 고개를 끄덕거렸다. "이디스, 그동안 고생을 했어."

"고생을 하다니요?"

"모든 게 말이야. 우리 식구들에겐 아무 말도 하지 마. 난 지금 산산조각이 나버리다시피 했어. 이디스, 난 지금 엉망이 되었다고."

그의 아랫입술이 축 처져 있었다. 좀처럼 그녀를 쳐다보지 않는 것 같았다.

"나한테…… 나한테." 그가 머뭇거리며 말했다. "고든, 그 얘기를 해줄 수 없겠어요? 내가 언제나 당신에게 관심이 있었다는 걸 당신도 아실걸요."

그녀는 입술을 깨물었다. 이보다 더 강한 말을 하고 싶었지만 차마 말을 꺼낼 수 없다는 것을 마침내 깨달았다.

고든은 멍하니 고개를 옆으로 내저었다. "아냐, 말할 수 없어. 이디스는 좋은 여자야. 좋은 여자에게는 할 수 없는 얘기야."

"바보 같은 소리예요." 이디스가 도전적으로 말했다. "그런 투로 누군가를 좋은 여자라고 말하는 건 완전히 모욕이에요. 욕지거리라고요. 고든, 술을 마셔왔군요."

"고마워." 그가 진지하게 고개를 숙였다. "알려줘서 정말 고마워."

"왜 그렇게 술을 마셔요?"

"너무나 비참하기 때문이지."

"술을 마시면 좀 나아지나요?"

"지금 뭐야⋯⋯. 나를 개과천선시키려는 거야?"

"아뇨. 고든, 당신을 도와드리려는 거예요. 내게 얘기해 줄 수 없어요?"

"엉망진창이야. 당신이 해줄 수 있는 최상의 일이란, 나를 모른 척하는 거야."

"어째서요, 고든?"

"당신 춤추는 데 끼어들어 미안해⋯⋯. 당신에게 어울리지 않는 사람인데. 당신은 순수한 여자야⋯⋯. '순'이라는 글자가 썩 어울리는 여자란 말이지. 자, 당신의 춤 파트너를 데려다 주지."

고든은 비틀거리며 자리에서 일어서려고 했지만 그녀는 손을 내밀어 붙잡아 다시 계단 위 자기 옆에 앉혔다.

"자, 고든. 당신은 웃기는 사람이군요. 나에게 상처를 주고 있다니. 지금 당신의 행동은⋯⋯ 마치 정신 나간 사람 같아요⋯⋯."

"제대로 맞혔어. 난 조금 미쳤어. 이디스, 난 어딘가 이상해졌어. 무엇인가를 잃어버렸단 말이야. 하지만 까짓것 아무러면 어때."

"그렇지 않아요. 얘기해 줘요."

"그저 그래. 난 옛날부터 이상한 놈이었잖아⋯⋯. 친구들과는 좀 달랐지. 대학 때는 그래도 괜찮았는데, 이젠 아무 것도 되는 게 없어. 최근 네 달 동안 내 속에서 무엇인가가 점점 빠져나가고 있는 거야. 마치 드레스의 단추가 풀리듯이 말이야. 이제 나머지 두세 개만 더 풀리면 아주 벗겨져 버릴 것 같은 기분이 들어. 결국 난 아주 조금씩 미쳐가고 있는 거라고.”

그가 그녀를 똑바로 쳐다보고 소리를 내어 웃기 시작하자 그녀는 그로부터 몸을 움츠렸다.

“도대체 어떻게 된 일이에요?”

“그저 내 개인적인 문제야.” 고든이 바보 같은 말을 되풀이했다. “난 지금 미쳐가고 있다고. 지금 이 장소만 해도 나에겐 마치 꿈만 같아……. 이 델모니코라는 자체가…….”

고든이 말하는 동안 그녀는 그가 옛날과는 전혀 딴 사람이 되어 있다는 것을 깨달았다. 기민하고 명랑하고 낙천적이었던 성격은 완전히 사라져버렸다. 그 대신 깊은 무기력과 실의에 휩싸여 있었다. 혐오감이 그녀를 휘감았고, 그 뒤를 이어 갑자기 무기력한 권태가 엄습해 왔다. 그의 목소리는 거대한 허공에서 나오는 것처럼 들렸다.

“이디스.” 그가 말했다. “나는 한때 똑똑하고 재능 있는 예술가라고 생각했어. 지금 와서 보니 난 정말 아무것도 아냐. 이디스, 그림을 그릴 수가 없어. 내가 당신에게 왜 이런 얘기를 하고 있는지 모르겠군.”

그녀는 넋을 잃은 듯 고개를 끄덕였다.

“그림을 그릴 수 없어. 아니, 아무것도 할 수 없어. 무일푼의 빈털터리야.” 그는 씁쓸하게 그리고 좀 요란하게 웃었다. “난 지금 거지가 되어버렸어. 친구들에게 붙어사는 거머리가 됐다고. 실패자이고, 동전 한 닢 없는 무일푼이야.”

그녀의 혐오감은 점점 커지고 있었다. 이제는 고개도 끄덕이지 않은 채 자리에서 일어설 기회만 기다리고 있었다.

갑자기 고든의 눈에 눈물이 가득 고였다.

"이디스." 그가 자제하려고 안간힘을 쓰며 그녀를 돌아다보고 말했다. "이 세상에 나에게 관심을 가져주는 사람이 한 사람 있다는 걸 아니 얼마나 기쁜지 몰라."

그가 손을 내밀어 그녀의 손을 가볍게 두드렸지만, 그녀는 자기도 모르게 손을 뺐다.

"정말 고마워." 그가 되풀이해 말했다.

"한데 말이에요," 그녀가 그의 눈을 쳐다보며 천천히 말했다. "옛 친구를 만나면 누구나 늘 기뻐하죠……. 하지만 고든, 당신의 이런 모습을 보게 되다니 유감이군요."

두 사람이 서로 마주 보는 동안 잠시 침묵이 흘렀고, 그의 눈에 순간 떠올랐던 열의가 흔들거렸다. 그녀는 자리에서 일어나 서서 아무런 표정도 보이지 않고 물끄러미 그의 얼굴을 바라보았다.

"우리 춤을 출까요?" 그녀가 냉정한 목소리로 물었다.

사랑이란 부서지기 쉬운 거야. 그녀는 이렇게 생각하고 있었다. 하지만 어쩌면 부서진 파편은 다시 보관할 수 있지. 입술에서 맴돌았던 말, 얘기할 수 있을 것 같았던 말. 새로운 사랑의 말, 배워 얻은 달콤한 말은 다음 애인을 위해 소중하게 보관해 둬야 해.

5

아름다운 이디스의 파트너인 피터 히멜은 무안을 당하는 것에는 익숙하지 않았다. 그렇기 때문에 그는 한번 핀잔을 받으면 상처를 받고 어쩔 줄을 몰라 하며 자신을 부끄러워했다. 최근 두 달 동안 그는 이디스 브래딘과 속달로 편지를 주고받아 왔다. 속달 편지라는 한 가지 구실만으로도 감정을 전달하는 데 가치가 있다는 것을 잘 알고 있기 때문에 그는 자신의 입지가 확고하다고 믿어 의심치 않았다. 고작 키스 문제로 이디스가 왜 그런 태도를 보여야 했는지 그는 아무리 생각해 봐도 그 이유를 찾을 수 없었다.

그래서 콧수염을 기른 사나이가 이디스와 춤을 추려고 끼어들자 피터는 홀로 나가 문장 하나를 만들어 몇 번이나 혼자서 되풀이해 보았다. 상당 부분 삭제하고 난 뒤 그 문장은 이러했다.

"글쎄 어떤 아가씨가 남자에게 관심을 갖게 하고 나서 무안을 준다면 그 여자는…… 내가 밖에 나가 잔뜩 술에 취한다면 그녀도 재미있을 리가 없겠지."

그래서 피터는 식당을 빠져나가 초저녁에 일찍 보아둔, 식당 옆 작은 방으로 들어갔다. 그 방에는 커다란 펀치볼을 사이에 두고 술병이 잔뜩 늘어서 있었다. 피터는 술병이 놓여 있는 테이블 옆에 앉았다.

하이볼을 두 잔 마시자 따분함도 역겨움도 단조로운 시간도 골치 아픈 사건도 반짝반짝거리는 거미줄이 쳐진 희미한 배경 뒤쪽으로 물러갔다. 모든 것이 저절로 순서가 잡히고 선반 위의 물건처럼 가지런히 정리되었다. 오늘 있었던 복잡한 문제가 질서 정연하게 대열을 갖추고 그의 짧은 해산 명령 한마디에 발을 맞춰 저편으로 행진해 나가 모습을 감추었다. 고민이 사라지고 그 대신 주변에 찬연히 넘쳐흐르는 한 상징이 나타났다. 이디스는 한낱 무시해도 좋은 변덕스러운 여자로 변해 버려 걱정해야 할 대상이 아니라 오히려 조소의 대상으로밖에 보이지 않았다. 그녀는 그가 꾼 꿈속의 인물처럼 그의 주위에 만들어지고 있는 겉치레의 세계에 잘 들어맞았다. 그 자신도 어느 정도 상징적이어서 절제하는 술꾼, 탁월한 몽상가였다.

그러고 나서 상징적인 분위기는 점차 사라졌고, 하이볼을 세 잔째 마시자 그의 상상력은 자취를 감추고 따뜻한 열기를 느꼈다. 하늘을 바라보고 편안히 물 위에 둥실둥실 떠 있는 것 같은 기분이 들었다. 옆에 있는 녹색 베이즈 천을 댄 문이 2인치 정도 빠끔히 열리고 그 틈으로 눈동자 두 개가 꿰뚫듯이 자신을 노려보고 있다는 걸 깨달은 것은 바로 그때였다.

"흐음." 피터가 나지막하게 중얼거렸다.

녹색 문이 닫혔다. 그러고 나서 다시 열렸다. 이번에는 겨우 반 인치가 될까 말까 했다.

"까-악-꾸-웅." 피터가 다시 중얼거렸다.

문은 그대로 열린 채였고, 이번에는 긴장한 목소리로 속삭이는 소리가 간헐적으로 들려왔다.

"혼자 있는데."

"뭘 하고 있는데?"

"앉아서 이쪽을 쳐다보고 있어."

"저놈이 사라져야 하는데. 그래야 한 병 더 슬쩍할 텐데."

피터는 말소리가 의식 깊숙이 도달할 때까지 귀를 기울이고 있었다.

"이거 말이야," 피터가 생각했다. "참으로 이상한데."

그는 가슴이 두근거리고 기분이 유쾌해졌다. 우연히 신비의 수수께끼를 만난 기분이 들었다. 그는 짐짓 딴전을 부리는 척하며 일어나서 테이블을 한 바퀴 빙 돌아갔다. 그러고 나서 재빨리 몸을 돌리고 녹색 문을 열어젖히자 로즈가 얼떨결에 방으로 뛰어들었다.

피터는 공손히 절을 했다.

"안녕하시오?" 그가 말했다.

로즈 사병은 한 발을 다른 발보다 조금 앞쪽으로 내딛고 선 채 싸울 것인지, 도망칠 것인지, 아니면 화해할 것인지 상대방의 반응을 살폈다.

"안녕하시오?" 피터가 정중히 되풀이해 말했다.

"그저 그렇습니다."

"한잔 드릴까요?"

로즈 사병은 자신을 놀리고 있는 것이 아닌가 의심이 들었던지 상대방을 살펴보았다.

"좋아요." 그가 마침내 대답했다.

피터가 의자 하나를 가리켰다.

"앉으시오."

"친구가 있는데요." 로즈가 말했다. "저쪽에 친구가 있어요." 그가 녹색 문을 가리켰다.

"그 사람도 오라고 하죠."

피터가 방을 가로질러 가서 문을 열고 무척 불안한 얼굴에 꺼림칙하고 뒤가 켕기는 듯한 키 사병을 불러들였다. 의자를 가져와 세 사람은 펀치볼 주위에 자리 잡았다. 피터는 두 사람에게 하이볼을 주고, 담배 케이스에서 퀼런을 꺼내 권했다. 두 사람은 술과 담배를 조금 머뭇거리며 받아 들었다.

"한데 말이지요." 피터가 가볍게 말을 계속했다. "도대체 무엇 때문에 즐거운 시간을, 내가 보기에는 청소 빗자루밖엔 없는 방에서 숨어 있는지 그 이유를 물어도 될까요? 게다가 인류는 바야흐로 일요일을 빼고는 날마다 1만 7000개의 의자를 생산하는 단계로 발전을 했는데……." 여기서 피터는 잠시 말을 멈췄고, 로즈와 키는 멍청히 그를 바라보았다. 피터는 말을 계속했다. "나한테 말해 주겠소?" 하고 피터는 말을 이었다. "도대체 왜 물을 한 장소에서 다른 장소로 운반할 목적으로 만들어진 물건 위에 걸터앉아 있는지 말이요."

이때 로즈는 대화에 으음 하며 투덜거리는 소리를 보탰다.

"마지막으로 묻겠습니다." 피터가 결론적으로 말했다. "이 건물엔 도처에 아름답고 거대한 샹들리에가 매달려 있는데, 두 분은 하필이면 어째서 고작 희미한 전구 한 개밖에 없는 곳에서 이 밤 시간을 보내고 있는 건가요?"

로즈는 키를, 키는 로즈를 서로 마주 보았다. 그러다가 마침내 배를 잡고 폭소를 터뜨렸다. 웃지 않고서는 도저히 상대방의 얼굴을 마주 볼 수 없었다. 그러나 둘은 이 사나이와 함께 웃고 있지는 않았다. 오히려 그를 비웃고 있었던 것이다. 두 사람에게 이런 식으로 말하는 인간은 술에 취해 곤드레만드레가 되었거나 제정신이 아닌 미친놈임에 틀림없었다.

"두 분은 예일 대학교 출신인 듯한데요……." 피터가 마시던 하이볼을 비우고 다시 한 잔을 만들었다.

두 사람은 또다시 웃음을 터뜨렸다.

"아-니-요."

"그래요? 난 틀림없이 두 분이 셰필드 이공 대학[21]으로 알려진 수준 낮은 단과 대학 학생이 아닌가 하고 생각했는데 말입니다."

"아-닌-데-요."

"흐음. 그렇다면 유감이군요. 그럼 이름을 숨기고 이…… 신문에서 말하는 이 '보랏빛 청색[22]의 낙원'이라는 클럽에 들어온 하버드 학생들임에 틀림없어요."

"그것도 아-닌-데-요." 키가 경멸하듯이 대꾸했다. "우린 다만 누군가를 기다리고 있는 중이죠."

"아, 그래요." 피터가 자리에서 일어나 그들의 잔에 술을 따르며 감탄한 듯 큰 소리로 말했다. "흥미진진한 얘기로군요. 청소부 아줌마와의 데이트라 이거군요?"

---

21) 예일 대학교의 이공 대학.
22) 흔히 '예일 블루'라고 일컫는 보랏빛 청색은 예일 대학교를 상징하는 색깔이다.

두 사람은 화를 내며 이 말을 부정했다.

"아니, 괜찮아요." 피터가 두 사람을 안심시키고 나서 말했다. "청소부 아줌마라 해도 세상의 숙녀와 다른 게 없죠. 키플링[23]이 말하기를 '한 껍질만 벗겨놓고 보면 어떤 귀부인도 주디 오그레이디도 모두 마찬가지'라고 했어요."

"암, 그렇고말고요." 키가 로즈를 향해 크게 눈을 찡긋했다.

"제 경우를 예로 들어보죠." 피터가 잔을 비우면서 계속 말을 이었다. "내가 이곳에 데리고 온 여자는 버릇이 없어요. 내가 만나본 여자 중에서 제일 버릇이 없더라고요. 나하고 키스하는 걸 거절하는 겁니다. 그것도 아무런 까닭도 없이 말이죠. 일부러 나를 꾀어가지고 키스해 주세요 하는 얼굴을 하고 있다가 팔꿈치로 한 방 먹이는 겁니다! 글쎄 날 차버리지 뭡니까! 요즘 젊은 세대들이 도대체 어떻게 돼가고 있는 겁니까?"

"무척 재수가 없군요." 키가 말했다. "지독하게 재수가 없다고요."

"아니, 그런 일이!" 로즈도 맞장구쳤다.

"다시 한 잔 안 하겠소?" 피터가 권했다.

"우린 한동안 전투 같은 것에 참가했지요." 키가 조금 쉬었다가 말했다. "하지만 이제는 너무 먼 나라 얘기죠."

---

23) 영국의 시인이자 소설가인 러디어드 키플링(1865~1936). 이 구절은 키플링의 『귀부인들』(1895)이라는 작품에 나온다. "대령의 부인과 주디 오그레이디는 한꺼풀만 벗기면 서로 자매이다."라는 구절을 패러디한 것이다.

"전투라고요? ……그거 좋지요!" 피터가 비틀거리면서 자리에 앉으며 말했다. "이놈 저놈 다 해치워 버려라! 나도 군대에 갔다 왔어요."

"우리 상대는 볼셰비키 군대였어요."

"그거 신바람 났겠군요!" 피터가 열광적으로 소리쳤다. "내 말이 바로 그거라고요! 볼셰비키 놈들을 모두 죽여버려라! 그 놈들을 전멸시켜라!"

"우리들은 미국인이오." 로즈가 씩씩하고 용감한 애국자라도 된 듯한 기분으로 말했다.

"물론이죠." 피터가 맞장구쳤다. "세계에서 가장 위대한 민족이오! 우린 모두 미국인이란 말이오! 자, 한 잔 더 하시오."

그래서 그들은 또 한 잔씩 마셨다.

6

새벽 1시, 특별 편성 중에서도 특별 편성이라 할 만한 악단이 델모니코에 도착했다. 오만한 얼굴로 피아노를 둘러싸고 앉은 단원들은 '감마 프사이' 우애회 댄스파티에서 반주하는 역할을 맡고 있었다. 유명한 플루트 연주자로 물구나무를 서는 묘기를 보이며 어깨로 시미[24] 춤을 추면서 최신 재즈 히트곡을 연주해 뉴욕에서 널리 알려진 사람이

---

24) 어깨와 허리 등 상반신을 몹시 흔들어대며 추는 선정적인 재즈 댄스.

이 악단의 리더였다. 이 플루트 연주자가 연주하는 동안에는 그에게 초점을 맞춘 스포트라이트와 엉켜진 댄서 위에만 깜박거리는 그림자와 만화경 라이트를 던지는 불빛을 제외하고는 모든 조명이 꺼졌다.

이디스는 춤을 많이 추어 나른하고 꿈꾸는 듯한 기분이었다. 그런데 이런 기분은 마치 건장한 남성이 큰 잔으로 하이볼을 몇 잔 마셨을 때 고상한 영혼이 불타는 것과 비슷한 상태로, 오직 사교계의 풋내기 아가씨들에게서 습관적으로 볼 수 있었다. 이디스의 마음은 음악에 실려 망연히 떠돌았다. 시시각각 온갖 빛깔로 변하는 희미한 조명 속에서 춤 상대는 실체가 없는 환영(幻影)처럼 번갈아 바뀌었고, 몽롱해진 현재의 의식으로는 이미 무도회가 시작된 지 며칠이 지난 느낌이 들었다. 많은 남자들과 단편적인 주제로 많은 이야기를 나누었다. 누군가가 그녀에게 한 번 키스를 했고, 여섯 번이나 사랑 고백을 받았다. 초저녁 무렵에는 여러 학부생들과 춤을 추지만 이 무렵이 되면 인기 있는 여자 대부분이 그러하듯이 그녀만을 둘러싼 패거리가 형성되었다. 즉 여섯 명쯤 되는 용감한 남자가 그녀 한 사람을 선택하거나, 그녀의 매력을 다른 선택된 미녀의 매력과 번갈아 가며 즐기고 있었다. 그들은 자연스럽게 정해진 순서에 따라 규칙적으로 그녀와 춤을 추려고 끼어들었다.

고든의 모습이 몇 번인가 눈에 띄었다. 손바닥 하나로 머리를 받치고 계단에 오랫동안 걸터앉은 채 희미한 눈길로 바닥 위의 한 지점을 응시하고 있었다. 기분이 몹시 가라앉고 꽤 술에 취해 있는 듯했다. 그때마다 이디스는 서

둘러 다른 데로 눈을 돌렸다. 모든 일이 먼 옛날처럼 생각되었다. 그녀의 마음은 완전히 수동적이 되어 있었다. 감각은 몽롱한 무아경의 잠 속으로 빠지고, 오직 발만이 춤을 추고 있었으며, 목소리만이 남자들의 달콤한 농담에 대꾸할 뿐이었다.

그러나 이디스는 기분 좋고 거나하게 취한 피터 히멜이 춤을 추려고 끼어들어도 화를 내지 않을 정도로 그렇게 지쳐 있지는 않았다. 그녀는 숨을 헐떡거리며 그를 올려다보았다.

"어머나, 피터!"

"이디스, 난 조금 취했어요."

"이게 뭐예요, 피터. 잘났어요, 정말! 이건 너무 예의 없는 짓이잖아요? ……내 파트너로 함께 왔으면서요."

그러다가 그녀는 자신도 모르게 방긋 웃었다. 피터가 마치 부엉이처럼 감상적인 얼굴로 이따금 멍청한 미소를 지으면서 자기를 바라보는 것이 우스웠기 때문이다.

"사랑스러운 이디스!" 피터가 자못 진지하게 말을 꺼냈다. "당신을 사랑해요. 그건 당신도 알고 있겠지요?"

"어디서 들었던 말이네요."

"사랑해요……. 아까는 다만 당신이 나에게 키스해 주기를 바랐을 뿐이에요." 피터가 처량하게 덧붙였다.

낭패감도 곤혹감도 이미 사라진 그였다. 그녀야말로 이 세상에서 가장 아름다운 여자였다. 하늘의 별처럼 가장 아름다운 눈. 그는 사과하고 싶었다. 먼저 그녀에게 키스를 하려 했던 것, 둘째로 술에 취한 것을. 그러나 그는 그녀가 자기 때문에 화가 난 줄로 생각했기 때문에 완전히 기분을 잡쳐버렸던 것이다.

이때 얼굴이 붉고 뚱뚱한 사나이가 춤을 추려고 끼어들어 얼굴에 밝은 미소를 머금고 이디스를 올려다보았다.

"파트너를 데려왔나요?" 그녀가 물었다.

아니었다. 이 얼굴이 붉은 뚱뚱보는 혼자 왔던 것이다.

"한데, 혹 혼자 오셨으면…… 정말 무리한 부탁 한 가지를…… 저를 집에까지 바래다주시지 않겠어요?" (극도로 수줍음을 타는 듯한 태도는 이디스로서는 거짓으로 애교를 부린 것이었다. 이 얼굴이 붉은 뚱뚱보가 당장 감격해 버릴 것이란 사실을 그녀는 잘 알고 있었다.)

"무리라니요? 천만의 말씀입니다. 기꺼이 모셔다 드리죠! 아주 기꺼이 말입니다."

"너무 너무 고마워요! 정말 친절도 하시군요."

이디스는 손목시계를 들여다보았다. 1시 30분이었다. 그녀가 "벌써 한 시 반이나 되었네." 혼자 중얼거리는 동안, 언젠가 함께 점심을 들면서 자기는 매일 밤 1시 30분이 넘도록 신문사에서 일을 하고 있다던 오빠의 말이 막연히 떠올랐다.

이디스는 갑자기 뚱뚱보 파트너로 향해 몸을 돌렸다.

"이 델모니코 호텔이 어디쯤 있지요?"

"거리 이름이요? 아, 물론 5번 가이죠."

"아뇨, 동서로 뻗은 도로 말이에요."

"그게…… 가만있자……. 44번 도로입니다."

그녀가 생각한 대로였다. 헨리의 사무실은 바로 길 건너

모퉁이를 하나 돌아가는 곳에 있음에 틀림없었다. 잠깐 불쑥 얼굴을 내밀어 오빠를 놀래주고, 새로 산 진홍색 야회용 외투를 걸치고 멋지게 나타나 '그를 격려해' 주고 싶다는 생각이 문득 그녀의 머리를 스쳐갔다. 바로 이런 종류의 일이야말로 이디스가 좋아하는 것이었다.(상식을 벗어나는 가벼운 짓거리 말이다. 일단 이런 생각이 떠오르자 그녀의 상상력을 꽉 붙잡았다.) 잠깐 망설였을 뿐 그녀는 곧 그렇게 하기로 마음먹었다.

"제 머리카락이 헝클어져서 아주 주저앉으려고 해요." 그녀가 파트너에게 상냥하게 말했다. "잠깐 가서 다듬고 와도 괜찮겠죠?"

"물론이죠."

"정말 멋진 분이에요."

몇 분 뒤 진홍색 외투로 몸을 감싼 이디스는 자신이 생각해 낸 조그마한 모험에 흥분되어 뺨을 붉히며 옆 계단을 사뿐사뿐 내려가고 있었다. 문가에 서 있는 커플을 지나 달려 나가 (턱이 작은 웨이터와 루주를 지나치게 짙게 바른 젊은 여자가 심하게 말다툼을 하고 있었다.) 바깥쪽 문을 열고 따스한 5월의 밤 속으로 걸어 나갔다.

7

루주를 지나치게 짙게 바른 여자가 이디스를 적의를 띤 눈으로 힐끗 쳐다보았다. 그러고 나서 다시 턱이 작은 웨이터를 돌아보며 말다툼을 계속했다.

"위에 올라가서 그 사람에게 내가 왔다고 전해 줘요." 여자가 도전적으로 말했다. "그러지 않으면 내가 직접 올라가겠어요."

"안 돼요. 들어갈 수가 없어요!" 조지가 단호하게 말했다.

젊은 여자는 빈정대듯이 미소를 지었다.

"오, 그럴 수 없다고요, 올라갈 수 없다고요? 당신이 태어나서 지금까지 보아온 것보다 훨씬 더 많은 대학생을 난 알고 있어요. 그들도 나를 알고 있고 기꺼이 나를 파티에 데려 가려고 야단이란 말이에요."

"그야 그럴 수도……."

"그야 그럴 수도가 아니죠." 여자가 그의 말을 가로막았다. "흥, 지금 방금 달려 나간 여자는 괜찮고요……. 어디로 가고 있는지 알 게 뭐야……. 부탁받고 여기에 온 여자들은 마음대로 드나들 수 있고…… 난 친구를 만나러 왔는데도 햄이나 도넛을 날라주는 별 볼일 없는 웨이터가 가로막고 서서 들여보내 주지 않으니."

"여보세요." 키의 형이 화가 난 듯 말했다. "내 목이 달아난다니까요. 지금 당신이 말하고 있는 그 친구란 사람은 어쩌면 당신을 만나고 싶어 하지 않을지도 모르잖아요."

"아니에요, 만나고 싶어 할 거예요."

"어쨌든, 이렇게 혼잡한데 어떻게 그 사람을 찾는단 말입니까?"

"아, 그 사람은 분명 저 안에 있으니까요." 그녀가 자신 있게 대답했다. "누구라도 좋으니까 아무나 붙들고 고든 스터렛이 어디 있는지 물어보란 말이에요. 그러면 당신에게 가르쳐줄 거예요. 그들은 모두 서로 잘 알고 있으니까요."

그녀는 그물로 된 손가방을 열고 1달러짜리 지폐 한 장을 꺼내 조지의 손에 쥐여주었다.

"자," 그녀가 말했다. "이건 뇌물예요. 그 사람을 찾거든 내 말을 전해 줘요. 오 분 안에 여기로 나오지 않으면 내가 올라가겠다고 말이에요."

조지는 어쩔 수 없다는 듯이 고개를 옆으로 젓고는 잠깐 생각에 잠겼다가 거칠게 손을 흔들며 안쪽으로 사라졌다.

정해진 시간이 지나기도 전에 고든이 아래층으로 내려왔다. 초저녁 때보다 한층 더 술에 취해 있었고, 취한 모습도 달랐다. 독한 술이 상처의 딱지처럼 그 사람 위에 굳어져 버린 듯이 보였다. 비틀비틀거리는 움직임도 둔했다. 더구나 말할 때에는 도무지 조리 없이 횡설수설까지 늘어놓았다.

"이봐, 주얼." 그가 탁한 목소리로 말했다. "단숨에 날아왔어. 주얼, 돈을 만들지 못했어. 돈을 구할 수 없었다고. 나름대로 노력했지만."

"돈이 문제가 아니에요!" 그녀가 날카롭게 말했다. "당신은 열흘 동안이나 내 근처에 얼씬도 안 했어요. 도대체 어떻게 된 거예요?"

고든은 천천히 고개를 옆으로 내저었다.

"주얼, 전혀 그럴 형편이 못 되었어…… 아팠거든."

"그렇다면 왜 나에게 아프다고 말하지 않았나요. 나, 돈 같은 것 그렇게 탐내지 않아요. 당신이 날 소홀히 취급하기 시작할 때까지만 해도 돈으로 당신을 괴롭히지 않았어요."

그는 또다시 고개를 내저었다.

"소홀히 취급하다니. 그건 말도 안 돼."

"그러지 않았다고요! 벌써 세 주일째 내 근처에 얼씬도 하지 않았다고요. 내게 왔다 하면 언제나 곤드레만드레 술에 취해 있었어요."

"주얼, 난 몸이 아팠단 말이야." 고든이 지겹다는 듯이 그녀를 바라보며 같은 말을 되풀이했다.

"이곳에 와서 상류 사회 친구들과 어울릴 기운은 있고요. 나한테 함께 저녁을 먹자느니, 돈을 마련해 오겠다느니 했잖아요. 그래 놓고선 전화 한 통 걸지 않았어요."

"돈을 마련하지 못했기 때문이야."

"돈 같은 것 필요 없다고 말하지 않았던가요? 고든, 난 당신을 만나고 싶었던 거예요. 그런데 당신은 나 아닌 다른 여자를 만나는 걸 더 좋아하는 것 같군요."

그는 화를 내며 이 말을 부정했다.

"그렇다면 어서 모자를 챙겨 나를 따라와요." 그녀가 제안했다.

고든이 망설였다. 그러자 그녀는 갑자기 그에게 가까이 다가서며 두 팔로 그의 목을 껴안았다.

"고든, 나랑 함께 가요." 그녀가 거의 속삭이는 듯 말했다. "데비너리스에 가서 한잔하고 나서 내 아파트로 가자고요."

"주얼, 지금은 안 돼⋯⋯."

"그럴 수 있어요." 주얼이 격렬하게 말했다.

"난 지금 몹시 몸이 불편하단 말이야."

"그렇다면 더더욱 이런 데 와서 춤을 춰서는 안 되죠."

고든은 안도감과 절망감이 뒤섞인 눈으로 주위를 둘러보며 머뭇거렸다. 그러자 갑자기 주얼이 그를 껴안더니 과육질의 부드러운 입술로 키스를 퍼부었다.

"그래, 알았어." 고든이 울적하게 대답했다. "모자를 가져올게."

8

이디스가 맑고 푸른 5월의 밤거리로 나왔을 때 5번 가는 인기척 하나 없이 조용했다. 커다란 상점들의 쇼윈도에는 불이 꺼졌고, 문에는 철가면을 떠올리게 하는 거대한 창살이 쳐져 있어 한낮의 화려함을 묻어둔 어두운 무덤을 생각나게 했다. 그녀가 42번 도로 아래를 내려다보자 철야 영업 중인 레스토랑에서 뒤섞인 불빛이 뿌옇게 빛나고 있었다. 6번 가에서는 고가 철도의 전차가 궤도에 불꽃을 튀기며 역에서 나란히 반짝이는 조명 사이로 굉음을 내면서 거리를 횡단하더니 상쾌한 어둠 속으로 사라져버렸다. 그러나 44번 도로는 아주 조용했다.

외투를 바짝 끌어당기면서 이디스는 5번 가를 쏜살같이 건너갔다. 혼자 걷고 있던 사나이 하나가 지나가며 "아가씨, 어딜 가지?" 하고 쉰 목소리로 속삭이는 바람에 흠칫했다. 어렸을 적 밤에 잠옷 바람으로 근처를 돌아다닐 때 수수께끼 같은 넓은 뒷마당에서 개가 짖어대던 기억이 떠올랐던 것이다.

그녀는 곧 목적지에 도착했다. 44번 도로에 있는 비교적 낡은 2층 건물로, 2층 창으로부터 환하게 한 줄기 불빛이 새어 나오는 것을 보고 마음이 놓였다. 바깥은 창문 밑의 간판을 읽을 만큼 충분히 밝았다. '뉴욕 트럼펫'[25]이라고 쓴 간판이 걸려 있었다. 어두운 현관에 발을 들여놓고 잠시 뒤에야 구석에 있는 계단이 눈에 띄었다.

그러고 나서 그녀는 책상이 여러 개 놓여 있고 네 면에는 신문철이 걸려 있는 낮고 길쭉한 방에 들어갔다. 그 방 안에 단 두 사람만이 있었을 뿐이다. 방의 양쪽 끝에 한 사람씩 앉아 책상 위의 외등 밑에서 녹색 아이셰이드를 끼고 글을 쓰고 있었다.

그녀는 잠시 문가에서 머뭇거렸고, 두 사나이가 동시에 고개를 쳐들었고, 그녀는 오빠의 얼굴을 알아보았다.

"아니, 이디스 아니냐!" 그가 급히 자리에서 일어나 아이셰이드를 벗으며 놀란 얼굴로 다가왔다. 키가 크고 깡마르며 피부가 검은 데다가 아주 두꺼운 안경 아래의 검은 눈은 찌를 듯이 날카로워 보였다. 꿈꾸는 듯한 눈으로, 언제나 얘기하는 상대방의 머리 조금 위쪽을 쳐다보는 듯했다.

그는 두 손으로 그녀의 두 팔을 잡고 뺨에 입을 맞추었다.

"도대체 어찌 된 거니?" 그가 약간 놀라서 물었다.

---

25) 이 무렵 뉴욕에서 발행하던 사회주의 신문 《더 콜(소명)》을 염두에 둔 듯하다. 둘 다 사회의식을 고취시킨다는 뜻을 담고 있다.

"오빠, 길 건너 델모니코에 댄스파티가 있어서 왔던 길이에요." 이디스가 흥분된 목소리로 대답했다. "갑자기 오빠 얼굴이 보고 싶어져서 뛰어나왔지요."

"와줘서 고맙구나." 그의 긴장한 태도는 곧 평소의 모호한 모습으로 돌아가 버렸다. "하지만 밤에 혼자 다녀서는 안 되지. 안 그래?"

방의 반대쪽에 있던 사나이가 이상스럽다는 듯이 두 사람을 바라보고 있다가 헨리가 손짓하자 다가왔다. 다소 몸집이 있는 체구에 조그마한 눈이 반짝반짝 빛나는 그는 칼라와 넥타이를 푼 모습이 일요일 오후를 즐기는 중서부 지방의 농부를 떠올리게 했다.

"내 여동생이야." 헨리가 말했다. "나를 만나러 잠깐 들렀대."

"처음 뵙겠습니다." 통통한 사나이가 생글거리며 말했다. "미스 브래딘. 전 바솔로뮤라고 합니다. 오빠는 내 이름을 이미 까맣게 잊어버리고 있을 겁니다."

이디스는 상냥하게 웃었다.

"한데," 그가 말을 이었다. "이곳이 그다지 멋진 사무실은 아니지요?"

이디스는 방 안을 훑어보았다.

"꽤 멋진 곳이에요." 그녀가 대답했다. "하지만 폭탄은 어디다 숨겨두었지요?"[26]

---

26) 이 무렵 급진주의자들을 '폭탄 투척자'라고 불렀다. 급진주의자들은 만화에 자주 폭탄을 던지는 모습으로 나온다.

"폭탄이라고요?" 바솔로뮤가 웃으며 반문했다. "그거 참으로 멋진 얘깁니다⋯⋯. 폭탄 얘기 말이죠. 헨리, 자네도 들었지? 자네 동생이 우리더러 폭탄을 어디다 숨겨두었냐고 묻는 거야. 정말 그럴 듯하지 않나."

빈 책상에 걸터앉은 이디스는 책상 가장자리 위로 두 다리를 흔들흔들하고 있었다. 그녀의 오빠는 그녀 옆 의자에 앉았다.

"한데," 그가 멍한 표정으로 물었다. "이번 뉴욕 여행은 재미있니?"

"나쁘진 않아요. 일요일까지 호이츠 씨네와 함께 빌트모어 호텔에 묵을 예정이에요. 내일 점심 먹으러 오겠어요?"

그는 잠시 생각에 잠겼다.

"몹시 바빠서 안 돼." 그가 부탁을 거절했다. "게다가 난 무리를 지어 다니는 여자들은 질색이거든."

"그럼 좋아요." 이디스가 시원스럽게 말했다. "우리 둘이서만 식사하기로 해요."

"그렇다면 좋다."

"열두 시에 전화할게요."

바솔로뮤는 분명히 자기 책상으로 돌아가고 싶은 모양이었지만 헤어질 때 뭐라고 가벼운 농담이라도 하지 않으면 실례라고 생각한 모양이었다.

"저어." 그가 어색하게 말을 꺼냈다.

남매가 그를 돌아다보았다.

"저어, 우리⋯⋯ 초저녁엔 신바람이 났었어요."

두 남자는 서로 시선을 주고받았다.

"좀 더 일찍 왔더라면 좋았을 것을." 바솔로뮤가 조금 용기를 얻은 듯 말을 이었다. "대단한 구경거리였죠."

"정말예요?"

"일종의 세레나데였지." 헨리가 거들었다. "많은 군인이 저 아래 거리에 모여 간판을 향해 소리를 질러대기 시작했지 뭐야."

"그건 왜요?" 그녀가 물었다.

"그저 떼거리 군중이지 뭐." 헨리가 멍하니 대답했다. "군중이란 하나같이 소리를 지르지 않고서는 못 견디는 법이거든. 선두에서 앞장서는 놈이 없었기에 망정이지, 그렇지 않았더라면 아마 여기까지 밀고 올라와서 엉망으로 만들어 놓았을는지도 모르지."

"그래요." 바솔로뮤가 다시 이디스를 돌아다보며 말했다. "그 광경을 꼭 봐야 했어요."

그 정도라면 자리를 뜨는 데 충분하다고 생각한 듯 그는 갑자기 돌아서더니 책상으로 돌아가 버렸다.

"군인들은 하나같이 사회주의자들에 대해 반감을 갖고 있나요?" 이디스가 오빠에게 물었다. "제 말은요, 그들은 오빠에게 폭력을 행사하고 그러는 건가요?"

헨리는 아이셰이드를 다시 착용하고 하품을 했다.

"인류는 상당히 진화했지만 말이다." 그가 건성으로 말했다. "우리들은 대부분 퇴화했지. 군인들은 자신이 무엇을 원하며 무엇을 미워하고 무엇을 좋아하는지를 모르고 있거든. 집단행동에 익숙해져서 무엇인가 의사 표시 행위를 하지 않고는 못 배기는 모양이야. 그러다가 그저 우연히 우리에게 표적을 맞춘 거지. 오늘 밤 뉴욕 시 전역에서 폭동이 일어나고 있어. 너도 알겠지만 오늘이 오월제 날이잖니."

"이곳에서 소동이 꽤 심했나요?"

"아니, 전혀." 그가 조소하는 듯한 말투로 대답했다. "9시경 스물댓 명 정도가 길거리에 몰려와서 달을 향해 짖어대기 시작하더라."

"아." 그녀는 화제를 바꾸었다. "오빠, 내가 와서 기뻐요?"

"물론이지."

"별로 그런 것 같지 않은데요."

"사실이야."

"오빠는 날 두고…… 밥벌레라고 생각하겠죠. 말하자면 세계 최악의 플레이걸이라고."

헨리는 웃었다.

"천만의 말씀. 젊을 때 실컷 즐겨라. 왜 그런 생각을 하지? 내가 그렇게 점잔 빼는 모범 청년처럼 보이기라도 하는 거니?"

"아뇨……." 이디스가 말을 멈췄다. "……하지만 난 어쩐지 이런 생각을 하게 돼요. 내가 참석하고 있는 댄스파티와 얼마나 다른가 하고요……. 오빠가 하려는 모든 일과 말이에요. 뭐랄까…… 앞뒤가 잘 들어맞지 않는 거 아니에요? ……난 그런 파티에 참석하고, 오빠는 이곳에서 오빠의 이상이 실천된다면 그런 파티 같은 건 두 번 다시 열리지 못하도록 일하고 있다는 것 말이에요."

"아니, 난 그렇게 생각하지 않아. 넌 젊고 이제까지 자란 대로 행동하고 있을 뿐이야. 망설일 필요 없어……. 실컷 즐기는 게 어때?"

그때까지 무심결에 흔들고 있던 이디스의 다리가 멈추었고, 그녀의 목소리가 한 음계 가라앉았다.

"난 오빠가…… 오빠가 해리스버그 고향으로 돌아가 행복하게 살았으면 해요. 지금 오빠가 하고 있는 일이 과연 옳다고 확신하나요……."

"멋진 스타킹을 신고 있구나." 그가 그녀의 말을 가로막았다. "도대체 무슨 스타킹이니?"

"수를 놓은 거예요." 이디스가 대답하며 자기 다리를 쳐다보았다. "정말 멋지죠?" 그녀는 스커트를 끌어올리며 실크 스타킹을 신은 날씬한 종아리를 내밀어 보였다. "오빠는 이런 실크 스타킹을 나쁘다고 생각하죠?"

헨리는 약간 화가 난다는 듯 검은 눈으로 동생을 뚫어지게 바라보았다.

"이디스, 넌 내가 너에게 뭔가 트집을 잡으려 한다고 생각하니?"

"아뇨, 전혀……."

이디스는 말을 멈추었다. 바솔로뮤가 불평하는 듯한 소리를 내었다. 그녀가 돌아보니 그는 책상에서 일어나 창가에 서 있었다.

"뭔데 그래?" 헨리가 물었다.

"군중들이야." 바솔로뮤는 말하고 나서 잠시 뒤 다시 덧붙였다. "엄청난 수야. 6번 가에서 이쪽으로 몰려오고 있군그래."

"군중들이라고?"

통통하게 살이 찐 한 사나이는 유리창에 코를 박고 있었다.

"맙소사, 군인들이야!" 그가 힘주어 말했다. "아무래도 놈들이 다시 돌아오는 것 같은 생각이 드는군."

이디스는 자리에서 벌떡 일어나서 바솔로뮤가 서 있는 창가로 뛰어갔다.

"아주 많은 사람들이에요!" 그녀가 흥분해 외쳤다. "오빠, 이리 와봐요!"

헨리는 아이셰이드를 다시 맞춰 낄 뿐 자리에서 일어나려고 하지 않았다.

"불을 끄고 있는 게 좋지 않을까?" 바솔로뮤가 제안했다.

"아니, 그럴 필요 없어. 곧 돌아갈 거야."

"아니에요, 그렇지 않아요." 이디스가 창밖을 내다보며 말했다. "돌아갈 기세가 아니에요. 더 많이 몰려오는데요. 저기 보세요……. 지금 엄청난 군중이 6번 가 모퉁이를 돌아오고 있어요."

가로등의 노란 불빛과 푸른 그림자로 이디스는 보도에 가득 찬 군중을 볼 수 있었다. 대부분 군복 차림을 한 병사들로 꽤나 술에 취한 사람들도 있고 정신이 멀쩡한 사람들도 있었지만, 전반적으로 알아들을 수 없는 고함 소리와 아우성을 질러댔다.

헨리가 자리에서 일어나 창가에 서자 사무실의 불빛을 받아 그의 모습이 기다란 실루엣으로 나타났다. 곧 아우성은 지속적인 구호가 되고, 씹는담배 꽁초며, 담뱃갑이며, 심지어 1센트짜리 동전까지 작은 포탄 사격처럼 창문에 부딪쳤다. 우르르 날아왔다. 회전문이 돌아가자 계단을 따라 요란한 소동 소리가 올라오고 있었다.

"지금 사람들이 올라오고 있어!" 바솔로뮤가 외쳤다.

이디스는 불안한 듯이 헨리를 돌아다보았다.

"오빠, 사람들이 올라오고 있대요!"

아래층 홀 계단에서 그들이 부르짖는 욕설이 또렷하게 들려왔다.

"……빌어먹은 빨갱이 놈들!"

"독일의 앞잡이 놈들! 독일이라면 사족을 못 쓰는 놈들!"

"2층 앞쪽이야! 자, 올라가자!"

"모두 해치워, 빌어먹을……."

그다음 오 분 동안은 마치 꿈처럼 지나갔다. 갑자기 시끄러운 소리가 한바탕 소나기처럼 세 사람에게 닥쳤고, 계단을 뛰어오르는 수많은 사람들의 발소리가 천둥소리처럼 들려왔다. 헨리가 그녀의 팔을 붙잡고 사무실 뒤쪽으로 끌고 갔다. 이디스는 그때 이런 행동만을 의식할 뿐이었다. 그러고 나서 문이 열리더니 사나이들이 실내로 떠밀려 들어왔다. 무리의 지도자들이 아니라 우연히 선두에 서 있었을 뿐인 자들이었다.

"어이, 이놈들!"

"이렇게 늦게까지 일하고 있군!"

"네놈들도, 네놈의 계집도 벼락 맞아라!"

몹시 취한 병사 둘이 앞쪽으로 떠밀려 들어와 바보처럼 비틀거리는 모습이 이디스의 눈에 띄었다. 한 사람은 작달 막한 키에 머리와 피부색이 가무잡잡했고, 또 한 사람은 키다리로 턱이 작았다.

그러자 헨리가 그들 앞으로 나서며 한 손을 들어 올렸다.

"동지 여러분!" 그가 말했다.

소란스러운 소리가 순간 가라앉고 이따금 중얼거리는 소리가 들릴 뿐이었다.

"동지 여러분!" 그가 꿈꾸는 듯한 시선으로 군중의 머리 너머를 응시하며 되풀이했다. "오늘 밤 여기에 쳐들어와서 상처를 받는 것은 오직 여러분 자신뿐입니다. 우리가 부자로 보입니까? 독일 사람으로 보이나요? 제 가슴에 손을 얹고 묻습니다만……."

"입 닥쳐!"

"독일 사람으로 보이고말고!"

"이봐, 형씨. 당신의 이 여자 친구는 도대체 누구지?"

책상 위를 뒤지고 있던 사복 차림의 사나이가 갑자기 신문 한 장을 집어 들었다.

"여기 있다! 이놈들은 전쟁에서 독일이 승리하기를 바라던 놈들이야!"

계단에서 다시 사람들이 밀려 들어와 갑자기 사무실은 사람들로 가득 찼고, 그들은 모두 뒤쪽에 창백한 얼굴로 서 있는 작은 무리를 에워싸고 바짝 조여들고 있었다. 턱이 작은 키다리 병사가 여전히 선두에 서 있는 것을 이디스는 보았다. 작고 가무잡잡한 병사는 어디론가 사라지고 없었다.

그녀는 살그머니 뒷걸음쳐서 창문이 열려 있는 창가로 다가갔다. 열린 창문으로 시원한 밤바람이 불어 들어왔다.

그러고 나서 사무실은 곧 아수라장이 되었다. 그녀는 병사들이 밀물처럼 밀려드는 것을 깨달았고, 그 퉁퉁한 사나이가 머리 위로 의자 하나를 흔들어대는 모습을 보았다. 그 순간 전등이 꺼졌고, 거친 옷감 아래 뜨뜻미지근한 몸뚱이가 그녀를 밀치는가 하면, 귓가에는 고함 소리며 쿵쾅거리는 발소리며 거친 숨소리가 들렸다.

어디선가 갑자기 한 모습이 나타나 그녀 옆으로 날아드는가 싶더니 비틀거리다가 옆으로 떠밀렸다. 그러고는 갑자기 짧은 비명 소리와 함께 열린 창밖으로 사라져버렸다. 겁에 질린 듯한 그 비명 소리는 군중의 함성에 묻혀 스타카토로 없어져 버리고 말았다. 뒤에 있는 건물의 희미한 불빛으로 이디스가 본 그 사람은 턱이 작은 키다리 군인인 것 같았다.

놀랍게도 이디스의 몸속에서 분노가 솟구쳤다. 그녀는 두 팔을 마구 휘두르며 난투가 벌어지는 중심부를 향해 무턱대고 밀고 들어갔다. 불평을 늘어놓는 소리며, 욕지거리며, 주먹이 맞부딪치는 둔탁한 소리가 들렸다.

"오빠!" 이디스가 거의 미친 듯이 소리를 질렀다. "헨리 오빠!"

그리고 몇 분이 지나자 갑자기 사무실에 다른 사람들이 있다는 것이 느껴졌다. 누군가 쩌렁쩌렁 울리는 굵은 목소리로 명령을 내리는 소리가 들렸다. 소동 장면 여기저기에 노란 불빛이 휙 지나가는 것이 보였다. 고함 소리는 좀 더 산발적으로 들렸고, 한바탕 난투가 격렬해지다가 뚝 그쳤다.

그때 갑자기 사무실에 불이 들어왔고, 방 안은 손에 곤봉을 든 경찰들로 가득했다. 굵은 목소리가 울려 퍼졌다.

"그만둬! 그만두지 못하겠어! 멈추란 말이야!"

이어 또 다른 경관이 명령했다.

"조용히 하고 나가! 이제 그만들 해!"

마치 세면기의 물이 빠지듯 방 안에서 사람들이 쫙 빠져나갔다. 한쪽 구석에서 한바탕 몸싸움을 하고 있던 경관 한 사람이 상대방 군인을 잡았던 손을 놓고 그를 입구 쪽으로 떼밀어 냈다. 굵은 목소리가 계속 들렸다. 이제 이디스는 입구에 서 있는 목이 굵은 경위가 바로 그 목소리의 장본인임을 깨달았다.

"그만두지 못해! 이러면 안 돼! 너희 동료 군인 하나가 창으로 떨어져 죽었단 말이야!"

"오빠!" 이디스가 소리쳤다. "헨리 오빠!"

그녀는 앞을 가로막고 있는 사나이의 등을 주먹으로 마구 두드렸다. 다른 두 사람 사이를 헤치고 잡아당기고 소리치고 때리면서 그녀는 책상 가까이 마룻바닥에 앉아 있는 몹시 얼굴이 창백한 사람 곁으로 다가갔다.

"오빠!" 그녀가 격한 목소리로 물었다. "왜 그러는 거예요? 어디 다쳤어요?"

그는 눈을 감고 있었다. 신음 소리를 내다가 메스꺼운 듯이 올려다보면서 말했다.

"다리가 부러졌어. 제기랄. 멍청한 녀석들 같으니라고!"

"그만들 둬!" 경위가 계속 소리쳤다. "그만둬! 이제 멈추라니까!"

9

'59번 도로 차일즈'[27] 점(店)은 보통 아침 8시까지는 이 레스토랑의 다른 체인점과 비교해 대리석을 붙인 식탁이나 프라이팬이 반들거리는 상태 말고는 그다지 큰 차이가 없다. 이곳에는 가난한 사람들이 졸린 눈으로 들어와서 곧바로 시선을 음식에 고정시키고 다른 가난한 사람들을 쳐다보지 않으려고 애쓴다. 그러나 이보다 네 시간 전의 59번 도로 차일즈 점은 오리건 주 포틀랜드에서 메인 주 포틀랜드[28]에 이르는 다른 체인점과는 큰 차이가 난다. 어둠침침하지만 깨끗한 이 식당에는 코러스 걸이며, 대학생들이며, 사교계의 갓 데뷔한 아가씨들이며, 난봉꾼이며, 창녀들까지 떠들썩한 손님들이 잡다하게 드나들었다. 가장 환락가인 브로드웨이와 심지어 5번 가를 대표하는 부류의 사람들 말이다.

5월 2일 새벽의 이 식당은 보통 때와는 달리 초만원이었다. 대리석을 붙인 식탁에는 아버지가 한 마을 전체를 소

27) 뉴욕 시 맨해튼에 있는 레스토랑 체인점.
28) '포틀랜드'라는 지명은 미국의 여러 주 곳곳에 있다.

유하고 있다는 집안의 바람둥이 딸들이 흥분된 얼굴을 수
그리고 있었다. 그들은 메밀 케이크와 스크램블드에그를
맛있게 먹고 있었는데, 아마 네 시간 뒤라면 똑같은 장소
에서 아무도 그런 음식에는 손을 대지 않을 것이다.

　손님들 거의 모두가 델모니코 호텔의 '감마 프사이' 댄
스파티에서 온 사람들이었다. 물론 예외로 심야 쇼를 마치
고 가장자리 테이블에 앉아 쇼가 끝난 뒤 좀 더 화장을 깨
끗이 지울 것을 그랬다고 생각하는 코러스 걸들이 있었다.
또한 식당 여기저기에는 이 장소에 영 어울리지 않는 담갈
색 복장의 생쥐 같은 사람이 피곤하고 당황한 눈으로 이상
하다는 듯 플레이걸들을 바라보고 있었다. 그러나 이런 담
갈색의 복장을 한 패거리들은 어디까지나 예외였다. 어쨌
든 그날은 오월제 다음 날 아침이었고, 축제 분위기가 아
직도 감돌고 있었다.

　술은 깼지만 아직도 흐리멍덩한 기분으로 그곳에 앉아 있
던 거스 로즈도 그런 패거리의 하나로 분류해야 할 것이다.
그 소동이 있은 뒤 어떻게 해서 그가 44번 도로에서 59번 도
로까지 왔는지 그저 어렴풋한 기억밖에는 없었다. 캐럴 키
의 시체가 앰뷸런스에 실려 가는 것을 보고 나서 두세 명
의 병사들과 함께 북쪽으로 향했다. 44번 도로와 59번 도로
사이 어디에서 다른 군인들은 어떤 여자를 만나 어디론가
사라져버렸다. 로즈는 어슬렁거리며 콜럼버스 광장[29]까지

---

29) 뉴욕 시 맨해튼에 8번 가와 브로드웨이가 만나는 59번 도로에 있는
　　광장으로 신대륙을 '발견한' 크리스토퍼 콜럼버스의 동상이 서 있다.

걸어와 문득 커피와 도넛이 먹고 싶어 차일즈의 반짝이는 불빛을 선택했다. 그리고 이 식당에 걸어 들어와 자리에 앉은 것이다.

그의 주위 여기저기에는 별 볼일 없는 가벼운 농담과 왁 자지껄한 웃음소리가 떠돌았다. 혼란스러운 오 분이 지나고 나서야 비로소 그는 화려한 파티를 끝내고 온 사람들이라는 것을 깨달았다. 흥에 겨운 차분하지 못한 청년 하나가 부산 하게 테이블 사이를 오가며 아무하고나 악수를 하고 다니는 가 하면, 가끔 멈추어 서서는 익살스러운 잡담을 늘어놓고 있었다. 한편 흥분한 웨이터들은 케이크며 계란을 높이 쳐 들고 지나가면서 속으로 이 청년을 욕하기도 하고, 그와 몸 을 부딪쳐 길을 비키도록 했다. 가장 눈에 띄지 않고 사람 이 없는 테이블에 자리 잡은 로즈의 눈에는 모든 모습이 아 름다움과 요란스러운 쾌락의 화려한 서커스로 비쳤다.

잠시 지나자 로즈는 맞은편에 비스듬히 앉아 다른 손님 들과 등지고 있는 남녀가 이 식당 안에서도 적잖이 흥미를 끄는 존재라는 것을 점차 깨닫게 되었다. 남자는 술에 취 해 있었다. 턱시도 차림으로 넥타이와 와이셔츠는 술과 물 을 흘려 엉망이었다. 그는 몽롱하고 핏발이 선 눈동자를 옆으로 쉴 새 없이 굴렸다. 입술 사이로 가쁘게 숨을 몰아 쉬고 있었다.

"꽤나 흥청거렸던 게로군!" 로즈가 생각했다.

여자 쪽은 완전히 말짱한 정신은 아니라고 할지라도 거 의 술에 취해 있지 않았다. 눈이 까맣고 열병 환자처럼 뺨 이 불그레한 그녀는 얼굴이 예뻤고, 매처럼 날카로운 눈초리로 동료를 쏘아보고 있었다. 때때로 여자가 몸을 앞으로 내밀고 무엇인가 열심히 속삭이자 남자는 무겁게 고개를 끄덕이거나 유령처럼 기분 나쁜 윙크로 답하기도 했다.

로즈는 마침내 여자 쪽이 기분 나쁜 눈으로 힐끗 노려볼 때까지 몇 분 동안 멍청히 두 사람을 바라보았다. 그러고 나서 여전히 테이블 사이를 헤집고 다니는 남자들 가운데 유난히 떠들썩한 두 남자 쪽으로 시선을 돌렸다. 놀랍게도 그중 하나는 얼마 전 델모니코 호텔에서 자기들에게 기상천외한 대접을 해준 청년이었다. 이것을 계기로 로즈는 막연한 감상과 공포감이 뒤섞인 마음으로 키를 다시 떠올렸다. 키는 이제 죽었다. 35피트 높이에서 추락하여 마치 야자수 열매처럼 머리가 깨져서 사망했던 것이다.

"참으로 좋은 녀석이었는데." 로즈가 슬퍼하며 생각에 잠겼다. "참으로 괜찮은 녀석이었는데 말이야. 어지간히 운도 없지 뭐야."

여전히 떠들썩한 두 남자는 로즈의 테이블과 옆의 테이블 사이를 배회하기 시작하더니 아는 사람이나 낯선 사람을 가리지 않고 스스럼없이 쾌활하게 말을 걸었다. 둘 가운데 금발에 앞니가 튀어나온 남자가 갑자기 멈추어 서서 앞에 앉아 있는 남녀를 불안한 시선으로 바라보며 못마땅한 표정으로 고개를 젓는 것이 로즈의 눈에 들어왔다.

눈에 핏발이 선 사나이는 얼굴을 들었다.

"고디!" 앞니가 튀어나온 청년이 그를 불렀다. "고디!"

"헤이." 얼룩이 묻은 와이셔츠를 입은 사나이가 탁한 목소리로 대답을 했다.

앞니가 튀어나온 사나이는 어쩔 수 없다는 듯 두 사람을 향해 손가락을 흔들면서 여자 쪽에 냉랭한 비난의 시선을 보냈다.

"고디, 내가 뭐라고 말했나?"

고든은 앉은 채 몸을 움직였다.

"헛소리 그만 집어치워!" 하고 그가 대답했다.

딘이 계속 손가락을 흔들어대며 서 있었다. 그러자 여자는 화를 내기 시작했다.

"저리 가요!" 그녀가 사나운 목소리로 말했다. "당신 지금 술 취했단 말이에요. 정말이란 말이에요!"

"취한 건 이놈도 마찬가지야." 딘이 고든을 향한 채 손가락을 흔들며 말했다.

피터 히멜이 부엉이처럼 점잔을 빼며 어슬렁어슬렁 다가왔다.

"그만들 하시지." 그가 아이들의 어이없는 싸움을 말리는 듯한 말투로 입을 열었다. "어떻게 된 거야?"

"당신 친구를 데려가요." 주얼이 날카롭게 내뱉었다. "우리에게 시비를 걸고 있단 말예요."

"뭐라고요?"

"내 말을 못 알아듣겠어요!" 주얼이 목소리를 높였다. "당신 주정뱅이 친구를 데려가 달라고 했어요."

식당의 소음을 뚫고 주얼의 목소리가 크게 울려 퍼졌고, 마침내 웨이터 한 사람이 달려왔다.

"좀 조용히 해주십시오!"

"이자는 술에 취했어요." 그녀가 소리쳤다. "우리에게 시비를 걸고 있단 말이에요."

"아하, 고디," 비난을 받고 있는 사나이가 계속 말했다. "내가 뭐라고 했나?" 그는 웨이터에게 몸을 돌렸다. "고디와 난 친구요. 난 그를 도와주려고 했죠. 고디, 안 그래?"

고든이 올려다보았다.

"나를 도와주려고 했다고? 터무니없는 거짓말하지 마!"

갑자기 주얼은 자리에서 일어나 고든의 팔을 잡고 일으켜 세웠다.

"고디, 이제 그만 가요." 그녀가 그에게 몸을 기울인 채 속삭이듯 말했다. "이 집에서 나가요. 이 사람은 술버릇이 고약해요."

고든은 그녀의 부축을 받으며 자리에서 일어나 입구로 향했다. 주얼은 잠시 고개를 돌리고 자기들을 나가게 만든 장본인에게 쏘아붙였다.

"당신에 대해 모두 알고 있어요!" 그녀가 격렬한 말투로 말했다. "알량한 친구도 다 있지. 당신에 대해 그가 다 말했단 말예요."

그리고 나서 주얼은 고든을 부축하여 호기심 어린 손님들을 헤치고 빠져나가 계산대에서 계산을 하고는 음식점을 나가버렸다.

"자리에 앉아주세요." 두 사람이 나가자 웨이터가 피터에게 말했다.

"뭐라고요? 자리에 앉으라고?"

"네……. 아니면 나가주시던가요."

피터가 딘을 돌아보았다.

"이봐." 그가 제안했다. "이 웨이터 어디 한번 맛 좀 보여줄까."

"그거 좋지."

두 사람은 험악한 얼굴을 하고 웨이터에게 다가섰다. 웨이터는 뒤로 물러섰다.

갑자기 피터가 자기 옆 테이블에 놓인 접시로 손을 뻗어 잘게 썬 고기 요리를 한 움큼 움켜쥐더니 허공에다 뿌렸다. 눈송이처럼 천천히 포물선을 그리며 낙하하여 주위 사람들의 머리 위로 떨어졌다.

"이봐! 도대체 이게 무슨 짓이야!"

"그놈을 내쫓아!"

"피터, 자리에 앉아봐!"

"쓸데없는 짓 하지 마!"

피터는 소리를 내어 웃더니 꾸벅 절을 했다.

"신사 숙녀 여러분, 박수갈채를 보내주셔서 고맙습니다. 자, 어느 분이든 약간의 잘게 썬 고기 요리와 실크해트를 빌려주시면, 연기를 다시 계속하도록 하겠습니다."

음식점 경비원이 서둘러 나타났다.

"나가주시오!" 그가 피터에게 말했다.

"천만의 말씀!"

"이 사람은 내 친구란 말이야!" 딘이 화가 나서 끼어들었다.

그러자 모든 웨이터들이 몰려들었다. "그자를 내쫓아!"

"피터, 일단 피하는 게 좋겠는걸."

잠시 맞붙어 싸우다가 두 사람은 조금씩 입구 쪽으로 질질 밀려 나갔다.

"이 집에 모자와 코트를 맡겨놓았단 말이야!" 피터가 소리를 질렀다.

"그럼, 어서 가서 날쌔게 가져와!"

경비원이 움켜잡은 손을 놓자 피터는 잽싸게 속였다고 익살맞은 표정을 짓고 눈 깜짝할 사이에 다른 테이블을 돌아가 한바탕 조소를 퍼붓고는 엄지손가락을 코에 대고 화가 난 웨이터를 놀려댔다.

"여기서 좀 더 기다리는 게 좋을 텐데." 그가 말했다.

마침내 추격전이 시작되었다. 네 명의 웨이터가 한쪽에서, 다른 네 명이 반대쪽에서 그를 붙잡으러 왔다. 딘이 두 웨이터의 윗옷을 잡는 바람에 새로운 싸움이 벌어졌다가 다시 피터를 쫓는 추격전이 벌어졌다. 설탕 그릇과 커피 몇 잔을 뒤엎은 끝에 마침내 피터는 붙잡혔다. 계산대에서 경찰관들에게 던져주게 잘게 썬 고기 요리 한 접시를 사겠다고 하여 또 한바탕 시비가 벌어졌다.

그러나 그때 마침내 음식점 안에 있던 모든 사람들로부터 찬탄의 눈길을 받고 잇달아 본능적으로 "오, 오, 오!" 하는 감탄을 이끌어낸 새로운 현상 때문에, 피터가 나가면서 일으킨 소동은 더 이상 흥미를 끌지 못했다.

음식점 정면의 거대한 판유리가 짙은 유청색(乳靑色), 즉 맥스필드 패리시[30] 그림에서 볼 수 있는 달빛 색깔로 변했

---

30) 미국의 화가이며 잡지 삽화가 맥스웰 패리시(1870~1966). 그의 그림과 삽화는 강렬한 색채와 초현실주의적 화법으로 유명하다.

다. 마치 음식점 안까지 뛰어들 듯이 유리창으로 밀고 들어오는 느낌이 드는 청색이었다. 콜럼버스 광장에 새벽이, 바람 한 점 없이 고요한 마법의 새벽이 찾아와 불멸의 크리스토퍼[31] 동상을 실루엣으로 만들고, 기묘하고 야릇한 느낌으로 음식점 안에서 가물거리던 황색 전깃불과 뒤섞였다.

10

'미스터 인'과 '미스터 아웃'은 인구 조사국의 명단에는 올라와 있지 않다. 명사록(名士錄)이나 출생, 혼인, 사망 기록, 또는 식료품 가게의 외상 거래 장부 그 어느 것을 샅샅이 찾아봐도 그들에 대한 기록은 없다. 두 사람은 이미 망각의 심연으로 가라앉아 처음부터 그런 사람이 존재한다는 사실마저 아리송하여 법정에서는 이를 인정하지 않는다. 그런데도 나는 '미스터 인'과 '미스터 아웃'이 분명히 살아서 숨을 쉬었고, 그들의 이름을 부르면 응답했으며, 그들 나름의 생생한 개성을 발휘한 사실을 가장 믿을 만한 권위에 의존하여 말할 수 있다.

그들은 짧은 생애 동안 민속 의상을 입고 어느 위대한 나라의 위대한 큰 거리를 활보했다. 거기서 뭇사람한테서 조소를 받고 욕설을 들으며 쫓고 쫓기면서 살다가 도망쳤

---

31) 신대륙을 발견한 이탈리아 태생의 탐험가 크리스토퍼 콜럼버스. (1446~1506)

다. 그래서 마침내 사라져 이제 완전히 잊혀진 존재가 되었던 것이다.

5월의 새벽 아주 엷은 빛을 헤치고 지붕이 없는 택시 한 대가 브로드웨이를 따라 남쪽으로 달리고 있는 가운데 두 사람은 어렴풋하게나마 이미 그 모습을 나타내고 있었다. 그 택시 안에는 '미스터 인'과 '미스터 아웃'의 영혼이 타고 앉아 크리스토퍼 콜럼버스 동상 배후의 하늘을 너무 일찍 물들인 푸른빛에 대하여 놀라운 표정으로 얘기하고 있었다. 또한 일찍 일어난 사람들의 늙은 잿빛 얼굴들이 잿빛 호수 위에 떠 나부끼는 종잇조각처럼 힘없이 거리를 따라 걸어가고 있는 것에 대해 당혹스러운 표정으로 이야기를 나누었다. 두 사람은 차일즈 레스토랑 경비원의 어리석은 행동에서 인생의 덧없음에 이르기까지 모든 것에서 서로 의견이 일치했다. 아침이 그들의 불타는 듯한 영혼에 가져다준 눈물 날 것 같은 극도의 행복감으로 그들은 머리가 아찔할 정도였다. 아니, 살아 있다는 기쁨이 너무나 신선하고 커서 크게 소리를 질러 이를 표현하지 않고는 배기지 못할 것 같은 느낌이었다.

"야-아-호!" 피터가 두 손으로 나팔을 만들어 소리쳤다. 그러자 딘이 마찬가지로 의미심장하고 상징적이었지만 발음이 분명치 않아서 오히려 더 낭랑하게 울려 퍼지는 소리로 이에 화답을 보냈다.

"야-호! 야! 야-호! 야-오호!"

53번 도로에서 단발머리 미녀를 태운 버스와 마주쳤고, 52번 도로에서는 도로 청소부가 재빨리 몸을 피하며 "조심해서 차를 몰라고!" 하고 고통스럽고 서글픈 목소리로 외쳤다. 50번 도로에서는 무척 흰 빌딩 앞의 무척 흰 보도에 떼 지어 서 있는 몇몇 사나이들이 뒤돌아 그들을 바라보며 소리를 질렀다.

"파티를 벌이는 모양이지, 녀석들!"

49번 도로에서 피터는 딘을 돌아다보며 "아름다운 아침인데." 부엉이 같은 눈을 가늘게 뜬 채 진지한 표정으로 말했다.

"그럴지도 모르지."

"어때, 아침 식사나 할까?"

딘도 찬성했다. 다만 한 가지 조건을 덧붙였다.

"아침 식사에 술이 있어야 돼."

"아침 식사와 술이라." 피터가 되풀이했고, 그들은 얼굴을 서로 마주 보며 고개를 끄덕였다. "그게 논리에 맞거든."

그러고 나서 두 사람 모두 한바탕 웃었다.

"아침 식사에 술까지 든다! 오, 이건 기막힌 생각이로군!"

"하지만 그런 식사 코스는 없잖아." 피터가 대꾸했다.

"술을 내놓지 않는다고? 걱정하지 마. 억지로 내놓게 할 테니까. 협박을 해서라도 말이야."

갑자기 택시가 브로드웨이를 돌아 옆길로 꺾더니 교차로를 따라가다가 5번 가에 있는 큼직한 무덤같이 생긴 큰 건물 앞에 멈춰 섰다.

"왜 이리 온 거지?"

운전기사는 그들에게 델모니코 호텔이라고 대답했다.

그들은 조금 당황했다. 몇 분 동안 생각을 집중해 보았다. 여기로 오자고 했다면 무언가 그럴 만한 까닭이 있었을 것이 아니겠는가.

"코트가 어쩌고 하는 얘기를 들었지라우." 운전사가 힌트를 주었다.

그렇다. 피터의 코트와 모자였다. 그는 그것을 델모니코 호텔에 맡겼던 것이다. 그렇게 결론이 나자 그들은 택시에서 내려 서로 팔짱을 긴 채 어슬렁어슬렁 현관을 향해 걸어갔다.

"이보랑께유!" 택시 기사가 말했다.

"왜 그래요?"

"지금 요금을 내야 한당께유."

그들은 놀라서 안 된다는 듯이 고개를 가로저었다.

"나중에 줄게요. 지금은 안 돼요……. 명령은 우리가 하는 거요." 택시 기사는 지금 받아야겠다고 고집을 부렸다. 간신히 자제하는 사람이 그러하듯 업신여기면서도 공손한 듯한 표정을 지으며 그들은 그에게 요금을 지불했다.

피터는 안으로 들어가 어둡고 인기척 없는 휴대품 보관소에서 코트와 모자를 찾아보았지만 보이지 않았다.

"없어졌군. 누군가가 훔쳐 갔어."

"어떤 셰필드 놈들[32] 짓이겠지."

"모르긴 몰라도 아마 그럴 거야."

"걱정하지 마." 딘이 점잖게 말했다. "나도 여기에 코트

---

32) 예일 대학교의 셰필드 이공 대학 학생들을 가리킨다.

와 모자를 두고 갈게……. 그러면 둘 다 같은 차림새가 될 것 아냐."

딘은 코트와 모자를 벗어 벽에 걸려고 주위를 둘러보고 있던 중 눈길이 휴대품 보관소 문에 붙은 커다란 사각형의 마분지에 가서 멈추었다. 왼쪽 문에는 검고 큼직한 글씨로 '인'이라는 글자가 적혀 있었고, 오른쪽 문에는 똑같이 강조하여 쓴 필체로 '아웃'이라는 글자가 적혀 있었다.

"이봐!" 딘이 기뻐서 소리쳤다.

피터의 눈이 딘이 가리키는 쪽을 좇았다.

"뭔데?"

"저 표지를 보란 말이야. 그거 가져가자."

"그거 나쁠 것 없지."

"어쩌면 이 두 쌍이 진귀한 가치가 있는 것인지도 몰라. 요긴하게 써먹을 때가 있을는지 누가 알겠어."

피터는 왼쪽 문에 붙은 종이를 떼내어 몸속에 감추려고 했다. 그러나 워낙 커서 그렇게 쉽게 마음대로 되지 않았다. 그에게 생각 하나가 문득 떠올랐다. 장난스럽게 점잔을 빼며 뒤로 돌아섰다. 순간 극적인 동작으로 다시 돌아서더니 두 팔을 뻗어 존경하듯 바라보고 있는 딘에게 자신의 모습을 내보였다. 그는 조끼 안에 마분지 표지를 찔러넣어 셔츠 앞자락이 하나도 보이지 않았다. 결과적으로 셔츠에 페인트로 검고 크게 '인'이라는 글자를 적어놓은 셈이 되어버렸다.

"야호!" 딘이 환호를 질렀다. "미스터 인.'"

그는 자신의 것도 마찬가지로 가슴에 밀어 넣었다.

"난, '미스터 아웃!'" 그가 의기양양하게 말했다. "'미스터 인', '미스터 아웃'을 소개하죠."

그들은 서로 다가서서 악수를 했다. 또다시 배꼽을 잡고 웃으면서 발작을 일으키며 몸을 흔들어댔다.

"야호!"

"이것으로 아침 식사를 위한 준비는 모두 끝난 셈이렷다."

"자아, 출발! 코모도어 호텔[33]로 가자."

두 사람은 팔짱을 끼고 문을 나와 44번 도로에서 동쪽으로 꺾어 코모도어 호텔로 향했다.

그들이 나가자 보도에서 맥없이 어슬렁거리며 걷고 있던 매우 창백하고 지친 병사 한 사람이 고개를 돌려 그들을 바라보았다.

그는 두 사람에게 말을 걸려고 하는 듯 발길을 돌리려다가 상대방이 대뜸 모르는 척하고 쏘아붙이자 두 사람이 길거리를 따라 걸어 내려갈 때까지 기다렸다가 40보쯤 떨어져 뒤를 쫓았다. 혼자서 낄낄거리며 웃기도 했고, 앞에서 걷고 있는 무언가 재미있는 일이 일어날 것 같다는 듯이 흥에 겨워 입 속으로 "이거, 원!" 하고 몇 번이나 중얼거렸다.

한편 '미스터 인'과 '미스터 아웃'은 앞으로의 계획에 대해 이러쿵저러쿵 즐겁게 얘기를 나눴다.

"우리에겐 술이 필요해. 그리고 아침 식사가 필요하고. 그중 어느 하나라도 빠지면 안 돼. 양자는 하나며 불가분

---

33) 뉴욕 시 맨해튼 그랜드 센트럴 역 옆에 있는 호텔로 42번 도로에 위치해 있다.

이니까."

"우리한테는 두 가지가 필요해!"

"두 가지 모두가!"

이제 날이 완전히 밝아 행인들이 이 두 사람에게 호기심 어린 눈길을 보내기 시작했다. 분명히 두 사람은 무엇인가를 의논하고 있음에 틀림없었는데, 서로 그것이 재미있어 못 견디는 모양이었다. 이따금씩 너무 격렬하게 발작적으로 웃어대곤 하는 바람에 여전히 팔짱을 낀 채 그들은 거의 허리가 굽다시피 했다.

코모도어 호텔에 이르자 두 사람은 아직도 졸린 듯한 도어맨과 몇 마디 음담을 나눴고, 가까스로 회전문을 지나 띄엄띄엄 앉아 놀란 표정을 짓고 있는 로비 손님을 지나쳐 식당으로 들어갔다. 웨이터가 의아한 얼굴을 하고 두 사람을 잘 보이지 않는 구석 테이블로 안내했다. 그들은 어쩔 수 없이 서로에게 요리 이름을 중얼중얼 읽어주면서 메뉴를 훑어보았다.

"술 이름이 전혀 보이지 않는데." 피터가 투덜거리며 말했다.

웨이터가 뭐라고 말했지만 알아들을 수가 없었다.

"다시 한 번 말하겠는데," 피터가 화가 나는 것을 꾹 참고 말을 이었다. "이 메뉴에는 도대체 아무 설명도 없고 실망스럽게도 술 이름이 전혀 올라와 있지 않은 것 같소."

"이봐!" 딘이 자신 있는 듯 웨이터를 향해 말했다. "그 녀석은 내게 맡겨." 그러고 나서 그는 웨이터를 돌아보았다. "우리에게…… 우리에게 갖다 줘요…….." 그가 근심스러운 얼굴로 메뉴를 살펴보았다. "우리에게 샴페인 한 병하고, 그리고 저어…… 저어, 햄 샌드위치가 어떨까."

웨이터는 알 수 없다는 듯한 표정을 지었다.

"어서 그걸 가져오란 말이야!" '미스터 인'과 '미스터 아웃'이 한 목소리로 소리쳤다.

웨이터는 기침을 하면서 물러갔다. 잠시 기다리는 동안 지배인은 두 사람이 눈치 채지 않도록 그들을 열심히 관찰했다. 그런 뒤 샴페인을 갖다 주었는데, 이를 본 '미스터 인'과 '미스터 아웃'은 더없이 기뻐했다.

"우리가 아침 식사로 샴페인을 마시는 것을 두고 반대한다고 상상해 봐……. 한번 상상해 보라고."

두 사람 모두 그런 두려운 사태를 열심히 상상해 보았지만 그 일은 그들에게 너무 벅찼다. 두 사람의 상상력을 한데 모아봐도, 누군가가 아침 식사로 샴페인을 마신다는 데 대해 잔소리를 하는 사람이 존재하는 세계란 도저히 생각해 낼 수 없었다. 웨이터는 요란한 소리를 내며 마개를 뽑았다. 즉시 두 사람의 잔에 엷은 황색의 거품이 일었다.

"'미스터 인', 건강을 비네."

"'미스터 아웃', 자네도."

웨이터가 물러간 지 얼마 지나지 않아 술은 병에 조금밖에 남지 않았다.

"그게 말이야……. 굴욕감을 준단 말이야." 갑자기 딘이 말했다.

"뭐가 굴욕감을 준다는 거야?"

"우리가 샴페인으로 아침을 먹는다는 데 대해 놈들이 반대한다는 생각 말이지."

"굴욕감을 준다?" 피터가 생각한 끝에 말했다. "그래,
그 말이 맞아……. 정말 굴욕적이야." 하고 덧붙였다.

또다시 두 사람은 폭소와 함께 몸을 앞뒤로 흔들며 '굴
욕적'이라는 말을 서로 몇 번씩이나 되풀이하면서 마구 웃
어댔다. 마치 그 말을 한 번 되풀이할 때마다 더더욱 멋들
어지게 우스꽝스럽게 되기라도 하는 것처럼 말이다.

이리하여 그들은 하늘에라도 오를 듯한 기분이 든 지 몇
분 뒤 술을 한 병 더 마시자는 데 의견을 모았다. 걱정이 된
웨이터는 바로 위 지배인에게 의견을 물었지만 이 신중한
지배인은 이제 더 샴페인을 내놓아서는 안 된다는 암묵의
지시를 내렸다. 잠시 뒤 두 사람에게 계산서를 갖다 주었다.

오 분 뒤 그들은 팔짱을 낀 채 코모도어 호텔을 나와 이
상하다는 듯 자신들을 바라보는 군중 사이를 누비고 42번
도로를 걸어 밴더빌트 가의 빌트모어 호텔로 갔다. 호텔로
들어서자 갑자기 꾀가 난 그들은 수완을 발휘하여 빠른 걸
음으로 성큼성큼 로비를 지나가 부자연스럽게 꼿꼿이 그곳
에 서 있었다.

일단 레스토랑으로 들어가자 그들은 이전의 묘기를 되풀
이했다. 사이사이에 발작적으로 유쾌하게 웃어대는가 하
면, 갑자기 정치며 대학이며 자신들의 밝은 성격에 대해
토론을 벌였다. 시계를 보니 9시였다. 두 사람은 문득 자
신들이 무엇인가 영원히 잊을 수 없는 기념할 만한 파티에
참석하고 있다는 생각이 어렴풋이 들었다. 그들은 두 번째
샴페인에 대해 미련을 떨쳐버릴 수 없었다. 한쪽이 '굴욕

적'이란 말을 입에 올리기만 하면 두 사람 모두 숨넘어갈 듯 웃어댔다. 이제 식당은 빙글빙글 돌면서 잘 움직이고 있었다. 이상한 가벼움이 무겁게 드리운 공기에 스며들어 공기를 희박하게 만들었다.

계산을 마치고 두 사람은 로비로 걸어 나왔다.

바로 그 무렵 그날 아침에도 수천 번 돌았을 바깥과 통하는 회전문으로 얼굴이 매우 창백한 젊은 미녀 하나가 로비로 들어섰다. 눈 가장자리에 거뭇거뭇하게 멍이 들어 있었고, 입고 있는 이브닝드레스는 마구 구겨져 있었다. 아무리 보아도 어울리지 않는 못생긴 뚱뚱보 사내를 동반하고 있었다.

계단 꼭대기에서 이 커플은 '미스터 인'과 '미스터 아웃'과 마주쳤다.

"이디스!" '미스터 인'이 덥석 그녀 앞으로 걸어 나와 크게 절을 하며 말을 꺼냈다. "사랑스러운 아가씨, 그동안 잘 있었나요."

뚱뚱보 사나이가 이 남자를 즉시 집어던져도 좋은가 묻고 있는 듯한 시선으로 힐끗 이디스를 쳐다보았다.

"무례하게 구는 걸 용서하십시오." 피터가 다시 생각해 보고 난 뒤 덧붙였다. "이디스, 안녕하신가요."

그는 딘의 팔꿈치를 잡고 앞으로 끌어냈다.

"이디스, 내 가장 친한 친구 '미스터 아웃'이오. 우리 둘은 끊으려야 끊을 수 없는 콤비지요. '미스터 인'과 '미스터 아웃' 말입니다."

'미스터 아웃'이 앞으로 나오며 꾸벅 절을 했다. 사실,

너무 지나치게 앞으로 나와 허리를 굽히는 바람에 몸이 약간 기우뚱하여 손으로 이디스의 어깨를 가볍게 짚고서야 간신히 몸의 균형을 잡을 수 있었다.

"이디스, 소생은 '미스터 아웃'이라고 합니다." 딘이 상냥하게 중얼거렸다. "우, 우린 '미스터 인'과 '미스터 아웃' 이지요."

"우, 우린 미스터 인과 아웃." 피터가 자랑스럽게 말했다.

그러나 이디스는 두 사람에게는 눈길도 주지 않고 자신의 머리 위 회랑의 어느 한 점을 응시했다. 그녀가 뚱뚱한 사나이에게 고개를 살짝 끄덕이자 사나이는 황소처럼 성큼 다가와 갑작스럽고 용감한 몸짓으로 '미스터 인'과 '미스터 아웃'을 양옆으로 밀어제쳤다. 그 사이로 그와 이디스는 걸어 나갔다.

그러나 열 발짝쯤 간 곳에서 이디스는 다시 걸음을 멈추었다. 그러고는 갑자기 얼굴이 검고 키가 작은 병사 한 사람을 가리켰다. 그런데 이 병사는 군중을, 그중에서도 특히 활인화(活人畵) 같은 '미스터 인'과 '미스터 아웃'을 넋을 잃고 당혹스럽고 놀란 표정으로 바라보고 있었다.

"저기요!" 이디스가 소리를 질렀다. "저기를 봐요!"

그녀의 목소리가 커지면서 약간 날카롭게 변했다. 병사를 가리키고 있는 손가락은 조금 떨리고 있었다.

"우리 오빠의 다리를 부러뜨린 군인이에요!"

여남은 명이 소리를 질렀다. 앞자락을 비스듬히 재단한 코트를 입은 사나이 하나가 데스크 근처 자리를 뜨더니 재빠르게 앞으로 다가섰다. 뚱뚱한 사나이는 전광석화(電光石

火)처럼 키가 작고 얼굴이 까만 사나이에게 달려들었다. 그
러자 로비에 있던 사람들이 작은 그룹 주위에 몰려드는 바
람에 '미스터 인'과 '미스터 아웃'에게는 아무것도 보이지
않았다.

그러나 '미스터 인'과 '미스터 아웃'에게는 이 사건도
윙윙거리며 회전하는 세계의 다채롭고 찬란한 일부에 지나
지 않았다.

고함 소리가 들리고 뚱뚱한 사나이가 달려드는 것이 보
였다가 그림이 다시 흐려졌다.

그러고 나서 그들은 엘리베이터를 타고 하늘을 향해 올
라가고 있었다.

"몇 층에 가시나요?" 엘리베이터 보이가 물었다.

"아무 층이나 세워주시오." '미스터 인'이 대답했다.

"맨 꼭대기 층이오." '미스터 아웃'이 말했다.

"여기가 바로 맨 꼭대기 층인데요." 엘리베이터 보이가
대답했다.

"좀 더 높이 올라갑시다." '미스터 아웃'이 말했다.

"더 높이요." '미스터 인'이 말했다.

"하늘까지 말이오." '미스터 아웃'이 말했다.

11

6번 가에서 조금 떨어진 조그마한 호텔 침실에서 고든
스터렛은 뒤통수가 지끈거리고 온 혈관에 통증을 느끼며

잠에서 깨어났다. 방 안 구석에 희끄무레한 그림자가 보였고, 한쪽 구석에 하도 오랫동안 사용해 너덜너덜해진 커다란 가죽 의자가 보였다. 바닥에 떨어진 옷가지는 구겨진 채 흩어져 있었고, 방 안에 배어 있는 담배 연기며 술 냄새가 코를 찔렀다. 창문은 굳게 닫혀 있었다. 창문 밖에는 밝은 태양이 먼지를 가득 띄운 빛을 창틀을 통해 비추었다. 그런데 그가 잠을 잔 넓은 나무 침대의 머리판이 이 빛을 가로막고 있었다. 그는 조금도 움직이지 않고 가만히 누워 있었다. 혼수상태에 놓여 있는 것처럼 보이기도 했고, 마취 상태에 놓여 있는 것처럼 보이기도 했지만 눈은 커다랗게 뜨고 있었고, 마음은 기름을 치지 않은 기계처럼 요란하게 움직이고 있었다.

먼지가 떠 있는 빛과 커다란 가죽 의자의 너덜너덜한 조각에 눈이 멎은 지 삼십 초가 지났을까, 고든은 가까스로 옆 근처에 어떤 생명체가 있다는 것을 느꼈다. 그리고 또 삼십 초 뒤 그는 이제 다시는 돌이킬 수 없이 주얼 허드슨과 결혼했다는 사실을 깨달았다.

그로부터 삼십 분 뒤 그는 밖으로 나가 스포츠 용품점에서 리볼버 권총 한 자루를 샀다. 그리고 나서 택시를 타고 이스트 27번 도로에 있는 자기 방으로 돌아와, 화구(畵具)를 올려놓은 테이블에 기대서서 관자놀이 바로 위에다 총구를 대고 방아쇠를 당겼다.

작품 해설

  미국 작가, 아니 세계 작가를 통틀어서도 F. 스콧 피츠제
럴드만큼 단편 소설을 많이 쓴 작가를 찾아보기 어렵다.
좁게는 현대 미국 문학, 더 넓게는 세계 문학에 이정표를
세워놓은 소설가로 흔히 평가받는 그는 『위대한 개츠비』
(1925)나 『밤은 부드러워』(1934) 같은 장편 소설을 쓴 작가
로 잘 알려져 있지만 실제로는 장편 소설보다 단편 소설을
훨씬 더 많이 썼다. 대학 시절에 발표한 작품을 포함하여
그가 생전에 출간한 단편 작품은 모두 160여 편에 이른다.
좀 더 자세히 살펴본다면 그의 금자탑이라고 할 수 있는
『위대한 개츠비』를 출간하기 전에 38편, 이 작품과 『밤은
부드러워』를 출간하는 사이에 53편을 썼으며, 그 이후에
70편 이상을 썼다. 연대로 본다면 1920년대에 64편, 1930년
대에 58편을 써서 이 이십 년 동안 가장 많이 썼음을 알 수
있다.

피츠제럴드가 사십 년 남짓한 비교적 짧은 생애에 걸쳐 이렇게 단편 소설을 많이 집필한 데에는 그럴 만한 까닭이 있었다. 단편 소설 장르에 남다른 관심을 두고 있던 까닭도 있었지만 문학 외적인 다른 이유가 크게 작용하였다. 평소 낭비벽이 심한 데다가 사치를 좋아하는 젤더 세이어와 결혼한 뒤부터 그는 거의 언제나 돈에 쪼들리다시피 하였다. 그의 재능으로 비교적 쉽게 돈을 벌 수 있는 일은 잡지에 단편 소설을 싣는 것이었다. 그리하여 피츠제럴드는 《새터데이 이브닝 포스트》를 비롯하여 《레드 북》, 《리버티》, 《콜리어스》, 《메트로폴리탄》, 《맥콜스》, 《에스콰이어》 같은 대중 잡지에 잇달아 단편 소설을 발표하였다. 이 가운데에서 65편, 그러니까 그가 집필한 단편 소설의 40퍼센트에 해당하는 작품을 주간지 《새터데이 이브닝 포스트》에 발표하였다. 그리하여 이 잡지의 표지를 주로 그린 화가 노먼 로크웰과 함께 피츠제럴드는 1920년대와 1930년대에 걸쳐 이 잡지의 간판 스타로 꼽혔다. 1920년대에 일주일에 275만 부가 팔려 나갈 정도로 이 잡지는 미국에서 가장 널리 읽힌 잡지였다. 조지 호레이스 로리머가 편집을 맡고 있던 이 잡지는 이 무렵 미국의 이미지를 형성하는 데 크게 이바지하였다는 평가를 받았다.

『위대한 개츠비』와 『밤은 부드러워』는 비록 예술적으로는 성공을 거두었지만 상업적으로는 실패작과 다름없었다. 가령 1929년 한 해 동안 피츠제럴드는 《새터데이 이브닝 포스트》에 모두 여덟 편의 단편 소설을 발표하여 무려 3만 달러를 받았다. 어떤 때는 단편 소설 한 편에 4,000달러를 받기도 하였다. 지금도 큰 돈이지만 이 무렵의 구매력을 생각한다면 참으로 엄청난 액수의 돈이라고 할 수 있다. 한편 1929년에 위의 두 장편 소설로 그가 출판사로부터 받은 인세는 32달러에도 미치지 못하였다. 이러한 상황에서 잡지에 단편 소설을 발표한다는 것은 피츠제럴드뿐만 아니라 어느 작가도 쉽게 뿌리치기 어려운 달콤한 유혹이었을 것이다. 18세기 영국 문학의 대부(大父)라고 할 새뮤얼 존슨은 "오직 바보만이 돈을 벌지 않기 위하여 글을 쓴다." 하고 말한 적이 있다. 바보가 아닌 피츠제럴드는 돈을 벌 작정으로 단편 소설을 썼던 것이다.

　적지 않은 비평가들이나 학자들은 안타깝게도 피츠제럴드가 장편 소설을 창작하는 데 쏟아야 할 창조적 에너지를 저질 단편 소설을 쓰는 데 낭비해 버렸다고 입을 모은다. 물론 그가 좀 더 진지한 작품을 쓰는 데 써야 할 시간과 정열을 대중 잡지 독자를 위한 단편 소설을 쓰는 데 낭비한 것은 부정할 수 없는 사실이다. 그러나 대중 잡지에 발표한 작품이라고 하여 반드시 질이 떨어지는 작품이라고 보는 것은 좁은 생각이다. 마찬가지로 아무리 순수 문학지에 발표하였다고 해도 기대에 미치지 못하는 작품이 얼마든지 있다. 상업적으로 실패한 작가가 훌륭한 작가인 반면, 상업적으로 성공을 거둔 작가는 삼류 작가라고 생각하는 것은 흔히 실패한 작가가 위안을 삼는 구실인 경우가 많다. 문제는 상업성을 떠나 작가가 얼마나 예술적인 성실성으로 작품을 집필하였느냐, 즉 삶의 경험을 얼마나 설득력 있게 극적으로 형상화하였느냐에 달려 있을 뿐이다. 이 무렵 《새터데이 이브닝 포스트》에 작품을 실은 몇몇 작가들은 이 점을 더욱 뒷받침한다. '예술적인 작가'라는 꼬리표가 늘 붙어 다니는 윌리엄 포크너를 비롯하여 토머스 울프, 이디스 워튼, 윌러 캐더 같은 쟁쟁한 작가들이 이 잡지에 작품을 발표하였다.

지금까지 적지 않은 비평가들이나 학자들이 피츠제럴드의 단편 소설을 '돈벌이를 위한 작품'이라는 낙인을 찍어 왔다. 대부분의 작품은 예술적 가치가 전혀 없거나 거의 없다고 판단을 내렸다. 물론 이러한 평가에는 작가의 몫도 적지 않다. 기회 있을 때마다 그는 자신의 단편 소설을 두고 '쓰레기'라고 말하는 등 스스로 비하하는 말을 서슴지 않았던 것이다. 1929년에 동시대 작가 어니스트 헤밍웨이에게 "늙은 창녀는 이제 남자를 한 번 상대하고 무려 4,000달러를 받는다." 하고 자랑 아닌 자랑을 늘어놓았다. 그런가 하면 그는 역시 헤밍웨이에게 작품을 잘 써 내려가다가 마지막 부분에 이르러 갑자기 잡지 독자의 구미에 맞게 뜯어고쳐 버린다고 밝힌 적도 있다. 이 말을 듣자 헤밍웨이는 그런 행위야말로 '매춘 행위'라고 비난하면서 몹시 분개하였다. 그러나 작가의 이러한 말에 속아 넘어가서는 안 된다. 영국 소설가 D. H. 로렌스의 말대로 독자는 작가의 말을 믿지 말고 오직 작품을 믿어야 한다.

피츠제럴드는 언뜻 보면 오직 돈을 벌기 위하여 단편 소설을 쓴 것 같지만 실제로는 작품 한 편 한 편에 여간 세심한 주의를 기울이지 않았다. 비록 잡지 편집자들이 원하는 스토리를 썼지만 그렇게 공식에 따라 쉽게 쓰지는 않았

384

다. 언젠가 그는 자신의 에이전트인 해럴드 오버에게 "나는 장편 소설을 구상하듯이 모든 단편 소설을 구상하며, 작품을 쓰는 데 특별한 감정과 특별한 경험을 필요로 한다." 하고 고백한 적이 있다. 그러면서 "틀에 박힌 스토리를 쓸 수 있었으면 좋으련만 그럴 때마다 연필이 제대로 돌아가지 않는다."라고 밝힌다. 물론 다른 작가와 비교해 볼 때 피츠제럴드는 일사천리 격으로 손쉽게 단편 작품을 써 내려갔다. 마치 보석을 갈고 닦듯이 작품을 쓴 동시대의 작가 헤밍웨이나 포크너와 비교해 보면 그는 너무 손쉽게 작품을 썼다고 생각할는지 모른다. 그러나 피츠제럴드가 "훌륭한 작품은 저절로 쓰이지만 좋지 않은 작품은 억지로 써야 한다."라고 한 말을 떠올릴 필요가 있다. 원고에 오래 매달려 있다고 좋은 작품이 나오는 것은 아니다. 작가들에게는 예술적 영감(靈感)이라는 것이 있는 법이다. 또한 작품을 그다지 힘들이지 않고 쉽게 쓸 수 있다는 것은 그만큼 작가의 의식 속에서 오랫동안 충분히 숙성되었다는 것을 뜻한다.

피츠제럴드의 이러한 태도는 사망하기 일 년 전 사랑하는 딸 스코티에게 보낸 편지에서도 엿볼 수 있다. "뮤지컬 작가들처럼 글을 썼으면 할 때가 있었지만 그러기에는 나는 실제로는 너무나 도덕가이다. 그렇기 때문에 단순히 독자들을 즐겁게 해주기보다는 오히려 어떤 용인할 수 있는 형식으로 그들을 가르치고 싶어 한다." 하고 밝혔다. 여기에서 찬찬히 눈여겨보아야 할 대목은 '어떤 용인할 수 있는 형식'이라는 표현이다. 독자들을 가르치되 윤리 교과서나 도덕 교과서와는 다르게 가르친다는 뜻이다. 그에게 어떤 미학적이고 예술적인 형식의 뒷받침을 받지 않는 문학 작품이란 한낱 도덕과 윤리를 전달하는 수신 교과서에 지나지 않는다.

피츠제럴드가 쓴 단편 작품에는 분명히 옥석이 뒤섞여 있다. 대부분의 작품은 김빠진 맥주처럼 싱겁고 진부하기 짝이 없지만 몇몇 작품은 보석처럼 찬란한 빛을 내뿜는다. 160여 편의 작품 가운데에서 줄잡아 열대여섯 편은 미국 문학은 말할 것도 없고 세계 문학에 내놓아도 손색이 없을 만큼 아주 훌륭하다. 글자 그대로 그야말로 주옥같은 작품이다. 이 점과 관련하여 작가란 수업생과는 달라서 나쁜 작품으로 평가받거나 작품의 평균치로 평가받지 않고 오직 좋은 작품으로만 평가받는다는 사실을 떠올리는 것이 좋을 것 같다. 아무리 형편없는 작품을 많이 썼어도 한두 작품만이라도 훌륭하면 바로 그 한두 작품으로 평가를 받는다. 세계 문학사를 들여다보면 오직 한두 작품으로 우뚝 서 있는 작가가 적지 않다.

피츠제럴드는 오 헨리처럼 타고난 단편 소설 작가이다. 흥미로운 플롯이며, 매력적인 작중 인물들이며, 서정적이고 산뜻한 문체며, 영화와 연극을 비롯한 여러 가지 실험적인 기법이며, 그리고 무엇보다도 설득력 있는 주제가 이 점을 잘 뒷받침한다. 그의 단편 작품은 재미있으면서도 진지하고, 대중적이면서도 예술적이다. 어쩌다 오 헨리처럼 '트위스트 엔딩'을 사용하여 스토리를 인위적으로 종결지을 때가 없는 것은 아니지만 그는 대개의 경우 독자의 예상을 크게 벗어나지 않는 범위에서 작품을 끝낸다. 한마디로 피츠제럴드는 에드거 앨런 포를 비롯하여 너새니얼 호손과 허먼 멜빌 같은 미국 작가들이 처음 수립한 단편 문학 장르를 굳건한 발판에 올려놓았던 것이다.

태양 아래 새로운 것은 아무것도 없다고 설파한 사람은 바로 저 구약 성서 「전도서」의 저자이다. 이렇게 새로운 것이 없기는 문학도 마찬가지여서 작가들은 아주 오래전부터 전해 내려온 이야기를 새롭게 반복할 뿐이다. 삶의 내용은 크게 달라지지 않고 오직 그 내용을 담는 그릇, 다시 말해서 형식이 달라질 뿐이다. 이러한 현상은 한 작가의 경우도 크게 다르지 않다. 세계 문학사를 들여다보면 똑같은 이야기를 형식만 바꾸어 거듭거듭 되풀이하는 작가들이 의외로 많다는 사실을 깨닫게 된다. F. 스콧 피츠제럴드도 아마 그러한 작가 가운데 한 사람일 것이다.

1933년에 발표한 「일백 번의 그릇된 출발」이라는 단편소설에서 피츠제럴드는 거의 대부분의 작가들이 오직 두세 개의 이야기를 일생 동안 반복하고 있다고 밝힌다. "우리 작가들은 대부분 똑같은 이야기를 되풀이한다. 우리는 삶에서 감동적인 경험을 두세 가지 겪게 된다. ……그러고 나서 우리는 작가로서의 기술을 배운다. 우리는 두세 가지 이야기를 아마 열 번, 독자들이 들으려고 하는 한 어쩌면 백 번이라도 되풀이해서 말한다──물론 이야기할 때마다 새롭게 변장하면서 말이다." 그런가 하면 피츠제럴드는 모든 작가가 그동안 『신데렐라』와 『거인 살해자 잭』이라는 두 동화 이야기를 반복해 왔다고 지적하기도 한다. 여성의 아름다움과 남성의 용맹스러움, 이것이 바로 지금까지 모든 작가들이 다루어온 내용이라는 것이다.

피츠제럴드가 160여 편에 이르는 단편 소설에서 다루는 주제는 크게 두세 가지로 요약할 수 있다. 하나는 물질적 풍요와 성공에 대한 야망이고, 다른 하나는 잃어버린 젊음과 아름다움에 대한 실망과 환멸이며, 또 다른 하나는 삶에 대한 지칠 줄 모르는 낭만적인 꿈과 환상이다. 그런데 그의 작품에서 이 세 주제는 마치 삼각형의 세 모서리처럼 서로 떼려야 뗄 수 없이 깊이 관련되어 있다. 피츠제럴드의 단편 소설에는 1920년대와 1930년대의 미국이라는 구체성과 특수성이 비교적 강하게 드러난다. 이 점에서 그는 가히 '미국적' 작가라고 할 만하다. 그러면서도 훌륭한 문학 작품이 으레 그러하듯이 그의 작품은 역사적 시간과 사회적 공간을 초월하여 좀 더 보편적인 주제를 다룬다. 그의 작품이 전 세계에 걸쳐 널리 읽히고 공감을 주는 것은 바로 특수성과 보편성 사이에서 조화와 균형을 꾀하고 있기 때문이다.

흔히 '헤밍웨이 주인공'이라고 일컫는 헤밍웨이 특유의 작중 인물이 있듯이 피츠제럴드에게도 '피츠제럴드 주인공'이라고 할 만한 인물이 있다. 누가 보아도 쉽게 피츠제럴드의 작품에 나오는 작중 인물이라고 할 만큼 그 주인공은 몇 가지 특징을 지닌다. 물질적 성공과 젊음과 아름다움을 얻으려고 온갖 수단과 방법을 가리지 않는 것이 피츠제럴드의 주인공이 보여주는 가장 두드러진 특징 가운데 하나이다. 피츠제럴드 주인공은 결국 그러한 것을 모두 얻지 못하거나, 그중에서 어느 하나만을 얻고 좌절을 겪으며 깊은 절망에 빠진다. 그의 작품에는 이러한 좌절과 절망에서 비롯하는 삶에 대한 우수(憂愁)와 비애, 비극적 상실감이 짙게 배어 있다. 그러므로 그의 작품은 희극보다는 차라리 비극에 가깝다. 피츠제럴드가 "미국은 결코 뜨지 않는 달이다."라느니, "미국의 삶에는 오직 1막만이 있고 2막은 없다."라느니 하고 말한 것을 떠올릴 필요가 있다. 그는 여러 작품에서 미국 사람들이 입버릇처럼 말하는 '미국의 꿈'이란 악몽이거나, 기껏해야 한바탕 시끄러운 일장춘몽(一場春夢)에 지나지 않는다는 사실을 실감 나게 보여준다.

한 비평가는 피츠제럴드의 주인공에 관한 이미지를 가난한 소년이 대도시의 휘황찬란한 쇼윈도를 바라보고 있는 모습에 빗댄 적이 있다. 피츠제럴드 주인공의 모습이 금방 되살아나는 참으로 적절한 비유라고 할 만하다. 피츠제럴드의 주인공은 거의 하나같이 무엇보다도 물질적 성공을 바란다. 그런데 D.H.로렌스의 말대로 작가란 원고지 위에 피를 쏟아놓는다. 바꾸어 말해서 주인공의 삶은 작가의 삶과 아주 깊이 관련되어 있다. 아버지가 사업에 실패하면서 돈 많은 친척집에 얹혀살아야 하였던 피츠제럴드는 어렸을 적부터 누구보다도 가난을 뼈저리게 느꼈다. 이러한 상황에서 그는 돈과 부(富)에 대하여 강박 관념을 가지고 있다시피 하였다. 또한 작가의 이러한 태도는 제1차 세계 대전 이후 미국 사회의 분위기를 반영하기도 한다.

흔히 '재즈 시대'로 일컫는 1920년대는 '미국의 꿈'이라는 이름으로 물질적 성공에 대한 기대가 그 어느 때보다도 컸던 시대였다.

피츠제럴드의 주인공에게 물질적 성공은 정신적 성공과 크게 다르지 않다. 이 두 가지는 마치 육체와 영혼처럼 서로 떼려야 뗄 수 없을 만큼 아주 깊이 연관되어 있다. 그것은 「오월제」에서 필립 딘이 돈을 빌리기 위하여 찾아온 대학 시절의 친구 고든 서터렛와 주고받는 대화에서 단적으로 드러난다.

"자넨 지금 형편없는 모습을 하고 있네. 자네가 이런 식으로 말하는 걸 전엔 들어본 적이 없어. 자넨 말하자면 파산 상태를 맞이한 것 같네……. 금전적으로는 물론이고 정신적으로도 말이야."

"그 두 가지는 보통 같이 가지 않는가?"

딘은 조바심이 나는 듯 고개를 내저었다.

"자네 주위엔 내가 이해할 수 없는 어떤 분위기가 감돌고 있어. 말하자면 악(惡)의 분위기라고나 할까."

"걱정과 가난과 잠 못 이룬 밤의 분위기라네." 고든이 조금 도전적인 태도로 대꾸했다.

고든의 말대로 피츠제럴드의 작중 인물에게 금전적 파산 상태는 흔히 정신적 파산 상태를 뜻한다. 대학 시절 그림을 그리고 싶어 한 고든은 지금은 화구조차 제대로 살 수 없을 만큼 금전적으로 영락해 있다. 그것으로도 부족하여 지금 그가 유혹한 한 아가씨로부터 협박을 받고 있다. 많은 돈을 주거나 결혼해 달라는 것이다. 필립은 이러한 고든에게 악의 분위기가 감돌고 있음을 알아차린다. 금전적 파산 상태는 정신적 파산 상태에 이르고, 정신적 파산 상태는 마침내 형이상학적인 악에 이르는 것이다. 가난함이란 부끄러운 것이 아니며 다만 불편할 뿐이라고 가르친 동양의 윤리와는 엄청나게 차이가 난다. 자신이 놓인 상황에서 도저히 헤어날 길이 없는 고든은 마침내 권총으로 자살하기에 이른다.

이러한 주제는 「다시 찾아온 바빌론」에서 마찬가지로 엿볼 수 있다. 주인공 찰스 웨일스는 주가가 폭락하면서 돈을 모두 잃었지만 그가 잃어버린 것은 돈 이상의 그 무엇이다. 주식 시장이 폭락하기 전까지만 하여도 그는 아내와 함께 파리에 살면서 왕자처럼 돈을 물 쓰듯이 하였다. 어니스트 헤밍웨이는 파리를 두고 '움직이는 향연'이라고 부른 바 있지만 피츠제럴드에게 파리는 고대 바빌로니아의 수도 '바빌론'과 다름없었다. 그러나 1929년 10월 월스트리트에서 경제 대공황의 전주곡이라고 할 주가 폭락을 겪으면서 찰스는 빈털터리 신세가 되다시피 하여 지금은 체코슬로바키아의 프라하에서 일하고 있다. 아내 헬런을 먼저 저승의 세계로 떠나보내야 하였고, 알코올 중독자인 그는 이제 사랑하는 딸 오노리어마저 처형 집에 맡겨야 하는 처지에 놓여 있다. 처형한테서 딸을 데려다 키우려는 꿈은 산산조각이 나고 찰스는 공허하고 쓸쓸한 마음으로 파리를 떠나갈 수밖에 없다. 마지막 장면에서 그는 "이제 혼자서 그렇게 많은 멋진 생각과 꿈을 가질 수 있는 젊은이가 아니었다." 하고 씁쓸하게 되뇐다.

잃어버린 젊음과 아름다움에 대한 실망과 환멸은 피츠제럴드가 단편 소설에서 즐겨 다루는 두 번째 주제이다. 「겨울 꿈」은 이러한 주제를 비교적 잘 보여준다. 주인공 덱스터는 여러모로 『위대한 개츠비』의 주인공과 닮아 있다. 가난한 시골 출신으로 성공에 대한 기대가 어느 누구보다 크다는 점에서도 그러하고, 젊음과 아름다움에 대하여 낭만적인 꿈을 지니고 있다는 점에서도 그러하다. 덱스터는 골프 캐디로 일하던 어린 시절부터 사모해 온 부잣집 딸 주디 존스를 사랑하지만 그 사랑은 결국 한겨울의 꿈처럼 부질없는 물거품으로 끝난다. 뒷날 경제적으로 성공한 그는 뉴욕 사무실에서 거래처 사람으로부터 주디가 결혼하여 미시건 주 디트로이트에 살고 있다는 소식을 전해 듣는다. 이 말을 듣자 덱스터는 황혼의 어스름 속에서 맨해튼의 스카이라인을 바라보며 "이제 꿈은 사라졌다. 그에게서 무엇인가가 없어져 버렸다……. 아, 이런 것들은 이제 더 이 세상에는 없구나!" 하고 생각한다. 또한 "심지어 그가 참을 수 있었던 슬픔조차 그의 겨울 꿈이 활짝 날개를 펼치던 환상의 나라, 청춘의 나라, 풍요로운 나라 뒤쪽으로 멀리 사라져버렸던 것이다." 하고 생각하면서 눈물을 흘린다.

이러한 비극적 상실감은 주인공이 온갖 희생을 무릅쓰고 원하던 것을 손에 넣은 뒤에도 여전히 남아 있다. 「'분별있는 일'」에서 주인공 조지 오켈리는 존퀼 캐리의 사랑을 얻기 위하여 갖은 노력을 아끼지 않는다. 엔지니어인 그는 남아메리카 페루에 가서 죽을 고비를 넘기며 성공을 한 뒤에야 비로소 존퀼의 사랑을 얻을 수 있다. 그러나 그녀의 입술에 키스하는 순간 그는 "아무리 영원히 찾아 헤매더라도 잃어버린 4월의 시간은 절대로 되찾을 수 없다……. 그 옛날 어스름 속에서나 산들바람 살랑거리던 밤에 주고받은 그 속삭임은 이제 다시는 되찾을 수 없을 것이다." 하는 사실을 깨닫는다. 옛 그리스 시대 한 철인의 말대로 인간은 똑같은 강물에 두 번 다시 발을 담글 수 없다는 깨달음이다.

피츠제럴드의 작품 가운데에서 「컷글라스 그릇」보다 이러한 주제가 잘 드러나 있는 작품도 찾아보기 어렵다. 결혼 선물로 받은 온갖 컷글라스 그릇이 시간이 지나면서 하나씩 적이 떨어지고 깨어지면서 없어져 버린다. 결혼하기 전만 하여도 화려한 꿈과 환상에 부풀던 이블린 파이퍼는 해럴드와 결혼한 뒤 컷글라스 그릇처럼 자신의 삶도 조금씩 망가지는 것을 깨닫는다. 틀에 박힌 결혼 생활에서 잠시나마 해방되기 위하여 프레디 게드니라는 청년과 로맨스를 벌이지만 남편에게는 깊은 상처를 주고 동네 사람들에게는 스캔들이 될 따름이다.

남편은 남편대로 사업 경쟁자가 나타나면서 전처럼 사업이 제대로 되지 않는다. 결국 자존심을 버리고 경쟁자와 동업을 하지 않을 수 없게 된다. 엎친 데 덮친 격으로 어린 딸아이 줄리는 컷글라스 그릇 하나에 손가락을 다치고 그 상처는 파상풍으로 발전하여 마침내 손목을 절단해야 한다. 또한 이블린은 제1차 세계 대전에 참전한 아들 도널드가 전사하였다는 통보를 받는다. 망연자실한 상태에서 그녀는 찬장에 놓여 있는 큼직한 컷글라스 그릇을 바라본다. 그러자 그 그릇이 그녀를 조롱이라도 하듯 이렇게 말하는 것 같다. "자, 어때. 이번에는 너에게 직접 상처를 입힐 필요가 없었어. 애써 그런 짓을 할 것까지도 없었지. 내가 네 아들을 빼앗아 갔다는 것을 너는 알고 있겠지. 내가 얼마나 차갑고 딱딱하고 아름다운지 너는 잘 알고 있을 거야. 왜냐하면 너도 전에는 나처럼 그렇게 차갑고 딱딱하고 아름다웠으니까." 그러면서 그 그릇은 계속하여 이블린에게 이렇게 소리친다.

"너도 알다시피, 난 운명이야. 네 보잘것없는 계획보다 힘이 센 운명이란 말이라고. 난 그렇게 될 수밖에 없는 운명이고, 난 네 부질없는 꿈과는 달라. 난 화살처럼 날아가는 시간이며, 아름다움과 충족되지 않는 욕망의 종착역이지. 결정적인 시간을 만들어내는 온갖 우연이며, 감지할 수 없는 것들이며, 그 작은 순간들이 모두 내 것이야. 난 어떤 규칙에도 얽매이지 않는 예외이며, 네 힘이 미치지 못하는 한계이며, 인생이라는 요리의 양념이란 말이야."

이 작품에서 피츠제럴드는 컷글라스 그릇을 무서운 파괴력을 지닌 시간의 상징으로 사용한다. 컷글라스 그릇은 자신을 '운명'이라고 말하고 있지만 피츠제럴드의 주인공에게는 시간이 곧 운명이요 운명이 곧 시간이다. 독침을 실은 채 일직선으로 날아가는 화살처럼 시간은 모든 것을 무

(無)로 돌리고 부수어버린다. 인간의 비극은 바로 시간의 화살로부터 피할 수 없다는 데 있다. 젊음과 아름다움 그리고 욕망도 하나같이 이 시간의 화살 앞에서 무력할 수밖에 없다. 이렇게 상징과 시적 이미지 그리고 은유를 효과적으로 구사하는 피츠제럴드의 솜씨는 시인을 무색하게 할 때가 있다.

피츠제럴드가 단편 소설에서 즐겨 다루는 세 번째 주제는 삶의 약속과 희망에 대한 지칠 줄 모르는 꿈과 환상이다. 그의 주인공들이 쓰라린 현실을 견뎌낼 수 있는 것은 바로 미래에 대하여 장밋빛 꿈과 환상을 간직하고 있기 때문이다. 만약 이러한 꿈과 환상이 없다면 아마 그들은 삶을 영위하기가 무척 어려울 것이다. 「오월제」의 고든 스터렛처럼 삶에 좌절하고 절망하여 스스로 목숨을 끊는 경우가 없는 것은 아니지만 피츠제럴드의 주인공들은 대부분 아무리 삶에 절망하더라도 좀처럼 삶을 포기하지 않는다. 그들에게는 미래에 대한 꿈과 환상이 있기 때문이다. 「기나긴 외출」에서 정신 분열증 증세를 보이는 킹 부인은 요양원에서 치료를 받고 이제 다시 세상에 나가 정상인으로 생활할 수 있는 단계에 이르렀다. 요양원에서 퇴원하기 직전 그녀는 남편과 함께 해변으로 여행을 떠날 계획을 세운다. 그러나 남편은 그녀를 데리러 요양원에 오는 도중 그만 교통사고를 당하여 사망한다. 의사들은 처음에는 남편의 사망 소식을 그녀에게 숨기다가 그녀가 고통을 참아낼 수 있는 시점에 이르렀다고 판단하자 그 사실을 일러주지만 그녀는 좀처럼 믿으려고 하지 않는다. 의사들이 아직도 자기가 정신 질환을 앓고 있는지 시험해 보려고 그런다면서 웃어버리고 마는 것이다. 킹 부인은 첫날과 마찬가지로 몇 년 동안 날이면 날마다 단정한 옷차림으로 요양소 앞에서 남편이 자기를 데리러 오기를 기다린다. 오히려 그녀는 의사에게 "남편이 늦어지고 있네요. 물론 실망스럽지만 내일 온다고 하네요. 이렇게 오랫동안 기다려왔는데 하루쯤 더 기다린다고 무슨 대수겠어요." 하고 말한다.

이렇게 피츠제럴드의 주인공들은 『위대한 개츠비』의 주인공처럼 흔히 삶의 기약과 약속에 대하여 마치 지진계의 바늘처럼 민감하게 반응한다. 조셉 콘래드는 『암흑의 핵심』(1900)에서 이러한 환상을 두고 '구원적 환상'이라고 불렀다. 피츠제럴드의 주인공들에게도 환상과 꿈은 그들을 고통스럽고 비참한 삶에서 구원해 주는 마력을 지닌다. 만약 그들에게 이러한 환상과 꿈이 없다면 이 세상은 너무 황량할 것이다. 비록 물질적 성공에 대한 미련을 버리지 않지만 피츠제럴드의 주인공들은 단순히 물질주의자로만 볼 수 없다. 바로 이 점에서 그들은 '낭만주의적 이상주의자'로 불러 마땅할 것이다.

모두 160여 편에 이르는 F. 스콧 피츠제럴드의 단편 소설을 한 권의 단행본으로 모아놓은 책은 아직 없다. 작가가 살아 있을 때 출간되어 나온 개별적인 단편집 가운데 몇 권이 아직 절판되지 않고 시중에 나와 있다. 분량으로 보나 내용으로 보나 그렇게 양이 많고 작품의 질이 고르지 못한 작품을 단행본 한 권에 모은다는 것은 쉽지 않을 것이다. 그리하여 그동안 단편 전집보다는 단편 선집의 형태로 출간되었다. 그중에서도 맬컴 카울리가 편집한 『F. 스콧 피츠제럴드의 단편집』(1951)이 표준 텍스트로 인정을 받았고, 최근에는 피츠제럴드 학자 매슈 J. 브루콜리 교수가 편집한 『F. 스콧 피츠제럴드의 단편 소설』(1989)과 『개츠비 이전』(2001)이라는 단편 선집이 출간되어 관심을 받고 있다. 역자는 이 세 책에서 가장 대표적이라고 할 만한 작품 아홉 편을 골라 우리말로 옮겼다. 앞에서도 밝혔듯이 이 아홉 편은 미국의 단편 소설을 굳건한 발판에 올려놓았을 뿐만 아니라 단편 소설 장르의 수준을 한 단계 올려놓은 훌륭한 작품들이다. 160여 편에 이르는 피츠제럴드의 단편 소설은 이 아홉 편의 작품에 축약되어 있다고 하여도 크게 틀리지 않을 듯하다. 어떤 의미에서 나머지 작품들은 이 아홉 편의 변주곡에 지나지 않는다.

　역자는 각각의 작품마다 될 수 있는 대로 각주를 자세히 달았다. 피츠제럴드의 단편 소설이 출간된 지는 불과 반세기 조금 넘었지만 그의 작품에는 특정한 시대, 특정한 공간과 관련한 내용이 유난히 많다. 마치 시대 의상처럼 그의 작품은 '재즈 시대'를 살아간 '잃어버린 세대'의 삶을 고스란히 간직하고 있다. 이 중에서 어떤 것들은 이미 현대 독자의 뇌리에서 멀어져 있거나 아예 사라져버렸다. 이러한 문화에 낯선 독자들의 이해를 돕기 위하여 지명이나 인명 그 밖에 중요하다고 생각되는 사건이나 사항에 대하여 자세히 설명을 붙였다. 남의 나라 작품을 우리말로 번

역하는 일이란 단순히 언어를 옮기는 것 이상이라는 사실을 다시 한 번 뼈저리게 느꼈다.

2005년 봄
김욱동

작가 연보

1896   9월 24일 프랜시스 스콧 키 피츠제럴드(Francis Scott Key Fitzgerald)가 미네소타 주 세인트폴에서 태어나다.

1898   아버지 에드워드 피츠제럴드의 가구 사업이 실패하여 가족이 뉴욕 주의 버펄로로 이주하다.

1901   1월 가족이 다시 뉴욕 주의 시러큐스로 이주하고 아버지는 세일즈맨으로 일하다. 여동생 애너벨이 태어나다.

1903   9월 가족이 다시 버펄로로 돌아오다.

1908   가족이 다시 세인트폴로 돌아가다. 세인트폴 아카데미에 입학하다.

1909   첫 단편 작품인 「레이먼드 저당의 신비」가 세인트폴 아카데미에서 발행하는 잡지 《지금과 그때》에

발표되다.

1911 뉴저지 주에 있는 가톨릭 학교 뉴먼 스쿨에 입학
      하다. 이 학교에서 앞으로 그에게 영향을 끼치게
      될 시거니 페이 신부를 만나다. 이때부터 1913년까
      지 《뉴먼 스쿨 뉴스》에 단편 세 작품을 발표하다.

1913 프린스턴 대학교에 입학하다. 이 대학에서 앞으로
      미국 문단에 크게 활약할 비평가 에드먼드 윌슨과
      시인 존 필 비숍을 만나다. 이 무렵 학업보다는 문
      학과 연극 활동에 적극 참여하다. 《나소 문학잡지》
      와 《프린스턴 타이거》에 단편, 희곡, 시 등을 발표
      하다.

1914 12월 일리노이 주 레이크포리스트 출신의 16세 소
      녀 지니브러 킹과 사귀기 시작하다. 뒷날 피츠제
      럴드는 가난하다는 이유로 그녀에게 거절당하는
      데, 이때의 경험은 앞으로의 작품에 중요한 모티
      프가 된다.

1915 질병을 이유로 프린스턴 대학교를 그만두다. (실제
      로는 과외 활동에 집중한 나머지 학업을 게을리 하여
      성적이 부진한 탓에 졸업을 할 수 없었기 때문에 중퇴
      한 것이다.)

1916 1918년에 졸업할 계획으로 다시 프린스턴 대학교
      에 돌아가다.

1917 1월 지니브러가 다른 남자와 약혼하면서 두 사람
      의 관계가 끝나다.
      10월 육군 보병 소위로 임관되다.

11월 훈련을 받기 위해 캔자스 주 레번워스에 도착하다. 이 무렵 장편 소설「낭만적 에고이스트」를 집필하기 시작하다.

1918   켄터키 주 루이빌에 있는 캠프 테일러로 전속되다. 2월「낭만적 에고이스트」를 탈고하여 뉴욕의 찰스 스크리브너스 선스 출판사에 보내다.

4월 조지아 주 캠프 고든에 배치되다.

6월 앨라배마 주 먼트가머리 근교 캠프 셰리던으로 전속되다. 이때 앨라배마 주 대법원 판사의 딸인 젤더 세이어를 만나 사귀다.

8월 스크리브너스 출판사가「낭만적 에고이스트」의 출간을 거절하다.

10월「낭만적 에고이스트」를 개작하여 다시 출판사에 보내지만 역시 거절당하다.

11월 뉴욕 주 롱아일랜드에 있는 캠프 밀스에 전속되어 해외 파병을 기다리던 중 제1차 세계 대전이 휴전되다.

1919   2월 육군을 제대하다. 젤더와 약혼한 뒤 뉴욕 시의 배런콜리어 광고 회사에서 근무하다.

6월 젤더가 피츠제럴드의 미래가 불확실하다는 이유로 약혼을 파기하다. 직장을 그만두고 세인트폴로 돌아와 부모의 집에 머물며「낭만적 에고이스트」개작에 몰두하다.

9월「낭만적 에고이스트」가 '낙원의 이쪽'이라는 제목으로 스크리브너스 출판사에서 출판 허락을 받다.

1920 1월 젤더와 다시 약혼하다.

1~3월 《스마트 셋》에 희곡을, 《새터데이 이브닝 포스트》에 단편 소설을 발표하기 시작하다.

3월 첫 장편 소설 『낙원의 이쪽 *This Side of Paradise*』이 출간되다.

4월 젤더와 결혼한 뒤 코네티컷 주 웨스트포트에서 거주하다.

9월 첫 단편집인 『말괄량이 아가씨들과 철학자들 *Flappers and Philosophers*』을 출간하다.

10월 뉴욕 시로 이주하다.

1921 5~9월 영국, 프랑스, 이탈리아를 여행하다.

8월 세인트폴로 돌아오다.

9월 딸 프랜시스 스콧(애칭 스코티)이 태어나다.

1922 3월 두 번째 소설 『저주받은 아름다운 사람들 *The Beautiful and Damned*』이 출간되다.

9월 두 번째 단편집 『재즈 시대의 이야기들 *Tales of the Jazz Age*』이 출간되다.

10월 롱아일랜드의 그레이트넥으로 이주하다. 이곳에서 소설가 링 라드너를 만나다.

1923 4월 장편 희곡 『채소 *The Vegetable*』가 출간되다.

11월 『채소』가 뉴저지 주 애틀랜틱 시에서 시험 공연되었지만 실패하다.

1924 4월 프랑스에 거주하다. 젤더가 프랑스 조종사인 에두아르 조장과 애정 행각을 벌이다.

여름~가을 『위대한 개츠비 *The Great Gatsby*』를 집필하기 시작하다.

10월 이탈리아를 여행하며 그곳에서 이 작품을 개작하다.

1925   4월 세 번째 장편 소설 『위대한 개츠비』가 출간되다.

5월 프랑스 몽파르나스에서 어니스트 헤밍웨이를 만나다. 파리 근교에서 이디스 워튼을 만나다.

1926   2월 세 번째 단편집 『모든 슬픈 젊은이들 *All the Sad Young Men*』이 출간되다.

12월 미국에 돌아오다.

1927   할리우드 영화사에서 일하기 시작하다. 여배우 로이스 모런과 사귀다.

3월 델라웨어 주 윌밍턴 근교 엘러슬리로 이주하다.

1928   4월 파리로 돌아가다.

9월 엘러슬리로 다시 돌아오다.

1929   3월 프랑스와 이탈리아를 여행하다.

1930   2월 북아프리카를 여행하다.

4월 젤더가 신경 쇠약 증세를 보이기 시작하다.

여름~가을 젤더의 병을 치료하기 위하여 스위스에 거주하다.

1931   2월 아버지가 사망하여 귀국하다.

가을 할리우드에 돌아오다.

1932   2월 젤더가 메릴랜드 주의 존스홉킨스 대학교 병원에 입원하다. 젤더의 소설 『나를 위해 왈츠를 남

겨주오 *Save Me the Waltz*』가 출간되다.

1934   4월 네 번째 소설 『밤은 부드러워 *Tender Is the Night*』가 출간되다.

1935   노스캐롤라이나 주 트라이턴과 애슈빌에 머물며 요양하다.

        3월 네 번째 단편집 『기상나팔 소리 *Taps at Reveille*』가 출간되다. 나중에 '크랙업'이라는 에세이집에 실리게 되는 글을 쓰기 시작하다.

1936   젤더와 함께 애슈빌에 머물다.

        9월 어머니가 사망하다.

1937   할리우드 영화사에서 다시 일하다. 이 무렵 가십 칼럼니스트인 셰일러 그레이엄과 사귀다. 그레이엄과의 관계는 그가 사망할 때까지 계속된다.

1939   할리우드에서 프리랜서로 일하다.

        10월 할리우드를 소재로 한 소설을 집필하다.

1940   12월 21일 할리우드의 그레이엄의 아파트에서 심장 마비로 사망하다. 메릴랜드 주의 록빌 세인트 메리스 묘지에 묻히다.

1941   10월 미완성 유작 『마지막 거물 *The Last Tycoon*』(에드먼드 윌슨 편집)이 출간되다.

1945   6월 유작 에세이집 『크랙업 *The Crack-Up*』이 출간되다.

1948   3월 젤더가 하일랜드 정신 병원에서 치료를 받던 중 화재로 사망하다.

세계문학전집 123

피츠제럴드 단편선 1

1판 1쇄 펴냄 2005년 8월 5일
1판 28쇄 펴냄 2022년 6월 27일

지은이 F. 스콧 피츠제럴드
옮긴이 김욱동
발행인 박근섭, 박상준
펴낸곳 (주)민음사

출판등록 1966. 5. 19. (제 16-490호)
서울특별시 강남구 도산대로1길 62(신사동) 강남출판문화센터 5층 (우편번호 06027)
대표전화 02-515-2000 팩시밀리 02-515-2007
www.minumsa.com

© 김욱동, 2005. Printed in Seoul, Korea

ISBN 978-89-374-6123-1 04800
ISBN 978-89-374-6000-5 (세트)

세계문학전집 목록

세계문학전집은 계속 간행됩니다.